Barbara Delinsky

Vertrau nur meiner Liebe

Roman

Aus dem Amerikanischen von
Georgia Sommerfeld

Knaur Taschenbuch Verlag

Die amerikanische Originalausgabe erschien 2007
unter dem Titel »Family Tree« bei Doubleday, New York.

Besuchen Sie uns im Internet:
www.knaur.de

Deutsche Erstausgabe Januar 2008
Copyright © 2007 by Barbara Delinsky
Copyright © 2008 für die deutschsprachige Ausgabe
by Knaur Taschenbuch.
Ein Unternehmen der Droemerschen Verlagsanstalt
Th. Knaur Nachf. GmbH & Co. KG, München.
Alle Rechte vorbehalten. Das Werk darf – auch teilweise –
nur mit Genehmigung des Verlags wiedergegeben werden.
Redaktion: Gerhild Gerlich
Umschlaggestaltung: ZERO Werbeagentur, München
Umschlagabbildung: Corbis/Fine Art Photographic Library
Satz: Pinkuin Satz und Datentechnik, Berlin
Druck und Bindung: Clausen & Bosse, Leck
Printed in Germany
ISBN 978-3-426-63767-8

2 4 5 3 1

Für Cassandra,
ein kostbares Geschenk.

I

Irgendetwas hatte Dana geweckt. Sie konnte nicht sagen, ob es ein Tritt des Babys gewesen war oder ein Windstoß, der vom Meer durch das offene Fenster hereinblies, oder die Brandung oder sogar die Stimme ihrer Mutter in den sich an der Felsküste brechenden Wellen. Sie hatte wieder geträumt. Einen altbekannten Traum, der ihr, obwohl sie das Drehbuch kannte, nicht weniger peinlich war. Sie befand sich in der Öffentlichkeit, bar eines wichtigen Kleidungsstücks. In diesem Fall war es ihre Bluse. Sie hatte das Haus ohne verlassen und stand jetzt auf der Treppe ihrer Highschool – ihrer *Highschool* – und trug nur einen BH und noch dazu einen *alten*. Es war egal, dass sie ihren Abschluss schon vor sechzehn Jahren gemacht hatte und niemanden von den Leuten auf der Treppe kannte – sie war halb nackt und wäre am liebsten im Boden versunken. Und dann – das war eine neue Variante – stand da etwas abseits ihre *Schwiegermutter,* die entsetzt dreinschaute und – groteskerweise – die Bluse anhatte.

Dana hätte über diese Absurdität gelacht, wenn sie nicht in diesem Moment etwas abgelenkt hätte. Flüssigkeit schoss zwischen ihren Beinen hervor, etwas, was sie nie zuvor gespürt hatte.

Ängstlich darauf bedacht, sich nicht zu bewegen, flüsterte sie den Namen ihres Mannes. Als er nicht reagierte, packte sie ihn beim Arm und sagte laut: »Hugh!«

»Mm?«, brummte er.

»Wir müssen aufstehen.«

Er drehte sich auf den Rücken und streckte sich.

»Meine Fruchtblase ist gerade geplatzt.«

Erschrocken setzte er sich auf. Dann beugte er sich über sie und fragte, seine tiefe Stimme klang unnatürlich hoch: »Bist du sicher?«

»Es läuft noch immer. Aber das Baby soll doch erst in zwei Wochen kommen.«

»Das ist okay«, versicherte er ihr. »Das ist okay. Es wiegt über sieben Pfund – das ist der Mittelwert bei voll ausgetragenen Kindern. Wie spät ist es?«

»Zehn nach eins.«

»Nicht bewegen – ich hole Handtücher.« Er drehte sich um, knipste seine Nachttischlampe an und stand auf.

Sie gehorchte ihm, einerseits, weil er sich über jeden Aspekt der Geburt informiert hatte und wusste, was zu tun war, und andererseits, weil sie nicht noch mehr nass machen wollte. Sobald er zurückkam, stemmte sie sich, ihren Bauch stützend, hoch, klemmte sich eines der Handtücher zwischen die Beine, presste sie zusammen und schlurfte ins Bad.

Ein paar Sekunden später erschien Hugh, sah in dem Badezimmerlicht mehr als blass aus. »Und?«

»Kein Blut. Eindeutig Fruchtwasser.«

»Fühlst du irgendwas?«

»So was wie Panik, meinst du?« Sie scherzte nicht. So gründlich vorbereitet sie auch waren – sie hatten Dutzende von Büchern gelesen, mit ungezählten Freunden gesprochen, mit der Ärztin *und* ihrer rechten Hand *und* ihren Partnern *und* während eines Vorab-Rundgangs durchs Krankenhaus mit dem Personal –, der Augenblick der Wahrheit war doch etwas anderes als die Theorie. Jetzt, da die Geburt definitiv bevorstand, hatte Dana Angst.

»So was wie Wehen«, antwortete Hugh trocken.

»Nein. Ich würde es als vage Muskelanspannung beschreiben.«

»Was meinst du mit ›vage‹?«

»Schwach.«

»Ist es eine Wehe?«

»Weiß ich nicht.«

»Kommt und geht das Gefühl?«

»Ich *weiß* es nicht, Hugh. Ehrlich. Ich wachte auf, und da war dieser Schwall …« Sie brach ab. »Ein Krampf!« Sie hielt den Atem an, atmete aus, begegnete Hughs Blick. »Sehr schwach.«

»Ein Krampf oder eine Wehe?«

»Eine Wehe«, entschied sie und begann vor Aufregung zu zittern. Sie hatten so lange darauf gewartet.

»Kann ich dich einen Moment allein lassen, während ich den Arzt anrufe?«, fragte er.

Sie nickte. Wenn sie es nicht getan hätte, wäre er mit dem Telefon ins Bad gekommen. Aber sie war nicht hilflos. Sosehr Hugh sie auch in letzter Zeit verhätschelt hatte, sie war ein eigenständiger Mensch, und das mit Bedacht. Sie wusste, wie es war, vollständig von jemandem abhängig zu sein und diesen Jemand dann zu verlieren. Schlimmeres konnte einem kaum passieren.

Und so verstaute sie ihren Bauch in ihrem neuesten, weitesten Jogginganzug, bewehrte sich mit einer Binde aus ihrem

Vorrat, der für die Zeit nach der Geburt angelegt war, und ging den Flur hinunter zum Kinderzimmer. Sie hatte gerade das Licht angemacht, als Hugh nach ihr rief.

»Dee?«

»Ich bin hie-er!«

Die Jeans zuknöpfend, erschien er in der Tür. Seine dunklen Haare waren noch immer vom Schlaf zerzaust, seine Augen blickten besorgt. »Wenn zwischen den Wehen weniger als zehn Minuten liegen, müssen wir ins Krankenhaus fahren. Bist du okay?«

Sie nickte. »Ich wollte nur noch mal reinschauen.«

»Das Zimmer ist perfekt, Schatz.« Er streifte ein altes, marineblaues T-Shirt über. »Wie sieht's bei dir aus?«

»Ich glaube, ich bin noch im Zehn-Minuten-Rhythmus.«

»Lass uns trotzdem fahren – die Abstände werden schnell kürzer.«

»Aber es ist unser erstes«, hielt sie dagegen. »Beim ersten Kind dauert alles länger.«

»Das mag ja die Regel sein, aber keine Regel ohne Ausnahme. Bitte, hör in diesem Fall auf mich, ja?«

Sie nahm seine Hand, drückte einen Kuss auf die Handfläche und legte sie an ihren Hals. »Eine Minute noch, okay?«

Dana fühlte sich hier sicher, beschützt, glücklich. Sie hatte schon viele Kinderzimmer für Kunden eingerichtet, aber das für ihr eigenes Kind war ihr bisher am besten gelungen. Alle vier Wände schmückte eine Blumenwiese mit Bäumen, deren Wipfel in der Sonne leuchteten, in allen erdenklichen Orange- und Grüntönen, in denen sich hier und da das Blau des Himmels wiederholte, der sich darüber spannte. Das Bild einer harmonischen und sicheren Welt.

Dana mochte eigenständig sein, doch sie hatte von einer

Welt wie dieser geträumt, seit sie es gewagt hatte, wieder zu träumen.
Hugh kam aus einer Welt wie dieser. War ein behütetes Kind gewesen, ein Jugendlicher, dem es an nichts gefehlt hatte. Seine Vorfahren waren mit der Mayflower nach Amerika gekommen, und seine Familie spielte seitdem eine bedeutende Rolle in der Gesellschaft. Vier erfolgreiche Jahrhunderte hatten Stabilität geschaffen. Auch wenn Hugh all das herunterspielte – er war einer der direkten Nutznießer.
»Deine Eltern wollten Luftballons an den Wänden.« Sie ließ seine Hand los. »Ich fürchte, ich habe sie enttäuscht.«
»Nicht *du* hast sie enttäuscht – *wir* haben sie enttäuscht. Aber das ist egal, das Kind ist nicht das Baby meiner Eltern.« Er wandte sich zum Gehen. »Ich muss mir noch Schuhe anziehen.«
Dana nahm das Strickzeug vom Schaukelstuhl – ein bis zur Hälfte fertiger moosgrüner Schlafsack – und ließ sich vorsichtig in dem Boston-Möbel nieder. Sie hatte den Stuhl vom Dachboden geholt, wo Hugh die meisten seiner Erbstücke verwahrte. Zwar hatte sie auch andere aus der Verbannung befreit und überall im Haus verteilt, aber dieses war ihr das liebste. Von seinem Urgroßvater, der es im Bürgerkrieg bis zum General gebracht hatte, in den vierziger Jahren des 19. Jahrhunderts erstanden, hatte es eine Sprossenlehne und eine dreiteilige Sitzfläche aus Rundhölzern und war erstaunlich bequem für so ein altes Sitzmöbel. Vor Monaten, noch bevor die Wiese an der Wand entstand, hatte Dana den Schaukelstuhl von seinen Farbresten befreit und dem Holz wieder zu schimmerndem Glanz verholfen. Hugh hatte sie gewähren lassen. Er wusste, dass sie Familiengeschichte schätzte, und das besonders, da sie keine eigene besaß.

Abgesehen von dem Schaukelstuhl war alles in diesem Zimmer neu, atmete eine Familientradition, die hier ihren Anfang nehmen sollte. Das Bettchen und die Kommode waren importiert, aber von der Wickelauflage über die von Hand gefärbten Vorhänge bis zu der Wandmalerei waren es alles Produkte ihres Mitarbeiterstabes. Dieser Stab schloss Topmaler, Schreiner, Teppich- und Vorhangfachleute ein – und ihre Großmutter und sie selbst. Am Fußende des Kinderbetts lagen eine von ihrer Großmutter gestrickte Decke und ein Kaschmir-Hase, den Dana, passend zur Wandmalerei, in sämtlichen erdenklichen Orangetönen gestrickt hatte, ein Kapuzencape, zwei Pullover, zahlreiche Mützchen und ein Stapel Kinderwagendecken. In einem Weidenkorb neben dem Schaukelstuhl bauschte sich ein voluminöses, noch im Werden begriffenes Kapuzencape aus Wintergarn, und auf ihrem Schoß lag der halb fertige Schlafsack. Die Begeisterung war sichtlich mit ihnen durchgegangen.
Langsam schaukelnd, dachte sie lächelnd acht Monate zurück. Als sie von der Arbeit kam – ihre Schwangerschaft war gerade bestätigt worden –, fand sie ein Meer von Tulpen im Zimmer vor. Violette, gelbe, weiße – alle so frisch, dass sie tagelang halten würden. Hugh hatte ihr diese Überraschung aus überströmender Freude bereitet, und Dana glaubte, dass dadurch die Atmosphäre bestimmt worden war.
Der Raum hatte etwas Zauberhaftes. Er strahlte Wärme und Liebe aus. Und Sicherheit. Ihr Baby würde hier glücklich sein, das wusste sie.
Liebkosend strich sie über ihren prallen Bauch. Sie spürte keine Kindsbewegung – das arme Ding hatte wahrscheinlich genauso große Angst wie sie –, doch sie spürte die Muskel-

bewegungen, die ihr Kind schlussendlich in die Welt hinausstoßen würden.

Langsam atmen ... hörte sie im Geist Hughs beruhigenden Bariton aus dem Lamaze-Kurs. Sie atmete noch immer tief ein und aus, nachdem die nun eindeutig als Wehe erkennbare Kontraktion längst geendet hatte, als das Schlapp-Schlapp von Flip-Flops seine Rückkehr ankündigte.

Dana lächelte ihn an. »Ich stelle mir gerade das Baby in diesem Zimmer vor.«

Aber er hatte im Moment keinen Sinn für derartige Betrachtungen. »Hattest du wieder eine Wehe?«

Sie nickte.

»Achtest du auf den Abstand?«

»Noch nicht. Sie liegen zu weit auseinander. Ich versuche, mich mit schönen Gedanken abzulenken. Erinnerst du dich an den Tag, an dem ich zum ersten Mal hier war?«

Das war genau die richtige Frage. Hugh lehnte sich an den Türrahmen. »Natürlich. Du trugst etwas Neongrünes.«

»Es war limonengrün, und du hattest keine Ahnung, was es sein sollte.«

»Selbstverständlich wusste ich, was es sein sollte – ich wusste nur nicht, wie man es nennt.«

»Man nennt es Pullover.«

Sein Blick hielt ihren fest. »Lach ruhig, wenn du willst – das tust du sowieso jedes Mal –, aber dieser Pullover war das Zipfeligste und Unsymmetrischste, was ich je gesehen habe.«

»Aus mehreren Elementen zusammengesetzt.«

»Aus mehreren Elementen zusammengesetzt«, wiederholte er und stieß sich vom Türrahmen ab, »und aus Kaschmir und Seide gestrickt, was ich heute problemlos erkenne –

aber was wusste ich damals schon?« Er stützte sich mit beiden Händen auf die Armlehnen des Schaukelstuhls und beugte sich herunter. »Ich hatte vor dir schon mit drei Designern gesprochen. Die waren allesamt aus dem Rennen, als du durch die Tür kamst. Ich hatte keine Ahnung von Garnen, keine Ahnung von Farben, keine Ahnung, ob du etwas taugtest als Innendekorateurin, wusste lediglich, dass David begeistert davon war, wie du sein Haus gestaltet hattest. Aber wir spielen hier mit dem Feuer, geliebtes Herz. David killt mich, wenn ich dich nicht rechtzeitig ins Krankenhaus bringe. Ich bin sicher, er hat das Licht bei uns gesehen.«

David Johnson wohnte nebenan. Er war Orthopäde und geschieden. Dana versuchte ständig, ihn zu verkuppeln, doch er lehnte jede Kandidatin mit der Begründung ab, dass sie nicht wie *sie* sei.

»David sieht das Licht bestimmt nicht«, meinte sie. »Er schläft um die Zeit doch sicher.«

Sie legte das Strickzeug in den Weidenkorb, und Hugh zog sie behutsam hoch. »Wie fühlst du dich?«

»Ich bin aufgeregt. Und du?«

»Ich bin nervös.« Er legte den Arm um ihre Taille beziehungsweise dorthin, wo sie sich einmal befunden hatte. Als er ihr ansah, dass wieder eine Wehe eingesetzt hatte, sagte er: »Das waren eindeutig weniger als zehn Minuten. Höchstens fünf!«

Sie widersprach ihm nicht, sondern konzentrierte sich darauf, langsam zu atmen, bis der Schmerz vorüberging. »Okay«, sagte sie, »letzte Ratechance: Mädchen oder Junge?«

»Mir ist beides recht«, antwortete er. »Auf jeden Fall kön-

nen wir nicht länger hier rumtrödeln, Dee. Wir müssen los.«
Er drehte sie in Richtung Flur.
»Ich bin noch nicht bereit.«
»Nach neun Monaten?«
Ängstlich legte sie die Hand auf seine Brust. »Was ist, wenn etwas schiefgeht?«
Lächelnd legte er seine Hand auf ihre. »Es wird nichts schiefgehen. Ich habe mein Glücks-T-Shirt an. Das trug ich bei jedem Super Bowl, den die Patriots gewannen, *und* während der gesamten World Series mit den Red Sox.«
»Ich meine es ernst.«
»Ich auch.« Er klang überzeugt. »Wir haben Tests machen lassen. Das Baby ist gesund. Du bist gesund. Das Baby hat die perfekte Geburtsgröße. Es liegt richtig. Wir haben die beste Gynäkologin und das beste Krankenhaus ...«
»Ich rede von später. Was ist, wenn es ein Problem gibt, wenn das Kind, sagen wir, drei ist? Oder sieben? Oder wenn es ein Teenager ist und wir die gleichen Schwierigkeiten mit ihm kriegen wie die Millers mit ihrem Sohn?«
»Wir sind nicht die Millers.«
»Ich meine das *große Ganze,* Hugh.« Sie dachte an den Traum, mit dem sie aufgewacht war. Er ließ sich leicht deuten. Es ging darin um ihre Angst, sich als unvollkommen zu erweisen. »Was ist, wenn wir keine so guten Eltern werden, wie wir glauben?«
»Also, diese Überlegung kommt definitiv zu spät.«
»Ist dir klar, worauf wir uns da einlassen?«
»Natürlich nicht«, antwortete er, »aber wir wollen dieses Baby. Komm, Süße. Wir *müssen!*«
Dana bestand darauf, vorher noch ins Bad zu gehen, wo sie sich in aller Eile das Gesicht wusch, den Mund ausspül-

te und die Haare kämmte. Dann drehte sie sich zur Seite und betrachtete ihren Körper im Profil. Ja, sie war lieber schlank; ja, sie war es leid, dreißig Extrapfunde mit sich herumzuschleppen; ja, sie konnte es kaum erwarten, wieder normale Jeans und T-Shirts tragen zu können. Aber schwanger sein war etwas Besonderes.

»Dana«, drängte Hugh sie, »bitte.«

Sie ließ sich von ihm den Flur hinunterführen, am Kinderzimmer vorbei und auf die Treppe zu. In Architektenkreisen galt das Haus als ein Newport Cottage, wobei die Bezeichnung »Cottage« seiner Größe nicht gerecht wurde. Als ein zum Meer hin offenes U gebaut, mit vielen Fenstertüren, die auf eine überdachte Terrasse hinausgingen, einer weiten, weichen Rasenfläche und einer Apfelrosenhecke, hinter der die Brandung toste, war es mit seinen Kragsteinen, Säulen, weißen Absätzen und in der Salzluft zu einem silbrigen Grau verwitterten Schindeln ein Bild wie aus einem Traum. Ein Flügel beherbergte den Salon, das Esszimmer und die Bibliothek, der andere die Küche und das kleine Wohnzimmer. In den Flügeln im ersten Stock befanden sich auf der einen Seite Elternschlafzimmer und Kinderzimmer und auf der anderen zwei Gästezimmer. Das ausgebaute Dachgeschoss war dem Arbeitszimmer vorbehalten, das einen Balkon besaß. Jeder Raum im Haus, außer dem Ankleidezimmer in der ersten Etage, hatte ein Fenster zum Meer.

Dana hatte sich auf den ersten Blick in das Haus verliebt. Mehr als einmal hatte sie zu Hugh gesagt, auch wenn er sich bei ihrem ersten Kuss in einen Frosch verwandelt hätte – sie hätte ihn um des Hauses willen trotzdem geheiratet.

Als sie jetzt auf die näher gelegene der beiden symmetrisch

nach unten führenden Treppen zugingen, fragte sie: »Was ist, wenn es ein Mädchen wird?«

»Ich werde es lieben.«

»Aber eigentlich, tief drinnen, möchtest du lieber einen Jungen, das weiß ich, Hugh. Einen Stammhalter. Du möchtest einen kleinen Hugh Ames Clarke.«

»Ich wäre genauso glücklich über eine kleine Elizabeth Ames Clarke. Hauptsache, ich muss sie nicht selbst zur Welt bringen«, erwiderte er, als sie sich an den Abstieg machten.

Bei der ersten Biegung blieb Dana stehen. Die Wehe war diesmal stärker.

Sie hatte natürlich gewusst, dass es wehtun würde, aber Theorie und Praxis waren doch zwei ganz verschiedene Dinge. »Kann ich das schaffen?« Sichtbar zitternd klammerte sie sich an Hughs Arm.

Er umfasste sie fester. »Du? Mit *links.*«

Hugh hatte ihr vom ersten Augenblick an vertraut. Das war eines der Dinge, die sie an ihm liebte. Er hatte keinen Moment mit seinem Einverständnis gezögert, als sie vorschlug, in die ansonsten moderne Küche einen rustikalen Bretterboden zu legen, und auch später nicht, als sie darauf bestand, die Porträts seiner Familie – große, dunkle Ölgemälde von Clarkes mit buschigen Brauen, kantigem Kinn und schmalen Lippen – im Wohnzimmer aufzuhängen, obwohl er sie lieber auf dem Dachboden gelassen hätte.

Für ihn war seine Herkunft nichts Besonderes. Nein, er rebellierte sogar gegen die Herkunftsbesessenheit seines Vaters, erklärte, sie sei ihm *peinlich*.

Dana musste ihn überzeugt haben, dass er selbst ein erfolgreicher Mann war, sonst hätte er ihr nicht erlaubt, die Bilder aufzuhängen. Sie verliehen dem Raum visuelle Höhe und historisches Gewicht. Sie hatte die wuchtigen Ledermöbel mit wild gemusterten Kissen aufgelockert, und auch das gefiel Hugh. Er hatte gesagt, er wünsche sich Behaglichkeit anstatt Behäbigkeit, und butterweiches Leder mit einem Durcheinander aus Rohseide und Chenille boten genau diese. Er hatte auch gesagt, er möge das Sofa nicht, das seinem Urgroßvater gehört hatte, weil es so streng sei, doch räumte er ihr in dieser Beziehung ebenfalls Spielraum ein. Sie ließ das Eichengestell des Sofas restaurieren, die Polsterung erneuern und gab dem Ganzen dann mit einem Überwurf und diversen Kissen ein ansprechenderes Gesicht.

Im Moment allerdings nahm sie nichts von alledem wahr. Sie konzentrierte sich darauf, einen Schritt nach dem anderen zu machen, wobei sie dachte, wenn diese Wehen nur der Anfang wären, könnte die Geburt ziemlich schlimm werden, und wenn es eine andere Methode gäbe, das Baby zur Welt zu bringen, würde sie sich jetzt dafür entscheiden.

Sie waren gerade am Fuß der Treppe angekommen, als Dana etwas einfiel. »Ich habe mein Kissen vergessen!«

»Im Krankenhaus gibt es jede Menge Kissen.«

»Aber ich brauche *meines*. Bitte, Hugh!«

Er half ihr, sich auf die unterste Stufe zu setzen, lief die Treppe hinauf und war in weniger als einer Minute mit dem Kissen unter dem Arm zurück.

»Und ich brauche Wasser«, erinnerte sie ihn.

Er verschwand aufs Neue, diesmal in die Küche, und kam Sekunden später mit zwei vollen Flaschen wieder. »Was noch?«

»Mein Handy. Und das Blackberry. O Gott, Hugh – ich sollte mich heute mit den Cunninghams zu einem Vorgespräch treffen!«

»Sieht so aus, als würdest du das versäumen.«
»Das ist ein Riesenauftrag.«
»Du bist in Mutterschaftsurlaub.«
»Aber ich habe ihnen versprochen, gleich nach der Geburt des Babys Zeichnungen für sie zu machen.«
»Die Cunninghams werden das bestimmt verstehen. Ich rufe sie von der Klinik aus an.« Er klopfte auf seine Tasche. »Handy, Blackberry – was noch?«
»Die Telefonliste. Die Kamera.«
»In deiner Reisetasche.« Er holte sie aus dem Garderobenschrank und schaute bestürzt auf das Garn, das zwischen dem nur halb geschlossenen Reißverschluss hervorquoll. »Dana! Du hattest es versprochen!«
»Es ist nicht viel«, beteuerte sie. »Nur eine Kleinigkeit, damit ich was zu tun habe, wenn es sich hinzieht.«
»Eine Kleinigkeit!« Er stopfte das Garn in die Tasche. »Wie viele sind das – acht Knäuel?«
»Sechs. Die Baumwolle ist dick gesponnen, und das heißt, in Metern gemessen ist es wenig. Mach nicht so ein Gesicht; Hugh – stricken beruhigt mich.«
Er schaute vielsagend zum Schrank: Oben auf der Ablage Garntüten wie unten auf dem Boden. Und in den anderen Schränken im Haus sah es ebenso aus.
»Gemessen an manchen anderen sind meine Vorräte gar nicht so groß«, verteidigte sie sich. »Außerdem – was spricht dagegen, die Zeit im Krankenhaus dahingehend zu nutzen? Gram will dieses Muster für den Herbst haben, und was ist, wenn es *nach* der Geburt des Babys Leerlauf gibt? Andere Frauen nehmen sich Bücher oder Zeitschriften mit, und *mein* Ding ist eben das Stricken.«
»Was haben sie gesagt, wie lange du im Krankenhaus blei-

ben musst?«, fragte Hugh – rein rhetorisch. Wenn es keine Komplikationen gäbe, wäre sie morgen wieder zu Hause.

»Du bist kein Stricker. Sonst würdest du mich verstehen.«

»Dagegen kann ich nichts sagen.« Er quetschte die Wasserflaschen in die Reisetasche, zog den Reißverschluss zu, hängte sich die Tasche über die Schulter und half Dana zur Tür hinaus. Sie gingen über die Veranda zu Hughs Wagen, der in der gekiesten Zufahrt parkte.

Anstatt an ihr Zittern zu denken oder daran, wann die nächste Wehe sie heimsuchen würde, dachte Dana an die winzigen Strampler in ihrer Reisetasche. Die Tasche war ein Konfektionsstück, der Inhalt war selbst gemacht. Hugh fand, dass sie zu viel eingepackt hatte, aber eine Entscheidung zwischen all diesen winzigen, kunstvoll gestrickten Baumwollmützchen und Schühchen war von ihr nicht zu verlangen, schließlich war August, außerdem brauchten sie kaum Platz, und das Baby hatte ein Recht auf Auswahl.

Ihre Schwiegereltern waren von diesen selbst gestrickten Babysachen natürlich ebenso wenig begeistert gewesen wie von der Kinderzimmergestaltung. Sie hatten ihnen eine Babyerstausstattung von Neiman Marcus geschenkt und verstanden nicht, weshalb der neue Erdenbürger nicht diese Sachen tragen sollte.

Dana verzichtete darauf, es ihnen zu erklären, denn ihre Gründe hätten sie beleidigt. Selbstgestricktes bedeutete für Dana Erinnerung an ihre Mutter, die Liebe ihrer Großmutter und die Zuneigung ihrer Ersatzfamilie von Freundinnen aus dem Wollladen. Selbstgestricktes war auf eine Weise persönlich, die den Eltern ihres Mannes fremd war. Die Clarkes waren von Rang, und so glücklich Dana auch war, Hughs Frau zu sein, sosehr sie auch das Selbstbewusstsein der Clarkes bewunderte und sie um ihre Familiengeschichte beneidete – sie konnte nicht vergessen, wer sie war.

»Alles okay?«, fragte Hugh.

»Alles okay«, brachte sie mühsam heraus.

Sie rückte den Sicherheitsgurt so zurecht, dass er dem Baby im Fall einer Vollbremsung nicht wehtäte, doch die Gefahr war gering. Für einen nervösen, werdenden Vater fuhr Hugh so langsam, dass Dana, als die Wehen stärker wurden, wünschte, er würde schneller fahren.

Aber er wusste, was er tat. Hugh wusste immer, was er tat. Zum Glück war nicht viel Verkehr, und sie hatten grüne Welle.

Da sie angemeldet war, wurde Dana, kaum dass Hugh an der Rezeption ihren Namen genannt hatte, stationär aufgenommen. In null Komma nichts steckte sie in einem Krankenhausnachthemd, hatte ein Fötus-Überwachungsgerät auf den Bauch geschnallt und wurde von dem diensthabenden Arzt untersucht. Die Wehen kamen alle drei Minuten, dann alle zwei Minuten, und sie raubten ihr buchstäblich den Atem.

Die nächsten Stunden verschwammen, und jedes Mal, wenn der Geburtsvorgang sich verlangsamte, fragte sie sich, ob das Baby vielleicht ebenfalls Bedenken hätte. Sie strickte eine Weile, bis die Intensität der Wehen ihr die Nadeln aus der Hand nahm und Hugh zu ihrem einzigen Halt und Trost wurde. Er massierte ihren Nacken und Rücken und strich ihr die verschwitzten Haare aus dem Gesicht, und dabei sagte er ihr immer wieder, wie schön sie sei.

Schön? Sie war schweißgebadet, konnte vor Schmerzen kaum aus den Augen schauen, und ihre Haare waren völlig verfilzt. Schön? Sie musste schreckenerregend aussehen.

Aber sie klammerte sich an ihren Mann, versuchte, jedes seiner Worte zu glauben.
Alles in allem kam das Baby relativ schnell. Weniger als sechs Stunden nach dem Blasensprung erklärte die Schwester den Muttermund für vollständig geöffnet, und sie zogen in den Kreißsaal um. Hugh machte Fotos. Dana meinte später, sich daran zu erinnern, obwohl die Erinnerung von den Fotos hervorgerufen sein konnte. Sie presste, wie es ihr vorkam, eine Ewigkeit, doch in Wahrheit wesentlich kürzer, so viel kürzer, dass ihre Geburtshelferin die Geburt beinahe verpasst hätte. Die Frau war kaum eingetroffen, als das Kind kam.
Hugh durchschnitt die Nabelschnur und legte Sekunden später das greinende Baby auf Danas Bauch – das wunderschönste, vollkommenste kleine Mädchen, das sie je gesehen hatte. Dana wusste nicht, ob sie zuerst über das schrille Stimmchen lachen oder über die winzigen Finger und Zehen staunen sollte. Die Kleine schien dunkelhaarig zu sein – Dana stellte sich automatisch feines, dunkelbraunes Clarke-Haar vor –, doch, ob es so war, ließ die Käseschmiere, die den kleinen Körper überzog, nicht eindeutig erkennen.
»Wem sieht sie ähnlich?«, fragte Dana mit Tränen des Glücks in den Augen.
»Niemandem, den *ich* je gesehen habe.« Hugh lachte vor Freude und schoss eine Reihe von Fotos, bis die Schwester das Baby entführte. »Aber sie ist schön.« Er lächelte Dana neckend an. »Du wolltest doch ein Mädchen.«
»Ja«, gab sie zu, »ich wollte jemanden haben, dem ich den Namen meiner Mutter geben könnte.« Unglaublicherweise – und daran erinnerte sie sich später in aller Deutlichkeit – sah sie ihre Mutter in diesem Augenblick vor sich, wie

sie sie das letzte Mal gesehen hatte, voller Lebensfreude und lebendig an jenem sonnigen Nachmittag am Strand. Dana hatte sich immer ausgemalt, dass sie und ihre Mutter mit der Zeit die besten Freundinnen geworden wären, in welchem Fall Elizabeth Joseph jetzt mit ihnen im Kreißsaal gewesen wäre. Von den vielen Situationen in ihrem Leben, in denen Dana ihre Mutter schmerzlich vermisste, war die Geburt die wichtigste. Das war ein Grund, weshalb sie das Kind nach ihr nennen wollte. »Es ist ein bisschen so, als würde sie mir damit zurückgegeben.«

»Elizabeth.«

»Lizzie. Sie sieht wie eine Lizzie aus, findest du nicht?«

Hugh lächelte noch immer. Er drückte Danas Hand an seine Lippen. »Kann man noch nicht genau sagen. Aber Elizabeth ist ein eleganter Name.«

»Das nächste wird ein Junge«, versprach Dana und verrenkte sich fast den Hals, um das Baby zu sehen. »Was machen sie mit ihr?«

Hugh stand von seinem Stuhl auf, um nachzuschauen. »Absaugen«, berichtete er. »Waschen. Abtrocknen. Namensbändchen anlegen.«

»Deine Eltern wollten einen Jungen.«

»Es ist nicht das Baby meiner Eltern.«

»Ruf sie an, Hugh. Und meine Großmutter. Und alle anderen.«

»Bald«, sagte er. Der Blick, mit dem er sie ansah, war so intensiv, dass ihr wieder die Tränen kamen. »Ich liebe dich«, flüsterte er.

Unfähig zu antworten schlang sie stumm die Arme um seinen Hals und klammerte sich an ihn.

»Da ist sie«, sagte eine freundliche Stimme, und plötzlich

lag das Baby in Danas Arm, sauber und locker in ein Kapuzenhandtuch gewickelt.

Dana wusste, dass sie sich das nur einbildete – Neugeborene konnten nicht wirklich etwas fixieren –, doch sie hätte schwören können, dass das Baby sie ansah, als wisse es, dass sie seine Mutter war, die es für immer und ewig lieben und unter Einsatz ihres Lebens beschützen würde.

Die Kleine hatte ein zartes Näschen, ein rosiges Mündchen und ein perfekt modelliertes Kinn. Dana spähte unter die rosa Kapuze. Die Haare waren noch feucht, aber eindeutig dunkel – und *gelockt*, was eine Überraschung war. Hugh und sie hatten beide glattes Haar.

»Von wem hat sie die Locken?«

»Da fragst du mich zu viel.« Hugh klang auf einmal beunruhigt. »Sieh dir ihre Haut an!«

»Sie ist so *weich.*«

»Sie ist so *dunkel.*« Mit Angst im Blick schaute er zu dem Arzt hinüber.»Ist sie okay? Ich glaube, sie läuft blau an.«

Dana blieb beinahe das Herz stehen. Sie hatte keine Blaufärbung bemerkt, doch angesichts der Geschwindigkeit, mit der ihr das Baby entrissen und untersucht wurde, wagte sie kaum zu atmen, bis der Kinderarzt seine gründliche Untersuchung abgeschlossen und der Kleinen beruhigend hohe Apgar-Werte und ein gesundes Gewicht von rund sieben Pfund bescheinigt hatte.

Nein, die Haut war nicht blau, entschied Dana, als Lizzie wieder in ihrem Arm lag. Aber sie war auch nicht so rosig wie erwartet. Ihr Gesicht hatte einen Kupferton, der so hübsch wie verwirrend war. Neugierig zog Dana das Handtuch beiseite, um sich einen der winzigen Arme anzusehen. Auch er hatte diesen Kupferton. Der ganze Körper war hell-

braun, was die leuchtend weißen Fingernägel noch auffälliger machte.
»Wem *sieht* sie ähnlich?«, murmelte Dana ratlos.
»Keinem Clarke«, sagte Hugh. »Und auch keinem Joseph. Vielleicht jemandem auf deines Vaters Seite.«
Das konnte Dana nicht beurteilen. Außer seinem Namen wusste sie so gut wie nichts von ihrem Vater.
»Sie sieht gesund aus«, sagte sie.
»Ich habe nirgends gelesen, dass die Haut bei der Geburt dunkler ist.«
»Ich auch nicht. Sie sieht wie sonnengebräunt aus.«
»Mehr als sonnengebräunt. Schau dir ihre Handflächen an, Dee. Sie sind hell – wie die Fingernägel.«
»Sie sieht südländisch aus.«
»Nein. Nicht südländisch.«
»Indisch?«
»Nein.«
»Indianisch?«
»Auch nicht. Sie sieht *schwarz* aus, Dana.«

2

Hugh hoffte, einen Scherz gemacht zu haben. Er und Dana waren weiß. Ihr Baby *konnte* nicht schwarz sein.

Trotzdem kroch, als er da im Kreißsaal das Neugeborene in Danas Arm musterte, ein ungutes Gefühl in ihm hoch. Lizzies Haut war wesentlich dunkler als die eines jeden anderen Clarke-Babys, das er gesehen hatte – und er hatte *viele* gesehen. Die Clarkes waren stolz auf ihre Sprösslinge, wie die Flut von Ferienfotos bewies, die Verwandte jedes Jahr schickten. Sein Bruder hatte vier Kinder – allesamt typisch angelsächsisch hellhäutig –, ihre Cousins ersten Grades brachten es gemeinsam auf mehr als sechzehn Kinder. Und keines davon war dunkelhäutig.

Hugh war Anwalt. Er verbrachte seine Tage damit, Sachverhalte darzustellen, und in diesem Fall gab es keine, die nahelegten, dass sein Baby alles, nur keine Weiße war. Er bildete sich das nur ein, machte aus einer Mücke einen Elefanten. Aber wer konnte ihm das verübeln? Er war übermüdet. Am Abend zuvor hatte er sich das Sox-Spiel im Fernsehen angesehen, war spät ins Bett gekommen, eine Stunde später von Dana geweckt worden und seitdem aufgedreht. Aber

er hätte keine Sekunde der Geburt versäumen wollen. Zu sehen, wie das Baby auf die Welt kam – die Nabelschnur durchtrennen –, es gab nichts Schöneres als das.
Doch jetzt fühlte er sich seltsam leer. Dies war sein Kind – seine Familie, hatte seine Gene. Es sollte *vertraut* aussehen.
Er hatte gelesen, was Babys bei der Geburt durchmachten, und war auf einen Eierkopf, fleckige Haut und sogar Blutergüsse vorbereitet gewesen. Der Kopf dieses Babys war rund und seine Haut makellos.
Aber es hatte weder das feine, glatte Haar noch den spitzen Haaransatz der Clarkes, noch Danas blondes Haar oder ihre blauen Augen.
Es sah *fremd* aus.
Vielleicht war es ja nur eine ganz natürliche Enttäuschung nach den vielen Monaten gespannter Erwartung. Vielleicht hieß es *deshalb* in den Büchern, dass man sein Kind nicht zwangsläufig auf den ersten Blick liebte. Die Kleine war ein Individuum. Sie würde ihre eigenen Vorlieben und Abneigungen entwickeln, ihre eigenen Stärken, ihr eigenes Temperament, und all das wäre vielleicht völlig anders als bei Dana und ihm.
Er liebte sie. Ja, das tat er. Sie sah zwar nicht so aus, aber sie war sein Kind.
Demzufolge war er für sie verantwortlich. Und so folgte er der Schwester, als sie seine Tochter ins Babyzimmer brachte, und beobachtete durchs Fenster, wie eine Säuglingsschwester ihr Tropfen in die Augen gab und sie anschließend gründlich wusch.
Lizzies Haut blieb unverändert kupferfarben. Wirkte im Kontrast zu der zartrosa Decke und dem blassrosa Mützchen sogar noch dunkler.

Die Schwestern schienen Lizzies Hautfarbe nicht wahrzunehmen. Mischehen waren üblich, und die Frauen wussten nicht, dass Hughs Frau eine Weiße war. Außerdem gab es weitere dunkelhäutige Babys hier. Und im Vergleich zu ihnen war Elizabeth Ames Clarke hellhäutig.

Sich an diesen Gedanken klammernd, ging er in Danas Zimmer und begann zu telefonieren. Sie hatte recht damit, dass seine Eltern sich einen Jungen wünschten – als Eltern von zwei Söhnen hatten sie eine Vorliebe für Kinder, die den Familiennamen weitertrugen –, doch sie freuten sich trotzdem über die Neuigkeit, ebenso sein Bruder, und als Hugh schließlich Danas Großmutter anrief, fühlte er sich schon besser.

Eleanor Joseph war eine bemerkenswerte Frau. Nachdem sie ihre Tochter und ihren Mann im Abstand von vier Jahren durch tragische Unfälle verloren hatte, hatte sie ihre Enkelin allein aufgezogen und dazu noch ein erfolgreiches Geschäft aufgebaut. Der reguläre Name lautete The Stitchery, doch es hieß bei allen nur Ellie Jo's.

Bis er Dana kennenlernte, hatte Hugh keine Ahnung von Strickgarnen gehabt und keinerlei Kontakt zu Frauen, die damit umgingen. Noch heute konnte er sich nicht merken, was SKP war, obwohl Dana es ihm mehrfach erklärt hatte. Doch er schätzte die Wärme seines geliebten Alpaka-Schals, den sie selbst gestrickt hatte und der schöner war als alle, die er je gesehen hatte – und er schätzte die Atmosphäre des Ladens. In den letzten Wochen der Schwangerschaft, als Dana mit der Arbeit kürzertrat, verbrachte sie mehr Zeit dort, und er schaute oft vorbei. Offiziell, um nach ihr zu sehen, aber in Wahrheit, um die Ruhe zu genießen. Wenn ein Mandant ihn anlog oder ein angestellter Anwalt einen Fall

vermurkste oder ein Richter gegen ihn entschied, spendete The Stitchery ihm Trost und Entspannung.
Vielleicht war es ja der Ausblick – was konnte erholsamer sein, als auf eine Obstplantage mit Apfelbäumen hinauszuschauen? –, aber Hugh glaubte, dass es die Menschen waren. Dana brauchte ihren Mann nicht, wenn sie in dem Laden war. Er war ein Treffpunkt für Frauen mit Herz. Viele von ihnen hatten selbst Kinder. Und sie zeigten ihre Gefühle. Er war schon mehrmals in Unterhaltungen über Sex hineingeplatzt, was ihn auf den Gedanken gebracht hatte, dass das Stricken für sie Mittel zum Zweck war. Diese Frauen gaben einander etwas, was sie in ihrem Leben vermissten.
Allen voran Ellie Jo. Vorbehaltlos aufrichtig, freute sie sich überschwänglich, als er ihr sagte, dass sie eine Tochter bekommen hatten, und brach in Tränen aus, als er ihr den Namen nannte. Tara Saxe, Danas beste Freundin, reagierte genauso.
Er rief die beiden Partner der Kanzlei an – die RAe Calli und Kohn von Calli, Kohn und Clarke – und seine Sekretärin, die versprach, die Neuigkeit an seine Angestellten weiterzugeben. Er rief David an, ihren Nachbarn und Freund. Er rief eine Handvoll weiterer Freunde an, seinen Bruder und die beiden Clarke-Cousins, denen er am nächsten stand.
Als Dana ins Zimmer zurückgeschoben wurde, wollte sie wissen, wie es dem Baby gehe und wann es ihr wieder gebracht würde. Sie wollte mit ihrer Großmutter und Tara telefonieren, doch die beiden waren bereits auf dem Weg.
Hughs Eltern trafen als Erste ein. Obwohl es gerade mal neun war, waren sie tadellos gekleidet, der Vater in blauem Blazer und Ripskrawatte, die Mutter in Chanel. Hugh hatte keinen von beiden jemals anders als untadelig erlebt.

Mitgebracht hatten sie eine große Vase mit Hortensien. »Aus dem Garten«, sagte seine Mutter überflüssigerweise, denn sie schenkte zu *allen* Gelegenheiten zwischen Mitsommer und erstem Frost Hortensien. Mit den Worten, was für ein *Glück*, dass in diesem Jahr mehr weiße als blaue blühten, da es doch ein Mädchen geworden sei, drückte sie Hugh die Vase in die Hand und reichte ihm die Wange zum Kuss, wie danach auch Dana. Hughs Vater umarmte beide überraschend herzlich und schaute sich anschließend erwartungsvoll um.

Während Dorothy Clark noch immer über die schnelle Geburt und die vielen Fortschritte in der Geburtshilfe seit der Geburt *ihrer* Kinder staunte, führte Hugh seine Eltern zum Babyzimmer. Sein Vater entdeckte sofort den Namen an dem Bettchen am Fenster und sagte:»Da ist sie.«

Hugh hoffte auf Entzückensäußerungen über die Schönheit seiner Tochter. Er wünschte sich, von seinen Eltern zu hören, dass Lizzie wie die Lieblingsgroßtante seiner Mutter aussehe oder der Cousin zweiten Grades seines Vaters oder einfach, dass sie bemerkenswert einzigartig sei.

Doch seine Eltern schwiegen, bis sein Vater schließlich mit ernster Stimme sagte: »Das kann sie nicht sein.«

Seine Mutter las stirnrunzelnd die Namen an den anderen Bettchen. »Sie ist die einzige Clarke.«

»Das *kann* nicht Hughs Kind sein.«

»Aber da steht ›Clarke, Mädchen‹, Eaton.«

»Dann ist das falsch.« Er war Historiker von Beruf – Lehrer wie Autor –, und auch bei ihm zählten nur Tatsachen wie bei Hugh.

»Sie hat ein Namensarmbändchen um«, bemerkte Dorothy,»aber darauf kann man sich auch nicht verlassen. Oprah

hatte mal zwei Elternpaare in ihrer Sendung, deren Babys falsch ausgezeichnet waren. Geh doch mal fragen, Hugh. Die Kleine sieht nicht aus, als wäre sie dein Kind.«
»Das ist sie aber.« Hugh tat, als überrasche ihn ihr Zweifel.
Dorothy war verwirrt.»Aber sie sieht dir überhaupt nicht ähnlich.«
»Sehe ich dir ähnlich?«, fragte er.»Nein. Ich sehe Dad ähnlich. Und dieses Baby ist zur Hälfte Dana.«
»Aber sie sieht auch ihr nicht ähnlich.«
Ein junges Paar kam den Flur herunter und drückte sich die Nasen an der Scheibe platt.
»Ich würde das überprüfen, Hugh«, sagte Eaton mit gesenkter Stimme. »Verwechslungen passieren nun mal.«
»In der Zeitung stand gerade die Geschichte über eine Samenverwechslung, über eine Frau, die Zwillinge von einem Fremden bekam«, steuerte Dorothy bei, »und man kann das beinahe verstehen bei den Unmengen in diesen Samenbanken.«
»Das war eine künstliche Befruchtung, Dorothy.«
»Vielleicht, was aber nicht gegen eine Verwechslung spricht«, meinte sie. »Und wie man schwanger wird, müssen Söhne ihren *Müttern* ja nicht erzählen.«
Sie warf Hugh einen Blick zu, peinlich berührt.
»Nein, Mom«, sagte Hugh. »Es war keine künstliche Befruchtung. Und es ist keine Verwechslung. Ich war bei Dana im Kreißsaal, und es war dieses Kind, dessen Geburt ich miterlebte. Ich selbst habe die Nabelschnur durchschnitten.«
Eaton war noch immer nicht überzeugt. »Bist du wirklich *sicher*, dass es dieses Kind war?«
»Absolut.«

»Nun«, sagte Dorothy ruhig, »was wir hier sehen, ähnelt weder dir noch sonst jemandem aus unserer Familie. Dieses Baby muss nach Danas Familie kommen. Ihre Großmutter spricht nie über Verwandte – wie viele Josephs waren einschließlich der Braut auf der Hochzeit? *Drei?* –, aber sie muss schließlich Familie haben, und dann ist da ja auch noch Danas Vater, um den ein noch größeres Geheimnis gemacht wird. Kennt Dana überhaupt seinen Namen?«

»Sie kennt seinen Namen.« Hugh begegnete dem Blick seines Vaters. Er wusste, was Eaton dachte. Seine Eltern waren sich einig: Die Herkunft war entscheidend.

»Wir haben vor drei Jahren darüber gesprochen, Hugh«, erinnerte sein Vater ihn mit leiser, aber scharfer Stimme. »Ich riet dir damals dringend, nach ihm zu suchen.«

»Und ich lehnte es ab. Es gab keinen Grund dafür.«

»Du hättest gewusst, was du heiratetest.«

»Ich habe kein *Etwas* geheiratet«, gab Hugh zurück, »ich habe eine *Person* geheiratet. Und ich dachte, wir hätten das Thema seinerzeit begraben. Ich habe Dana geheiratet, nicht ihren Vater.«

»Vater und Tochter, das kann man nicht immer trennen«, entgegnete Eaton, »und ich würde sagen, dieser Fall ist ein Beispiel dafür.«

Die Schwester rettete Hugh, als sie ihm zuwinkte und das Bettchen zur Tür schob.

Dieses kleine Mädchen war sein Kind. Er hatte es gezeugt und ihm geholfen, auf die Welt zu kommen. Er hatte die Nabelschnur durchtrennt, die es mit seiner Mutter verband. Dieser Akt besaß Symbolcharakter. Jetzt und in Zukunft hatte auch er, Hugh, eine Rolle im Leben dieses Kindes zu spielen. Der Gedanke war schon unter normalen Umständen beängstigend, und diese Umstände waren nicht im Mindesten normal.

»Freut ihr euch denn gar nicht?«, fragte er. »Zumindest für *mich*? Das da ist mein Kind.«

»Ist es das?«, fragte Eaton.

Hugh brauchte ein paar Sekunden, um zu begreifen – und dann wurde er wütend. Doch in diesem Moment schob die Schwester das Bettchen auf ihn zu. Er streckte ihr sein Handgelenk hin, damit sie das Armbändchen des Babys mit dem seinen vergleichen konnte. »Und das sind die Großeltern?«, fragte sie lächelnd.

»So ist es«, bestätigte Hugh.

»Dann gratuliere ich. Sie ist wunderhübsch.« Die Schwester wandte sich wieder ihm zu. »Hat Ihre Frau vor zu stillen?«

»Ja.«

»Dann schicke ich jemanden, der ihr am Anfang hilft.« Die Tür des Babyzimmers schloss sich, und Hugh konnte aufhören, den Glücklichen zu spielen.

Er schaute seinen Vater herausfordernd an. »Willst du damit etwa sagen, dass Dana eine Affäre hatte?«

»Es sind schon seltsamere Dinge passiert«, warf seine Mutter ein.

»Mir nicht«, erklärte Hugh. Als sie ihm einen warnenden Blick zuwarf, fuhr er mit gesenkter Stimme fort: »Und auch in meiner Ehe nicht. Warum, glaubt ihr, habe ich so lange gewartet? Warum, glaubt ihr, habe ich mich geweigert, eines der Mädchen zu heiraten, die *euch* gefielen? Weil sonst *ich* Affären gehabt hätte. Es waren langweilige Mädchen mit langweiligen Interessen. Dana ist anders.«

»Offensichtlich«, sagten seine Eltern wie aus einem Munde und in exakt demselben anklagenden Ton.

»Heißt das, dass ihr nicht alle Clarkes anrufen werdet, um ihnen von der Geburt meiner Tochter zu berichten?«
»Hugh«, sagte Eaton.
»Was ist mit dem Country Club?«, fragte Hugh. »Glaubt ihr, sie wird dort willkommen sein? Werdet ihr sie beim Grillfest von Tisch zu Tisch tragen, um bei unseren Freunden mit ihr anzugeben, wie ihr es mit Roberts Kindern tut?«
»Wenn ich du wäre«, erwiderte sein Vater, »würde ich mir keine Gedanken wegen des Country Clubs machen. Ich würde mir Gedanken wegen der Stadt machen, in der ihr lebt, und wegen der Schulen, die das Kind besuchen wird, und wegen seiner Zukunft.«
Hugh hob die Hand. »Du sprichst mit jemandem, dessen Partner kubanischer und jüdischer Herkunft sind, dessen Mandanten größtenteils Minderheiten angehören und dessen Nachbar Afroamerikaner ist.«
»Wie dein Kind«, sagte Eaton.
Hugh atmete tief durch, um sich zu beruhigen, doch es half nichts. »Ich sehe keine schwarze Haut in diesem Babyzimmer. Ich sehe braune, weiße, gelbe und alle Zwischentöne. Meine Tochter hat also getönte Haut. Na und? Darüber hinaus ist sie auch noch wunderschön. Solange ihr das nicht zu mir sagen könnt, solange ihr das nicht zu Dana sagen könnt, bitte ich euch ...« Er ließ den Satz unbeendet, schaute seine Eltern einen Moment lang schweigend an und schob dann das Bettchen den Flur hinunter.
»Worum bittest du uns?«, wollte Eaton wissen, der ihn mit ein paar Schritten einholte. Er hatte Hughs lange Beine. Genauer – und korrekter – gesagt, hatte Hugh *Eatons* lange Beine.
Dass ihr nach Hause fahrt. Dass ihr eure hässlichen Gedan-

ken für euch behaltet und mich und meine Frau und unser Kind in Ruhe lasst.
Hugh sprach nichts davon aus, doch seine Eltern hörten es trotzdem. Als er vor Danas Zimmertür ankam, war er allein mit dem Baby.

3

Dana sah Hugh auf den ersten Blick an, was passiert war. Sie hatte also recht gehabt. Hughs Eltern waren rechtschaffene Leute. Sie spendeten reichlich für ihre bevorzugten Wohltätigkeitsorganisationen, die Kirche bekam den größten Anteil, und zahlten gewissenhaft ihre Steuern. Aber sie liebten ihr Leben, wie es war. Veränderungen jeglicher Art bedeuteten eine Bedrohung. Dana hatte sich sehr beherrschen müssen, um sich nicht zu dem Aufruhr zu äußern, der entstand, als die alte Südküstenstadt der Clarkes trotz des erbitterten Widerstands von Eaton, Dorothy und weiteren hochkarätigen Persönlichkeiten, die eher verhungern würden als einen Big Mac zu essen, dafür stimmte, einer Fastfood-Kette die Eröffnung eines Ladens zu gestatten.

Dana liebte Big Macs. Dass ihre Schwiegereltern es nicht taten, das hatte sie schon vor langer Zeit akzeptiert.

Es kümmerte sie nicht, was Hughs Eltern dachten. Aber es kümmerte sie, was Hugh dachte. So eigenständig er war – seine Eltern konnten ihm durchaus die Laune verderben.

Und das hatten sie offensichtlich getan. Er wirkte geistesabwesend und wütend, und das zu einer Zeit, da er sie

glückstrahlend in die Arme nehmen und ihr seine Liebe beteuern sollte, wie er es im Augenblick der Geburt des Babys getan hatte.
Dana sehnte sich danach und war tief enttäuscht. Er hatte das Baby mitgebracht, und sie wollte es in den Arm nehmen, verspürte das Bedürfnis, ihre Tochter zu beschützen, sogar vor ihrem eigenen Vater, wenn nötig.
Als sie sich aufsetzen wollte, bedeutete Hugh ihr, liegen zu bleiben. Seine Hände wirkten im Vergleich zu dem Baby grotesk groß. Als er ihr die Kleine gab, drückte sie sie behutsam an sich und genoss ihre Wärme. Abgesehen von Salbenresten in den Augenwinkeln war das Gesicht sauber und glatt. Dana war wie verzaubert.
»Schau dir die Bäckchen an«, flüsterte sie. »Und den Mund. Alles ist so zart.« Sogar die Hautfarbe war es.
Vorsichtig nahm sie eines der Händchen und beobachtete, wie die Finger des Babys einen Moment lang in der Luft herumtasteten, bis sie sich um ihren Daumen schlossen.
»Haben deine Eltern sie auf den Arm genommen?«
»Diesmal nicht.«
»Sie sind irritiert.«
»Könnte man sagen.«
Dana schaute zu ihm auf. Sein Blick blieb auf das Baby geheftet.
»Wo sind sie jetzt?«, fragte sie.
»Nach Hause gefahren, nehme ich an.«
»Sie geben mir die Schuld, stimmt's?«
»So würde ich es nicht ausdrücken.«
»Aber es trifft zu. Ich kenne deine Eltern. Unser Baby ist dunkelhäutig. Sie wissen, dass das nicht aus eurer Familie kommen kann, also muss es aus meiner kommen.«

Er hob den Blick. »Und – tut es das?«
»Möglich wäre es«, antwortete Dana leichthin. Sie war mit Fragen aufgewachsen, auf die sie keine Antwort bekam. »Ich habe ein Foto von meinem Vater. Du kennst es. Er ist so hellhäutig wie du und ich. Aber wer weiß schon mit Sicherheit, was zwei oder drei Generationen zuvor passierte?«
»Ich.«
Ja, stimmte Dana ihm im Stillen zu. Die Clarkes wussten es. Die Josephs unglücklicherweise nicht. »Deine Eltern geben also mir die Schuld. Sie haben etwas Bestimmtes erwartet und etwas anderes bekommen. Sie sind nicht glücklich über unsere Tochter, und sie geben mir die Schuld. Tust du es auch?«
»Schuld ist das falsche Wort – es setzt eine Verfehlung voraus.«
Dana schaute auf das Baby hinunter, das ihr geradewegs in die Augen zu blicken schien. Es strahlte Frieden und Zufriedenheit aus. Elizabeth Ames Clarke hatte etwas Besonderes, und wenn das auf Genen beruhte, mit denen sie nicht gerechnet hatten, dann sollte ihr das recht sein. Die Kleine hatte keinen Makel. Sie war absolut vollkommen.
»Das hier ist unser Baby«, sagte Dana in flehendem Ton. »Ist die Hautfarbe wichtiger als die Augenfarbe oder die Intelligenz oder das Temperament?«
»In diesem Land, auf dieser Welt – ja.«
»Das werde ich nicht akzeptieren.«
»Dann bist du naiv.« Gereizt stieß er die Luft aus und strich sich die Haare aus dem Gesicht, doch die kurzen Strähnen, die ihm für gewöhnlich in die Stirn fielen, blieben auch jetzt nicht hinten. Als sein Blick ihrem begegne-

te, war er ausdruckslos. »Meine Mandanten entstammen sämtlichen Minderheiten, und die Afroamerikaner sagen übereinstimmend, dass sie es schwer haben. Es ist besser geworden, und es wird weiter besser werden, aber es wird nicht wirklich *gut* – zumindest nicht, solange du und ich leben.«

Dana ließ es dabei bewenden. Hugh war einer der tolerantesten Menschen, die sie kannte. Wenn er das sagte, dann war es eine Feststellung. Eine Feststellung, die auf Tatsachen und nicht auf Vorurteilen basierte.

Vielleicht war sie ja wirklich naiv. Das Baby war ihr bereits vertraut, obwohl sie auch mit größter Mühe kein Detail an ihm entdecken konnte, das an Hugh oder sie erinnerte.

Sie sann gerade darüber nach, als sich die Tür öffnete und ihre Großmutter den Kopf hereinstreckte. Als Dana ihr Gesicht sah, vergaß sie alles andere, empfand nur noch reine Freude. »Komm sie dir anschauen, Gram!«, rief sie. Ihre Augen füllten sich mit Tränen, als die Frau, der sie vertraute wie keinem anderen Menschen, auf sie zukam.

Mit vierundsiebzig noch immer eine attraktive Erscheinung, trug Ellie Jo ihr dickes graues Haar zu einem Knoten geschlungen, den zwei Bambusnadeln an Ort und Stelle hielten. Ihre Haut war glatt und ihr Rückgrat noch kräftig genug, um ihren Körper aufrecht zu halten. Sie sah aus, als habe sie ein stressfreies Leben geführt, doch der Schein trog. Sie war eine Meisterin des Überlebens geworden, hauptsächlich weil sie sich – und Dana – ein sinnvolles, produktives und ehrfurchtvolles Leben aufgebaut hatte.

Strahlend trat sie ans Bett, und ihre Hand zitterte, als sie die zartrosa Decke behutsam zur Seite zog. Dana hörte, wie sie den Atem anhielt und dann langsam ausstieß. »Du meine

Güte, Dana Jo! Sie ist das hübscheste kleine Ding, das ich je gesehen habe!«

Dana brach in Tränen aus. Sie schlang ihren freien Arm um den Hals ihrer Großmutter und klammerte sich schluchzend an sie. Ellie Jo hielt Dana in einem Arm und das Baby im anderen, bis die Tränen versiegten.

Schniefend griff Dana nach einem Papiertaschentuch und putzte sich die Nase. »Entschuldige.«

»Das sind die Hormone«, konstatierte Ellie Jo und wischte ihr mit dem Daumen die Tränen unter den Augen weg. »Wie fühlst du dich?«

»Wund.«

»Eis, Hugh!«, kommandierte Ellie Jo. »Dana muss auf etwas Kaltem sitzen. Schaust du mal, was du kriegen kannst?«

Dana sah ihrem Mann nach, bis die Tür sich hinter ihm geschlossen hatte. Dann wandte sie sich wieder ihrer Großmutter zu. »Was meinst du?«

»Eure Tochter ist eine Schönheit.«

»Was sagst du zu ihrer Hautfarbe?«

Ellie Jo versuchte nicht zu leugnen, was sie beide deutlich sahen. »Ich finde, die Hautfarbe macht einen Teil ihrer Schönheit aus – aber wenn du mich fragst, woher sie sie hat, dann muss ich passen. Als deine Mutter mit dir schwanger war, scherzte sie immer, dass sie keine Ahnung hätte, was dabei herauskommen würde.«

»Gab es auf eurer Seite der Familie irgendwelche Unklarheiten?«

»Unklarheiten?«

»Unbekannte Wurzeln, wie zum Beispiel eine Adoption?«

»Nein. Ich kannte meine Eltern. Und mein Earl kannte seine ebenfalls. Aber deine Mutter wusste so wenig über deinen

Vater.« Während sie sprach, spähte sie unter die winzige blassrosa Mütze. »Schau dir diese Löckchen an!«, flüsterte sie hingerissen.
»Mein Vater hatte keine Locken«, sagte Dana. »Er sah nicht wie ein Afroamerikaner aus.«
»Das tat Adam Clayton Powell auch nicht«, erwiderte ihre Großmutter. »Viele schwarze Gruppierungen mieden ihn, weil er so hellhäutig war.«
»Akzeptierten ihn die Weißen denn als ihresgleichen?«
»Größtenteils.«
Also nicht alle, schlussfolgerte Dana im Stillen. »Hugh ist irritiert.«
»Sprichst du von Hugh oder von seinen Eltern?«
»Von seinen Eltern – aber es hat auf ihn abgefärbt.« Wieder füllten Danas Augen sich mit Tränen. »Ich möchte, dass er sich *freut!* Sie ist doch *unser Baby!*«
Ellie Jo streichelte sie eine Weile beruhigend und sagte dann: »Er freut sich, glaub mir – er kann nur nicht so schnell akzeptieren, was er sieht. Wir sind flexible Menschen, du und ich – er war darauf fixiert, einen typischen Ames-Clarke-Spross zu sehen.«
»Er wird keine Ruhe geben, bis er die Erklärung für Lizzies Aussehen gefunden hat«, prophezeite Dana. »Und das bedeutet, dass er sich unseren Stammbaum vornimmt. Möchte ich das? Möchte ich nach all dieser Zeit meinen Vater finden?«
»Hey!«, rief es fröhlich von der Tür her.
Tara Saxe war Danas beste Freundin, seit sie beide drei Jahre gewesen waren. Sie hatten gemeinsam den Tod ihrer Mütter durchlitten, endlos erscheinende Schuljahre, die Verehrung pickeliger Teenager und die Phase, in der sie nicht wussten,

was sie werden wollten. Tara hatte gleich nach dem College einen Pianisten geheiratet, der damit zufrieden war, in dem Haus zu leben, in dem sie aufgewachsen war, sie hatte drei Kinder unter acht Jahren, einen Abendschulabschluss als Buchhalterin und einen Teilzeitjob, den sie hasste, ohne den sie und ihre Familie jedoch nicht existieren könnten. Das einzig Chaotische an ihr waren ihre braunen, kinnlangen, so gut wie nie gekämmten Locken. Ansonsten war sie eine Perfektionistin, die die Jongleurnummer mit den zahlreichen Bällen ihres Lebens bravourös meisterte.

Darüber hinaus war sie auch noch eine passionierte Strickerin und Danas begeisterte Partnerin beim Kopieren neuer Designermodelle. Zu Beginn jeder Saison durchforsteten sie die exklusivsten Geschäfte für Damenbekleidung in Boston und machten sich Notizen. Anschließend, obwohl sie beide Jobs hatten und eigentlich überhaupt keine Zeit dafür, kreierte Dana Muster, die sie dann beide strickten, gelegentlich den gleichen Pullover mehrmals, jedoch in verschiedenen Farbstellungen oder Größen. Taras Meinung zu den Varianten zeigte Dana und – noch wichtiger – Ellie Jo, ob die jeweilige Version für den Laden in Frage käme.

Tara trat ans Bett, umarmte sie und geriet ebenso über Lizzie ins Schwärmen, wie Ellie Jo es getan hatte. Nur musste Dana Tara nicht fragen, was sie zu der Hautfarbe meinte, denn Tara war so geradeheraus, wie es nur eine beste Freundin sein konnte. »Wow!«, sagte sie. »Schau sich einer diese Haut an! Woher, sagtest du, hast du dieses Baby, Dana Jo?«

»Ich nehme an, sie ist das Resultat einer unbekannten Vergangenheit«, erwiderte Dana, erleichtert, dass Tara es scherzhaft abtat. »Hugh ist irritiert.«

»Warum? Weil sie nicht das Abbild seines Urgroßvaters oder seines Ururgroßvaters ist? Wo steckt er überhaupt?«

»Gram hat ihn nach Eis geschickt.«

»Ah. Ich wette, du wirst es brauchen. Oh, schau dir an, wie die Kleine herumsucht. Sie hat Hunger.«

Danas Brüste waren größer als vor der Schwangerschaft, aber nicht größer als letzte Woche oder in der Woche davor.

»Soll ich jetzt schon anfangen?«

»Aber ja. Sie muss doch das Kolostrum kriegen.«

Dana öffnete ihr Nachthemd. Tara zeigte ihr, wie sie das Baby halten musste, damit sie es anlegen konnte, doch es dauerte ein Weilchen, bis es schließlich klappte. Dana war verblüfft, wie kräftig die Kleine saugte. »Woher weiß sie bloß, was sie tun muss?«

Tara antwortete nicht, denn in diesem Moment kam Hugh zurück, und nachdem sie ihn mit einer Umarmung begrüßt und Ellie Jo das Eis in Position gebracht hatte, war die Frage vergessen. Viel zu schnell verabschiedeten sich Danas beide Lieblingsfrauen, um in die Arbeit zu fahren, und sie war wieder mit Hugh allein.

»Trinkt sie?« Er schaute so interessiert, dass Dana für einen Moment glaubte, er habe sich über die Böswilligkeit seiner Eltern hinweggesetzt.

»Sie nuckelt zwar, aber ich weiß nicht, wie viel sie rauskriegt.«

»Sie kriegt, was sie braucht«, sagte eine Stimme hinter Hugh. Es war die Still-Spezialistin. Sie stellte sich vor, schaute einen Moment zu und rückte Danas Brust dann ein paarmal hin und her, stellte einige Fragen, machte einige Vorschläge und ging wieder.

Dana legte das Baby an die Schulter und rieb seinen Rücken. Als sie kein Bäuerchen hörte, versuchte sie es mit Tätscheln. Als auch das nichts brachte, Lizzie jedoch keine Unmutsäußerungen von sich gab, versuchte sie es wieder mit Reiben.

»Und?«, fragte Hugh in überraschend nonchalantem Ton. »Was hat Ellie Jo gesagt?«

Es war eine harmlose Frage, aber es gab vieles, was er stattdessen hätte sagen können. Entmutigt und plötzlich ungeheuer müde antwortete Dana: »Sie ist ebenso erstaunt wie wir.«

»Hat sie eine Ahnung, wo die Hautfarbe her ist?«

»Sie ist keine Genetikerin.«

»Hat sie nicht einmal eine Vermutung?«

»Keine.«

»Auch keinen Vorschlag?«

»Wofür?«, hätte Dana ihn am liebsten angeschrien. »Wie wir die Haut des Babys aufhellen können?«

Hugh wandte den Blick ab und seufzte. »Es wäre einfacher, wenn wir ein paar Antworten hätten.«

»Weil wir es deinen Eltern dann erklären könnten, meinst du?« Dana hörte, wie bitter sie klang. Da war auf einmal ... nein, nicht direkt eine Mauer, aber irgendetwas, was sie beide trennte. Bisher hatten sie immer eine Einheit gebildet. Sein Blick war, ja, distanziert. »Weil wir es dann deinen Freunden erklären könnten?«, fuhr Dana fort. »Und weil deine Eltern es dann *ihren* Freunden erklären könnten?«

»Alles miteinander«, räumte er ein. »Hör zu. Das sind die Fakten: Weißes Paar hat schwarzes Baby. Das ist keine Alltäglichkeit. Die Leute werden Fragen stellen.«

»Müssen wir ihnen Antworten geben? Lass sie doch denken, was sie wollen.«

»Das werden sie sowieso tun. Ihr erster Gedanke wird der meiner Mutter sein – dass es im Labor eine Verwechslung gab.«

»In welchem Labor?«

»Gute Frage. Ich habe ihr gesagt, dass wir kein Labor bemühen mussten, auch wenn es sie nichts anging. Aber sie wird nicht die Letzte sein, die in diese Richtung denkt.«

»Würde es eine Rolle spielen, wenn wir uns hätten Hilfe holen müssen?«

»Das ist nicht der Punkt. Ich mag es einfach nicht, wenn Leute Spekulationen über mein Privatleben anstellen, aber das werden sie tun, solange es einen Grund für Spekulationen gibt.« Er hob drei Finger. »Erste Vermutung: künstliche Befruchtung.« Der erste Finger wurde umgeklappt. »Zweite Vermutung: ein Verwandter mit afrikanischen Wurzeln.« Der zweite Finger wurde umgeklappt. »Weißt du, wie die dritte Vermutung lautet?« Er ließ die Hand sinken. »Dass sie nicht von mir ist.«

»Wie bitte?«

»Dass sie nicht von mir ist.«

Dana hätte beinahe gelacht. »Das ist doch lächerlich. Kein Mensch wird das denken.«

»Meine Eltern tun es.«

Dana starrte ihn mit aufgerissenen Augen an. »Das ist nicht dein Ernst!«

»Doch. Und man kann es ihnen nicht einmal verübeln. Es ist eine logische Folgerung.«

»Eine logische Folgerung? Deine Eltern denken, ich hatte eine Affäre?« Dana war entsetzt. »Um Himmels willen, Hugh!«

»Wenn meine Eltern es denken, werden andere es auch tun.«

»Nur Leute, die uns nicht kennen«, gab Dana aufgebracht zurück. »Alle, die uns kennen, wissen, dass wir glücklich verheiratet sind – und dass wir jede freie Minute miteinander verbringen.«

»Sie wissen auch, dass ich in der fraglichen Zeit wegen eines Prozesses vier Wochen in Philadelphia war.«

»Wow!«, hauchte Dana tonlos.

Das Baby gab leise Töne von sich.

»*Ich* glaube es nicht, Dee«, sagte Hugh, doch sein Blick blieb distanziert. »Ich nicht. Ich spiele nur den Advocatus Diaboli. Aber die anderen werden zwei und zwei zusammenzählen, vor allem, weil das Baby zwei Wochen zu früh kam.«

»Dann sagst du ihnen eben, dass es nicht stimmt.«

»Weiß ich denn, was hier passierte, während ich in Phillie war?«

»Du weißt zumindest, was an den Wochenenden passierte.«

»Du hättest durchaus zweigleisig fahren können.«

Dana fasste es nicht. »Wie kannst du das sagen?«

»Ich sage nur, was die Leute sagen werden.«

Dana nahm das Baby von ihrer Schulter. Sein Gesichtchen war verzogen, als würde die Kleine jeden Moment zu weinen anfangen. Dana wiegte sie sanft, was sie allerdings große Mühe kostete, denn sie wurde immer wütender. »Du meinst, die halten mich für so *beschränkt,* dass ich versuche, dir das Baby unterzuschieben, das ich von einem Afroamerikaner bekommen habe?«

»Vielleicht warst du ja nicht sicher, wer von uns der Vater ist.«

Das Baby fing zu weinen an.

»Warum weint sie?«, fragte Hugh.
»Ich weiß es nicht.« Dana drückte Lizzie an sich, aber es half nichts. »Vielleicht spürt sie, dass ich aufgebracht bin.«
»Vielleicht ist sie hungrig.«
»Sie hat doch gerade erst getrunken.«
»Deine Milch ist noch gar nicht eingeschossen. Vielleicht braucht sie Ersatznahrung.«
»Sie wird Milch von mir bekommen, Hugh. Jede Menge Milch.«
»Okay. Vielleicht ist sie nass.«
Das war eine Möglichkeit. Dana schaute sich um. »Ich habe nichts mitgebracht. Irgendwo hier muss etwas sein.«
»Wo?«
»Keine Ahnung. Ich werde nach der Schwester läuten.«
»Ich werde die Schwester *holen*«, sagte Hugh. »Sie soll uns helfen. Wenn wir es allein machen wollten, hätten wir längst nach Hause fahren können.«
Angesichts der Schnelligkeit, mit der er zurückkam, vermutete Dana, dass die Schwester bereits auf dem Weg zu ihnen gewesen war. Tüchtigkeit und Ruhe ausstrahlend, nahm sie Dana das Baby aus dem Arm und legte es ins Bettchen. Öffnete dann nacheinander die Schubladen darunter und zeigte ihnen Pampers, Salbe, Reinigungstücher, Spuckwindeln und anderes Zubehör.
Das Baby weinte lauter, als es mit nacktem Po dalag, die Schwester jedoch führte ihnen in aller Ruhe vor, wie der Unterleib eines Säuglings gereinigt und eingecremt und ein Baby gewickelt wird. Sie zeigte ihnen, wie man das Köpfchen stützt, und erklärte ihnen die Pflege des Nabels.
Als die Schwester ging, trat Hugh an das Bettchen, kerzen-

gerade, in der typischen Clarke-Haltung. Unglücklicherweise war Dana eine Joseph. Und das winzige, hilflose Baby – wer war *das?*

4

Hugh sah sein Kind an. Es hatte ihm immer gefallen, dass Dana keinerlei Ähnlichkeit mit seiner Familie hatte, doch nun suchte er verzweifelt nach einer Familienähnlichkeit. War das vielleicht seine Strafe dafür, dass er die Clarkeschen Charakteristika abgewertet hatte – Vater eines Kindes zu sein, das keines dieser Charakteristika erkennen ließ?

In einem Anflug von Zuneigung beugte er sich zu dem Neugeborenen. »Hey«, flüsterte er und noch einmal »Hey«. Diesmal lächelte er dabei.

Lizzie schaute ihn unverwandt an. Sie hatte bemerkenswerte Augen, fand Hugh – dunkelbraun und von langen schwarzen Wimpern umrahmt. Ihre zierliche Nase war makellos modelliert und ihre Haut zart und glatt. Ein ausgesprochen schönes Kind. Er zog die Kamera heraus und machte ein Foto.

Hugh liebte seine Frau. Von ganzem Herzen. Er liebte sie für vielerlei, nicht zuletzt für ihre Unbekümmertheit. Sie verbiss sich nicht in Details, wie er es tat. Sie hatte nicht dieses zwanghafte Bedürfnis nach Ordnung oder Logik oder einer Richtlinie. Sie besaß die Fähigkeit, eine Veränderung

mit einem Lächeln zu akzeptieren und sich umgehend darauf einzustellen. Er bewunderte sie dafür.
Zumindest hatte er das bisher getan. Jetzt, als er das Baby betrachtete, erschien Danas Unbekümmertheit ihm plötzlich unverantwortlich. Warum hatte sie sich nie bemüht, ihren Vater zu finden? Dann stünden sie heute nicht vor diesem Rätsel.
Hugh wollte etwas sagen, doch als er zu Dana schaute, waren ihre Augen geschlossen. Er entschied sich dafür, zu glauben, dass sie schlief, verließ leise das Zimmer und fuhr mit dem Aufzug nach unten. Als er im Parterre ausstieg, sah er David Johnson den Flur herunterkommen, mit wehendem Arztkittel über der dunkelblauen OP-Kleidung und glänzendem, rasiertem Schädel. David war nicht nur ein Nachbar. Er war ein enger Freund. Sie hatten sich vor fünf Jahren kennengelernt, als auf dem Morgen Land an der Küste, den Hugh gekauft hatte, noch nicht mehr stand als Strandhafer und Heidekraut. David war während des langen Jahres, das die Bauarbeiten in Anspruch nahmen, eine wichtige Anlaufstelle, denn bei ihm gab es kühlschrankkaltes Bier und wertvolle Tipps, die Hugh viel Mühe und Zeit gespart hatten.
Einer dieser Tipps war Dana gewesen. Der wertvollste.
»Hey, Mann«, rief David, als er ihn entdeckte. Breit grinsend schlug er ihm auf die Schulter. »Wie geht's dem frischgebackenen Daddy?«
Hugh schüttelte ihm die Hand. »Ich bin noch gar nicht ganz bei mir.«
»Es war eine schnelle Geburt – da kannst du nicht meckern. Ist die Kleine niedlich?«
»Absolut. Hey«, sagte Hugh, »kommst du oder gehst du?«
»Ich komme aus dem OP und gehe ins Büro. Es bleiben

mir drei Minuten, um raufzufahren und einen Blick auf das Baby zu werfen. Und wohin willst *du?*«, fragte David, als sich die Aufzugtür öffnete.
»Ich muss meine Mailbox abhören und ein paar Telefonate erledigen. Sehen wir uns später?«
»Ich bin um sechs hier fertig, aber dann habe ich Besprechungen in der Harvard, also kann ich deine Mädchen entweder gleich besuchen oder erst morgen.«
»Besuch sie gleich«, bat Hugh. »Dana wird sich freuen.«
David trat in den Lift. Er drehte sich zu Hugh herum, und als er ihm zulächelte, leuchteten seine Zähne strahlend weiß in dem gut geschnittenen, dunklen Gesicht.
David würde das Problem verstehen. Er war nicht nur als Schwarzer aufgewachsen, sondern hatte mit seiner weißen Frau eine Tochter bekommen, deren Haut den gleichen Farbton hatte wie Lizzies.
Davids Tochter war voll integriert. Sie war glücklich. Mit diesen Gedanken tröstete sich Hugh, als er sich im Eingangsbereich eine ruhige Ecke suchte, um seine Mailbox abzuhören.
Von Jim Calli, seinem Partner in der Kanzlei, kam ein überschwängliches: »Das sind ja tolle Neuigkeiten, Hugh! Rita und ich kommen vorbei, sobald Dana und das Baby zu Hause sind. Mach dir keine Sorgen – Julian und ich kümmern uns hier um alles.«
Von Melissa Dubin, einer angestellten Anwältin, die für ihn arbeitete, kam ein jubelndes: »Herzlichen Glückwunsch, Hugh! Ein Baby und ein beruflicher Sieg! Der Staatsanwalt im Hassler-Fall hat gerade angerufen – er lässt die drei schwersten Anschuldigungen gegen unseren Mandanten fallen! An dem leichten Vergehen hält er zwar fest, aber wir

wissen alle, dass Hassler dafür nicht wird sitzen müssen. Das ist *toll!*«

Die nächste Stimme klang nicht fröhlich. »Hey«, sagte Henderson Walker leise und drängend, »wir müssen uns unterhalten. Die Typen hier haben es auf mich abgesehen. Ich bin schon zweimal bedroht worden. Und raten Sie mir nicht, es dem Wärter zu sagen, denn die Wärter stecken mit denen unter einer Decke. Ich muss verlegt werden. Sie müssen durchsetzen, dass ich verlegt werde.«

Hugh hatte gewusst, dass es für Henderson schwierig werden würde. Er war zwar nicht überzeugt, dass die Gefahr so groß war, wie Henderson fürchtete, hatte aber vorgehabt, heute Nachmittag im Gefängnis vorbeizuschauen. Mit seinem Blackberry mailte er dem Anwalt, der mit dem Fall betraut war: »HW fühlt sich bedroht. Rufen Sie ihn an.«

Die darauf folgende Nachricht kam von seinem Bruder. Robert war drei Jahre jünger als Hugh und geschäftsführender Vizepräsident des Familienunternehmens, das vor sechs Generationen mit einem Hotel angefangen hatte. Aus dem einen Hotel waren sechs und dann zwölf geworden. Spätere Generationen von Clarkes hatten expandiert, hatten das Unternehmen zu einem Mischkonzern erweitert, zu dem Banken, Risikokapitalbeteiligungsgesellschaften und Unterhaltungsindustrien gehörten. Der Konzern warf so gute Gewinne ab, dass das Familienvermögen stetig wuchs. Derzeit wurde das Unternehmen von Hughs Onkel geführt, Bradley Clarke VIII.

Robert, der im Unterschied zu Hugh und Eaton kein Interesse an einer weiteren Expansion hatte, war ein nüchterner Geschäftsmann. »Dad redet wirres Zeug«, informierte er ihn sachlich. »Ruf mich an.«

Mit einem mulmigen Gefühl im Magen tippte Hugh die Nummer des Privatanschlusses seines Bruders im Büro ein. »Was heißt, er redet wirres Zeug?«, fragte er ohne Einleitung.

»Moment.« Robert sagte zu jemandem, der sich offenbar bei ihm im Zimmer befand: »Können wir das später fertigmachen? Sehr gut. Schließen Sie die Tür, wenn Sie rausgehen, ja?« Dann folgte Stille und schließlich ein fernes Klicken. Hugh sah ihn vor sich, wie er sich mit seinem hochlehnigen Schreibtischsessel zu der Fensterfront umdrehte und auf die Skyline von Boston hinausschaute. »Dad sagt, das Baby sei schwarz«, hörte er ihn wieder laut und klar. »Was soll das heißen?«

»Ihre Haut ist nicht weiß.«

»Sondern?«

»Hellbraun.«

»Das ist unmöglich«, widersprach Robert ihm. »Sie hat weiße Eltern.«

»Einer von uns hat einen afroamerikanischen Vorfahren.«

»Da du das nicht bist, muss es Dana sein. Weiß sie, wer es ist?«

»Ich wünschte, es wäre so. Das würde Dad den Mund stopfen.«

»Er sagt, sie hat dir vielleicht etwas verschwiegen.«

»Sie *weiß* es nicht.«

»Dad sagt, wenn sie keinen afroamerikanischen Vorfahren hat, dann hatte sie eine Affäre.«

Hugh spürte Kopfschmerzen kommen. Er schloss die Augen und drückte mit Daumen und Mittelfinger den Nasenrücken an der Wurzel zusammen.

»Hatte sie?«, fragte Robert.

»Nein, verdammt.«
»Bist du sicher?«
Hugh öffnete die Augen. »Sie ist meine *Frau.* Ich *kenne* sie. Komm schon, Rob, du musst mich unterstützen. Dana hatte keine Affäre. Sag Dad das. Ich will nicht, dass er dieses Gerücht in die Welt setzt.«
»Dann solltet ihr Danas Vorfahren schleunigst finden, denn von den beiden Möglichkeiten – schwarzer Verwandter oder Liebhaber – gefällt Dad die zweite Version sehr viel besser.«
»Ich wusste nicht, dass er Dana derart verabscheut«, sagte Hugh.
»Er fand immer, dass du unter deinem Stand geheiratet hast, aber er gibt der Ehebruchtheorie noch aus einem anderen Grund den Vorzug. Wenn das Kind nicht von dir ist, kann er sagen, dass es nicht sein Enkel ist.«
Hugh wurde regelrecht übel. »Das ist richtig mies.«
»Er ist, was er ist.«
»Ach ja? Und was *ist* er? Wenn man seine Bücher liest, gewinnt man den Eindruck, dass er ein Mann ist, der glaubt, dass die Angehörigen von Minderheiten seit jeher zu Unrecht benachteiligt und schikaniert werden. Aber jetzt möchte er mit keinem solchen Angehörigen verwandt sein? Was sagt das über *ihn* aus?«
»Dass er scheinheilig ist«, antwortete Robert gelassen. »Willst du wissen, was er außerdem noch sagt?«
Hugh sparte es sich, zu antworten – er wusste, dass nichts Robert davon abhalten könnte, es ihm zu erzählen. Sein Bruder wetteiferte seit ihrer Kinderzeit mit ihm, und er genoss es noch immer, wenn er Hugh eine Nasenlänge voraus war.
Erstaunlich, dachte Hugh, dass Robert, obwohl er inzwi-

schen, an Macht und Vermögen gemessen, eine viel wichtigere Rolle spielte als er, noch immer dieses kindliche Bedürfnis hatte, ihn zu übertrumpfen.

»Er glaubt, dass du entweder wirklich nicht weißt, dass sie eine Affäre hatte, oder dass du es bestreitest, weil du nicht zugeben willst, dass es ein Riesenfehler war, sie zu heiraten. Er sagt, dass es angesichts der ungeklärten Vaterschaft auf keinen Fall eine große Taufe geben wird.«

»Die Taufe ist nicht seine Sache. Sie ist Danas und meine.«

»Ein Wort von ihm, und die Hälfte der Gäste wird wegbleiben.«

»Sollen sie doch«, sagte Hugh. Er hatte genug. »Hör mal, Robert, ich habe jetzt keine Zeit mehr. Tust du mir einen Gefallen? Ruf Dad an und sag ihm, dass er Dana Unrecht tut. Sie hatte keine Affäre, und wenn er das bei seinen Kumpels im Club behauptet, wird er sich irgendwann entschuldigen müssen. Dana und ich werden die Angelegenheit klären, aber wir werden es nicht überstürzen.«

»Er denkt übrigens, dass euer Nachbar der Vater ist.«

»David?«

»Er ist Afroamerikaner, oder?«

»Er ist einer meiner engsten Freunde! Du spinnst doch!«

»Es war nicht *meine* Idee, sondern Dads. Aber vielleicht möchtest du es ja überprüfen. Ich kenne einen guten Detektiv ...«

»Ich habe meinen eigenen, danke.« Hugh unterbrach die Verbindung. Er beschäftigte beruflich bedingt tatsächlich einen Detektiv, und er würde ihn anrufen und beauftragen, Danas Vater zu suchen, aber vorher wollte er die Genetikerin kontaktieren, die die meisten seiner DNA-Analysen machte.

Sie war nicht zu erreichen, und so holte er sich einen Kaffee aus dem Automaten und ging auf die Terrasse hinaus. Als er sich gerade auf eine Bank setzte, klingelte sein Handy. Auf dem Display stand die Nummer seines Partners.

»Hey, Julian.«

»Ich muss im Fall Ryan ins Gericht, aber das dürfte nicht länger als eine Stunde dauern. Ich dachte mir, ich hole anschließend Deb zu Hause ab und fahre mit ihr ins Krankenhaus. Sie will das Baby sehen. Ist Dana schon fit für einen Besuch?«

Julian war einer von Hughs engsten Freunden. Sie hatten sich während des Jurastudiums kennengelernt und festgestellt, dass ihnen als Berufsziel die gleiche Art von Anwalt vorschwebte. Julian war ein in jeder Hinsicht toleranter Mensch, aber Hugh zögerte trotzdem.

»Ich weiß nicht recht, Julian. Sie ist noch ziemlich erledigt. Wir haben beide kaum geschlafen, und bei ihr fangen jetzt die Schmerzen an. Vielleicht verschieben wir es lieber, bis die beiden zu Hause sind.«

»Aber sie ist doch okay, oder?«

»Ja, ja. Nur erschöpft.«

»Dann werfen wir bloß schnell einen Blick auf die Kleine und gehen wieder.«

»Wenn ihr extra den weiten Weg fahrt, wird Dana euch nicht gleich wieder weglassen. Gebt ihr einen Tag, um sich zu erholen, Julian.«

»Deb wird enttäuscht sein. Aber ich verstehe es.« Er verabschiedete sich.

Hugh kam sich wie ein Idiot vor. Er konnte das Baby doch nicht *verstecken*. Heute, morgen, übermorgen – es wäre völlig egal, wann Julian Lizzie sähe, denn ihre Haut würde den

Kupferton behalten. Julian würde sich nicht daran stören. Deb ebenso wenig. Aber sie würden Fragen stellen.
Während er mit dem allmählich kalt werdenden Kaffee und mit leerem Blick auf einen Vogel starrend dasaß, der sich am anderen Ende seiner Bank niedergelassen hatte, bohrte sich plötzlich eine aufgeregte weibliche Stimme in seine Gedanken, die von jenseits der die Terrasse begrenzenden Hecke kam.
Er wollte die Stimme ignorieren. Er hatte genügend eigene Probleme. Er brauchte nicht noch die anderer Leute. Doch was er hörte, klang so verzweifelt, dass er nicht umhinkonnte, zuzuhören.
»Ich habe es versucht!«, rief die Frau. »Ich *erreiche* ihn nicht!« Es folgte eine kurze Pause und dann, ungeduldig: »Und wie soll ich das, bitte, *machen?* Er lässt sich *verleugnen!*« Als sie fortfuhr, sprach sie leiser, war aber immer noch deutlich zu verstehen. »Sie haben ihn operiert, er steckt jetzt für sechs Wochen in einem Ganzkörpergips, und sie reden ständig von Wachstumszonen, was bedeutet, dass er noch öfter operiert werden muss. Aber ich habe nicht das Geld dafür!« Wieder eine Pause. Dann: »Bist *du* versichert? Na also! Dann halt es mir nicht vor!« Schluchzend fügte sie hinzu: »Ich habe nicht darum *gebeten,* dass er angefahren wird, Mom. Ich war im Garten, nur ein paar Schritte weg von ihm. Und plötzlich kam wie aus dem Nichts dieses Auto angeschossen und schleuderte auf den Bürgersteig.«
Hugh war wider Willen fasziniert.
»Das hab ich dir gerade *erklärt!*«, die Frau war aufgebracht. »Er lässt sich verleugnen. Ich weiß genau, dass er in Washington ist. Er war vorgestern Abend in den Nachrichten

und redete über irgendeine große Abstimmung im Senat. Er will einfach nicht zugeben, dass Jay von ihm ist.«
Hugh lächelte. Er kannte Kongressmitglieder. Er kannte auch andere Sorten von Machtmaklern. Sie waren allesamt überhebliche Arschlöcher.
»Ich war ja auch nicht begeistert, schwanger zu sein«, sprach die Stimme weiter, »aber schließlich bin ich es nicht allein geworden. Hat er nicht die Verpflichtung, mir zu helfen?«
Doch, die hat er, dachte Hugh. Wenn ein Mann ein Kind zeugte, ging er eine Verpflichtung ein.
Ein paar leiser werdende Schluchzer und dann: »Mama? Bitte, leg nicht auf. Mama?«
Es ging ihn nichts an. Er hatte keinen Kopf dafür. Nicht jetzt.
Hugh schüttete den Rest seines Kaffees ins Gebüsch und stand auf – ging um die Hecke herum.
Die Frau saß vornübergebeugt auf einer ähnlichen Bank wie er vorher. Er sah Beine in Jeans, die Rückenansicht eines eng anliegenden T-Shirts und ungebärdige, kastanienbraune Locken. Vor ihren abgetragenen Sneakers lagen ein paar ausgetretene Zigarettenstummel.
»Entschuldigen Sie?«, sagte er.
Sie schrak hoch und fuhr zu ihm herum. Ihr linkes Auge wanderte ab, doch das rechte sah ihn an. Beide waren rot geweint.
»Ich habe auf der anderen Seite der Hecke gesessen und Ihr Gespräch mit angehört. Vielleicht kann ich Ihnen helfen.«
Sie wischte sich mit zitternden Händen die Tränen vom Gesicht. »Indem Sie mich anbaggern?«
Er lächelte. »Nein. Ich bin glücklich verheiratet. Meine Frau hat gerade vorhin unser erstes Kind bekommen. Aber ich

bin Anwalt. Wenn ich es richtig verstanden habe, dann leugnet der Vater Ihres Kindes seine Vaterschaft.«
»Sie hatten nicht das Recht, mein Gespräch zu belauschen.«
»Ich konnte gar nicht anders. Sie haben nicht gerade geflüstert. Der Vater hat eine gesetzliche Verpflichtung. Das weiß ich, denn ich habe schon Vaterschaftsprozesse geführt.«
Sie musterte ihn abschätzig. »Sie sehen nicht wie ein Anwalt aus.«
»Wie ich schon sagte – meine Frau hat heute früh unser Kind bekommen. Die Nacht war für uns um eins zu Ende. Wenn ich vor Gericht gehe, sehe ich anders aus.«
Sie lachte unfroh auf. »Wenn ich schon die Arztrechnungen für meinen Sohn nicht bezahlen kann – wie sollte ich dann einen Anwalt bezahlen können?«
»Es kommt auch vor, dass ich ohne Honorar arbeite.«
Die junge Frau stand auf – sie war groß, etwa eins zweiundsiebzig, schätzte er –, und das intakte Auge fixierte ihn zynisch. »Wer's glaubt, wird selig.« Sie steckte ihr Handy in die kleine Vordertasche ihrer Jeans, drehte sich um und nahm einen abgeschabten Segeltuchbeutel von der Bank.
Hugh zog seine Brieftasche aus der Jeans, nahm eine Visitenkarte heraus und hielt sie ihr hin.
Sie nahm sie nicht.
Er ließ sich nicht beirren. »Ich kenne Washington. Ich habe ein weit verzweigtes Netz von Kontakten dort.«
»Das wird in diesem Fall nichts nützen.«
»Ist er ein so hohes Tier?«
Sie bestätigte es nicht, und sie bestritt es nicht. Und sie ging auch nicht.
»Wie alt ist Ihr Sohn?«, fragte Hugh.

Sie hob das Kinn. »Vier.«
»Und er wurde von einem Auto angefahren?«
»Ja. Vor zwei Tagen. Seine Wirbelsäule ist gebrochen. Und sein Bein.«
»Ist der Vater Senator?«
Sie schaute ihn schweigend an und hängte sich den Beutel über die Schulter.
»Sie können ihn nicht erreichen?«, insistierte Hugh. »*Ich* könnte es.«
»Na klar. Wenn er mit mir nicht reden will – warum sollte er mit einem *Anwalt* reden wollen?« Sie betonte das Wort, als wären alle Anwälte Verbrecher.
»Weil er Angst vor der Publicity haben müsste, wenn er sich weigerte«, erklärte Hugh ihr. »Wenn Sie einen Anwalt ins Spiel bringen, wird der Gute die Angelegenheit schnell und in aller Stille bereinigen wollen. Glauben Sie mir – ich kenne diese Burschen. Sie meinen, sie können sich alles erlauben, wenn sie auf Wahlkampftour sind.«
»Er war nicht auf Wahlkampftour. Er war auf der Jagd.«
»In dieser Gegend?«
»In New Hampshire. Er kam zum Abendessen in das Restaurant, wo ich arbeite. Ich bediente ihn.«
Hugh betrachtete sie. Trotz des unsteten Auges, der wirren Haarflut und ihrer Blässe war sie sehr anziehend. »Ist er von dort – aus New Hampshire?«
»Nein. Er war bei jemandem zu Besuch.«
»Sind *Sie* aus New Hampshire?« In diesem Fall wäre er nicht zuständig.
»Nein, aus Massachusetts. Aber direkt an der Grenze.«
Bingo. »Können Sie beweisen, dass Sie zusammen waren?«
»Nein.«

»Hat Sie jemand zusammen gesehen?« Als sie nicht antwortete, setzte er provozierend hinzu: »Ist es wirklich so gewesen, wie Sie behaupten?«

»Ich habe das Motelzimmer gemietet«, erwiderte sie in scharfem Ton. »Aber ich weiß nicht, ob der Typ an der Rezeption auch den Mann gesehen hat, mit dem ich da war.« Sie begann, in ihrem Beutel herumzusuchen.

»Haben Sie nach dieser Nacht noch einmal mit ihm gesprochen?«

»Nach Jays Geburt rief ich an, um ihm zu sagen, dass er einen Sohn bekommen hatte.« Sie kramte eine zerknautschte Zigarette aus dem Beutel.

»Und – haben Sie ihn erreicht?«

»Nein. Ich sagte, es sei eine Privatangelegenheit und wurde mit einem Typen verbunden, der mich anpflaumte, er kenne die Sorte Privatangelegenheiten, mit denen Frauen wie ich daherkämen.«

»Ich nehme an, er sagte, der Junge sei nicht von dem Senator.«

»Mmm.« Sie warf die Zigarette in den Beutel zurück.

»Sind Sie denn wirklich sicher, dass er von ihm ist?«

»Jay sieht genau aus wie er.«

»Das kann man sich auch einbilden«, hielt Hugh dagegen. »Hat er Ihnen Geld gegeben?«

»Also, das muss ich mir nicht anhören.« Sie wandte sich zum Gehen.

»Warten Sie. Es tut mir leid – das sind die Fragen, die jeder Anwalt stellt, und wenn nicht ich, dann ein anderer.«

»Nicht, wenn ich nichts unternehme«, erwiderte sie.

»Aber Sie *müssen* etwas unternehmen. Das sind Sie Ihrem Sohn schuldig. Er muss ärztlich behandelt werden, und Sie haben keine Versicherung. Was ist mit dem Fahrer des Wagens?«

»Er ist gestorben.«

»Bei dem Unfall?«

»Er hatte einen Herzinfarkt. Darum kam es überhaupt zu dem Unfall. Der Mann war so um die achtzig. Hatte nicht mal einen Führerschein.«

»Was bedeutet, dass er nicht versichert war.«

»Richtig.«

»Und Ihre Mutter kann Ihnen offenbar nicht helfen. Ihr Vater, vielleicht? Oder haben Sie einen Freund?«

Sie schüttelte langsam den Kopf.

»Womit nur unser Mann in Washington bleibt«, schlussfolgerte Hugh. »Und der ist es Ihnen schuldig.« Er könnte den Fall gewinnen. »Hören Sie, Ihr Sohn braucht Hilfe, und ich biete sie Ihnen an – unentgeltlich. Die meisten Mütter in Ihrer Situation würden zugreifen.« Wieder hielt er ihr seine Visitenkarte hin. »Nehmen Sie sie. Wenn Sie anrufen, gut, wenn Sie nicht anrufen, auch gut.«

Sie schaute auf die Karte hinunter, und schließlich nahm sie sie mit zittrigen Fingern, las die Angaben.

»Woher weiß ich, dass Sie nicht für ihn arbeiten und mich über den Tisch ziehen wollen?«

»Ich weiß ja nicht einmal, wer er ist.«

»Woher weiß ich, dass Sie nicht lügen?«

»Überprüfen Sie mich. Sie haben meinen Namen. Rufen Sie einen anderen Anwalt in der Stadt an. Oder googeln Sie mich. Dann sehen Sie, was für Fälle ich übernehme. Ihren würde ich besonders gern übernehmen.«

»Warum?«

»Weil ich es nicht in Ordnung finde, wenn Männer Kinder

zeugen und sich dann weigern, ihrer Verpflichtung nachzukommen. Das habe ich Ihnen gleich zu Anfang gesagt.«
Ihre Augen verengten sich. »Haben Sie eine persönliche Erfahrung damit? Hat Ihr Vater sich so verhalten?«
»Nein. Aber ich kenne Männer, die es getan haben. Ich weiß, wie sie ticken. Sie versuchen, sich zu drücken, so gut es geht, bis sie in die Ecke gedrängt werden. Dann geben sie ganz schnell klein bei. Ich sage Ihnen, Sie haben eine echte Chance zu gewinnen.« Und er wollte ihr dazu verhelfen. Er half gern machtlosen Menschen. Es gab Gesetze zu ihrem Schutz – Gesetze, die, wie seine Familie, jahrhundertealt waren.
Sie kämpfte noch mit sich, aber das war okay. Er hatte schon Mandanten gehabt, die ihre Geschichte Wildfremden erzählten oder – noch schlimmer – der Presse. Mit denen gab es Probleme.
Vorsichtige Mandanten waren gute Mandanten. Und diese junge Frau war vorsichtig. »Woher weiß ich, dass Sie nicht plötzlich mit irgendwelchen Geldforderungen daherkommen? Woher weiß ich, dass Sie nicht *mich* verklagen, wenn ich nicht bezahlen kann?«
»Wir schließen einen Vertrag, in dem ich mich verpflichte, auf ein Honorar zu verzichten.«
»Schon gut. Und ich soll Ihnen glauben, dass Sie den Prozess ohne Bezahlung führen?«
Sie war nicht dumm, das musste er ihr lassen. »Ja, das sollen Sie«, antwortete er. »Der Fachausdruck dafür lautet *Pro-bono*-Leistung. Jeder Anwalt mit nur einem Fünkchen Menschlichkeit macht das, und ich persönlich habe an meinen Ruf zu denken.«
»Woher weiß ich, dass Sie es nicht nur um der Publicity willen tun?«

»Wenn ich das wollte, müsste ich einen anderen Fall vertreten. Ein Fall wie dieser wird in aller Stille verhandelt. Manchmal genügt es schon, den Herrn wissen zu lassen, dass ihm eine Klage droht. Im Moment geht er in seiner Arroganz davon aus, dass Sie nichts unternehmen werden. Ein Anruf von Ihrem Anwalt, und der Gute wird Sie mit anderen Augen ansehen.«
Ihr Widerstand fiel in sich zusammen. »Alles, was ich möchte, ist doch nur, meinen Sohn behandeln lassen zu können.«
»Was genau sagen die Ärzte?«
»Ein Lendenwirbel ist gebrochen. Weil sich ein Knochensplitter in den Spinalkanal gebohrt hatte, haben sie sofort eine Notoperation gemacht, aber sie sorgen sich wegen der Wachstumszonen, was bedeutet, dass Jay schief werden könnte, und wenn das passiert, muss er wieder operiert werden. Aber das würden die Ärzte hier nicht machen. Sie sagen, dafür bräuchte es einen Spezialisten und der beste Operateur wäre in St. Louis. Ich müsste meinen Job aufgeben und mir dort eine Wohnung suchen. Und wovon sollte ich die bezahlen – abgesehen von den Arztrechnungen?«
Hugh legte die Hand auf ihre Schulter. »Das Geld für die Behandlung kann ich Ihnen beschaffen.«
Sie schüttelte seine Hand ab. »Und wenn doch nicht? Was ist, wenn er sich weigert? Wie stehe ich dann da?«
»Genau wie jetzt. Denken Sie darüber nach. Was haben Sie zu verlieren?«
»Ist das ein Power-Trip für Sie?«
»Ein persönlicher«, gab er zu. Er wollte einen Fall haben, den er gewinnen würde, vor allem jetzt, da er sich in seinem

Fall bezüglich seiner Tochter machtlos fühlte. Ein Fall wie dieser würde ihn für seine Qual entschädigen.
»Aber ich will Sie zu nichts drängen«, setzte er hinzu. »Sie haben meine Karte. Sie haben meinen Namen. Ich kenne Ihren nicht und vermute, dass Sie im Moment nicht bereit sind, ihn mir zu nennen. Sollten Sie sich entschließen, es zu versuchen, dann melden Sie sich in der Kanzlei unter dem Stichwort ›Garten-Mom‹.«
Er nickte zum Abschied und kehrte ins Krankenhaus zurück.

5

So müde Dana auch war, sie brauchte nur Lizzie anzusehen und ihre Lebensgeister waren geweckt. Sie rief Freunde an, um ihnen die Neuigkeit mitzuteilen – Elizabeth Ames Clarke, sieben Pfund, siebenundvierzigeinhalb Zentimeter, geboren um sieben Uhr dreiundzwanzig –, und dazwischen strickte sie, stillte das Baby, trank eine Tasse Tee und aß einen Toast, stand über das Bettchen gebeugt, bis ihre Beine sie nicht mehr trugen und sie sich wieder hinlegen musste.

Schlafe, wenn das Baby schläft, hatte Ellie Jo ihr in den letzten Wochen mehr als einmal gesagt, und Dana hatte dasselbe in Büchern gelesen. Doch noch mehr als Schlaf brauchte sie Hugh. Und dieses Bedürfnis hielt sie wach – und die Sorge.

Sie legte die Hand auf ihren Bauch. Erstaunlich, wie flach er schon wieder war.

Sie hatte Krämpfe. Zog ihre Gebärmutter sich zusammen? Möglich. Näher lag, dass es Angst war, weil Hugh nicht da war, ein Anflug von Verlustgefühl.

Dana kannte Verlust. Verlust war das bestimmende Element ihrer frühen Kinderjahre gewesen. Sie war fünf, als ihre Mutter »verschwand«, doch es dauerte noch ein paar Jahre, bevor sie das Wort »tot« aussprechen konnte, und noch ein paar, bevor sie begriff, was es bedeutete.

»Verschwunden« war ein freundlicher Begriff. Ihre Großmutter verwendete ihn wiederholt in den Tagen, nachdem die See Elizabeth mit sich fortgenommen hatte. Dana hatte ihre Mutter nicht tot gesehen. Sie waren durch das seichte Wasser gewatet, und während Dana darin spielen wollte, war Elizabeth hinausgeschwommen, hinter die Brandung. Dana hatte nicht gesehen, wie ihre Mutter von der Unterströmung weggezogen wurde. Und sie hatte auch nicht den Brecher kommen sehen, der sie bewusstlos schlug. Als sie nach zehn Tagen im Krankenhaus aufwachte, war die Beerdigung längst vorbei. Sie hatte nicht einmal den Sarg ihrer Mutter gesehen.

»Verschwunden« bedeutete für Dana, dass ihre Mutter jederzeit wiederkommen konnte. Und so fixierte sie im Wollladen die Eingangstür, wartend und voller Angst, dass ihre Welt untergehen würde, wenn ihre Mutter nicht nach Hause käme.

Die Angst legte sich mit der Zeit. The Stitchery war ihr Hafen und Ellie Jo ihr Anker. Doch immer spürte sie eine Leere in sich. Dann lernte sie Hugh kennen, und die Leere wurde ausgefüllt.

Als die Tür aufging, öffnete Dana die Augen. Sie versuchte, in Hughs Gesicht zu lesen, als er auf ihr Bett zukam. Sein Blick richtete sich auf Lizzie, die jetzt in ihrer Armbeuge schlief, und seine Züge wurden weich.

Er liebte dieses Kind. Dana wusste, dass er es tat. Er konnte gar nicht anders.

»War David hier?«, fragte er nach einer Weile.

»Ja«, antwortete Dana fröhlich. »Und er war sehr lieb.«

»Was hat er gesagt?«
Sie gab ihm Davids Lobeshymnen nicht wieder, denn Hugh wollte etwas anderes hören. »Er sagte, dass einer von uns afrikanische Wurzeln hat, und das erklärt, warum er sich von Anfang an mit uns verbunden fühlte.«
Hugh schnaubte. Als er Danas fragenden Blick sah, meinte er: »Ich bin froh, dass wir uns so nahestehen. Er kann uns auf das vorbereiten, was uns draußen erwartet, seine Ali ist ja auch ein Mischling.«
»Sie kommt nächste Woche, und sie bleibt, bis die Schule anfängt.«
Hugh nickte und meinte dann: »Ali ist ein Schatz. Ich freue mich auf sie.« Wieder glitt sein Blick zu Lizzie. »Darf ich sie mal nehmen?«
Dana schöpfte neuen Mut. Vorsichtig gab sie ihrem Mann das Baby.
Er musterte seine Tochter. »Sie wirkt ausgesprochen friedlich. Wird das so bleiben?«
»Das habe ich die Schwester gerade auch gefragt. Sie sagte, es kann, muss aber nicht. Hast du was gegessen?«
Er nickte und schaute zu dem Tablett auf dem fahrbaren Betttisch. »Und du?«
»Ein bisschen. Hast du telefoniert?«
»Mit Robert. Er hatte mir auf die Mailbox gesprochen. Dad ist völlig durch den Wind.«
»Dann ist es gut, dass es nicht Dads Baby ist«, bemerkte Dana in Anlehnung an Hughs Äußerung. Als er nicht darauf reagierte, fragte sie: »Hast du mit ihm gesprochen?«
»Nein.«
»Vielleicht solltest du das tun. Tacheles reden.«

»Ich bin noch nicht so weit. Meine Eltern sind ... meine Eltern.«
»Sie sind elitär«, sagte Dana.
»Das ist unfair.«
»Stimmt es etwa nicht?«
»Nein«, antwortete er, doch nicht schnell genug.
»Dann ist nur die Überraschung das Problem?«, sagte Dana. »Die werden sie verkraften, Hugh. Schließlich ist es keine Tragödie.«
Hugh rückte das Baby in seinem Arm zurecht und setzte sich auf die Bettkante.
»Es *ist* keine Tragödie«, wiederholte Dana. »Eine Tragödie ist, wenn ein Kind mit einem Herzfehler oder einer Abnutzungskrankheit geboren wird. Unser Kind ist körperlich und geistig gesund. Und wunderschön.«
»Es ist nur nicht wie *wir*«, sagte Hugh.
»Nicht wie wir? Oder nur nicht wie das ›wir‹, das wir kennen?«
»Ist das ein Unterschied?«
»Ja. Es werden ständig Kinder mit Merkmalen aus vorausgegangenen Generationen geboren. Man muss nur ein bisschen graben, um die Wurzeln zu finden.« Als Hugh dazu schwieg, fügte Dana hinzu: »Sieh es doch einfach so: Ein farbiges Kind wird dein Image des rebellischen Anwalts untermauern.« Als er wieder schnaubte, neckte sie ihn: »Du wolltest doch immer anders sein, oder?« Er antwortete nicht. »Komm schon, Hugh«, bettelte sie. »Lächle.«
Das Lächeln erschien erst wieder auf seinem Gesicht, als er das Baby ansah. »Lizzie ist etwas Besonderes, das steht fest.«
»Hast du hübsche Fotos gemacht?«

Hughs Blick wanderte zu der Kamera, die drüben an der Wand auf Danas Tasche lag, und sagte mit einem plötzlichen Anflug von Begeisterung: »Und ob ich das habe!« Er umfasste das Baby fester, holte die Kamera und schaltete sie ein. Dann setzte er sich neben Dana und ließ die Schnappschüsse durchlaufen. In diesem Augenblick der Nähe war alles in Ordnung.
»O mein Gott, schau doch nur!«, rief sie. »Da war sie erst ... ein paar Sekunden alt!«
»Und da hast du sie zum ersten Mal im Arm.«
»Ich sehe grauenvoll aus!«
Er lachte glucksend. »Du warst ja auch nicht gerade bei einem Picknick.« Er holte das nächste Foto auf den Schirm. »Sieh dir diese Augen an! Sie ist wirklich bemerkenswert. So wach – von Anfang an. Warte ... hier!«
Dana stockte buchstäblich der Atem, als sie die Aufnahme sah. »Dieser intelligente Ausdruck! Man könnte denken, sie sieht mich genau an! Kannst du mich da rausschneiden?«
»Warum sollte ich? Das ist ein sensationelles Mutter-Kind-Dokument.«
»Für die Geburtsanzeige. Da soll doch ein Foto von ihr allein drauf.«
Hugh sah sich weitere an. »Das da ist auch hübsch. Ich werde sie heute Abend ausdrucken und in das Album kleben, das du zu deiner Babyparty geschenkt bekommen hast.«
»Aber wir brauchen doch eines für die Geburtsanzeige«, sagte Dana wieder. »Das Schreibwarengeschäft hat mir zugesagt, dass die Anzeigen innerhalb einer Woche fertig sind, wenn sie unsere Fotos haben.«

Hugh starrte unverwandt auf den kleinen Monitor, während er Fotos vor- und zurücklaufen ließ. »Ich glaube nicht, dass man eines davon verwenden kann.«
»Auch nicht das erste Foto? Das ist doch gut.«
»Da ist sie noch nicht gewaschen.«
»Das macht es umso authentischer.«
»Aber du kannst ja auch jetzt noch welche machen.«
»Sie schläft doch.«
Dana fand, dass Lizzie schlafend genauso hinreißend aussah, wie nicht schlafend. »Oh, Hugh. Ich will nicht warten. Die Umschläge sind beschriftet und frankiert. Es gibt so viele Menschen, denen wir es mitteilen wollen.«
»Die meisten wissen es sowieso schon«, entgegnete er mit einer plötzlichen Schärfe in der Stimme. »Ich weiß eigentlich gar nicht, warum wir überhaupt Anzeigen verschicken.«
Dana schaute ihn verblüfft an. »Aber du hast mich doch wochenlang gedrängt, einen Termin mit dem Schreibwarenhändler zu vereinbaren. Du hast sogar darauf bestanden, mitzugehen. Und *du* hast die Anzeige mit Foto ausgesucht und versprochen, das Foto zu liefern.«
Er blieb bei ihr sitzen, doch sie spürte auf einmal Kälte von ihm ausgehen. Ein paar Sekunden später stand er auf, steckte die Kamera ein und legte das Baby behutsam in das Bettchen.
»Hugh?«
Als seine Augen ihren schließlich begegneten, las sie Besorgnis darin. »Ich finde, wir sollten auf das Foto verzichten.«
Dana ließ sich in die Kissen zurücksinken. »Du willst nicht, dass sie einer sieht. Aber das wird auf Dauer nicht zu verhindern sein. Du kannst sie doch nicht im Haus unter Verschluss halten.«

»Das weiß ich. Aber jetzt ein Foto zu verschicken provoziert nur Fragen. Müssen wir uns derartig zur Schau stellen? Das Gerede wird früh genug anfangen. Die Leute lieben Tratsch.«

»Und?«

»Müssen wir dem Tratsch *Zündstoff* liefern? Es wäre anders, wenn ich sagen könnte, dass meine Frau einen schwarzen Großvater hat.«

»Was spielt das für eine *Rolle?*«, rief Dana. Es kümmerte sie nicht, ob ihr Großvater ein Schwarzer war. Es kümmerte sie nicht, ob ihr Vater ein Schwarzer war. Es würde keinen anderen Menschen aus ihr machen.

Unglücklicherweise kümmerte es Hugh. »Wir müssen deinen Vater finden.«

»Das habe ich vorgeschlagen, als ich noch gar nicht schwanger war«, ging Dana in die Defensive. »Aber damals sagtest du, er interessiere dich nicht. Ich sagte, was wäre, wenn irgendein medizinisches Problem aufträte, und du meintest, wenn es dazu käme, würden wir uns damit befassen.«

»Und genau das tun wir jetzt – indem wir deinen Vater suchen. Ich werde meinen Mann damit beauftragen.«

»Sein Mann« hieß Lakey McElroy, war Ire und kam aus einer Polizistenfamilie. Er war sozial gestört, aber hochintelligent und ein Computerfreak. Während seine Brüder die Straßen kannten, kannte er die dunklen Hinterhöfe. Und er war im Internet zu Hause. Mehr als einmal hatte er Informationen aufgetrieben, an die zu gelangen Hugh aufgegeben hatte. Wenn einer Danas Vater finden konnte, dann Lakey.

Dana spürte die vertraute Ambivalenz in sich aufsteigen – wissen zu wollen und nicht wissen zu wollen. Vielleicht hat-

te Hugh recht damit, darauf zu bestehen. Es ging jetzt nicht mehr nur um sie. Es ging jetzt auch um Lizzie.
»Wir haben so gut wie keine Anhaltspunkte«, gab sie zu bedenken.
»Wir haben einen Namen und ein Foto. Wir haben einen Ort, einen Monat und ein Jahr.«
»Grob geschätzt«, schränkte sie ein, denn sie hatte darüber schon sehr viel eingehender nachgedacht als er. »Meine Mutter hat nie präzise gesagt, wann sie mit ihm zusammen war. Wir können zwar vom Tag meiner Geburt zurückrechnen, aber wenn ich früher oder später geboren wurde als angenommen, kommen wir auf den Holzweg.«
»Du hast sie nie danach gefragt?«
»Ich war *fünf*, als sie starb.«
»Aber Ellie Jo muss es doch wissen.«
»Sie sagt nein.«
»Was ist mit Freundinnen deiner Mutter? Müsste sie die nicht ins Vertrauen gezogen haben?«
»Ich habe schon alle gefragt, aber ich könnte es noch mal tun.«
»Möglichst bald, bitte!«
Sein Ton und dieses »bitte« gaben ihr das Gefühl, als handle es sich um eine geschäftliche Angelegenheit und sie wäre nachlässig gewesen. Sie sagte sich, dass es nur an seiner Anspannung lag. Trotzdem schossen ihr Tränen in die Augen.
»Aber jetzt sofort kann ich es nicht«, sagte sie. »Ich habe gerade ein Baby bekommen.«
»Ich habe nicht verlangt, dass du es jetzt sofort tust«, erwiderte er frostig. Sein Handy vibrierte. Er schaute auf das Display. »Lass mich drangehen. Es könnte hilfreich sein.«

Genevieve Falk war eine Genetikerin, die Hugh vor Jahren gefunden hatte, als er für einen Fall einen DNA-Experten suchte.

»Genevieve«, sagte er dankbar, als er mit dem Handy am Ohr am Fenster des Patientenzimmers stand. »Schön, dass Sie zurückrufen.«

»Wir sind auf Nantucket, aber Sie haben gesagt, es sei dringend.«

»Ich brauche Ihre Hilfe. Das Szenario sieht folgendermaßen aus: Ein weißes Paar bekommt ein Baby, das Haut und Haar eines Afroamerikaners hat. Weder Eltern noch Großeltern haben dunkle Haut oder Kraushaar. Die Vermutung geht dahin, dass es eine weiter zurückliegende afroamerikanische Verbindung gibt – vielleicht einen Urgroßvater. Ist das möglich?«

»Urgroßvater – *Einzahl?* Also nur auf einer Seite der Familie? Wahrscheinlicher wäre ein solcher Verwandter auf *beiden* Seiten.«

»Das kann ausgeschlossen werden. Der Stammbaum der Familie des Vaters ist lückenlos dokumentiert.«

»Wurde die Mutter adoptiert?«

»Nein – aber ihr Vater ist eine unbekannte Größe. Auf dem einzigen vorhandenen Foto sieht er hellblond aus.«

»Aussehen zählt nicht, Hugh. Die Rassenvermischung hat Generationen von gemischtblütigen Menschen hervorgebracht. Manche sagen, dass heute nur noch zehn Prozent der Afroamerikaner genetisch originär sind. Wenn die anderen neunzig Prozent weißes Genmaterial besitzen und dieses Material durch jede Zeugung weiter ›verdünnt‹ wird, könnten ihre Nachkommen nicht nur weiße Merkmale haben, sondern irgendwann könnte es passieren, dass keine

Kinder mehr mit afrikanischen Charakteristika geboren werden.«

»Ich will nicht wissen, was wahrscheinlich ist – ich will nur wissen, was möglich ist. Ist es *möglich,* dass rassenspezifische Charakteristika mehrere Generationen sozusagen im Tiefschlaf liegen, bevor sie wieder zutage treten? *Kann* eine Weiße, eine hellhäutige, blonde Frau, ein Kind mit nichtweißen Merkmalen bekommen?«

»Sie kann, aber die Chancen sind äußerst gering«, antwortete Genevieve. »Vor allem, wenn mehrere Generationen von Vorfahren hellhäutig und blond waren.«

Hugh gab sich noch nicht geschlagen. »Wenn, sagen wir, der Großvater des Babys zu einem Viertel schwarz war, aber als Weißer durchging, und die Mutter des Babys keinerlei negride Merkmale hat, könnte das Baby dann die dunkle Haut und die Kraushaare geerbt haben?«

»Es wäre eine große Ausnahme.«

»Wie stehen die Chancen?«

»Das kann ich Ihnen ebenso wenig beantworten, wie wir wissen, wie groß die Chancen auf rote Haare sind, nachdem sie in einer Familie über mehrere Generationen nicht auftraten.«

»Okay. Dann eine andere Frage: An welchem Punkt würde es unmöglich?«

»Unmöglich ist ein Wort, das ich nicht gern benutze – es gibt durchaus genetische Kapriolen. Es reicht wohl, wenn ich sage, dass, je weiter Sie zurückgehen, Ihr Szenario umso unwahrscheinlicher wird. Weiß die Mutter von *keinem* schwarzen Verwandten?«

»Nein.«

»Dann vermute ich einen Seitensprung«, erklärte Genevieve

rundheraus. »Irgendeiner hatte eine Affäre, und offensichtlich war es nicht der Dad. Lassen Sie als Erstes Ihren Mandanten einen Vaterschaftstest machen. Vielleicht bringt der ja schon des Rätsels Lösung. Ach, übrigens – wie geht es Ihrer Frau? Ist es nicht bald so weit?«

Dana lauschte Hughs Seite des Gesprächs mit geschlossenen Augen. Als er das Telefonat beendete, öffnete sie sie. Er schaute so grimmig drein, dass sich ihr Magen zusammenzog. »Ist es nicht möglich?«

»Nur, wenn dein Vater einen ordentlichen Schuss afroamerikanisches Blut in seinen Adern hat. Je geringer die Menge, umso geringer die Chance.«

»Aber es *ist* möglich«, sagte Dana. »Es muss so sein. Ich kann mir zwar nicht vorstellen, dass meine Mutter es nicht gewusst hat, wenn mein Vater ein Mischling der ersten oder zweiten Generation war, aber laut Gram Ellie wusste sie es tatsächlich nicht. Oder sie hat es einfach verschwiegen.«

Hugh streckte seinen Hals, erst zur einen und dann zur anderen Seite. »Genevieves Schlussfolgerung lautete – und das ist ein Zitat: Seitensprung.«

»Was hätte sie auch anderes schlussfolgern sollen? Sie arbeitet für dich, wenn du es mit ehebrecherischen Mandanten zu tun hast. Wenn sie gewusst hätte, dass du von *uns* sprachst, wäre sie nie auf diese Idee gekommen. Warum hast du es ihr eigentlich nicht gesagt?«

»Weil es sie nichts angeht. Und weil ich ihre objektive Meinung hören wollte.«

»Wenn du ihr verraten hättest, dass es um uns ging, hätte sie dir vielleicht ihre *fachliche* Meinung gesagt.«

Er schnaubte ungeduldig. »Sie *wissen* nun mal nichts Definitives.« Er wandte sich wieder dem Fenster zu und murmelte: »Ich wünschte beinahe, du hättest eine Affäre gehabt – dann hätten wir zumindest eine Erklärung.«

»Ich hätte auch gern eine Erklärung«, brauste Dana auf. »Dafür, dass meine Mutter starb, als ich fünf war, und dass mein Vater nie etwas von mir wissen wollte und dass es Gram Ellies Earl, der der liebste und freundlichste Mensch auf der Welt war, nicht vergönnt war, mitzuerleben, wie ich heiratete – aber manche von uns bekommen einfach keine Erklärungen. Die meisten von uns sind eben nicht so privilegiert wie du, Hugh.«

»Es ist nur so bizarr. Wenn wir doch etwas Konkretes wüssten.«

»Tun wir aber nicht.«

Er drehte sich zu ihr um. »Werden wir aber. Sprich mit allen, die irgendwas über deinen Vater wissen können, okay? Sobald ich etwas in der Hand habe, setze ich Lakey auf ihn an. Wirst du es tun? Versprich es mir. Es ist wirklich wichtig.«

»Ich bin nicht blind!«, erwiderte Dana bissig. »Ich *sehe,* wie wichtig es dir ist.«

»Es sollte dir ebenso wichtig sein«, schoss er zurück. »Wir wären nicht in dieser Situation, wenn du deinen Vater schon in deiner Jugend aufgespürt hättest.«

»Und wenn ich ihn aufgespürt und erfahren hätte, dass er zu einem winzig kleinen Teil schwarz war – hättest du mich dann geheiratet? Gibt es eine rassenbedingte Grenze für deine Liebe?«

»Nein. Gibt es nicht. Ich liebe dieses Kind.«

»Liebe ist ein *Wort* für ein Gefühl, Hugh. Aber *empfindest* du dieses Gefühl? Ich muss das wissen – sowohl um Lizzies als auch um meinetwillen.«

»Ich kann nicht glauben, dass du mich das fragst.«
»Ich auch nicht.« Dana sah, wie er sich vor ihr verschloss. Plötzlich war er durch und durch ein Clarke.
»Du bist müde«, sagte er kühl und wandte sich zum Gehen. »Und ich bin es auch.«
Sie hätte ihn zurückrufen können. Sie hätte sich entschuldigen können. Sie hätte *betteln* können. Das Verlustgefühl war kaum zu ertragen.
In dem verzweifelten Bemühen, es zu betäuben, nahm sie ihr Strickzeug vom Nachttisch und grub die Finger in das Garn, eine Mischung aus Alpaka und Seide in einem dunklen Graublau mit einem türkisfarbenen Faden, gerade genug, um Lebendigkeit hineinzubringen, ohne das Zopfmuster, die Noppen und die Ranken zu übertrumpfen, die sie in das Stück einarbeiten wollte.
Sie begann zu stricken, Reihe um Reihe, mit der Beharrlichkeit, die sie aufrechtgehalten hatte, solange sie denken konnte. Automatisch, ohne zu überlegen, auf welches Muster sie gerade achten sollte oder ob sie Maschen zu- oder abnehmen müsste, legte sie den Faden über die Nadel und zog ihn durch die Masche, wieder und wieder und wieder.
Sie brauchte dringend Schlaf, aber das hier brauchte sie noch dringender. Stricken gab ihr das innere Gleichgewicht zurück. Sie wünschte, sie wäre zu Hause, aber nicht in dem Haus, von dem aus man das Meer sah, sondern in dem Haus, von dem aus man die Apfelbäume sah. Es stand am Ende einer schmalen, von Bäumen gesäumten Straße, nur einen kurzen Plattenweg vom Wollladen entfernt. Sie würde mit Lizzie im Arm in dem Korbliegestuhl auf Ellie Jos Veranda sitzen, Limonade aus frisch gepressten Limonen trinken, ofenwarme Brownies essen und Veronica streicheln,

Ellie Jos getigerte Katze. Dann würde sie mit dem Baby den Plattenweg hinuntergehen – oh, die Sehnsucht war fast unerträglich. Dana wünschte sich inständig, an dem langen Holztisch zu sitzen, in dessen Mitte immer eine Schale mit Äpfeln stand. Sie wünschte sich, das Schwirren des Deckenventilators zu hören, das rhythmische Tap-Tap der Nadeln, die leise Unterhaltung von gemütlich beieinandersitzenden Freundinnen.

Wenn sie eine Vergangenheit hatte, wenn es einen Ort gab, an dem sie bedingungslos geliebt wurde, dann dort.

6

Das Eintreffen neuen Garns war immer ein Ereignis in The Stitchery. Neue Farben von Manos, neue Materialien von Filatura Di Crossa, Mischungen von Debbie Bliss – sobald ein Karton geöffnet worden war, verbreitete sich die Nachricht unter den Angehörigen der Strick-Gemeinde wie ein Lauffeuer und rief die nur leicht Neugierigen, die ernsthaft Interessierten und die Süchtigen auf den Plan. Ellie Jo wusste, dass sie in den Tagen nach einer Lieferung – vor allem, wenn ein Jahreszeitenwechsel bevorstand – mit ansteigenden Besucherzahlen zu rechnen hatte. Und sie wusste, wem was gefallen würde und wer das Neue bewundern, aber dann doch einen älteren Favoriten kaufen würde.

Ellie Jo begeisterte sich ebenso für neue Wolle wie ihre Kundinnen, und es geschah nur höchst selten, dass sie frisch eingetroffene Knäuel zum Verkauf in einen Korb legte, ohne sich eines zurückzubehalten. Ihre Rechtfertigung dafür war, dass sie ein Muster daraus stricken musste, um es an den Korb zu heften, damit potenzielle Kundinnen sehen konnten, wie die Wolle verstrickt aussah. Was Ellie Jo natürlich die Möglichkeit gab, das Garn selbst auszuprobieren. Wenn ihr gefiel, wie es sich anfühlte und am Ende aussah, bestellte sie welches für ihren Privatgebrauch.

Als sie heute von ihrem Besuch bei Dana und dem Baby zurückkam, wollte sie eigentlich erst nach Hause, aber der UPS-Wagen stand vor The Stitchery. Der Laden würde erst in zehn Minuten geöffnet, doch so lange wollte sie den Fahrer nicht warten lassen. Also schloss sie ihm auf und zeigte ihm, wo er die Kartons hinstellen sollte. Er war gerade gegangen, als ihre Geschäftsführerin Olivia McGinn erschien und unbedingt sofort alles über Dana wissen wollte, wodurch Ellie Jo wieder nicht dazu kam, nach Hause zu gehen und zu erledigen, was sie sich vorgenommen hatte. Dann erschienen die ersten Kundinnen, und der Laden summte vor Geschäftigkeit.

Aufgeregt wurde nach dem Baby gefragt, aufgeregt wurde nach Dana gefragt, und aufgeregt wurde nach der Lieferung gefragt. Ellie Jo bezweifelte, dass sie die nötige Konzentration aufbringen könnte, um Wolle zu verkaufen. Zum Glück konnte Olivia es. Im Augenblick bediente sie eine Mutter und ihre etwa zwanzigjährige Tochter, die beide erst stricken lernten und Mischgarne für Herbstschals suchten.

Kundinnen wie die beiden waren gut fürs Geschäft. Mischgarn war schnell verstrickt, was bedeutete, dass die Kundin, wenn sie Spaß an der Arbeit hatte, bald darauf wiederkäme, um Nachschub zu holen. Ein Schal könnte eine Mütze nach sich ziehen, dann einen Umhang und schließlich einen Pullover. Mischgarn war außerdem teuer, und wenn dieser Pullover einen Kaschmiranteil hatte und das Knäuel 40 Dollar und mehr kostete und, abhängig von Größe und Modell, acht oder mehr Knäuel notwendig waren, konnte die Rechnung beträchtlich werden. Darüber hinaus wären diese Mutter und ihre Tochter in einem Jahr vielleicht unter denen, die den Laden stürmten, sobald sie erfuhren, dass neue Wolle eingetroffen war.

So lief das im Geschäftsleben. Das hatte Ellie Jo auf die harte Tour gelernt und dementsprechend ihren anfänglichen Widerstand aufgegeben, diese teuren Artikel zu verkaufen. Reine Naturgarne blieben zwar ihre Favoriten, aber Mischungen zogen Trendsucher an, die die Befriedigung der Wünsche der eingeschworenen Naturfans finanzierten, und so hatte sie keinen Grund, zu klagen. In den letzten Jahren hatte sie großen Respekt vor Neuerungen entwickelt.

Aber heute enthielten die Kartons keine Mischungen aus Natur- und Kunstfasergarnen, sondern aus Kaschmir und Wolle, und die Knäuel leuchteten ihr in den satten Gold-, Orange-, Rost- und Brauntönen entgegen, die die Mode für diesen Herbst diktierte. Die Kollektion war neu in The Stitchery, doch als Ellie Jo sie im April auf der Fachmesse gesehen hatte, war ihr sofort klar gewesen, dass sie sich gut verkaufen würde.

Wieder bimmelte die Ladenglocke, und dann rief Gillian Kline aufgeregt ihren Namen. Gillian unterrichtete Englisch am nahe gelegenen Community College, und ihr flexibler Stundenplan gestattete ihr häufige Besuche in The Stitchery. Sie war sechsundfünfzig, von mittlerer Größe und einem Gewicht, das sie mit wechselnden Diäten bekämpfte. Ihr auffälligstes Merkmal war ihre noch immer leuchtend rote, üppige Lockenmähne.

Mit einer lila Spange in dieser roten Mähne – keine andere Frau hätte den Mut zu dieser Farbkombination – und einem Strauß rosa Rosen steuerte sie auf Ellie Jo zu und umarmte sie herzlich. Gillian war eine von Elizabeths besten Freundinnen gewesen und seit deren Tod gewissermaßen eine Ersatztochter. Keine von beiden machte eine Bemerkung darüber, wie traurig es war, dass Elizabeth ihre Enkelin nicht mehr erleben durfte.

»Für dich, Great-Gram Ellie«, sagte Gillian. »Lizzie ist absolut vollkommen.«

Ellie Jos Augen leuchteten auf. »Du hast sie gesehen?« Sie nahm die Blumen in Empfang, die ihr Sekunden später aus der Hand genommen und ins Wasser gestellt wurden.

»Gerade eben.« Gillian kramte in ihrer Schultertasche. »Erst ein paar Stunden alt – das hätte ich mir um nichts in der Welt entgehen lassen.« Gleich darauf präsentierte sie den Umstehenden auf dem Monitor ihrer Digitalkamera ein Foto von Dana und dem Baby.

Ellie Jo war erleichtert. Dana sah erschöpft aus, aber glücklich und ließ keinerlei Unbehagen über das Kind in ihrem Arm erkennen. Sie war so blass, dass im Vergleich damit jedes Kind dunkelhäutig gewirkt hätte, was nicht heißen sollte, dass Ellie Jo sich auch nur im Mindesten an der Hautfarbe störte. Sie war nur nicht in der Verfassung, Fragen zu beantworten.

»Was für ein süßes Ding!«, rief eine der Frauen.

»Sie hat Hughs Mund!«, entschied eine andere.

»Holen Sie sie näher ran«, forderte eine Dritte, und Gillian gehorchte.

Juliette Irving, mit Dana befreundet und selbst eine junge Mutter, deren Zwillinge in dem am Eingang stehenden Kinderwagen schliefen, sagte: »Schaut doch mal! Ist das nicht Danas Nase? Wann kommen die beiden nach Hause?«

»Morgen«, erklärte Gillian.

»Elizabeth Ames Clarke!«, deklamierte Nancy Russell,

sichtlich berührt von dem Namen Elizabeth. Sie war Floristin und hatte neuerdings ihre Leidenschaft fürs Stricken von Blumenblüten entdeckt, die sie auf Schals, Pullover und Handtaschen nähte. Sie war eine Altersgenossin von Gillian und eine Jugendfreundin von Elizabeth.

»Ein langer Name«, warnte Gillian. »Schaffen wir sie bis morgen?«

»Sie« war eine gestrickte Patchworkdecke, in die der volle Name des Babys und sein Geburtsdatum eingearbeitet werden sollten. Die Frauen hatten bereits Quadrate in Gelb, Weiß und Blassgrün gestrickt. Jetzt, nachdem das Geschlecht des Kindes bekannt war, konnte man die restlichen Quadrate stricken – in Rosa. Jedes Quadrat hatte eine Seitenlänge von zwanzig Zentimetern, Material und Farbton entsprachen dem Geschmack der jeweiligen Strickerin, und das Stricken der Quadrate mit dem Namenszug und den Daten übernahmen die Frauen, die Dana und Ellie Jo am nächsten standen.

»Wir brauchen die Flecken bis morgen Mittag, damit wir sie noch zusammenstricken können«, sagte Nancy. »Juliette – kannst du Jamie und Tara Bescheid sagen? Trudy rufe ich an. Gillian – informierst du Joan, Saundra und Lydia?«

Eine der Frauen hatte Gillian die Kamera aus der Hand genommen und betrachtete das Foto eingehend. Corinne James war in Danas Alter, hochgewachsen und schlank, trug die Haare modisch schulterlang, Hosen aus feinem Leinen, ein Trägertop aus dem gleichen Material und einen mit Diamanten besetzten Ehering. Sie kam zwar oft in den Laden, doch ihre Bekanntschaft mit den Strickerinnen ging nicht über diese vier Wände hinaus.

»Was für ein interessant aussehendes Baby«, bemerkte sie. »Es ist dunkelhäutig.«
»Es ist nicht dunkelhäutig«, widersprach eine andere. »Ihre Haut ist hellbraun.«
»Von wem hat sie die?«, wandte Corinne sich an Ellie Jo.
Ellie Jo spürte, wie ihr vor Verlegenheit warm wurde.
»Wir sind dabei, das herauszufinden«, nahm Gillian ihr die Antwort ab und fing Nancys Blick ein. »Was wissen wir über Jack Jones?«
»Nicht viel«, antwortete Nancy.
»Jack Jones?«, echote Corinne.
»Danas Vater.«
»Lebt er hier in der Gegend?«
»Nein. Er war noch nie hier. Elizabeth lernte ihn in Wisconsin kennen, als sie dort aufs College ging.«
»Waren sie verheiratet?«
»Nein.«
»Ist er Südamerikaner?«
»Nein.«
»Ist Jack Jones sein richtiger Name?«
Ellie Jo fächelte sich mit der Rechnung aus dem Karton Kühlung zu. »Warum sollte es nicht sein richtiger Name sein?« Das war wieder mal typisch – immer musste diese Person sich wichtig machen.
Corinne lächelte. »Jones ist ein häufig verwendeter Deckname.«
»Genau wie James«, meinte Gillian spitz. »Nein, Corinne – Jack Jones ist sein richtiger Name. Oder war es. Wir haben keine Ahnung, ob er noch lebt.«
»Weiß Dana es denn nicht?«
»Nein. Sie haben keinen Kontakt.«

»Also – woher hat das Kind diese dunkle Hautfarbe?«, verlangte Corinne zu wissen in einem Ton, als habe sie einen Anspruch darauf. »Von Hughs Familie?«
Gillian lachte auf. »Kaum. Hughs Familie ist durch und durch weiß.«
»Dann vielleicht von Ihrem verstorbenen Mann, Ellie Jo?«
Ellie schüttelte den Kopf.
»Earl Joseph war rotbackig wie ein Apfel«, erklärte Gillian Corinne, »und nebenbei der netteste Mann, den man sich vorstellen kann. Er war eine Legende in dieser Gegend. Jedermann kannte ihn.«
»Er war ein leiser, rücksichtsvoller Mensch«, setzte Nancy hinzu, »und er vergötterte Ellie Jo. Und Dana. Er wäre außer sich vor Freude gewesen über das Baby.«
»Wann ist er gestorben?«, fragte Corinne.
Gillian wandte sich Ellie Jo zu. »Wie lange ist das her?«
»Fünfundzwanzig Jahre.« Ellie Jo ließ die Finger über das neue Garn gleiten. Garn stand für Wärme und Behaglichkeit. Es verlieh trüben Tagen Farbe und machte schwere Zeiten leichter. Es war ihr Schutz und Trost.
»Woran ist er denn gestorben?« Corinnes Stimme war weicher geworden.
»Er war auf einer Geschäftsreise, als er in seinem Hotelzimmer stürzte und sich den Kopf anschlug. Der Aufprall verursachte ein schweres Schädel-Hirn-Trauma, wie mir erklärt wurde«, sagte Ellie Jo. »Als er gefunden wurde, war er bereits tot.«
»Oh, Gott. Das tut mir schrecklich leid. Das muss hart für Sie gewesen sein. Meinem Vater ist auch so was passiert – ein verrückter Unfall.«
»Ihrem Vater?«, fragte Ellie Jo.

»Ja. Er war der Chef einer Investmentfirma, die er mit Kommilitonen aus dem Betriebswirtschaftsstudium gegründet hatte. Eines Tages waren er und zwei seiner Partner mit dem Firmenjet unterwegs, und der stürzte ab. Mein Bruder und ich waren damals in den Zwanzigern. Wir glauben noch heute, dass es Sabotage war.«

Juliette machte große Augen. »Sabotage?«

»Anfangs waren wir nicht sicher«, gab Corinne zu, »aber dann wurde die Sache merkwürdig. Die Firmenleitung wollte keine Untersuchung – sie sagten, sie würde sich geschäftsschädigend auswirken, aber die Luftfahrtbehörde untersuchte den Fall natürlich, schrieb den Unfall schlampiger Wartung zu, und die Firma ging den Bach runter. Mein Vater wurde zum Schuldigen erklärt, und dann …«

Ellie Jo hatte genug. Sie hob die Hand. »Lassen Sie sich nicht stören«, sagte sie. »Ich muss kurz nach Hause. Bin gleich wieder da, Olivia!«, rief sie auf dem Weg zur Tür, die in diesem Moment geöffnet wurde.

Jaclyn Chace, die halbtags im Laden arbeitete, kam herein. »Herzlichen Glückwunsch zu dem Baby!« Sie strahlte Ellie Jo an. »Haben Sie die Kleine schon gesehen?«

»Habe ich«, antwortete Ellie Jo im Vorbeigehen. »Es steht noch ein zweiter Karton mit neuer Wolle draußen. Sind Sie so lieb und machen ihn für mich auf?«

Sie schloss die Tür hinter sich und ging den Plattenweg zu ihrem Haus hinüber. Es war mehr als hundert Jahre alt, hatte taubenblaue Fensterläden und eine umlaufende Veranda. Ellie Jo stieg die beiden Holzstufen hinauf und trat durch die Hintertür in die Küche. Veronica, ihre Getigerte, sonnte sich auf einem Fensterbrett. Ellie Jo durchquerte die Diele und machte sich an den Aufstieg zu ihrem Schlafzimmer.

Wie überall standen auch hier die Fenster offen, doch die zarten Vorhänge ließen kaum einen Luftzug erkennen. Ellie Jo nahm ein Album aus einem Fach ihres Rollschreibtisches, schlug es auf und betrachtete die vergilbten Schwarz-Weiß-Fotos. Da war ein Schnappschuss von Earl kurz nach ihrem Kennenlernen. Er war als Handelsvertreter für Fuller-Brush gereist und hatte eines Tages auf ihrer Schwelle gestanden und versucht, sie mit Charme zu einem Kauf zu bewegen. Mit Erfolg – sie hatte sogar gleich mehrere Besen gekauft. Die Erinnerung an jene glücklichen Zeiten zauberte ein Lächeln auf ihr Gesicht, doch das Lächeln erlosch, als sie zu den Fotos weiterblätterte, hinter denen klein gefaltete Papiere steckten. Sie wählte ein paar davon aus, klappte das Album zu und tat es wieder an seinen Platz.
An ihr Herz drückend, was sie herausgenommen hatte, ging sie den Flur hinunter zu Elizabeths ehemaligem Zimmer. Es standen noch immer ihr Bett, ihre Kommode und ihr Nachttisch darin. Doch in dem begehbaren Schrank hingen nicht mehr ihre Kleider. Schon lange nicht mehr. Jetzt war Strickwolle darin untergebracht.
Ellie Jo schob den mittleren Kartonstapel beiseite, zog die Dachbodenleiter an ihrer Schnur herunter und stieg, sich an den Handläufen festhaltend, hinauf. Die heiße Luft, die ihr entgegenschlug, roch nach Staub. Es gab nichts Spektakuläres zu sehen. Eine Schachtel mit angeschlagenem Porzellan aus der Anfangszeit ihrer Ehe mit Earl, eine Hutschachtel, die ihren kurzen Brautschleier enthielt, den alten Schaukelstuhl, den Earl so geliebt hatte. Von Elizabeth war nur ein Karton mit Büchern aus ihrem letzten Semester da.
Sollte Dana jemals hier heraufkommen, sie würde sich kaum aufhalten. Ob der Hitze im Sommer, der Kälte im

Winter und der uninteressanten Umgebung würde ihr bestimmt nicht einfallen, auf allen vieren in die hinterste Ecke der Dachschräge zu kriechen, wie Ellie Jo es jetzt tat, und eine Ecke des rosafarbenen Isoliermaterials anzuheben, das vor fünf Jahren in dem, wie sich herausstellte, fruchtlosen Bemühen angebracht worden war, Hitze und Kälte zu dämmen. Ellie Jo klemmte die Papiere zwischen zwei Latten, drückte das Isoliermaterial wieder an seinen Platz, stieg vorsichtig die Leiter hinunter, schob sie ineinander und schloss die Luke.

Sie hatte diese Texte oft gelesen, aber niemals würde sie jemand anderer zu sehen bekommen. Sie würden in ihrem Versteck bleiben, bis entweder ein Brand oder eine Abrissbirne oder schlichte Altersschwäche das Haus zerstörten, und zu diesem Zeitpunkt wäre keiner mehr übrig, der Earl gekannt hatte, keiner, der ihn verurteilen könnte, für das, was er getan hatte. In den Augen der Stadt würde er für immer der anständige Mann bleiben, und so sollte es sein.

Die Eaton Clarkes wohnten vierzig Autominuten südlich von Boston in einer Gemeinde am Meer. Ihr vornehmes, kolonial-georgianisches Haus stand inmitten ähnlich vornehmer klassizistischer Ziegelbauten in einer baumgesäumten Straße, die den Neid der Stadt hervorrief. Da die Touristen es im Allgemeinen vorzogen, am Wasser entlangzufahren, verschlug es nur selten Fremde hierher, was den Anwohnern des Old Burgess Way sehr recht war. Sie mochten es, ungestört zu sein. Sie mochten es, wenn ihre Gärtner sofort jeden Wagen ausmachten, der nicht hierhergehörte.

In einem anmutigen Bogen sich auf dem Kamm eines Höhenzuges erstreckend, lag Old Burgess sogar noch höher als die Häuser auf dem Kliff. Wären die dicht stehenden Ahornbäume, Eichen und Kiefern nicht gewesen und die üppigen Ziersträucher, hätten die Bewohner dieser alten Villen das Meer sehen können, was durchaus reizvoll gewesen wäre, aber das hätte bedeutet, die klotzigen Häuser der Neureichen direkt vor Augen zu haben, die die malerischen Sommerhäuschen beinahe zur Gänze verdrängt hatten. Die Bewohner von Old Burgess hatten nichts gemein mit den Aufsteigern, und so hatten sie sich diesen natürlichen Schild geschaffen.

Die Menschen hier entstammten alten Familien, lebten entweder schon lange genug in ihren Häusern, um eine Generation darin aufgezogen zu haben, oder waren bereits selbst die zweite Generation, die die dritte aufzog. Wenn sie eine Gesellschaft gaben, verstummte die laute Musik um elf.

Eaton und Dorothy wohnten seit fünfunddreißig Jahren am Old Burgess Way. Ihr Ziegelhaus hatte weiße Säulen und Fensterläden, schwarze Türen und schmiedeeiserne Verzierungen, fünf Schlafzimmer, sechs Bäder und einen Salzwasserpool. Obwohl sie seit einigen Jahren hin und wieder glaubten, ihre Stimmen in ihrem Anwesen widerhallen zu hören, hätten sie nicht einmal im Traum einen Verkauf erwogen.

Eaton schätzte die Gesellschaft von Menschen, die seine Wertvorstellungen teilten. Er war nicht der Reichste oder Prominenteste in der Straße, aber darauf legte er gar keinen Wert. Er, der Historiker und Bestsellerautor, verschmolz am liebsten mit der Menge, weshalb ihm Signierstunden Qualen bereiteten, da er sich dort immer völlig fremden Einzelpersonen stellen musste. Sein Kurs an der Universität war etwas anderes. Hier hatte er es mit ernsthaften, talentierten

Studenten zu tun, in der Hauptsache älteren, die an Tipps zu Vorgängen, die der Öffentlichkeit verborgen blieben, für ihre eigenen Abhandlungen interessiert waren wie am Fach Geschichte selbst. Mit einer Leidenschaft für die Vergangenheit und einem unfehlbaren Gedächtnis gesegnet, konnte Eaton aus dem Stegreif über so gut wie jede Periode der amerikanischen Geschichte sprechen.

Was die Tipps zu den Dingen, die sich hinter den Kulissen abspielten, anging, so hatte er seine Verbindungen, die ihm die Türen öffneten, Verbindungen, die die meisten dieser Studenten nicht hatten. Seine Vorfahren hatten in jeder Epoche der amerikanischen Geschichte eine Rolle gespielt, und in jedem seiner Bücher kam zumindest einer dieser Männer vor, wenn auch nur als Randfigur. Das war das einzige verbindende Element in seinem Werk, acht Büchern bis dato. Das neunte sollte in fünf Wochen erscheinen. Darin spielten die Clarkes die Hauptrolle. *One Man's Line* beschrieb die Geschichte der Familie, zeichnete ihren Weg nach oben auf und das sich mit jeder Generation steigernde Maß an Bedeutung und Wohlstand. Das zentrale Thema war die Geschichte – dafür war Eaton schließlich bekannt –, doch die Zeitspanne war eine größere als beispielsweise die in seinem Buch über den Untergang des Völkerbundes abgehandelte. Und das persönliche Element stach hervor, wartete mit Details aus dem Leben seiner frühen Vorfahren auf.

»Die Druckerei hat gerade ein Muster der Einladung zu der Buchpräsentation gebracht«, berichtete Dorothy ihm, als sie die Bibliothek betrat. »Ich bin nicht zufrieden mit dieser Version, Eaton. Sie ist mir nicht vornehm genug.«

Sie legte sie auf den Schreibtisch. Eaton beugte sich vor. »Es liegt an der Farbe der Schrift«, erkannte er das Problem auf

den ersten Blick. »Sie ist blaugrau. Wir wollten aber grüngrau.«
Dorothy schaute stirnrunzelnd auf den Entwurf hinunter. »Das ist zwar keine große Sache, aber es muss auf jeden Fall geändert werden, und wenn das Futter der Kuverts auch dieses Blaugrau hat, brauchen wir auch neue Umschläge. Einen weiteren Fehler darf es dann aber nicht mehr geben, sonst können wir die Einladungen nicht rechtzeitig verschicken.«
»Wir hätten das Ganze meinem Verleger überlassen sollen«, meinte Eaton.
»Aber die Einladungen letztes Mal waren doch eine *Katastrophe!*«, protestierte Dorothy. »Die Einladungen gehen an Menschen, deren Meinung uns wichtig ist. Würdest du im University Club in einem Sonderangebotsanzug erscheinen? Auf keinen Fall! Du legst Wert darauf, dich auf eine ganz bestimmte Art zu präsentieren, und die Einladung zu deiner Buchpräsentation gehört dazu. Sie ist der Auftakt zu deiner Promotiontour, sie ist ein Heimspiel, und sie ist wichtig. Hast du Hugh angerufen?«
»Hat Hugh mich angerufen?«
Es war eine rhetorische Frage. Das Telefon hatte geklingelt, seit sie zur Tür hereingekommen waren, und wenn einer der Anrufer Hugh gewesen wäre, hätte Dorothy ihn an den Apparat geholt. Nein, die Anrufer waren offenbar Leute gewesen, die von der Geburt seines Enkelkindes gehört hatten. Der Gedanke daran bereitete Eaton Unbehagen.
Er hatte zwei Söhne. Robert war konservativ, friedfertig und äußerst erfolgreich, aber Hugh war Eaton am ähnlichsten, und das nicht nur im Aussehen. Beide waren sportlich, beide waren einfallsreich, beide hatten Berufe außerhalb

der Familientradition gewählt und sich darin mehr als bewährt.
Wenn Eaton eine Schwäche hatte, so war es Hugh.
»Wo ist Mark?«, bellte er.
»Du hast ihn nach Hause geschickt«, antwortete Dorothy in defensivem Ton. »Du hast ihm einen Zettel hingelegt, bevor wir ins Krankenhaus fuhren, weißt du nicht mehr? Du schriebst, wir würden die Geburt des Babys feiern und darum gäbe es heute nichts mehr für ihn zu tun, und ich wüsste nicht, was er jetzt überhaupt noch tun könnte. Er recherchiert für dich, und das Buch ist fertig.«
»Er ist mein Assistent«, korrigierte Eaton, »und es gibt durchaus noch Arbeit für ihn – Interviews zu vereinbaren, Reden zu entwerfen. Früher musste man auf einer Promotiontour nichts anderes tun als signieren. Heute wollen die Leute eine Rede hören. Sie wollen unterhalten werden. Habe ich Mark einen *bezahlten* freien Tag gegeben?«
»Das weiß ich nicht, aber wenn, dann hast *du* es getan, und ich kann nichts dafür, also schrei mich, bitte, nicht an.«
Eaton zwang sich zur Ruhe. Es gab keinen Grund, wütend auf Dorothy zu sein. Hughs Idiotie war nicht ihre Schuld.
»Hast du ihn angerufen?«, fragte sie noch einmal, vorsichtig.
Eaton antwortete nicht. Er lehnte sich in seinem hohen Ledersessel zurück und ließ den Blick über die Regale gleiten – Regale vom Boden bis zur Decke. Wie seine Nachbarn waren auch die Bücher seine Freunde. Seine eigenen Werke standen auf einem Seitenbord, deutlich sichtbar, aber absolut nicht aufdringlich plaziert. Obwohl Eaton auf jedes einzelne stolz war, wusste er doch, dass keines ohne das vorangegangene existieren würde.

Eine Generation führte zur nächsten. War das nicht das Thema von *One Man's Line?* Vorab-Kritiken beurteilten das Buch als »ausgesprochen lesbar«, »faszinierend«, »eine amerikanische Saga«, und wenn Eaton das Wort »Saga« auch selbst nicht gewählt hätte – zu oberflächlich für seinen Geschmack –, so war er doch im Wesentlichen einverstanden. Das Buch enthielt an verschiedenen Stellen Ahnentafeln, die mit den Jahren immer komplizierter wurden. Sie waren eindrucksvoll und exakt.

»Eaton?«

»Nein, ich habe ihn nicht angerufen.«

»Meinst du nicht, du solltest es? Er ist dein Sohn. Deine Billigung ist ihm unendlich wichtig.«

»Wenn das so wäre«, gab Eaton zurück, »dann hätte er diese Frau nicht geheiratet.«

»Hast du gesehen, wie blass und müde er aussah? Ja, ich weiß, er war die ganze Nacht auf, aber das war nicht der Grund. Was da passiert ist, hat ihn genauso unvorbereitet getroffen wie uns! Nichts deutete darauf hin, dass ihr Vater Afroamerikaner war – oder ist. Ruf ihn an, Eaton.«

»Ich werd's mir überlegen«, antwortete er ausweichend.

Aber das ließ sie ihm nicht durchgehen. »Ich weiß genau, was das bedeutet. Es bedeutet, dass du es nicht tun wirst, aber hier geht es um ein Kind. Die Kleine ist ein menschliches Wesen, und sie hat zumindest ein paar unserer Gene.«

»Hat sie?«

»Ja, hat sie.«

»Du bist zu weich.«

»Vielleicht – aber ich liebe meinen Sohn nun mal. Ich will nicht, dass ihm wehgetan wird – nicht von ihr und nicht von dir.«

»Er hat mich zum Teufel geschickt, Dorothy.«
»Hat er nicht.«
»Hat er wohl. Ich konnte es in seinen Augen lesen. Du warst weiter weg. Darum konntest du es nicht sehen.«
»Er war durcheinander. Mein Gott, wenn *wir* schon so geschockt sind und nicht wissen, was wir denken sollen, was, glaubst du, wie *er* sich fühlt, nachdem er sich all die Monate so auf dieses Kind gefreut hat?«
»Wir haben uns auch auf dieses Kind gefreut! Jeder unserer Freunde kann das bezeugen. Jetzt sag mir, wer alles angerufen hat.«
Dorothys Gesicht erhellte sich. »Alfred hat angerufen. Und Sylvia. Und Porter und Dusty – sie sprachen von zwei verschiedenen Anschlüssen aus und redeten beide gleichzeitig, so dass ich kaum ein Wort verstehen konnte.«
»Wie viel wissen sie?«
Dorothys Fröhlichkeit erlosch. »Nur dass es ein Mädchen ist. Ach ja – Bradley hat auch angerufen.«
»Wie hat Brad es denn erfahren?«, erregte sich Eaton. Nach kurzem Überlegen beantwortete er seine Frage selbst. »Von Robert.« Er schnaubte missbilligend. »Hat der Junge schon mal etwas von Diskretion gehört?«
»Oh, Eaton«, sagte Dorothy resigniert. »Wenn nicht von Robert, hätte Brad es von jemand anderem erfahren. Schließlich können wir es nicht geheim halten.«
Eaton war sich dessen natürlich bewusst und verärgert. »Was hat sich Hugh nur dabei gedacht, sie zu heiraten? Ich habe es damals gesagt, und ich sage es jetzt wieder – sie hat ihn vielleicht nur seines Geldes wegen geheiratet.«
»Also, das glaube ich nicht …«
»Natürlich nicht. Du willst nicht zugeben, dass Hugh einen

Fehler gemacht hat. Übrigens, du glaubst doch, dass sie dir die Decke, die du wolltest, aus Zuneigung gestrickt hat, aber es kann auch ein ganz anderes Motiv dahintergesteckt haben. Bei Leuten, die so anders sind, weiß man nie, was in ihnen vorgeht.«

»Wenn es ihr nur darum ging, sich auf Hughs Kosten ein schönes Leben zu machen, warum arbeitet sie dann? Sie könnte mit Freundinnen zum Essen gehen oder ihre Tage im Spa verbringen, um Himmels willen. Wenn sie sich nur ein schönes Leben machen wollte, warum dann all diese Mühe?«

Wieder schnaubte Eaton. »Mühe? Ich bitte dich! Das ist doch keine Arbeit, was sie da tut. Sie fährt zu Leuten, die entweder faul sind oder keinen Geschmack haben und dann zum Design Center, höchstwahrscheinlich als Ausrede dafür, Sachen für ihr eigenes Haus zu kaufen. Sie arbeitet doch nicht in dem Sinn, wie Hugh es tut. Aber das ist gar nicht der Punkt. Ich finde es unangebracht, dass sie arbeitet.«

»Wieso denn? Andere Ehefrauen arbeiten doch auch. Denk an Rebecca Boyd. Denk an Amanda Parker.«

»Andrew Smiths Tochter und die Harding-Mädchen arbeiten *nicht*«, konterte er. »Dana könnte etwas tun, um Hugh in seinem Beruf zu unterstützen. Sie könnte sich in Wohltätigkeitsorganisationen engagieren. Dadurch könnte sie wertvolle Kontakte für ihn herstellen.«

»Aber er vertritt Kriminelle!«

Eaton seufzte. »Nein, Dorothy«, erklärte er mit der Geduld eines Mannes, der es gewohnt war, mit mangelhaft informierten Menschen umzugehen, »er vertritt Leute, die *beschuldigt* werden, Kriminelle zu sein. Jack Hoffmeister ist der Präsident einer Bank. Er wurde von einem seiner

Vizepräsidenten des Betruges beschuldigt, nachdem er den Mann wegen Unfähigkeit gefeuert hatte, doch die Beschuldigung entbehrte jeglicher Grundlage, wie Hugh bewies. Der Prozess brachte ihm ein schönes Honorar und einige Nachfolgeprozesse ein – und wie war er an Jack gekommen? Durch dich. Du hattest ihn durch das Friends Committee im Krankenhaus kennengelernt. Auch Hughs Frau sollte solchen Gruppen beitreten. Das habe ich ihm schon ein Dutzend Mal gesagt, aber auf dem Ohr scheint er taub zu sein.«

»Was da jetzt passiert ist, hat nichts damit zu tun. Du musst mit ihm reden.«

Aber Eaton ließ sich nicht erweichen. »Wenn er mit mir reden will, muss er sich vorher entschuldigen. Ich habe meinen Stolz.«

»Ich weiß, Lieber. Das erklärt *seinen.*«

»Ergreifst du etwa seine Partei?«, brauste Eaton auf.

»Da gibt es keine *Parteien.* Hugh ist unser gemeinsamer Sohn.«

Er deutete mit dem Finger auf sie. »Ich erwarte, dass du in diesem Fall hinter mir stehst, Dorothy. Du wirst hinter mir stehen, ist das klar?«

7

Als Hugh nach Hause fuhr, um zu duschen und sich umzuziehen, klingelte unentwegt entweder sein Handy oder sein Blackberry. Freunde riefen an, um ihm zu gratulieren, versprachen, bald vorbeizukommen.

Wir können es nicht erwarten, das Baby zu sehen!

Wir freuen uns so darauf, das Baby zu sehen.

Wann können wir das Baby sehen?

Alle wollten die Kleine sehen, und Hugh hätte es als Tribut an Dana und sich werten sollen, als Beweis für die Zuneigung ihrer Freunde, doch anstatt glücklich darüber zu sein, war es jedes Mal, wenn er an das Baby dachte, als liege ihm ein Stein im Magen. Danas Enttäuschung über seine Reaktion ging ihm nicht aus dem Kopf, und er wusste nicht, was er tun sollte. Ihre Liebe hatte so unproblematisch begonnen. Sie hatten acht Monate nach ihrem Kennenlernen geheiratet und es niemals bereut. Und er tat es auch jetzt nicht. Allerdings hatte er den Eindruck, als tue *sie* es.

Gibt es eine rassenbedingte Begrenzung für deine Liebe?

Die gab es *nicht,* und er nahm ihr die Frage übel. Er hatte keine Vorurteile. Wenn sie einen Beweis dafür suchte, brauchte sie sich nur seine Mandanten anzuschauen.

Gibt es eine rassenbedingte Begrenzung für deine Liebe?
Da war die Frage wieder, und diesmal lauter, und sie klang wie eine Herausforderung. Hätte er den Advocatus Diaboli gespielt, hätte er vielleicht gesagt, dass sie es als Ablenkungsmanöver benutzte oder, noch schlimmer, zur Verschleierung.

Hugh wollte es nicht glauben. Er wollte nicht glauben, dass sie ihm untreu gewesen war. Sie würde ihm doch niemals so entsetzlich wehtun. Dazu liebte sie ihn viel zu sehr.

Aber da war dieses Baby mit der wunderschönen kupferfarbenen Haut, für deren Ursprung er keine Erklärung hatte. Es musste ihm seiner Meinung nach schon gestattet sein, Fragen zu stellen. Und eine Geburtsanzeige auszuwählen – ohne Foto.

Er betrat das Haus durch die Küchentür und griff zum Telefon. Das Signal zeigte ihm, dass Nachrichten eingegangen waren, doch er hörte sie nicht ab. Stattdessen rief er in der Kanzlei an.

Seine Sekretärin war nicht erfreut, von ihm zu hören. »Sie sollten heute nicht arbeiten«, schalt sie ihn. »Sie sollten bei Dana und dem Baby sein. Ich habe die Anweisung, nichts Dienstliches mit Ihnen zu besprechen.«

»Dann antworten Sie nur mit Ja oder Nein, okay?«, ging Hugh scherzhaft darauf ein. »Hat Alex sich mit Henderson Walker in Verbindung gesetzt?«

»Ja.«

»Fährt er ins Gefängnis?«

»Nein.«

»Ist die Situation unklar?«

»Ja.«

»Haben wir im Fall Paquette eine Vertagung bekommen?«

»Ja.«
»Hat eine Frau für mich angerufen, die sich als ›Garten-Mom‹ vorstellte?«
»Nein.«
»Okay. Das war's. Aber noch etwas, Sheila. Wenn Letztere anruft, geben Sie mir sofort Bescheid. Verweisen Sie sie an niemand anderen. Die Sache liegt mir am Herzen.«
Als er auflegte, fühlte er sich ein wenig besser. Sekunden später tippte er eine andere Nummer ein.
»Hammond Security«, meldete sich eine vertraute, tiefe Stimme mit einem leichten Akzent.
»Hey, Yunus. Hier ist Hugh. Wie geht's?«
»Es geht mir gut, mein Freund. Wir haben ja lange nichts voneinander gehört.«
»Meine Schuld. Ich habe einfach zu viel zu tun. Aber ich denke oft an Sie. Wie läuft's in der Arbeit?«
Yunus El-Sabwi, geboren und aufgewachsen im Irak, war mit Anfang zwanzig aus seiner Heimat geflohen, um seiner jungen Frau und den beiden Töchtern in Amerika ein schöneres Leben zu bieten. Nachdem er die amerikanische Staatsbürgerschaft erlangt hatte, war er auf die Polizeischule gegangen, hatte seinen Abschluss als Klassenbester gemacht und in einer Zeit, da die Gemeindepolitik die Anstellung von Minderheiten empfahl, einen Posten beim Boston Police Department bekommen. Das lag acht Jahre zurück, und seitdem war er mehrfach für seine Arbeit ausgezeichnet worden. Dann kam der 11. September, und alles änderte sich. Man grenzte ihn aus, begegnete ihm wegen seiner zu seinen Verwandten im Irak gepflegten Beziehungen mit Misstrauen. Man streute Gerüchte, dass das Geld, das er jeden Monat an seine Eltern in den Irak schickte, an Terroristen ginge

und dass er verschlüsselt Geheiminformationen weitergebe. Als die Bundesregierung sich weigerte, ihn anzuklagen, und beschloss, dass die ACLU mehr zu fürchten sei als Yunus, klagten ihn die Bostoner Behörden wegen Drogenbesitzes an. Hugh übernahm seine Verteidigung, denn er glaubte Yunus, dass man ihn hereingelegt, ihm die Drogen untergeschoben habe. Die Geschworenen glaubten ihm ebenfalls, und so war der Fall beendet. Niemand wurde als Schuldiger, der Drogen in Yunus' Spind deponiert haben sollte, benannt und Yunus wieder eingestellt, doch die Kollegen machten ihm das Leben so schwer, dass er schließlich den Dienst quittierte. Jetzt arbeitete er bei dem privaten Sicherheitsdienst einer Firma, die Hughs Familie gehörte.

»Es läuft gut«, antwortete Yunus. »Ich habe ein gutes Jahreszeugnis bekommen.«

»Und eine Gehaltserhöhung, hoffe ich.«

»Und eine Gehaltserhöhung. Sie wussten, dass sie Ärger mit Ihnen bekämen, wenn sie mir keine gäben. Ich danke Ihnen, mein Freund.«

»Danken Sie mir nicht – Sie haben sie verdient. Wie geht es Azhar und den Mädchen?«

»*Hamdel lah,* es geht ihnen gut. Siba wird dieses Jahr mit dem College fertig. Sie will Medizin studieren. An der Harvard-Uni.«

»Eine gute Wahl, Yunus.«

»Na ja, sie weiß noch nicht, ob sie sie nehmen, aber sie war immerhin zu einem Vorstellungsgespräch dort, und ihre Noten sind gut.«

Und ihre Beziehungen ebenfalls, fügte Hugh im Stillen hinzu und nahm sich vor, den Leiter der Zulassungsabteilung anzurufen, einen Freund der Familie Clarke.

»Und wie geht es Ihrer Frau?«, erkundigte sich Yunus. »Hat sie das Baby schon bekommen?«
»Hat sie. Ein Mädchen.«
»*Hamdel lah ala al salama!* Was für eine schöne Neuigkeit! Azhar wird sich freuen, es zu hören. Können wir uns die Kleine vielleicht bald einmal ansehen?«
»Sehr gern.«
Hugh lächelte, als er auflegte. Er war damals vom Gericht dazu bestimmt worden, Yunus zu vertreten, nachdem drei Anwälte sich geweigert hatten, und indem er den Fall übernahm, hatte er das Police Department, den Bezirksstaatsanwalt und das FBI gegen sich gehabt. Er hatte, abgesehen von der Vergütung der Gerichtskosten, keinerlei Geld bekommen, doch die emotionale Belohnung war überwältigend gewesen. Yunus El-Sabwi war ein fleißiger, gewissenhafter Arbeiter. Er würde nicht nur sein Leben für seine Familie geben, er war auch seinen Freunden gegenüber absolut loyal. Letzteres wusste Hugh aus eigener Erfahrung.
Sich noch um einiges besser fühlend, ging er nach oben, um zu duschen und sich zu rasieren. Anschließend schlüpfte er in ein T-Shirt und Jeans und bezog das Bett frisch. Dann fuhr er wieder ins Krankenhaus. Unterwegs hielt er bei einem Blumengeschäft, wo er einen rund gebundenen Strauß kaufte, bei einer Kinderboutique, wo er einen grotesk teuren Strampler in verlaufenden Rosatönen kaufte, und bei Rosie's, Danas Lieblingscafé, wo er einen Salat mit gegrillten Hähnchenfleischstreifen kaufte.
Dana stillte gerade das Baby, als er das Zimmer betrat. Noch immer in Hochstimmung, bewunderte er die von Freunden geschickten Blumen, fragte, wie sie sich fühle, ob die Ärztin hereingeschaut habe, wann sie und Lizzie nach Hause dürf-

ten. Er tauschte ihren Salat gegen das Baby ein und wechselte zum ersten Mal in seinem Leben eine Windel.
Hugh erwähnte die Geburtsanzeige nicht, erwähnte Danas Vater nicht, erwähnte die Vorfahren nicht. Seine Stimmung brach jäh ein, als sein Onkel anrief und ihn mit Fragen wegen Lizzies Hautfarbe löcherte, doch er blieb ruhig. Sie sei kein Thema, erklärte er entschieden und sprach stattdessen über das Wunder der Geburt.
Dana freute sich über seinen Enthusiasmus. Sie lächelte, sie beantwortete seine Fragen, doch ihre Aufmerksamkeit galt allein dem Baby, sogar während sie ihren Salat aß. Er spürte, dass sie auf Abstand zu ihm gegangen war.
Und als er später nach Hause fuhr, beschäftigte ihn *das* – nicht Lizzies Hautfarbe, nicht die Taktlosigkeit seines Onkels, auch nicht, dass weder seine Mutter noch sein Vater angerufen hatten. Alles, was ihn beschäftigte, war die Überlegung, dass Danas Zurückhaltung ihm gegenüber nur bedeuten konnte, dass sie etwas zu verbergen hatte.

Am Vormittag des folgenden Tages wurde Dana mit dem Baby entlassen. Mit Hughs Hilfe zog sie der Kleinen den rosa Strampler an, was einige Zeit in Anspruch nahm, denn ihre vier Hände – vier *ungeübten* Hände – behinderten einander ständig. Aber schließlich schafften sie es, und als Hugh den Wagen vorfuhr, hatten sie keine Probleme damit, ihre Tochter in ihrem Autositz anzuschnallen.
Hugh hatte so darauf gewartet, sich x-mal ausgemalt, wie er seine Frau und sein Kind nach Hause brachte, und zu Anfang war auch alles gut, und seine Euphorie kehrte zurück. Dana saß vorne neben ihm und drehte sich alle paar Sekunden sichtlich nervös zu dem Baby um.

Dann fing die Kleine an zu quengeln. Hugh fuhr an den Straßenrand; Dana stieg in den Fond um; Hugh fuhr wieder los. Lizzie greinte.

»Was ist mit ihr?«, fragte er und schaute besorgt in den Rückspiegel, was allerdings wenig brachte, denn der Kindersitz befand sich direkt hinter ihm, mit dem Rücken an seinem.

»Ich weiß es nicht«, antwortete Dana. Sie nahm einen Schnuller aus ihrer Tasche, und der Trick funktionierte. Allerdings nur für ein paar Meilen. Dann begann Lizzie wieder zu weinen.

»Ist sie vielleicht nass?«

»Falls es so ist, dann kann es nicht schlimm sein, denn ich habe sie ja unmittelbar vor der Abfahrt gewickelt.«

»Kann sie Hunger haben?«

»Ich glaube, sie ist nur irritiert. Am liebsten würde ich sie auf den Arm nehmen, aber das wäre natürlich viel zu gefährlich.«

»Und gegen das Gesetz, nicht zu vergessen«, ergänzte Hugh.

»Soll ich noch mal anhalten?«

»Nein. Lass uns schnell nach Hause fahren.«

Etwa fünf Minuten vor der Ankunft verstummte Lizzie und schlief ein.

Ellie Jo und Gillian Kline erwarteten sie vor dem Haus, und Hughs Erleichterung darüber war ebenso groß wie Danas Freude. Diese beiden erfahrenen Mütter wussten, warum Babys weinten. Abgesehen davon war ihre Anwesenheit angesichts der Abwesenheit von Hughs Eltern an diesem so speziellen Tag besonders willkommen.

Sie wickelten das Baby, brachten es Dana zum Stillen, murmelten ermutigende Worte, als es mit dem Trinken nicht gleich klappte. *Das ist völlig normal,* sagten sie mehr als einmal. *Sie wird es schon kapieren.* Und schließlich *na also, geht doch.* Hugh schaute von der Tür aus zu und schöpfte Trost aus ihrer Gelassenheit. Als Lizzie schlief und er vorschlug, sie oben in ihr Bettchen zu legen, plädierte Dana stattdessen für das kleine Wohnzimmer.

Sie legten des Baby in den Stubenwagen, sorgten dafür, dass Dana es auf dem Sofa gemütlich hatte, und zauberten aus dem Inhalt einer Tüte des örtlichen Delis ein Mittagessen. Hugh hatte nicht daran gedacht und bedankte sich entsprechend. Nach dem Essen war Wachablösung. Ellie Jo und Gillian wurden durch Tara und Juliette ersetzt, und zwei Stunden später kamen zwei Freundinnen von Ellie Jo und wieder zwei Stunden später zwei Frauen, die ein paar Häuser weiter wohnten. Alle kamen mit Hilfsbereitschaft, fundierten Baby-Kenntnissen und folienbedeckten Behältnissen, die genügend Verpflegung für eine Woche enthielten.

Hugh lehnte am Türrahmen und schaute zu, wie andere sich um das Baby kümmerten. Er fühlte sich als fünftes Rad am Wagen, und das so intensiv, dass er versucht war, in die Kanzlei zu fahren, wo er zumindest das Gefühl hätte, von Nutzen zu sein. Doch wenn er das getan hätte, wäre ihm entgangen, was geredet wurde.

Alle waren sich einig, dass Lizzie eine Schönheit war und ein ausgesprochen liebes Kind. Einige versuchten, Ähnlichkeiten zu entdecken – *Hugh, ich glaube, sie hat Ihren Mund* oder *Das ist eindeutig Danas Nase* –, von denen Hugh keine einzige erkennen konnte. Sie schwärmten von ihrer Haut und ihren Haaren – *ihr Teint ist hinreißend* oder *Was würde ich nicht alles geben für solche Locken!* Und natürlich wurden Fragen nach ihrem Ursprung laut, und das mit mehr als einem neckenden Blick zu Hugh. *Wo, sagten Sie, waren Sie vor neun Monaten?*

Beim ersten Mal lachte Hugh, beim zweiten Mal lächelte er, aber als die Frage ein drittes Mal kam, antwortete er knapp: »In Philadelphia«, was ein Lachen der Fragerin zur Folge hatte und eine hastige Erklärung von Dana. Als er das nächste Mal das Gleiche sagte, warf sie ihm einen ärgerlichen Blick zu, doch er verspürte keine Reue. Er hatte ihr prophezeit, dass es Fragen geben würde, und er war es leid, das alleinige Ziel der Spötteleien zu sein.

Ab fünf Uhr nachmittags begannen Hughs Freunde einzutrudeln. Zunächst einige aus der Kanzlei mit Blumen und Geschenken, und ihre Bemerkungen über Lizzie waren überschwänglich. Doch dann erschienen Hughs private Freunde, junge Männer, mit denen er aufgewachsen war, und ihre ausgeprägte Neugier zeigte, dass sie über die Ungewöhnlichkeit des Babys informiert worden waren. Sie verloren kein Wort über Lizzies Hautfarbe, taten, als bemerkten sie sie gar nicht, und das sprach für sich.

Seine Basketball-Kumpels waren nicht so zurückhaltend. Sie tauchten kurz nach sechs auf, vier Riesenkerle auf dem Weg zu ihrem allwöchentlichen Spiel, mit Rosen für Dana und einem Celtics-Strampler für Lizzie, und die wortlose Verblüffung, als sie sie sahen, entbehrte nicht einer gewissen Komik.

Hey, Mann, Hugh, wer ist das denn?

Dana, du kleine Hexe. Du warst mit einem Kunden unterwegs, sagst du? Nennt man das jetzt so?

Also, damit sind wir wohl alle aus dem Schneider – außer Denny. Wo ist Denny überhaupt?

Denny, der einzige Afroamerikaner im Team, sang an diesem Abend wie jeden Monat einmal im Chor seiner Kirche.
Und dann erschien David. Kam zur Haustür herein, als die Basketballer gerade aufbrachen. Okay, sie stand weit offen. Okay, David war ein Mann, der nicht mit Umarmungen sparte. Dennoch versetzte es Hugh einen Stich, als der Mann Dana stürmisch in die Arme schloss und küsste und sich dann über den Stubenwagen beugte und auf das Baby hinunterschaute, das ihm so ähnlich sah, dass nur einem Heiligen keine Zweifel gekommen wären.
Gleich darauf fragte Tom, der Basketballer, Hugh draußen vor dem Haus: »Was ist das mit dem Typen da?«
»Was meinst du?«
»Seine Beziehung zu Dana – ist das harmlos?«
»Absolut«, antwortete Hugh, aber er spürte Wut in sich aufsteigen – Wut auf Tom, auf seine Eltern, auf David. David war ein so enger Freund, dass Hugh sich niemals Gedanken über seine Hautfarbe gemacht hatte. Jetzt war das anders.
Als seine Kumpel losfuhren und Hugh gerade ins Haus zurückgehen wollte, rief jemand seinen Namen. Er schaute die Straße hinunter und sah eine ihrer Nachbarinnen angelaufen kommen: Monica French, Mitte vierzig, mit einem Mann verheiratet, der sich nur selten sehen ließ, aber mit zwei halbwüchsigen Töchtern und drei Hunden, die dieses Manko wettmachten. Sie hatte die Hunde dabei, drei große Akitas, die sich derart um sie drängten, dass sie sie, als sie stehen blieb, beinahe zu Fall brachten.
»Hugh!«, keuchte sie. »Ich muss Ihnen etwas sagen. Es mag mir vielleicht nicht zustehen, aber mein Gewissen zwingt mich dazu, nachdem ich vorhin das Baby gesehen habe. Ist David ein Freund von Ihnen?«

»Unser bester«, antwortete Hugh, der wusste, worauf das hinauslaufen würde. Monica war eine Wichtigtuerin, die ihre Hunde dreimal am Tag ausführte und keine Hemmungen hatte, den einen oder anderen Anwohner auf ihrem Weg auf einen verdorrten Busch in seinem Garten, eine ausgebrannte Glühbirne über seinem Garagentor oder ein Wespennest neben einem Fensterladen aufmerksam zu machen.
»Wenn das stimmt, dann haben Sie keinen Grund zur Sorge, denn ein enger Freund würde nicht tun, was ich vermutet habe. Trotzdem – seit ich das Baby gesehen habe, frage ich mich, woher es diese Hautfarbe hat, und ich muss Ihnen sagen, dass David oft hier ist.«
»Und?«, fragte Hugh.
»Und? Er ist schwarz.«
»Ich glaube, das ist mir schon aufgefallen.«
»Ich habe ihn öfter mit Dana im Haus gesehen, wenn Sie nicht da waren.«
»Ich weiß. Dana hat es mir erzählt. Nicht, dass Sie sie gesehen haben, sondern, dass David manchmal vorbeischaut.«
»Manchmal ist er *eine Stunde* da.«
»Sechzig Minuten? Nicht vielleicht fünfundvierzig oder neunzig?«
Monica war beleidigt. »Machen Sie sich ruhig lustig über mich, aber ich glaube, dass David in Ihre Frau verliebt ist.«
»Das ist er ganz bestimmt«, erwiderte Hugh ruhiger, als ihm zumute war, »aber das heißt nicht, dass er sie jemals ins Bett bekäme. Meine Frau liebt *mich,* Monica.«
»Aber es gibt Sex aus Liebe, und es gibt Sex aus Lust. David ist ausgesprochen sexy.«
»Ahhh. Das erklärt, warum Sie so genau darüber Bescheid wissen, wann er wo ist. Sie sind scharf auf ihn, stimmt's?«

Sie starrte ihn einen Moment lang wortlos an und giftete dann: »Vergessen Sie, was ich gesagt habe.« Damit drehte sie sich um und ließ sich von ihren Hunden nach Hause ziehen.

Wäre sie noch eine Minute länger geblieben, hätte sie die schwarze Limousine die Straße herunterkommen sehen. Hughs Bruder Robert stieg aus und half seinem Onkel aus dem Wagen.

Bradley Clarke war fünf Jahre älter als Eaton und somit vierundsiebzig, kleiner und weniger gut aussehend als sein Bruder, wenn das kantige Clarke-Kinn und die hohe Stirn auch unverkennbar waren, doch was ihm an äußeren Vorzügen fehlte, machte er durch einen ausgeprägten Geschäftssinn wett. Es gab noch ältere Clarkes, eine Schar Cousins in den Neunzigern, doch es war Bradley, der das Familiennest auspolsterte und deshalb als Patriarch der Familie betrachtet wurde.

Hugh bewunderte seinen Onkel. Er war dankbar, dass die Familieninteressen in so fähigen Händen lagen.

Aber gemocht hatte er den Mann noch nie. In seinen Augen war er arrogant und barsch und ließ jegliche Herzlichkeit vermissen. Robert, der mit ihm zusammenarbeitete – und jetzt gerade ins Haus ging, während Bradley mit Hugh am Straßenrand stand –, behauptete, er habe ihn schon oft ausgesprochen herzlich erlebt. Hugh musste ihm das glauben.

Sein Glaube wurde allerdings in dem Moment auf die Probe gestellt, als der alte Mann den Mund öffnete. »Was zum Teufel hast du zu deinem Vater gesagt? Er hat eine grauenhafte Laune.«

»Es tut mir leid, wenn er es an dir ausgelassen hat«, sagte Hugh mit der gebotenen Ehrerbietung, doch er war nicht bereit, sich in den Staub zu werfen. »Er hat ein paar sehr hässliche Bemerkungen über mein Kind gemacht.«

»Ist es dein Kind?«

»Ja.«

»Hast du schon herausgefunden, woher es diese Hautfarbe hat?«

»*Es* ist ein Mädchen, und wir nehmen an, dass einer von Danas Vorfahren Afroamerikaner war.«

»Dann ist Dana also schwarz.«

»Das ist dein Chauffeur ebenfalls«, erwiderte Hugh leichthin, beugte sich hinunter und lächelte Caleb an. Hugh hatte in der Vergangenheit viele ansonsten unerträgliche Familienfeste überstanden, indem er sich in der Einfahrt mit Caleb unterhielt. »Vielleicht möchte er ja einen Blick auf meine Tochter werfen.«

»Das ist nicht nötig«, sagte Bradley, »aber *ich* würde es gern tun.« Er stieg gerade die letzte Treppenstufe hinauf, als David aus dem Haus kam und ihm unschuldig die Hand hinstreckte.

»Guten Tag, Mr Clarke. David Johnson. Ich freue mich, Sie wiederzusehen.«

Mit steinerner Miene gab Bradley ihm flüchtig die Hand und verschwand im Haus.

Hugh fluchte leise und rieb sich seinen schmerzenden Nacken.

»Ärger?«, fragte David.

Hugh schnaubte. »Wenigstens hat er dich nicht auf ihr gesehen.«

»Wie bitte?« David starrte ihn verständnislos an.

»Ach, komm schon. Mein Humor reicht nur bis zu einem gewissen Punkt.«

»Kannst du mir erklären, wovon du sprichst?«
»Alle glauben, dass du der Vater bist.«
»Ach ja?« David straffte seine Schultern. »Wow. Ich fühle mich geschmeichelt.«
»Du fühlst dich geschmeichelt, und ich fühle mich gedemütigt. Dana ist meine Frau. Es ist ja in Ordnung, dass du sie toll findest, aber musst du in meinem Haus aus und ein gehen, als ob es dir gehörte?«
David trat einen Schritt zurück und hob die Hand. »Ich habe mir nichts dabei gedacht.«
Aber der Damm war gebrochen, und Hugh konnte nicht mehr aufhören. »Wo ist dein gesunder Menschenverstand, Mann? Dieses Baby sieht aus wie du, und du bist bis über beide Ohren in meine Frau verliebt …«
»Halt, Hugh. Ich bin mit deiner Frau *befreundet.*«
»Du kanntest sie schon vor mir«, erinnerte sich Hugh mit einigem Unbehagen. »Hattet ihr damals was miteinander? Hat sie dir damals etwas anvertraut, über das ihr beide Stillschweigen vereinbart habt?«
»Nein – auf beide Fragen.«
»Aber du gehst ständig mit weißen Frauen aus. Du warst sogar mit einer Weißen verheiratet. In meinem Beruf nennen wir das einen Präzedenzfall.«
»Das geht dich alles nichts an.«
»Das geht mich nichts an?«, brüllte Hugh. »Sie ist meine Frau!«
Die Fliegengittertür wurde geöffnet, und Robert sagte in Befehlston: »Hugh!«
Hugh fuhr herum und starrte seinen Bruder und seinen Onkel feindselig an. Er fühlte sich in die Ecke gedrängt, zu etwas getrieben, was er verabscheute, aber nicht verhindern konnte.

Wieder hob David besänftigend die Hand. Dann wandte er sich zum Gehen.
»Worum ging es denn da?«, verlangte Bradley zu wissen.
»Hast du meine Tochter gesehen?«, schnauzte Hugh ihn an.
»Ja.«
»Glaubst du, dass sie meine Tochter ist?«
»Sie ist eindeutig ein Joseph-Baby.«
»Und wer, denkst du, ist der Vater?«, fragte Hugh.
»Was denkst *du?*«, schoss Bradley zurück.
»Ich dachte, ich wäre es, bis ihr alle *ihn* anschautet.« Er machte eine Kopfbewegung in die Richtung von David, der sein Haus inzwischen fast erreicht hatte. »Aber es gibt eine Möglichkeit, die Wahrheit herauszufinden. Ich habe schon viele DNA-Tests für Mandanten arrangiert. Ich weiß, wie sie gemacht werden und wer es am besten kann.« Damit drängte er sich zwischen den beiden hindurch in die Diele.

Dana war müde, ihr Unterleib tat weh, und ihre Brüste spannten zunehmend. Sie freute sich, ihre Freunde zu sehen, freute sich, David zu sehen, aber auf Hughs Bruder und Onkel hätte sie verzichten können. Robert hatte für einen kurzen Moment Zuneigung geheuchelt; sein Onkel hatte sich nicht einmal diese Mühe gemacht. Und gerade sagte Hugh ... *was?*
»Ich werde einen DNA-Test machen lassen – ich habe genug von den Anspielungen.«
»Einen DNA-Test?«, fragte sie verständnislos.
»Um zu beweisen, dass ich Lizzies Vater bin.«
»Was redest du denn da?«
»Dass ich es satthabe, dauernd Davids Namen zu hören. Ich will Gewissheit haben.«

Dana traute ihren Ohren nicht. »Gewissheit?«
Das Baby begann zu weinen. Dana stemmte sich vom Sofa hoch und hob die Kleine aus dem Stubenwagen. Sie wiegte sie sanft, doch Lizzie war nicht zu beruhigen. Also ließ Dana sich wieder auf dem Sofa nieder, zog ihr T-Shirt hoch, öffnete den Still-BH und strich mit der Brustwarze über die Lippen des Babys. Lizzie schnappte nicht zu, sondern suchte weiter weinend in der Luft herum. Dana begann schon zu befürchten, dass etwas nicht stimmte – Tara hatte doch gesagt, dass Babys mit dem Sauginstinkt geboren wurden, und Lizzie machte das nun grob geschätzt immerhin zum zwölften Mal –, als es endlich klappte.
»Gewissheit«, bekräftigte Hugh.
Dana suchte seinen Blick und sah, dass es ihm ernst war. Sie konzentrierte sich wieder auf das Baby. »Wenn du auch nur eine Sekunde für möglich hältst, dass Lizzie Davids Kind ist, wenn du auch nur eine Sekunde für möglich hältst, dass ich mich für einen anderen Mann interessiere, wenn du auch nur eine Sekunde für möglich hältst, dass ich mit einem anderen Mann zusammen war, dann ist unsere Ehe nichts wert.« Ihre Stimme zitterte. »Ich dachte, du vertraust mir.«
»Das tue ich ja.«
»Dann würdest du mir keine Affäre mit David unterstellen«, entgegnete sie und hielt dabei den Blick auf das Baby gerichtet, um nicht die Fassung zu verlieren. »Und erzähl mir nicht, dass du lediglich den Advocatus Diaboli spielst, denn das funktioniert in diesem Fall nicht. Hier geht es um Vertrauen.« Ihre Kehle war plötzlich wie zugeschnürt. Mühsam drängte sie die aufsteigenden Tränen zurück und hob den Blick. »Was geschieht mit uns, Hugh?«

Er schaute sie schweigend an.
Dana war, als fühle sie ihr Herz brechen. Ihr Mann stand dicht vor ihr, und trotzdem konnte sie ihn nicht erreichen.
»Glaubst du wirklich, sie ist Davids Kind?«, fragte sie erstickt.
»Jedenfalls hat sie nicht meine Hautfarbe.«
»Meine auch nicht, aber keiner von uns kennt die Hautfarbe jedes unserer Vorfahren.« Als sie sah, dass er zu einem Protest ansetzte, korrigierte sie sich hastig. »Okay, okay – *Ihr* kennt sie. Also ist offenbar einer *meiner* Vorfahren aus Afrika. Ich habe kein Problem damit. Du etwa? Ich meine, spielt es eine Rolle? Du bist doch nicht engstirnig, Hugh.«
»Bring da, bitte, nicht zwei Themen durcheinander. Untreue zu verurteilen hat nichts mit Engstirnigkeit zu tun.«
Sie war außer sich vor ... was? Fassungslosigkeit? Zorn? Schmerz? »Du glaubst tatsächlich, dass ich eine Affäre hatte! Ich denke, es ist höchste Zeit, dass wir meinen Vater suchen.«
Hugh hob den Kopf und schaute durch das Fenster aufs Meer hinaus. Als sein Blick zu ihr zurückkehrte, lief ihr ein Schauer über den Rücken. Sie sehnte sich nach Wärme, doch da war keine. Da war nur der Anwalt mit einer Mission.
»Als Erstes wird ein DNA-Test gemacht«, entschied er. »Damit bewiesen ist, dass ich der Vater bin.«
Dana beugte sich über das Baby und begann leise zu weinen. Niemals hätte sie für möglich gehalten, dass es so weit kommen würde.
»Ich brauche den Beweis, Dana«, sagte er. »Ich weiß, dass du dich nicht darum scherst, was die Leute reden, aber ich

tue es. Die Suche nach deinem Vater kann sich ewig hinziehen, und der DNA-Test ist die schnellste Möglichkeit, wenigstens in einem Punkt Gewissheit zu erlangen.«
Wut stieg in Dana auf. Sie hob den Kopf. »Wenn du schon dabei bist, kannst du David ja auch gleich auffordern, den Test machen zu lassen«, fuhr sie Hugh an.
»Ich will ihn nicht unnötig kränken.«
»Und was ist mit *mir?*«, flüsterte Dana, die den Kopf wieder gesenkt hatte, in Lizzies dichte Löckchen.
»Wie bitte? Ich verstehe dich nicht.«
Offensichtlich, dachte sie und wiegte sich mit dem Baby langsam vor und zurück.
»Da ist noch etwas«, sagte Hugh in angriffslustigem Ton. »Du stillst das Kind. Ellie Jo trägt das Kind herum. Gillian oder Tara oder Juliette wickeln das Kind. Wenn ich der Vater bin – was ist *meine* Aufgabe?«
Er fühlte sich ausgeschlossen. Dana fragte sich, ob vielleicht *das* hinter allem steckte. Zugegeben, es wäre eine seltsame Erklärung, aber besser als gar keine.
Also gab sie Lizzie nach dem Stillen in Hughs Obhut, ging nach oben, um zu duschen, und nahm anschließend, um sich abzulenken, ihr Strickzeug zur Hand. Doch auf einmal erschien ihr alles hässlich – das Garn, das Muster, *alles.* Mit einer heftigen Bewegung zog sie die Nadeln heraus und trennte ihre Arbeit auf. Reihe für Reihe löste sich in Luft auf wie eine Illusion. Am Ende raffte sie den Garnhaufen zusammen und stopfte ihn in den Beutel, stand auf und öffnete das Fenster. Dann legte sie sich aufs Bett und lauschte der Brandung, bemühte sich verzweifelt, die Stimme ihrer Mutter darin zu hören. Aber die Wellen brachten keine tröstenden Worte mit, nichts, was den Kloß in ihrem Hals auf-

gelöst hätte. Seltsame Erklärung hin oder her – Hugh hatte zutiefst verletzende Dinge gesagt.
Heruntergefallene Maschen konnten aufgenommen werden, ein nicht passender Pullover konnte neu gestrickt werden, ein fehlerhaftes Wollknäuel ausgetauscht. Mit Worten war das anders. Einmal ausgesprochen, konnten sie nicht ungeschehen gemacht werden.

8

Dana wusste, was für eine DNA-Untersuchung erforderlich war. Sie wusste auch, dass es verschiedene Verfahren gab, angefangen mit denen, die den Nachweis von DNA-Mustern anhand von Blut, Haaren oder Knochenmark führten, bis zu denen, für die man lediglich den Speichel an einem Kaugummi brauchte. Bei schweren Fällen bediente sich Hugh in zunehmendem Maße der gentechnologischen Methode zur Beweisführung und hatte schon oft mit Dana darüber gesprochen. Sie wusste, dass für die Anerkennung von Ergebnissen einer DNA-Untersuchung als Beweismittel strenge Regeln galten. Sie weigerte sich entschieden, dem Baby Blut abnehmen zu lassen, und eröffnete Hugh, dass er sie nur mit einer richterlichen Anordnung dazu zwingen könne.

Er gab sich mit einer Speichelprobe zufrieden, die mit Wattestäbchen von der Innenseite der Wangen abgenommen wurde. Und er verlor keine Zeit. Am Donnerstag erschien in aller Herrgottsfrühe ein Kurier mit drei Materialröhrchen.

»Wieso drei?«, fragte Dana, die die Röhrchen mit Abscheu bedachte.

»Eines für jeden von uns«, erwiderte Hugh geduldig.
»Warum auch für mich? Dass ich die Mutter bin, wissen wir ja wohl«, sagte sie mit einem Anflug von Sarkasmus.
»Du bist unser Ausgangspunkt«, erklärte er ihr. »Da feststeht, wer die Mutter des Babys ist, vergleicht das Labor zuerst deine DNA mit Lizzies. Alle Komponenten, die bei euch beiden nicht vorkommen, müssen vom Vater stammen. Anschließend untersuchen sie meine DNA auf diese Komponenten.«
Dana warf einen Blick zu dem Kurier hinüber, der in der Küche wartete. »Ist er hier, um zu verhindern, dass ich deine Probe gegen eine von David austausche?«
Hugh bat den Kurier, draußen zu warten. Als der Mann gegangen war, sagte er: »Das war unnötig.«
»Absolut nicht. Es geht doch um Vertrauen.«
»Du machst es mir nicht leicht.«
»Warum sollte ich?«, begehrte Dana auf. »Die letzten vierundzwanzig Stunden hätten eigentlich die glücklichsten meines Lebens sein sollen, aber du hast sie zu einem Albtraum gemacht. Ich wüsste nicht, warum ich dir irgendetwas leichtmachen sollte. Außerdem dreht sich in meiner Welt jetzt nicht mehr alles ausschließlich um dich, Hugh.« Sie streifte die Röhrchen mit einem feindseligen Blick. »Können wir das jetzt, bitte, hinter uns bringen?«
Es dauerte nicht lange. Hugh fuhr zuerst mit einem Stäbchen durch Lizzies Mund und danach mit einem zweiten durch Danas. Sie zwang sich zuzusehen, wie er es bei sich selbst tat und anschließend die drei Röhrchen verschloss. Dann brachte er sie dem Kurier nach draußen. Als er wieder ins Haus kam, war sie oben im ersten Stock. Sie duschte noch einmal und wusch das Baby auf der Wickelkommode von

Kopf bis Fuß. Sie fühlte sich nach der Prozedur beschmutzt und hatte das Bedürfnis, sie beide zu säubern.

Danach legte sie Lizzie in einem frischen Strampelanzug in ihr Bettchen und breitete die Decke über sie, die Gram Ellie gestrickt hatte. Immer wieder aufs Neue erstaunt über die Vollkommenheit ihrer Tochter, schaute sie zu, wie Lizzie einschlief. Dann ließ sie den Blick durchs Kinderzimmer wandern. Es sollte Zufriedenheit und Freude vermitteln, und was die Ausstattung anging, so war dieses Ziel erreicht – ein Beweis dafür, wie trügerisch der Schein sein konnte.

Wäre Dana nicht so müde gewesen, hätte sie vielleicht über die Ungerechtigkeit geweint, die ihr widerfuhr, doch in ihrer Erschöpfung zog sie die Beine an, kuschelte sich in den Schaukelstuhl, schloss die Augen und döste vor sich hin.

Es klingelte an der Haustür. Sie ignorierte es. Das Telefon schrillte. Sie reagierte nicht.

Kurz vor zwölf nahm sie das Baby zum Stillen aus dem Bettchen. Die Milch war eingeschossen, und die pralle Brust erschwerte der Kleinen, die Brustwarze zu schnappen. Vielleicht schmeckte ihr auch die Milch nicht. Dana war vor Sorge den Tränen nahe, als Lizzie endlich zu trinken begann.

»Soll ich sie das Bäuerchen machen lassen?«, fragte Hugh von der Tür her.

Dana schrak aus ihren Gedanken hoch. »Du bist ja noch hier.«

»Wo sollte ich sonst sein?«

»In der Kanzlei.« Schrecklich, wie weinerlich ihre Stimme klang.

»Du weißt doch, dass ich mir für die erste Zeit nach der Geburt des Babys Urlaub genommen habe«, erinnerte er sie.

O ja. Diese Tage hätten eigentlich wunderschön sein sollen. Lizzie hatte aufgehört zu nuckeln, und Dana legte sie sich an die Schulter und klopfte ihrer Tochter behutsam auf den Rücken.

»Gillian hat angerufen, aber ich wollte dich nicht stören.«

Dana nickte.

»Und es sind Geschenke gekommen. Ausgesprochen hübsche Sachen.« Er stand noch immer in der Tür.

Unter normalen Umständen hätte sie die Neugier gepackt, doch angesichts der Situation kam kein derartiger Wunsch in ihr auf.

»Du bist immer noch wütend«, schloss er aus ihrem Schweigen.

Sie fuhr fort, Lizzie auf den Rücken zu klopfen.

»Sprich mit mir, Dana.«

Mit einer Mischung aus Verzweiflung und Zorn fragte sie: »Was willst du von mir hören? Dass ich dich verstehe? Dass ich einverstanden bin mit dem, was du getan hast? Tut mir leid – das kann ich dir nicht bieten.«

Lizzie stieß einen kaum hörbaren Rülpser aus.

Dana musste lächeln. »Braves Mädchen«, lobte sie zärtlich und hielt ihr Kind, sorgfältig den Kopf stützend, vor sich. Wenn sie es nicht besser gewusst hätte, wäre sie überzeugt gewesen, dass die milchschokoladebraunen Augen sie anlächelten. »Du bist mein süßes, kleines Mädchen. Möchtest du noch was trinken? Ein kleines bisschen? Probieren wir's.« Sie legte das Baby an ihre andere Brust an, und wieder dauerte es eine Weile, bis die Lippen zuschnappten. Als es endlich geschafft war, lehnte Dana sich zurück und schloss die Augen.

»Ist sie okay?«, fragte Hugh.

»Ja.«
»Warum hat das so lange gedauert?«
»Sie ist dabei zu lernen – wie ich auch.«
Nach einem kurzen Schweigen fragte er: »Kann ich irgendetwas tun? Vielleicht Mittagessen von Rosie's holen?«
»Nein, danke.«
»Soll ich vielleicht aus dem, was wir im Haus haben, einen Lunch zaubern?«
»Meine Großmutter bringt Sandwiches vorbei.«
»Oh. Okay. Soll ich dann vielleicht etwas anderes besorgen – Windeln oder Creme oder so was?«
»Tara bringt mir nachher eine Tonne Waschmittel – ansonsten brauche ich nichts. Halt – du könntest noch eine Wickelunterlage kaufen. Ich hätte gern eine im Hauswirtschaftsraum, damit ich Lizzie auch unten wickeln kann.«
»Wird erledigt«, sagte er. »Was die Geburtsanzeigen betrifft ...«
»Du hast ganz recht«, unterbrach sie ihn, öffnete die Augen und schaute ihn an. »Wir müssen keine Geburtsanzeigen verschicken. Vor allem, da wir ja gar nicht wissen, ob du überhaupt der Vater bist.«
Er seufzte. »Dana.«
»Was ist?«, fragte sie kriegerisch. »Soll ich nicht wütend sein, weil du glaubst, dass ich dich betrogen habe? Wie kommst du eigentlich auf diesen Gedanken? Weil ich unehelich geboren wurde? Weil unser Baby nichts von dir hat? Ich muss dich korrigieren, Hugh: Sie hat deinen Mund!«
»Das sehe ich nicht.«
»Weil du auf ihre Hautfarbe fixiert bist. Wenn du sie aufmerksam anschaust, *wirst* du es sehen.«
Hugh schwieg.

Dana schloss wieder die Augen und ließ Lizzie trinken, bis das Nuckeln langsamer wurde. Dann legte sie sie zu dem obligatorischen Bäuerchen an ihre Schulter.

»Soll ich das machen?«

Dana hätte beinahe gesagt *Ich brauche deine Hilfe nicht,* aber sie fand, dass es erst einmal reichte mit der Bitterkeit. Also legte sie ihm das Baby vorsichtig in die Arme und ging dann mit einem Schwung Schmutzwäsche in den Hauswirtschaftsraum hinunter. Anschließend brühte sie sich Tee auf und trank gerade die erste Tasse, als Ellie Jo kam.

Augenblicklich fühlte Dana sich besser. Ihre Großmutter war eine Überlebenskünstlerin. Sie war der Beweis dafür, dass Schlimmes vorüberging.

Während Ellie Jo mit dem Baby ins Kinderzimmer ging, ging Dana ins Schlafzimmer. In dem verzweifelten Wunsch nach Normalität holte sie eine ihrer vorschwangerschaftlichen Jeansshorts aus dem Schrank. Obwohl es ein wenig Mühe kostete, ließ der Reißverschluss sich schließen. Von diesem Erfolg aufgeheitert, zog sie ein abgeschnittenes rosa T-Shirt und Segeltuchslipper an und drehte ihre Haare zu einem hohen Knoten zusammen.

Kurz darauf saß sie mit ihrer Großmutter auf der Terrasse. Sie hatten die Sandwiches gegessen und strickten nun unter der Markise, während das Baby neben ihnen im Wagen schlief. Es war ein heißer Augusttag, doch die Meeresbrise verlieh der Luft eine angenehme Frische. Von der harmonischen Atmosphäre beflügelt, strickte Dana schnell wie der Wind abwechselnd eine Reihe rechts, eine Reihe links, und der moosgrüne Schlafsack, den Lizzie im kommenden Herbst brauchen würde, wuchs Zentimeter um Zentimeter.

Dana überkreuzte die nackten Füße und atmete tief ein. Sie hatte den Ozean immer geliebt und tat es bis heute, was merkwürdig war, wenn man bedachte, wie ihre Mutter gestorben war. Ellie Jo hatte Dana, nachdem Elizabeth ertrunken war, gleich wieder mit ins Meer genommen. Im ersten Moment hatte sie sich gefürchtet, doch sobald sie schwamm, empfand sie das Wasser als ausgesprochen beruhigend. Elizabeth liebte die See. Dana stellte sich vor, dass die Seele ihrer Mutter da draußen in den Wellen weiterlebte, und der Gedanke tröstete sie.

Während die würzige Salzluft ihre Sinne streichelte und die Stricknadeln sich mit hypnotischer Geschwindigkeit und Gleichmäßigkeit vor ihren Augen bewegten, spürte sie ihre Anspannung allmählich weichen.

Ihre Mutter war gestorben, und das Leben ging weiter. Es würde auch jetzt weitergehen.

Nach einer Weile legte sie ihr Strickzeug beiseite, stand auf und ging den Rasen hinunter. In einem Meer von Grün leuchteten hier und da die letzten rosa Apfelrosen. Sie kniete sich hin, umfasste eine Blüte und berührte vorsichtig die Blätter. Wie der Geruch der See spendeten auch sie ihr Ruhe und Trost.

»Dana! Hi, Dana! Dana! Hier drüben! Ich bin's – Ali!«

Dana schaute zum Nachbargrundstück hinüber. Davids Tochter, sieben Jahre alt und drahtig, winkte mit beiden Armen und sprang dazu wie ein Gummiball auf und ab, wobei ihr wilde Kräuselmähne um ihr Gesicht hüpfte.

Dana winkte lächelnd zurück und stand auf. Die Grundstücke waren weder durch einen Zaun noch eine Hecke getrennt. Davids Haus war zwar im typischen, modernen Cape-Stil erbaut und unterschied sich damit grundlegend

von ihrem, doch in seinem Garten wuchs die gleiche Mischung aus Rasen und Küstensträuchern.
Ali stürzte sich in Danas ausgebreitete Arme. »Daddy sagte, ich soll dich nicht im Haus stören, und darum hoffte ich, dass du draußen wärst, und da warst du auch! Daddy sagt, du hast jetzt ein Baby. Darf ich es mir ansehen?«
»Erst lass *dich* mal ansehen«, erwiderte Dana, stellte Ali wieder auf den Boden und legte den Finger unter das kindlich runde Kinn.
Sonnig war das Wort, das ihr in den Sinn kam. Alis Haut schimmerte golden, ihre braunen Augen blitzten vor Aufregung, in ihrem lachend geöffneten Mund leuchteten strahlend weiß kleine, ebenmäßige Zähne, und ihre Haare durchzogen gut und gern ein Dutzend Strähnen in verschiedenen Farbtönen.
Dana hatte Ali auf den ersten Blick ins Herz geschlossen, war von Anfang an bezaubert gewesen von der Fröhlichkeit, mit der dieses Kind dem Leben begegnete. Sie drückte das Mädchen noch einmal fest an sich und trat dann zu einem prüfenden Blick einen Schritt zurück. »Du bist größer geworden – und noch hübscher. Wie ist das möglich?«
»Ich werde alt. Bald bin ich acht, und ich habe in den Ferien oft Fußball gespielt, und Mommy sagt, meine Beine werden davon länger. Darf ich jetzt das Baby anschauen?«
»Alissa!«, rief David von der Hintertür her. »Ich hab dir doch gesagt, du sollst die Clarkes nicht stören!«
Unter normalen Umständen hätte Dana hinter dieser Ermahnung nichts vermutet, aber der Verdacht ihres Mannes schien die Unbefangenheit vertrieben zu haben. »Sie stört nicht!«, rief sie hinüber. »Hugh ist weggefahren – nur meine Großmutter und ich sind hier. Hoppla«, setzte sie mit einer

lustigen Grimasse für Ali hinzu, »und das Baby, natürlich. Es ist noch so neu für mich, dass ich es immer wieder vergesse. Selbstverständlich kannst du es anschauen. Es liegt im Kinderwagen auf der Terrasse.«
Sie sah dem Kind nach, das mit fliegenden Armen und Beinen davonstob. Gram Ellie schaute auf und trat dann mit Ali an den Wagen.
Dana fragte sich gerade, ob dem Mädchen wohl Lizzies Hautfarbe auffallen würde, als sie aus dem Augenwinkel David kommen sah. Er trug ein Polohemd und Kakihosen. Offensichtlich hatte er sich den Tag der Ankunft seiner Tochter freigenommen.
»Das könnte unangenehm werden«, meinte er, als er bei ihr ankam. »Ali wird bestimmt ständig zu euch rüberwollen, aber deinem Mann wird das nicht recht sein.«
»Unsinn«, erwiderte Dana lächelnd. »Hugh vergöttert Ali.«
»Bisher hat er das getan, ja, aber da mochte er mich auch noch. Du weißt, dass er glaubt, dass ich der Vater deines Kindes bin?«
»Hat er das gesagt?«, fragte Dana entsetzt. »Es tut mir leid. Er ist im Moment nicht er selbst.«
»Vielleicht doch«, gab David heftig zurück. »Vielleicht bekommen wir jetzt den wahren Hugh zu sehen. Wundern würde es mich nicht. Hast du eine Ahnung, wie viele Leute für die Gleichstellung der Rassen sind, bis eine afroamerikanische Familie in das Haus nebenan einziehen will? Hast du eine Ahnung, wie viele Leute Maßnahmen gegen die Diskriminierung von Minderheiten befürworten, bis ihr Kind von einem College abgelehnt wird, das einen schwarzen Bewerber mit schlechteren Zensuren annimmt?«
»David …«

»Hast du eine Ahnung, wie oft ich mir wünsche, du wärest meine Frau?«, fuhr er mit weicher Stimme fort. »Vielleicht hat Hugh das gespürt, aber du und ich wissen beide, dass ich dich nie angerührt habe.« Sein Gesicht legte sich in Kummerfalten. »Du meine Güte – du hast mich *nie* so angesehen, wie du ihn ansiehst. Was *denkt* er bloß?«

»Er denkt überhaupt nicht«, sagte Dana und fragte sich für einen Sekundenbruchteil, ob das auch auf David zutraf. *Hast du eine Ahnung, wie oft ich mir wünsche, du wärest meine Frau?* Sie wollte es schnell vergessen, und so konzentrierte sie sich auf das, was David über Hugh gesagt hatte, und überlegte, ob es wahr sein könnte. Sie hatte Hugh immer für einen Mann mit Prinzipien gehalten, aber wenn er das wirklich war, wusste sie nicht, wie sie seine Reaktion auf Lizzie erklären sollte.

»Behandelt er dich schlecht?«, wollte David wissen.

Dana beschloss, den Vaterschaftstest nicht zu erwähnen – er war zu erniedrigend. Seufzend schaute sie aufs Wasser hinaus. »Ich weiß nicht genau, wer wen wie behandelt. Wir leben von einer Baby-Mahlzeit zur nächsten, und in der Zeit dazwischen herrschen Müdigkeit, Unsicherheit, weil das Baby noch so neu und ungewohnt ist, und Unbehagen.«

»Hilft er dir? Ich würde es tun, Dana. Wenn ich in meiner Ehe auch viel falsch gemacht habe – aber ich habe meiner Frau geholfen, Ali zu versorgen.«

Dana wandte sich ihm zu. »Was hast du denn falsch gemacht?«

»Ich habe meine Arbeit über meine Frau gestellt. Ich habe Ali über sie gestellt. Ich habe sie wie ein Dienstmädchen behandelt.«

»Bewusst?«

»Nein.« Seine Lippen verzogen sich zu einem spöttischen Lächeln. »Die Mutter meiner Mutter war Dienstmädchen. Meine Mutter war Lehrerin, aber sie machte auch die gesamte Hausarbeit allein. Vielleicht fand mein Unterbewusstsein ja, dass es ein fairer Ausgleich wäre, wenn meine weiße Frau die Toiletten schrubbte.« Er zuckte mit den Schultern. »Rational betrachtet hatte sie einfach mehr Zeit als ich.«

»Warst du ihr treu?« Das war etwas, was Hugh fragen würde.

David schaute zu Ali hinüber. Sie schob den Kinderwagen unter Ellie Jos Anleitung langsam vor und zurück. »Wird Ali das Baby nicht aufwecken?«

»Nein, nein, das ist schon okay. Du hast mir noch nicht geantwortet, David.«

Er antwortete bedächtig. »Ich blieb ihr treu, bis Ali das Einzige war, was wir noch gemeinsam hatten. Ich arbeitete damals einfach zu viel. Irgendwann kam es zu einem One-Night-Stand. Susan erfuhr davon, und das war's. Am nächsten Tag reichte sie die Scheidung ein. Es war, als hätte sie regelrecht auf eine Rechtfertigung dafür gelauert. Untreue klang als Grund sehr viel besser als rassenbedingte Unvereinbarkeit.«

»Rassenbedingte Unvereinbarkeit? Das musst du mir erklären.«

»Ich glaube, sie hat es bereut.«

»Bereut?«

»Einen Afroamerikaner geheiratet zu haben.«

»Glaubst du wirklich, dass das der wahre Grund war?«

»Vielleicht, vielleicht auch nicht. Vielleicht bildete ich es mir auch nur ein. Ich war Chirurg, sie war Krankenschwester. Ständig erzählte sie allen Leuten, dass sie sich durch die Heirat ›gesellschaftlich verbessert‹ hätte, und schließlich wurde ich misstrauisch. Ihre Freunde – unsere Freunde – waren größtenteils Weiße, und mir kam der Verdacht, dass sie glaubte, erklären zu müssen, warum sie mich geheiratet hatte.«

»Das klingt nach mangelndem Selbstvertrauen *deinerseits.*«

»Möglich.«

»Was ist mit Ali? Entschuldigt sich deine Ex auch dafür, das *Kind* zu haben?«

»Nein. Ali ist für sie absolut die Größte. Für sie ist sie die Intelligenteste, die Hübscheste im Viertel, und sie scheut sich nicht, mit ihr zu prahlen. Ist das vielleicht auch eine Überkompensation?«

»Nein. Deine Tochter *ist* die Beste.« Dana wusste sehr wohl, dass sie nicht objektiv war. »Übertreib es nicht mit der psychologischen Analyse.«

»Wie auch immer – sie leben jetzt in Manhattan, und in ihrer Schule ist die Hälfte der Kinder schwarz, also ist es kein Thema.«

»Wird ihr Lizzies Hautfarbe auffallen?«

»Wahrscheinlich nicht. Die Hautfarbe eines Menschen steht nicht weit oben auf ihrer Prioritätenliste. Sie hat nicht das Gefühl, in irgendeiner Weise ›anders‹ zu sein.«

»Hast du Angst, dass sich das irgendwann ändern wird?«

»Ja, die habe ich. Wenn sie sich irgendwann in einen Weißen verliebt, kann es durchaus sein, dass seine Eltern nicht begeistert sind. Die Eltern meiner Frau waren ganz und gar nicht begeistert.« Er räusperte sich. »Wir bauten meinen Beruf zum Trumpf aus, um mich aufzuwerten. Chirurg gegen schwarz.«

»Mögen sie Ali?«

»Ja. Sie sahen von Anfang an ihre Tochter in ihrem Enkelkind. Gib deinen Schwiegereltern ein bisschen Zeit, Dana. Im Moment ist Lizzie sozusagen nichts aussagend. Alle Säuglinge sind das. Aber sobald die Kleine eine Persönlichkeit entwickelt, werden sie sich in sie verlieben. Sie werden gar nicht anders können.«

»Du meinst, sie werden sie lieben, obwohl sie es nicht wollen?«, sagte Dana spöttisch. »Und das nur, weil sie nicht wie eine Clarke aussieht ...«

»Das ist nicht der Grund«, fiel er ihr ins Wort. »Sie hätten kein Problem mit ihr, wenn sie dir wie aus dem Gesicht geschnitten wäre. Das Problem ist ihre Hautfarbe.«

Dana fröstelte plötzlich. »Wird das ihr ganzes Leben lang so sein? Werden alle Menschen als Erstes ihre Hautfarbe sehen? Was ist mit der Gleichstellung?«

»Die Gleichstellung ist eine schöne Theorie. Aber ich finde es ziemlich idiotisch, wenn man sie krampfhaft in die Praxis umsetzt, wenn ein Typ eine Bank überfällt und die Cops sagen, sie suchen nach einem Mann, der eins achtzig groß ist, dunkelhaarig und schlaksig und zuletzt in Jeans und einer roten Jacke gesehen wurde, fehlt die Hautfarbe bei der Beschreibung. Schließlich ist sie *das* unübersehbare äußere Merkmal. Und es kann mir keiner erzählen, sie sei dem Mann am Bankschalter nicht aufgefallen.« Er hatte sich in Rage geredet und war immer lauter geworden. »Sie wegzulassen ist so auffällig, dass jeder weiß, warum es passiert. Um deine Frage zu beantworten: Ja, die Hautfarbe ist das Erste, was die Menschen sehen. Ausnahmslos. Wer von sich behauptet, bei ihm sei das nicht so, der lügt.«

»Du bist aufgebracht. Das ist Hughs Werk.«

»Nein, Dana – ich sage dir nur, wie es ist.«
»Für deine Tochter? Und für meine?«
»Für beide. Damit müssen sie leben. Es lauert immer in den Kulissen.«
»Das habe ich noch nie von dir gehört«, sagte sie.
»Wir haben noch nie darüber gesprochen.«
Dana wurde bewusst, dass das stimmte. David war immer nur einfach David gewesen. »Gab es eine Zeit in deinem Leben, in der du dir deiner Hautfarbe nicht bewusst warst?«, fragte sie.
»Du meinst, als Diskriminierung? Ja. Als ich klein war. Mein Vater war weiß. Einer meiner Brüder sah genau aus wie er, und so war bei uns zu Hause die Hautfarbe lediglich eine äußere Eigenheit wie die Haarfarbe.«
»Wann änderte sich das?«
»Als ich vier war. Auf dem Spielplatz. Kinder können grausam sein. Ich hatte keine Ahnung, was die Schimpfwörter bedeuteten. Meine Eltern erklärten es mir.«
»Wie? Was sagten sie?«
»Dass es die Menschen immer zu denen hinzieht, die wie sie selbst sind, dass sie Menschen, die anders sind, als Bedrohung empfinden, dass, was Unterschiede angeht, die Hautfarbe am problematischsten ist, weil man sie nicht verstecken kann. Ich arbeitete während meines Medizinstudiums doppelt so hart wie die Weißen, und das tue ich heute als Arzt noch immer. Glaubst du, ich könnte mich nach all der Zeit einfach zurücklehnen und entspannen? Vergiss es.« Er deutete auf sein Gesicht. »Wenn was schiefgeht, ist das hier das Erste, was ihnen einfällt.«
»Im Ernst?« Sie konnte es nicht fassen.
»Im Ernst. Schau dir doch an, was hier passiert – mit dir,

mit deinem Baby. Er glaubt, es ist von mir? Der hat doch ein Rad ab.«
»Seine Familie …«
»Wow!«, fiel er ihr wütend ins Wort. »Hugh ist *wie* alt – vierzig? Gib nicht seiner Familie die Schuld. Der Gute hat doch einen Mund!«
»Und er hat ihn aufgemacht, David – aber seine Familie ist eine Institution.«
»Wie kannst du diese Leute verteidigen?«
»Ich verteidige sie nicht. Sie leben so weit von der Normalität entfernt, dass sie mit ihren Ansichten teilweise ein halbes Jahrhundert hinterherhinken.«
»Jedenfalls sind sie im Unrecht.«
»Natürlich sind sie im Unrecht«, sagte Dana. »Ich kann nicht glauben, dass die übrige Welt genauso schlimm ist – oder sagen wir lieber, ich *möchte* es nicht glauben. Deine Ali ist ein glückliches Kind. Sie akzeptiert ihre Hautfarbe, wie sie ihre Haare akzeptiert und ihr Lächeln. Ich wünsche mir, dass Lizzie auch so wird.«
»Dann bearbeite deinen Mann«, riet David ihr.
»Daddy!« Ali kam auf sie zugerannt. »Ich habe grade das Baby gesehen! Elizabeth! Dana, Dana, sie ist so *win*-zig!« Mit gerunzelter Stirn hielt sie sich den rechten Daumen und Zeigefinger fest zusammengedrückt vors Gesicht. »Ihre Nase ist so winzig und der Mund und die Augen! Wie kann sie nur so *win*-zig sein?«
Dana strich ihr voller Zuneigung über die wilde Frisur. »Sie ist erst zwei Tage alt, weißt du.«
Ali packte Dana bei der Hand. »Ich will sie mal auf den Arm nehmen. Gram Ellie sagt, ich muss dich fragen. Darf ich, Dana?«

»Wenn sie aufwacht.«
»Darf ich mit ihr spazieren gehen? Darf ich den Kinderwagen schieben? Gram Ellie sagt, du erlaubst es vielleicht …«
»Daraus wird nichts, Schatz«, mischte David sich ein. »Wir müssen gleich zum Schwimmunterricht.«
»Ich lerne im städtischen Freibad schwimmen«, erklärte Ali Dana und wandte sich wieder ihrem Vater zu. »Dann später?«, bettelte sie. »Wir haben doch noch den ganzen Nachmittag und den ganzen Abend.«
»Nein, haben wir nicht«, widersprach David ihr. »Wir müssen noch lauter Sachen für unseren Campingausflug besorgen und anschließend packen. Schließlich fahren wir morgen bei Tagesanbruch los.«
Ali schmiegte sich an Dana und berichtete ihr aufgeregt: »Ich bekomme einen Schlafsack und eine Taschenlampe und einen Rucksack! Gram Ellie strickt dem Baby einen Pullover. Ich möchte ihm auch einen stricken. Darf ich, Dana?«
»Einen Pullover?« Dana lächelte. »Seit wann kannst du denn stricken?«
»Noch gar nicht, aber als ich das letzte Mal hier war, hast du versprochen, dass du's mir beibringst. Und jetzt will ich es lernen.«
»Bist du nicht noch zu klein dazu?«, fragte David sie.
»Nein, bin ich nicht. Dana war sieben, als sie angefangen hat, und ich bin schon fast acht.«
David seufzte. »Das ist zwar richtig, aber im Moment passt es nicht gut. Dana hat gerade erst ihr Baby bekommen.«
Ali schlang den Arm um Dana. »Du gehst doch bestimmt in den Laden. Können wir es nicht dort machen?«
»Ali«, mahnte David, doch Dana hob beschwichtigend die Hand.

»Ich tue es gern, David. Ihr kommt Sonntagabend vom Campen zurück, stimmt's? Wie wär's dann am Montag?«

»An deiner Stelle würde ich keine Versprechungen machen«, riet er ihr. *Denk an Hugh,* fügten seine Augen hinzu.

»Ich kann tun, was ich will«, erklärte sie entschieden. »Ich möchte Ali gern das Stricken beibringen, und wir werden am Montag damit anfangen.«

9

Die »Garten-Mom« hieß Crystal Kostas. Den Nachnamen erfuhr Hugh allerdings erst, als sie ihm gegenüberstand. Bei ihrem Anruf in der Kanzlei am späten Donnerstagnachmittag nannte sie – entgegen seiner Bitte, sich als »Garten-Mom« vorzustellen – nur ihren Vornamen und weigerte sich, ihre Telefonnummer zu hinterlassen. Glücklicherweise spürte seine Sekretärin die Nervosität der jungen Frau, schaltete und gab ihr auf der Stelle einen Termin für Freitagmorgen.

Crystal erschien in einem langen Rock und T-Shirt. Ihre kastanienbraunen Haare wurden im Nacken von einer Spange zusammengehalten, wodurch die pflaumenblauen Strähnen kaum auffielen. Ihre Sandalen waren abgetragen, und ihr Gesicht wirkte noch verhärmter als an dem Tag, als Hugh sie kennenlernte.

Er holte sie an der Rezeption ab, führte sie den Flur hinunter in sein Büro und schloss die Tür. Er deutete auf einen der Ledersessel und fragte, weil sie sich sichtlich unbehaglich fühlte: »Wäre es Ihnen lieber, wenn ich eine Kollegin dazuholen würde?«

Sie schüttelte den Kopf, setzte sich und ließ den Blick über die Diplome an der Wand zu Danas gerahmter Fotografie auf dem niedrigen Bücherschrank und weiter zu den bronzenen Buchstützen wandern, die ein Künstler auf Martha's Vineyard gemacht hatte. Hughs Eltern besaßen das Haus in Menemsha zwar noch, aber er und Dana waren in diesem Sommer nur einmal dort gewesen.

»Möchten Sie einen Kaffee?«, fragte er.

Wieder schüttelte sie den Kopf.

Er stellte einen Aschenbecher auf den Beistelltisch in ihrer Reichweite und setzte sich.

Inzwischen betrachtete sie die holzgerahmten Fotos an der Wand, obligatorische Schnappschüsse bei Wohltätigkeitsveranstaltungen, auf denen er mit allen möglichen Prominenten zu sehen war. Es würde sie beeindrucken. Es beeindruckte die meisten Mandanten. Das war ja auch der Sinn, oder?

Hugh beugte sich vor und stützte die Unterarme auf die Knie. »Sehe ich heute mehr nach Anwalt aus?« Er trug eine hellbraune Hose, einen marineblauen Blazer, das Hemd am Hals offen.

Sie musterte ihn mit einem schnellen Blick. »Ja.«

»Wie geht's Ihrem Sohn?«

»Nicht gut.«

»Ist sein Zustand stabil?«

Sie nickte.

»Erzählen Sie mir mehr, Crystal.«

Sie kaute nachdenklich an einem ihrer Mundwinkel. Nach einer Weile sagte sie gottergeben: »Jay erholt sich ganz gut von der Operation. Er steckt in einem Ganzkörpergips, das gebrochene Bein ist auch eingegipst. Aber zumindest hat er keine Schmerzen mehr, und die Taubheit hat sich gegeben. Und die Lähmung.«

»Lähmung?«
»Von der ähhh«, ihre Hand flatterte durch die Luft, »ähh, es heißt Peri… Peridural… ja, Periduralanästhesie. Er hatte keine Kontrolle mehr über seine Blase. Sie haben das Problem operativ beseitigt.«
»Wann darf er nach Hause?«
»Bald«, antwortete sie, doch ihr Gesichtsausdruck zeigte ihm, dass sie sich nicht darüber freute. »Ich habe keine Ahnung, wie ich ihn mit all dem Gips die Treppen rauf- und runterkriegen soll. Und es wird eine Weile dauern, bis wir wegen der Wachstumszonen schlauer sind.«
»Wann wird diese ›Weile‹ um sein?«
»Vielleicht in sechs Wochen – wenn sie ihm einen kleineren Gips geben können. Oder in zwei Jahren. Sie wollen nicht, dass Jay schief wächst, und weitere Operationen würden das verhindern.« Erregt fuhr sie fort: »Die reden ständig von diesem Arzt an der Washington University, und sie sagen, wenn Jay ihr Sohn wäre, würden sie ihn nur von ihm operieren lassen, aber das Krankenhaus ist in St. Louis, und ich habe doch gar kein Geld für so eine Reise! Und als ich mal wieder an Jays Bett sitze und ihm beim Essen helfe, kommt eine Lady von der Verwaltung rein und will mit mir über die Finanzierung reden. Das Krankenhaus war ursprünglich bereit gewesen, die Operation gratis zu machen, als sie dachten, dass ich mittellos sei, aber jetzt, sagt sie, hätten sie sich die Unterlagen angesehen und festgestellt, dass ich zu viel verdiene. Ich verdiene achtundzwanzigtausend im Jahr. Wissen Sie, wie *wenig* das ist, wenn man ein Kind *allein* aufziehen muss?«
Hugh hatte diese Rechnung schon mit vielen Mandanten durchexerziert. »Sie möchten es also angehen?«

»Ja. Aber ich hab's Ihnen schon gesagt – ich kann Sie nicht bezahlen.«

»Und ich habe Ihnen gesagt, dass ich nichts dafür verlange – und dass ich Ihnen das schriftlich zusichere. Wenn Sie mir Ihren vollen Namen nennen, tue ich das als Erstes.« Er holte Papier und Stift vom Schreibtisch. »Ihr Vorname lautet Crystal, richtig?«

»Ich habe Sie überprüft«, sagte sie. »Es läuft keine Klage gegen Sie.«

»Nein.«

»Und Sie gewinnen oft.«

»Ich gebe mir Mühe.«

»Und Ihre Frau hat tatsächlich gerade ein Baby bekommen.«

»Wer hat Ihnen das denn bestätigt? Krankenhausunterlagen sind vertraulich.«

»Ganz einfach: Nachdem wir uns unterhalten hatten, ging ich zur Rezeption und behauptete, ich wolle Mrs Clarke besuchen, und da nannten sie mir die Zimmernummer. Ich wollte einfach sichergehen, dass Sie mich nicht angelogen hatten.«

»Ich lüge nicht«, sagte Hugh. »Fangen wir mit einem Namen an. Genau gesagt brauche ich *drei*: Ihren, den des Vaters und den Ihres Sohnes.«

»Ich heiße Kostas«, begann sie mit ihrem eigenen und buchstabierte ihn. »Und mein Sohn heißt Jay Liam Kostas.«

»Und der Vater?«

»J. Stanton …« Sie brach ab.

J. Stanton. Es gab nur einen mit diesen Vornamen im Kongress. »Sprechen Sie von *Hutchinson?*«

Sie presste die Lippen aufeinander.

»Stan Hutchinson ist der Vater Ihres Kindes?«, fragte er verblüfft.
»Sie glauben mir nicht.« Crystal stand auf. »Ich hätte nicht herkommen sollen.«
Hugh packte sie beim Handgelenk. »Doch, ich glaube Ihnen. Ich kenne seinen Ruf.« Er ließ sie los. »Bitte, bleiben Sie.«
Crystal schluckte und setzte sich wieder hin. »Wenn man ihn im Fernsehen reden hört, würde man ihm keine Schlechtigkeit zutrauen.«
»Natürlich nicht. Er präsentiert sich als Tugendwächter, aber, sosehr es mir auch widerstrebt, ich muss Ihnen sagen ...« Er hielt inne. Viele Frauen glaubten, dass *sie* die eine wären, die einen Mann dazu bringen konnte, sich von seiner Frau zu trennen. Er fragte sich, ob Crystal Kostas sich diese Hoffnung wohl auch gemacht hatte.
Doch sie sagte mit gleichgültiger Stimme: »Wenn Sie mir erzählen wollen, dass ich nur eine von vielen bin, dann kommen Sie zu spät: Das hat mir sein Sekretär schon gesagt. Der Typ lachte gehässig und meinte, dass ständig irgendwelche Frauen dem Senator was anhängen wollten und ich mich hinten anstellen müsste. Allerdings wäre es Zeitverschwendung, denn alle Welt wüsste schließlich, dass der Senator verheiratet sei und Ehebruch *verurteilte*. Ich *will* den Senator gar nicht.« Verachtung lag in ihrer Stimme. »Ich will nur die bestmögliche medizinische Versorgung für meinen Sohn. Für *seinen* Sohn.«
»Hutchinson. Den Fall übernehme ich mit Freuden.«
»Können wir gewinnen?«
»Wenn wir eindeutige Beweise dafür vorlegen können, dass sie zum Zeitpunkt der Zeugung mit ihm zusammen waren,

stehen die Chancen gut. Weil, wie ich Ihnen schon am Dienstag im Krankenhaus sagte, Hutchinson nicht wollen wird, dass die Geschichte publik wird. Zwei seiner angeblichen Hauptanliegen sind die Familie und die Gesundheitsfürsorge – und bei beiden können wir ansetzen.«
»All diese Frauen – können Sie sich vorstellen, wie *billig* ich mich fühlte, als ich das hörte?«
Hugh hätte ihr vor Augen führen können, dass sie mit einem verheirateten Mann geschlafen hatte – aber es war nicht seine Aufgabe, über seine Mandantin zu richten, sondern ihre Interessen zu vertreten. Doch das Thema Ehebruch ließ seine Gedanken zu *seinem* Problem abwandern. Unbehagen stieg in ihm auf, als er an Dana dachte. Sie war ernsthaft wütend. Er *wollte* ja nicht glauben, dass sie mit David geschlafen hatte – aber wie gut kannte er David wirklich? Wie gut kannte er *Dana* wirklich? Er zwang sich, zu Crystal Kostas' Problem zurückzukehren.
»Den anderen Frauen ist bestimmt genauso zumute«, gab er zu bedenken, »aber offenbar verfügt keine von ihnen über die finanziellen Mittel, um gegen ihn vorzugehen. *Ich* habe sie.« Er schaute auf den Block in seiner Hand hinunter. »Wie alt sind Sie?«
»Neunundzwanzig.«
»Und der Junge ist vier?«
»Ja.«
»Wo wohnen Sie?«
Nachdem er die Adresse notiert hatte, riss er das Blatt ab und rief Melissa Dubin an. Als er aufgelegt hatte, bat er Crystal: »Erzählen Sie mir mehr über sich.«
Sie kramte eine Zigarette aus ihrer Tasche, machte jedoch keine Anstalten, sie anzuzünden. »Was wollen Sie wissen?«

»Sind Sie in Pepperell aufgewachsen?«
»Ja.«
»Bei Ihren Eltern?«
»Mein Vater starb, als ich zehn war. Lungenkrebs.«
Hugh konnte sich nur mit Mühe einen beziehungsvollen Blick auf die Zigarette in ihrer Hand verkneifen. Aber er war kein Arzt und, wie schon gesagt, nicht dazu berufen, über sie zu richten. »Haben Sie Geschwister?«
»Einen Bruder bei der Air Force. Wir sehen uns nicht oft.«
»Also leben Sie allein.«
»Mit Jay.«
»Gehen Sie mit Männern aus?«
»Früher. Seit ich Jay habe, nicht mehr.« Sie runzelte die Stirn. »Was spielt das für eine Rolle?«
»Wenn Sie die Behauptung aufstellen, dass Stan Hutchinson der Vater Ihres Sohnes ist, wird man als Erstes versuchen, Sie als promiskuitiv hinzustellen. Ein DNA-Test würde die Vaterschaft beweisen, aber den wird der Senator nicht machen lassen wollen. Wenn Sie in der Vergangenheit häufig One-Night-Stands hatten oder Probleme, die vielleicht irgendwo aktenkundig sind, dann muss ich das wissen. Gibt es *irgendetwas* zum Thema Männer, was ich wissen sollte?«
»Nein.«
Es klopfte leise an der Tür, und Melissa schlüpfte herein. Hugh machte die Anwältin mit Crystal bekannt, gab ihr das Blatt, das er von seinem Block abgerissen hatte, und bat sie, die Vereinbarung aufzusetzen.
Als sie ging, wandte er sich wieder Crystal zu. »Ich würde gern mit den Ärzten Ihres Sohnes sprechen. Sind Sie damit einverstanden?«
»Mein Wort genügt Ihnen nicht?«, fragte sie.

»Mir schon – aber Hutchinson oder einem Richter wird es nicht genügen. Je mehr Leute für Sie aussagen, umso besser. Das Krankenhaus, in dem Jay liegt, hat einen guten Ruf, und die Glaubwürdigkeit seiner Ärzte ist ein wichtiger Faktor, wenn es darum geht, festzustellen, wie ernst sein Zustand ist. Und unter anderem müssen wir wissen, wie viel Geld für die nächsten Jahre nötig ist.«

Crystal steckte sich die Zigarette zwischen die Lippen und kramte wieder in ihrer Tasche, offenbar nach Feuer.

Hugh ließ ihr diese Bedenkzeit. So, wie er sie bisher kennengelernt hatte, würde sie die richtige Entscheidung treffen.

»In Ordnung«, sagte sie schließlich. »Sein Arzt heißt Howe. Steven, glaube ich.«

Hugh kannte den Namen. Steven Howe war ein Spitzenmann. Das würde helfen. Er notierte sich den Namen auf seinem Block und blätterte zur nächsten Seite weiter.

»Was machen Sie beruflich?«

»Ich bin Kellnerin.«

»Schon immer?«

»Ja. Ich habe mit sechzehn angefangen – als Wochenendbedienung. Wenn Sie von mir hören möchten, dass ich aufs College wollte – ich wollte nicht. Ich war eine Katastrophe in der Highschool. Die Lernerei war nichts für mich.«

»Erzählen Sie mir von Ihrem Job. Wo sind Sie beschäftigt?«

Sie zog an ihrer Zigarette, blies einen Rauchstrom aus und sagte: »In so einer Kombination aus Bar und Grill. Es gibt Steaks und Hähnchen – wir haben viele Stammgäste, die haufenweise Trinkgeld dalassen – und Alkohol. Alle möglichen Sorten. Am Alkohol verdienen wir am meisten, mein Boss und ich.«

»Und wer *ist* Ihr Boss?«

Sie schaute auf ihre Hände hinunter, drehte die Zigarette zwischen den Fingern und zog dann wieder daran.

»Ich muss das wissen«, drängte Hugh sie sanft. »Er wird bestätigen müssen, dass Hutchinson in seinem Lokal war, als Sie Dienst hatten.«

»Todd MacKenzie«, murmelte sie. »Mac's Bar and Grill. Ihm gehört der Laden.«

Hugh notierte sich das. »Wie lange arbeiten Sie schon dort?«

»Acht Jahre – abzüglich der ersten zwei Monate nach Jays Geburt.«

»Sie haben bis zur Niederkunft gearbeitet?«, fragte Hugh überrascht.

»Ich wurde nicht besonders dick. Außerdem«, fügte sie mit einem angedeuteten Lächeln hinzu, »mochten mich die Stammkunden. Sie beschützten mich, verstehen Sie?«

Hugh vermutete, dass die meisten von ihnen scharf auf Crystal waren. Er hatte schon bei ihrer ersten Begegnung festgestellt, dass sie anziehend war.

»Weiß Todd, wer der Vater Ihres Sohnes ist?«

»Er hatte den Verdacht, und ich bestritt es nicht.«

»Hat er Sie mit Hutchinson weggehen sehen?«

»Ich bin nicht mit ihm weggegangen. Er saß draußen im Wagen, als ich Feierabend machte.«

»Allein?«

»Ja.«

»War es ein Mietwagen?«

»Das weiß ich nicht.«

»Farbe? Marke?«

»Ich kann mich nicht erinnern.«

»Wer ist auf wen zugegangen?«

»Ich ging zu ihm. Es war eindeutig, dass er wartete. Er fragte, wo wir hingehen könnten. Ich sagte, er solle hinter mir herfahren.«

»Warum?«

»Er wusste doch nicht, wohin.«

»Ich meine, warum wollten Sie mit ihm zusammen sein?«

Wieder nahm sie einen tiefen Zug an ihrer Zigarette.

»Ich fühlte mich einsam. Er war da, und er sah gut aus.«

»Wussten Sie, dass er verheiratet ist?«

»Da noch nicht.«

»Okay. Sie fuhren also in das Motel. Name?«

»The Exit Inn. Da sagen sich Fuchs und Hase gute Nacht.«

Hugh notierte sich den Namen. »Und *Sie* nahmen das Zimmer?«

»Ja. Er gab mir Geld dafür.«

»Wissen Sie, wie der Mann an der Rezeption hieß?«

»Nein.«

»Sammeln wir ein paar Details. Trug Hutchinson einen Anzug?«

»Nein. Ein kariertes Hemd und eine Freizeithose.«

»Ein Flanellhemd? Ein Holzfällerhemd?«

»Ja.«

»Farbe?«

»Weiß ich nicht mehr.«

»Hat er Sie im Lokal angemacht?«

»Nicht mit Worten. Aber da war etwas in seinem Blick …«

Hugh brauchte nicht zu fragen, was sie mit diesem »etwas« meinte. Hutchinson war ein Ladykiller. Wenn er in einem Raum voller Menschen den Blick über eine Frau gleiten ließ, gab er ihr das Gefühl, die einzige Frau im Raum zu sein.

»Ist das sonst noch jemandem aufgefallen? Ihrem Boss vielleicht?«
»Keine Ahnung.«
»Hat sich Hutchinson mit anderen Gästen unterhalten?«
»Weiß ich nicht mehr.«
»Hat er mit Kreditkarte bezahlt?« Die Quittung würde beweisen, dass er dort gewesen war.
»Er hat überhaupt nicht bezahlt. Bezahlt hat der Typ, der mit ihm da war.«
»Wissen Sie das Datum noch?«
»Es war der siebzehnte Oktober.«
»Das kam ja wie aus der Pistole geschossen«, bemerkte Hugh.
»Es war mein Geburtstag«, erklärte sie. »Niemand hatte sich daran erinnert, und ich wollte mir was Gutes tun.« Sie drückte die Zigarette aus. »Jay ist das schönste Geburtstagsgeschenk, das ich jemals bekommen habe, und ich habe nie bereut, ihn geboren zu haben. Er ist das Beste, was mir je passiert ist. Sein Vater war nur ...«, sie verzog den Mund, »... das *Vehikel*. Abgesehen jetzt von dem Unfall, ich wollte nie mehr was mit dem Mann zu tun haben.«
Die Entschiedenheit, mit der sie das sagte, beruhigte Hugh zwar einerseits, doch sie warf auch ein anderes Thema auf.
»Hatten Sie es darauf angelegt, schwanger zu werden?« Das könnte Probleme geben.
»*Nein*«, antwortete sie energisch. »Ich bestand darauf, dass er ein Kondom benutzte. Es war nicht dicht.«
»Aber wenn Sie danach nichts mehr mit ihm zu tun haben wollten – warum riefen Sie dann nach Jays Geburt an?«, versuchte Hugh ihr eine Falle zu stellen, was Hutchinsons Anwalt mit Sicherheit tun würde.

»Nur, um ihm zu sagen, dass er einen Sohn bekommen hatte.«
Hugh erinnerte sich gerade daran, dass Stan Hutchinson zu dem Zeitpunkt bereits zwei Söhne und drei Töchter und mehrere Enkelkinder hatte, als Crystal sagte: »Ich dachte, er würde seinen Sohn vielleicht gern kennenlernen. Blöd von mir. Ich hatte verstanden. Ich hab nie wieder angerufen. Und wenn Jay nicht verletzt wäre, würde ich keinen Cent von ihm haben wollen. Sie sagen, er wird wegen seines Images nicht wollen, dass die Sache publik wird. Was ist mit *mir?* Glauben Sie, es macht mir Spaß, jemandem hinterherzulaufen, der mich für Abschaum hält?«
»Nein, das macht es sicher nicht.«
»Sehr richtig!«, bekräftigte sie mit Nachdruck. »Ich kann reiche Leute nicht ausstehen. Sie sind oberflächlich und gefühllos und haben keine Skrupel. Sie benutzen Menschen und werfen sie weg, wenn sie bekommen haben, was sie wollten.«
»Ich *bin* reich«, sagte Hugh. *Oberflächlich und gefühllos?* Nein. Sein DNA-Test war lediglich dazu gedacht, den Fragen seiner Eltern und den Scherzen seiner Freunde ein Ende zu setzen.
Melissa Dubin brachte die Vereinbarung. Hugh las sie durch und reichte sie dann Crystal hinüber.
Sie las sie einmal und dann ein zweites Mal. »Wo ist der Haken?«
»Der Haken ist, wenn Sie sie unterschrieben haben, müssen Sie Ihren Beitrag leisten. Sie müssen Ihr Gedächtnis anstrengen, und ich meine *wirklich* anstrengen, und möglichst viele Details Ihres Zusammenseins mit Hutchinson zutage fördern. Alles, was Ihnen einfällt, wird uns helfen, ob er zum

Beispiel eine Armbanduhr trug, ob er sich irgendwie seltsam benahm, ob irgendetwas an seinem Körper oder seiner Kleidung ungewöhnlich war. Wir werden mit den Ärzten und mit Ihrem Chef sprechen, aber Sie sind diejenige, die in dieser Nacht mit dem Mann zusammen war. Wenn Sie mir beispielsweise sagen, dass er ein Muttermal auf der Rückseite der rechten Wade hat, haben wir, vorausgesetzt, dass es nicht schon in den Klatschspalten zu lesen war, einen Trumpf in der Hand.«

Crystal sah angewidert aus.

»Ohne Sie kann ich nichts machen«, erklärte er ihr. »Ich biete Ihnen unentgeltlichen Rechtsbeistand an, aber ich bin nicht scharf auf eine Niederlage, und die ist unausweichlich, wenn Sie nicht hundertprozentig kooperieren. Verstehen Sie das?«

Sie zögerte einen Moment, doch dann unterschrieb sie. Hugh setzte seine Unterschrift unter ihre, faltete ein Exemplar zusammen, steckte es in einen Umschlag und gab ihn ihr. »Werden Sie nachdenken?«

»Jetzt gleich?«, fragte sie kleinlaut.

Er ging zum Aktenschrank, nahm ein kleines Notizbuch heraus und reichte es ihr mit einem Kugelschreiber. »So schnell Sie können. Schreiben Sie auf, was Ihnen einfällt. Durchleben Sie die Nacht noch einmal. Ich will wissen, was Sie anhatten, wann Sie Feierabend machten, wann Sie in dem Motel eintrafen, wann Sie es verließen. Versuchen Sie, sich an den Rezeptionisten zu erinnern. Wo haben Sie geparkt? Parkte Hutch neben Ihnen? Als er sie verließ, sagte er da, wohin er wollte? Wenn Sie etwas aus seinem Tagesplan wüssten, das nicht allgemein bekannt war, würde das beweisen, dass Sie mit ihm zusammen waren.«

Sie schaute stirnrunzelnd auf das Notizbuch hinunter. Als sie den Blick hob, stand Misstrauen darin. »Hutch? Ist das ein Spitzname?«

»Äh – ja.«

»Den habe ich im Fernsehen noch nie gehört.«

»Um die Wahrheit zu sagen, ich kenne den Mann«, gestand Hugh. »Er besitzt ein Sommerhaus nicht weit weg von unserem.«

»Aber wenn er Ihr Nachbar ist – warum wollen Sie dann gegen ihn vorgehen?«, fragte Crystal verständnislos.

Hugh hätte die Selbstgerechtigkeit des Mannes nennen können oder seine Neigung, unfair zu spielen. Er hätte sagen können, dass Hutch zwar auf jeder Wohltätigkeitsveranstaltung eine Rede hielt, aber niemals seine Brieftasche öffnete, oder dass er Eaton brüskiert hatte, indem er sich weigerte, ihm ein Interview für *One Man's Line* zu geben. Er hätte hinzufügen können, dass der Typ darauf bestand, den Grill zu bedienen, die Burger jedoch grundsätzlich bis zur Strohtrockenheit auf dem Rost ließ, die Hotdogs bis zum Verkohlen und die Maiskolben, bis die Körner steinhart waren. Doch all das ginge am Thema vorbei.

»Weil«, antwortete Hugh kurz und knapp, »er im Unrecht ist.«

10

Zur gleichen Zeit, als Hugh Crystal befragte, brach Dana zu einem ähnlichen Vorhaben auf, doch die Voraussetzungen waren alles andere als ideal: Erstens war ihre Mutter, die den fraglichen Mann gekannt hatte, tot, und zweitens lag die Affäre vierunddreißig Jahre zurück.

Oh, und drittens hieß der Mann Jack Jones. Es hatte zum Zeitpunkt von Danas Zeugung bestimmt Dutzende von Männern mit diesem Namen in und um Madison, Wisconsin, gegeben, und den richtigen Jones zu finden wäre nahezu unmöglich. Aber sie konnte beinahe verstehen, dass es Hugh jetzt unter den Nägeln brannte.

»Hi, Lizzie, wie geht es meiner Lizzie?«, rief Dana zärtlich vom Fahrersitz nach hinten. Es war schon eine Ironie, dass der Auslöser einer Missstimmung das einzige Gegenmittel war.

Missstimmung? Es war mehr als das, und es nagte an Dana. Sie beschloss, sich mit Beruflichem abzulenken, doch als sie bei den Cunninghams anrief, um einen neuen Termin zu vereinbaren, nahm niemand ab, und das Gleiche passierte, als sie ihre Kontaktperson für das North Shore Designers' Showhouse, ein Projekt, das sie als ihr berufliches Nach-

Baby-Debüt ansah, zu erreichen versuchte. Und als sie sich nach dem Lieferstatus der Möbel erkundigte, die sie für einige ihrer Kunden bestellt hatte, bekam sie die gleiche Auskunft wie bei ihrem letzten Anruf vor einer Woche.

Aber es war eine regelrechte Erlösung für sie, das Haus verlassen zu haben. Obwohl körperlich noch nicht in ihrer alten Form, genoss Dana das Gefühl, die Kontrolle zu besitzen, das ihr Fuß auf dem Gaspedal ihr gab. Gram Ellie hatte recht. Sie sagte, das Leben sei wie ungesponnene Wolle, voller Schlaufen und Knoten, die nur durch sorgfältiges Spinnen zu glätten waren.

Sorgfältiges Spinnen. Das war alles. Das kriege ich hin, dachte Dana. Auf jeden Fall.

Als sie in die Zufahrt zur Stitchery einbog, sah sie den Wagen ihrer Großmutter neben ihrem Wohnhaus stehen. Sie fuhr daran vorbei zum Laden, stieg aus und öffnete die Fondtür.

»Hi, Süße«, sagte sie und beugte sich strahlend über ihre Tochter. »Willst du sehen, wo deine Mommy aufgewachsen ist? Willst du sehen, wo die *Mommy* deiner Mommy einen Großteil ihrer Zeit verbracht hat?« Sie spürte ihre Kehle eng werden. Noch ungeübt, löste sie mit einiger Mühe den Babysitz aus seiner Verankerung.

»Du siehst wunderhübsch aus in Grün«, machte sie dem Winzling ein Kompliment zu Strampelanzug und Mützchen. Doch in der nächsten Sekunde nahm sie Lizzie die Mütze ab und warf sie auf die Rückbank. »Die brauchst du nicht.« Sie lockerte Lizzies Löckchen auf und küsste sie auf die Stirn. »Und die auch nicht«, setzte sie hinzu und ließ die Decke ebenfalls im Auto.

Sie hatte kaum die Fliegengittertür des Ladens geöffnet, als Gillian angelaufen kam, und einen Atemzug später drängten sich Tara, Olivia und Nancy um sie und konnten sich gar nicht lassen vor Entzücken über das Baby.

Lachend ließ Dana Lizzie in ihrer Obhut und ging zu Ellie Jo hinüber, die die Begrüßung, an dem langen Eichentisch lehnend, beobachtet hatte. Ihre Großmutter schloss sie in die Arme. »Du hättest nicht selbst fahren sollen«, schalt sie liebevoll. »Es ist noch zu früh.«

»Meine Ärztin hat es mir nicht verboten, und ich fühle mich gut, Gram. Wirklich.«

»Du siehst müde aus.«

»Du auch. Ich habe einen Grund dafür. Was ist deiner?«

Ellie Jo lächelte. »Sorge.« Sie hakte Dana unter und zog sie von den Frauen weg. »Wie geht es Hugh?«

»Unverändert.« Dana ließ den Blick über die leuchtenden Farben wandern, die den Laden beherrschten und die sie so liebte, hob ihr Gesicht dem Deckenventilator entgegen und atmete tief den Duft früher McIntosh-Äpfel ein. »Ahhh«, seufzte sie genießerisch. »Wunderbar.« Sie drehte sich zu Lizzie um.

Gillian hatte Lizzie auf dem Arm, und die anderen standen im Kreis um sie herum. »Wir müssen Fotos machen«, sagte Dana.

Corinne holte Gillians Kamera vom Ladentisch.

Dana übernahm die Regie. »Los!« Das Blitzlicht flammte auf. »Jetzt Gillian und Lizzie allein. Oh, das ist *perfekt!*« Wieder blitzte es. »Jetzt stell du dich dazu, Gram.« Als jemand meinte, dass Dana auch auf einem Bild dabei sein müsse, ließ sie sich nicht zweimal bitten. Genauso soll es sein, wenn man gerade ein Baby bekommen hat, dachte sie glücklich.

Dann wurde ihr die Wiege präsentiert, die alle gemeinsam für sie gekauft hatten.

»Wunderhübsch!«, rief Dana und schlug die Hände vor den Mund, aber was sie eigentlich damit meinte, war die gestrickte Patchworkdecke, die kunstvoll arrangiert über einer Seite hing. Der Name des Babys war eingearbeitet und das Geburtsdatum, und sie war so schön, dass Dana in Tränen ausbrach. Sie umarmte alle nacheinander und drapierte die Decke dann um Lizzie. Auch davon schoss Corinne mehrere Fotos.

Die Kleine begann zu quengeln.

»Es ist ihr bestimmt zu warm«, vermutete eine der vielen Mütter.

»Oder sie hat Hunger«, bot eine andere als Alternative an.

Mit der Patchworkdecke als Polster ließ Dana sich auf einem der Stühle zum Stillen nieder. Dass Lizzie sofort andockte – zum allerersten Mal –, war entweder ihrem Hunger zuzuschreiben oder der behaglichen Atmosphäre des Ladens. Überzeugt, dass Zweiteres zutraf, freute Dana sich, dass sie hergekommen war. Aus der Zuneigung ihrer Freundinnen Kraft schöpfend, brachte sie die Sprache auf ihren Vater.

»Ich muss ihn finden«, sagte sie.

»Da hast du dir ja was vorgenommen, Schätzchen«, kam von Gillian. »Ich habe versucht, mich zu erinnern, aber ich weiß so gut wie nichts. Ich bin mit deiner Mom aufgewachsen. Wir waren beste Freundinnen, unzertrennlich – bis wir aufs College gingen. Dann sahen wir uns nur noch zu Weihnachten und im Sommer. Dazwischen telefonierten wir zwar, aber nur selten, denn es war damals sehr teuer. Meines Wissens lernte Liz deinen Vater während der Frühlingsferien kennen. Als sie im Sommer nach Hause kam, war sie schwanger.«

Das entsprach dem, was Dana bereits herausgefunden hatte.

»War er auch auf ihrem College?«

»Keine Ahnung. Deine Mom wollte nicht darüber sprechen. Sie sagte lediglich, dass es aus sei, dass sie das Baby haben wolle und nicht aufs College zurückgehen würde.«
»Und warum wollte sie nicht darüber sprechen?«
»Ich nehme an, weil es ihr zu wehtat.«
»Das hieße, dass nicht *sie* Schluss gemacht hat.«
Gillian lächelte traurig. »Wahrscheinlich. Jede Frau träumt doch von dem Märchenprinzen und einem Glück, das ewig hält. Na ja – zumindest träumten *wir* damals davon.«
Was Dana anging, so hatte sich inzwischen nichts Wesentliches daran geändert: Mit einer oder zwei Abänderungen beschrieb dieses Szenario ihre Erwartungen an Hugh.
»Wusste er von mir?«, kam sie auf ihren Vater zurück.
»Meinem Eindruck nach verschwand er, bevor Liz wusste, dass sie schwanger war.«
»Das Foto, das ich habe, wurde in einer Bar aufgenommen. Wer hat es gemacht?«
Gillian zuckte mit den Schultern. »Vielleicht eine Freundin. Oder ihre Zimmergenossin.«
»Erinnerst du dich an irgendwelche Namen von Freundinnen aus der damaligen Zeit?«
»Es gab eine Judy und eine Carol. Was die Nachnamen angeht, muss ich passen.«
»Carol war ihre Zimmergenossin«, warf Ellie Jo ein. »Aber den Nachnamen weiß ich auch nicht.«
»Müssten sie nicht im Jahrbuch stehen?«, fragte Tara.
Die Antwort darauf konnte Dana geben. »Wir haben keins. Mom hat das College nicht abgeschlossen. Sie verließ es vor dem letzten Jahr, weil sie mich bekam. Aber selbst wenn wir an das Jahrbuch kämen – kannst du dir vorstellen, wie viele Carols und Judys es auf einer Universität mit zwanzig-

tausend Studenten gibt?« Sie wandte sich wieder Gillian zu. »Könnte sie jemand anderen ins Vertrauen gezogen haben? Ihren Arzt vielleicht?«
»Ihr Arzt war Tom Milton hier aus dem Ort, aber er ist schon vor Jahren gestorben.«
»Dann bleibt uns nur ihre Zimmergenossin«, sagte Dana. »Es muss doch irgendwo ihr Name zu finden sein. Vielleicht in dem Karton auf dem Dachboden?«
»Da sind nur Lehrbücher drin«, erklärte Ellie Jo. »Und auch nicht viele. Elizabeth kannte in dieser Hinsicht keine Sentimentalität. Nach jeder Prüfung machte sie Tabula rasa, verkaufte ihre Bücher. Und die, die noch da sind, sind es, weil sie nicht mehr dazu kam, sie zu verkaufen.«
»Warum heben *Sie* sie auf?«, wollte Tara wissen.
Nach kurzem Überlegen antwortete Ellie Jo: »Weil sie *ihr* gehörten.«
Das konnte Dana gut verstehen. Sie hatte schachtelweise Handarbeitszubehör ihrer Mutter aufgehoben, jungfräuliche Garne, Strickanleitungen für ausgefallene Modelle und alle möglichen anderen Erinnerungsstücke.
»Vielleicht geben die Lehrbücher was her«, dachte sie laut. »Eine Notiz irgendwo am Rand, aus der sich etwas schließen lässt.«
»Ich habe jedes von Anfang bis Ende durchgeblättert, und da ist nichts«, sagte ihre Großmutter entschieden. »Glaube mir, es wäre reine Zeitverschwendung, wenn du auch noch nachsehen würdest – und du hast jetzt ein Baby, um das du dich kümmern musst.«
Dana legte Lizzie an ihre Schulter und klopfte ihr leicht auf den Rücken.
Corinne gesellte sich zu ihnen. »Ihre Hautfarbe ist traum-

haft schön, Dana. Oliver und ich haben eine gute Freundin, deren Urgroßmutter sichtbar Afroamerikanerin war. Unsere Freundin hat blonde Haare und blaue Augen. Ich habe schon oft gedacht, sie würde interessanter aussehen, wenn sie etwas mehr von dieser Vorfahrin hätte.«

Interessant. Das Wort gefiel Dana. »Interessant« konnte man auch als »ungewöhnlich« interpretieren, im Sinn von »besonders« – und als genau das betrachtete sie ihr Baby. Es konnte auch bedeuten, augenfällige Merkmale zu besitzen, und so sahen es die Clarkes. »Identifiziert sich Ihre Freundin mit ihrer Urgroßmutter?«

»Vielleicht insgeheim. Öffentlich bekennt sie sich nicht zu ihr. Sie führt ein ausgesprochen ›weißes‹ Leben.«

Dana zuckte zusammen. »Warum trifft mich diese Bemerkung?«

»Weil sie brutal ist«, sagte Gillian.

»Brutal, ja«, bestätigte Corinne, »aber nicht unzutreffend. Schwarze Verwandte werden häufig unterschlagen.«

Diese Aussage missfiel Dana noch mehr. »Wie definieren Sie ›schwarz‹?«, fragte sie.

»Unser Land hält sich an die Ein-Tropfen-Regel«, antwortete Corinne in verbindlichem Ton. »Und darum verschweigt meine Freundin ihre Abstammung. Sie und ich waren an der Yale im selben Wohnheim. Kurz nachdem ich angefangen hatte, mit Oliver auszugehen, begann sie sich mit einem seiner Freunde zu treffen, der sichtbar afroamerikanisch war. Ihre Mutter bekam einen Anfall, als sie es erfuhr. Diese Erfahrung brachte uns einander näher. Ich respektiere, wer sie ist, und verstehe, warum sie tut, was sie tut. Wir sind heute beide im Kuratorium des Museums.«

»Dann ist der Unterschied zwischen den Rassen also ein sozioökonomischer?«, fragte Dana.
Corinne schaute auf ihre Uhr. »Du lieber Himmel! Ich muss ja los! Wir befinden uns im Endspurt für unsere große Spenden-Gala. Ihr Baby ist wirklich hinreißend, Dana. Freuen Sie sich an der Kleinen.«
Dana schaute zu, wie Corinne zum Tisch ging, ihr Strickzeug in eine Tüte mit Reklameaufdruck stopfte und auf die Tür zusteuerte. Durch die Unterhaltung verärgert, sagte Dana mit einem leicht bitteren Unterton: »Wie kann Corinne Leinen tragen und nie zerknittert aussehen?« Ihre eigene Bluse sah aus, als hätte sie darin geschlafen. Allerdings hatte sie Lizzie gestillt. Trotzdem. »Ich brauche Leinen nur *anzusehen*, und es knittert.«
»Ich nehme an, sie stärkt es«, vermutete Tara. »Sie ist dieser Typ Frau.«
Dana stimmte ihr zu. Bis sie mit Corinne gesprochen hatte, war sie ganz zufrieden mit sich gewesen.
Sie hielt Lizzie vor sich und schaute ihr ins Gesicht. »Corinne ist eine merkwürdige Person.«
Das Baby rülpste, und Dana und Tara lachten.
»Sie kauft immer die billigste Wolle«, fuhr Dana fort. »Ist dir das schon mal aufgefallen? Sie bewundert ein Knäuel aus reinem Kaschmir und redet darüber, wie viel davon sie für einen bestimmten Pullover braucht, und dann sagt sie so was wie: ›Ich kaufe sie gleich, wenn ich mit dem Schal fertig bin.‹ Neuerdings sind es immer Schals. Früher waren es Pullover.«
»Schals sind jetzt Mode.«
»Für die, die sie strickt, braucht sie ein einziges Knäuel in Socken-Qualität für fünf Dollar.«

»Sie strickt wunderschön«, verteidigte Ellie Jo Corinne. »Das können nicht alle Frauen.«

»Aber sie kauft nie teures Garn, stimmt's?«

»Oh, doch«, widersprach Ellie Jo. »Erst letzte Woche hat sie ein Knäuel von der zweifädigen Jade Sapphire gekauft. Das kostet fünfunddreißig Dollar.«

»*Ein* Knäuel? Eines?«

»Mehr braucht man nicht: Sie strickt eine Baskenmütze.«

»Okay.« Dana gab Lizzie die andere Brust. »Dann nehme ich das zurück. Aber sie ist einfach zu ausgeglichen. Nichts bringt sie aus der Ruhe.«

»Das ist doch gut«, meinte Ellie Jo. »Ich sehe keinen Grund, sich darüber zu erregen.«

»Das tue ich ja gar nicht.« Dana suchte nach den richtigen Worten, um auszudrücken, was sie empfand. »Ich finde es nur merkwürdig, dass sie immer so *ruhig* ist. Ich meine, sie hat uns erzählt, dass ihre Mutter auf und davon ging, um sich einer Sekte anzuschließen, und ihr Mann als Kind Leukämie hatte, und der Typ, der ihr Haus renovierte, sie um Hunderttausende betrog. Es ist, als gebe es eine Million Traumata in ihrem Leben, aber sie zuckt nicht mit der Wimper.«

»Du hast vergessen zu erwähnen, dass ihr Vater bei einem Flugzeugabsturz ums Leben kam«, warf Gillian ein.

»Was?«, fragte Dana ungläubig. »Das wusste ich ja gar nicht!«

»Sie ist überzeugt, dass es Sabotage war.«

Dana schaute von einem Gesicht zum anderen. »Mein Gott! Seht ihr – genau das meine ich: Wie kann ein Mensch bei all diesen Schrecklichkeiten so ausgeglichen sein?«

»Sie ist reich«, bemerkte Tara. »Das hilft.«

Genau genommen war Dana als Mrs Hugh Clarke ebenfalls reich, doch das hielt sie nicht davon ab, emotionale Berg-und-Tal-Fahrten zu erleben. Und gerade eben hatte Corinne sie mit der Erwähnung der Ein-Tropfen-Regel in Aufruhr versetzt. Sie fühlte sich nicht wie eine Schwarze. Wie sollte sie sich auch als Afroamerikanerin fühlen, wenn ihr aus dem Spiegel eine blonde, hellhäutige Frau entgegenblickte? Sahen die Clarkes sie jetzt so? Nein, sie fühlte sich nicht wie eine Schwarze. Aber sie begann, sich *verletzlich* zu fühlen.

»Vielleicht weiß Cousine Emma etwas«, fiel Dana ein. »Sie behauptete doch immer, Mom so nahegestanden zu haben.«

»Du rufst Emma *nicht* an«, sagte Ellie Jo. »Sie weiß *gar nichts.*«

Der barsche Ton ihrer Großmutter überraschte Dana. »Meinst du nicht ... um Lizzies willen ...«

»Nein. Dein Vater hat dich nicht mit aufgezogen. Er weiß nicht einmal, dass du existierst. Er verbrachte ein paar Wochen mit deiner Mutter und ließ danach nie wieder etwas von sich hören. Das spricht nicht für eine große Zuneigung, oder?«

»Vielleicht war er ja kein Student, sondern auf der Durchreise«, überlegte Gillian laut. »Vielleicht hat er versucht, sie zu erreichen, und sie war schon weg. Es kann eine Menge harmloser Erklärungen geben.«

Ellie Jo wollte nichts davon hören. Mit untypischer Heftigkeit sagte sie: »Such den Mann nicht, Dana! Es würde dir nur Kummer bereiten.«

Tiefe Stille folgte ihrem Ausbruch. Dana war ebenso verblüfft wie die anderen. Normalerweise war Ellie Jo die Ruhe selbst. Die einzig denkbare Erklärung war, dass sie fürchte-

te, Danas Vater könnte, wenn er denn wieder auftauchte, um die Zuneigung seiner Tochter wetteifern.
Ellie Jo stand auf. »Ich gehe für ein Weilchen ins Haus hinüber.«
»Geht es dir gut?«, fragte Gillian.
»Mir fehlt nichts. Mir *fehlt nichts!* Aber ich bin immerhin vierundsiebzig und habe das Recht, mich auszuruhen.«
»Gram?«, rief Dana, die Gillians Besorgnis teilte, ihr nach. Ihre Großmutter ging unbeirrt weiter. Die Fliegengittertür öffnete sich von Glöckchengebimmel begleitet und schloss sich mit einem dumpfen Klapp.

11

Dana starrte verdutzt auf die geschlossene Tür. Als die Ladenglocke ein paar Sekunden später erneut bimmelte, dachte sie im ersten Moment, Ellie Jo käme zurück, weil sie ihren brüsken Abgang bereute, doch es war Saundra Belisle, die über die Schwelle trat.

Saundra war eine Afroamerikanerin, eine elegante Erscheinung, hochgewachsen, schlank und immer modisch gekleidet. Ihre grauen Haare waren superkurz geschnitten, und sie trug heute eine weiße Hose und eine burgunderrote Bluse, keine Designerstücke, denn Saundra war alles andere als reich, aber ihre Garderobe hatte Klasse.

Sie war Krankenschwester im Ruhestand, und seitdem kam sie in den Laden, denn sie strickte, solange sie denken konnte. Das befähigte sie, selbst die kompliziertesten Muster zu meistern, und es bereitete ihr immer große Freude, andere in diese Kunst einzuweisen.

Dana fing Saundras Blick ein und winkte sie zu sich herüber, nahm die satte Lizzie von ihrer Brust, legte sie an ihre Schulter und klopfte ihr sanft auf den Rücken. Saundra hatte sich nicht vom Fleck gerührt. Ihre großen, dunklen Augen ruhten auf dem Kind. Sie wirkte unsicher.

»Ich schick sie zu dir«, sagte Gillian und stand auf. »Ich muss sowieso los.« Sie küsste Dana und dann das Baby. »Ich lass die Fotos ausdrucken. Hundertmal. Hab ein Auge auf Ellie Jo, ja?«

»Mach ich«, versprach Dana. »Und danke für die Patchworkdecke. Du weißt, wie viel sie mir bedeutet.«

Gillian lächelte und ging zu Saundra, die sich daraufhin näherte, ohne das Kind aus den Augen zu lassen. Sie trat hinter Danas Stuhl und bückte sich, um Lizzies Gesicht sehen zu können. Dann berührte sie mit zitternder Hand das Köpfchen.

»Ich habe schon von dir gehört, meine Kleine«, sagte sie leise. »Hallo, Elizabeth.« Sie streichelte die dunklen Locken und sagte dann, noch immer leise, zu Dana: »Darf ich sie mal nehmen?«

Dana überließ das Baby ihren erfahrenen Händen.

»Oh, was bist du niedlich«, gurrte Saundra, die mit einer Hand den Kopf des Babys stützte und mit der anderen den Po. »Schau dich nur an. Schau dich nur *an!*«

»Das ist eine Überraschung, was?«, sagte Dana.

»Ja, Ma'am, das ist es wirklich«, erwiderte Saundra ungewohnt schleppend. »Das ist verblüffend.«

Das Wort gefiel Dana. »Und rätselhaft. Wir hatten keine Ahnung, dass ich einen afroamerikanischen Vorfahren habe.«

»Das ist auch kein Thema, über das Farbige, die ihre originäre Hautfarbe nicht mehr haben, gerne sprechen.«

»Nun, ihre, Lizzies, ist nicht zu übersehen.«

»O ja.« Saundra zog eine Augenbraue hoch. »Sie ist eindeutig keine Weiße. So was, so was, so was«, sang sie dem Baby vor.

Dana betrachtete Saundras Gesicht. Die Lippen waren voll,

doch ihre Nase war nicht so breit wie bei einem Menschen rein afrikanischer Herkunft.
»Sie sind zum Teil weiß, stimmt's?«
Saundra nickte. »Meine Mom war schwarz und mein Dad weiß.« Behutsam legte sie Lizzie an ihre Schulter, hielt sie so vorsichtig, als sei sie aus hauchzartem Porzellan, und zeichnete mit den Kuppen ihrer langen, schmalen Finger, deren Nägel feuerrot lackiert waren, langsam Kreise auf den kleinen Rücken.
»Haben Sie sich jemals Gedanken darüber gemacht, wie Ihre Kinder sich zurechtfinden würden?«, fragte Dana. Sie hatten nie zuvor über das Thema Rasse gesprochen – wie auch bei David war es nie wichtig gewesen.
»Ich habe keine Kinder«, erinnerte Saundra sie.
»Weil es in Ihren Augen zu problematisch gewesen wäre?«
»Weil es zu viele andere gab, um die ich mich kümmern musste. Nein – die Hautfarbe hätte mir keine Sorgen bereitet. Ich fühle mich wohl in meiner Haut und hätte auch bei meinen Kindern keine Bedenken deswegen gehabt.«
Tara gesellte sich zu ihnen. »Haben Sie Geschwister?«
»Nicht mehr. Ich hatte einen Bruder. Er starb vor ein paar Jahren. Er war viel älter als ich.«
»Wie sah er aus?«, wollte Dana wissen.
Saundra lächelte schief. »Noch grauhaariger und faltiger als ich.«
»Sie sind nicht faltig«, protestierte Dana, denn abgesehen von ein paar Krähenfüßen war Saundras Haut erstaunlich glatt. »Und außerdem war das nicht das, was ich meinte.«
»Ich weiß. In jungen Jahren war mein Bruder ein ausgesprochen hübscher Kerl. Groß und schlank und hellhäutiger als ich.«

»Hatte er Kinder?«
»O ja.« Sie betonte es anzüglich. »Eine ganze Menge.«
»A-ha.« Tara grinste. »Er ist viel rumgekommen.«
»Ich hätte es kaum taktvoller formulieren können«, sagte Saundra.
»Und wie sahen seine Kinder aus?«, fragte Dana.
»Er bevorzugte weiße Frauen, und so waren die Kinder hellhäutig.«
»Wie hellhäutig?« Dana wollte wissen, wie viele Generationen es dauerte, bis die dunkle Hautfarbe verschwand. Es könnte ihr einen Hinweis darauf liefern, wie weit sie zurückgehen müsste.
»Manche waren weiß. Andere sahen aus wie dieser kleine Schatz hier.«
»Warum zog er weiße Frauen vor?«, erkundigte sich Tara.
Saundra legte die Wange an das Köpfchen des Babys und antwortete, während sie es leicht wiegte: »Ich nehme an, er dachte, dass Weiße mehr Ansehen genießen als Schwarze.«
»Denken Sie das auch?«, fragte Dana.
Saundra zuckte mit den Schultern. »Ich denke, dass ein hoher Prozentsatz der Armen ungebildet und kriminell orientiert ist, und es gibt nun mal mehr arme Schwarze als arme Weiße. Ich habe eigentlich nichts übrig für Klischees, aber in diesem Fall kenne ich den Ursprung und kann ihn bestätigen.«
Dana war beunruhigt. »Betrachten Sie mich als Ihnen überlegen, weil meine Haut weiß ist? Ich muss ebenfalls einen schwarzen Anteil haben.«
Saundra pustete. »Sie sind keine Schwarze.«
»Doch«, insistierte Dana. »Die Ein-Tropfen-Regel besagt, dass ich schwarz bin.« Aber sie kam sich vor wie eine Heuchlerin.

Saundra verdrehte die Augen, als wollte sie sagen: »Verschonen Sie mich.«
»Ich betrachte Sie nicht als mir überlegen, weil Sie sich mir gegenüber nie so verhalten haben. Sie sind zu mir wie zu Ihrer Großmutter, und Ellie Jo und ich kommen aus der gleichen Ecke. Wir stammen beide aus Aufsteigerfamilien und haben genügend Geld auf der hohen Kante, um angenehm leben zu können.« Sie runzelte die Stirn. »Apropos Ellie Jo: Ist sie okay? Sie erschien mir ein wenig seltsam, als ich an ihr vorbeiging.«
»Das war sie auch«, bestätigte Dana.
»Soll ich nach ihr sehen?«, fragte Tara.
»Nein, nein, ich gehe selbst in ein paar Minuten rüber. Was das ›Geld auf der hohen Kante‹ angeht – haben Sie sich das alles im Lauf der Jahre zusammengespart?«
»Zum Teil. Ein bisschen habe ich auch geerbt.« Sie lächelte. »Heutzutage fühle ich mich nicht unterlegen. In meiner Jugend war das anders. Damals steigerte ich mich regelrecht in dieses Gefühl hinein. Ich war Dienstmädchen, viele Jahre.«
Tara runzelte die Stirn. »Ich dachte, Sie waren Krankenschwester.«
»Von meinem siebzehnten Lebensjahr an bis zum Krankenschwesterexamen putzte ich Toiletten und wusch Wäsche. Ich fühlte mich damals unterlegen – aber wäre es anders gewesen, wenn ich weiß gewesen wäre und dasselbe gemacht hätte? Dienstmädchen sein bringt eine bestimmte Einstellung mit sich, unabhängig von der Hautfarbe. Den einzigen Vorteil, den ein weißes Dienstmädchen gegenüber einem schwarzen Dienstmädchen hat, ist, dass im Bus niemand errät, womit sie ihren Lebensunterhalt verdient.« Sie drehte

den Kopf und musterte Lizzie. »Der kleine Engel ist eingeschlafen«, flüsterte sie.

»Leg sie in die Wiege, Dana«, sagte Tara. »Lass sie hier schlafen.«

Saundra hielt das Baby vor sich und betrachtete es einen Moment lang zärtlich, bevor sie es Dana gab.

Lizzies Augen waren fest geschlossen und die Lippen geschürzt, als trinke sie im Traum. Plötzlich öffneten sich die Lippen leicht, und da war wieder Hugh in den Mundwinkeln.

In einer Gefühlswallung legte Dana ihre Wange an Lizzies. »In einem Moment ist sie so real, und im nächsten kann ich nicht glauben, dass sie wirklich da ist.« Sie hielt sie an sich gedrückt, bis der Gefühlssturm abebbte. Dann legte sie sie in die Wiege und griff nach der Patchworkdecke. »Haben Sie die schon gesehen?«, fragte sie Saundra.

»Natürlich«, antwortete Saundra lächelnd.

»Sie haben daran mitgearbeitet, stimmt's? Welcher Teil ist von Ihnen? Warten Sie. Ich erkenne es.« Dana breitete die Decke aus und deutete zuerst auf ein gelbes Quadrat mit einem Stern und dann auf ein blassblaues mit einem Seepferdchen, jedes in der Farbe des Untergrundes, aber durch kontrastierende Randmaschen hervorgehoben. Unverkennbar Saundras Stil. Dana umarmte Saundra. »Das haben Sie wunderhübsch gemacht, Saundra. Ich danke Ihnen. Mein Baby wird so geliebt.« Da Lizzie die Decke nicht zum Wärmen brauchte, faltete Dana sie zusammen und legte sie über das Fußende der Wiege.

»Wie geht Ihr Mann mit der Kleinen um?«, fragte Saundra, als Tara sich entfernt hatte.

»Großartig«, schwärmte Dana. »Er wickelt sie, lässt sie

Bäuerchen machen, geht mit ihr auf und ab, wenn sie weint. Er musste in die Kanzlei, und darum dachte ich, ich schaue mit ihr hier rein.«

»Wie hat er auf ihre Hautfarbe reagiert?«

»Überrascht.«

»Befremdet?«

»Oh, ich glaube nicht, dass ihn ihre Hautfarbe befremdet«, antwortete sie im Zweifel für den Angeklagten. »Es ärgert ihn, dass ich nichts über meine Herkunft weiß. Aber er liebt Lizzie.«

»Das sollte er«, meinte Saundra trocken. »Schließlich ist sie sein Kind.«

Dana schaute zur Tür. »Meine Großmutter müsste eigentlich schon wieder hier sein. Ich glaube, ich sehe mal nach ihr, während die Kleine schläft. Bleiben Sie bei ihr?«

Saundra nickte lächelnd. »Ich werde mich nicht von der Stelle rühren.«

Dana ging mit schnellen Schritten den Weg hinunter und stieg die Stufen zum Hintereingang des Hauses hinauf. »Ellie Jo?«

Keine Reaktion von ihrer Großmutter, nur von Veronica, die von der Treppe heruntermiaute. Sie kam nicht wie üblich angeschossen und strich Dana um die Beine, sondern blieb sitzen und miaute. Da stimmte etwas nicht.

»Gram?«, rief Dana ängstlich. Dann hastete sie hinter der Katze her ins Obergeschoss. *»Gram?«*

Veronica lief zu Elizabeths Zimmer, wo Ellie Jo am Fuß der Dachbodenleiter auf dem Boden saß. Ihr Gesicht war aschfahl, und sie atmete flach und schnell. Um sie herum lagen Bücher verstreut und daneben ein umgekippter halbleerer Karton.

Dana lief hin und ging neben ihr auf die Knie. »Was ist passiert?«
»Ich war auf dem Weg nach unten.«
»Mit dem Karton? Kein Wunder, dass du abgestürzt bist. Tut dir was weh?«
»Mein Fuß.«
Dana zog ihr Handy aus der Tasche und tippte die Nummer des Ladens ein. Um eine ruhige Stimme bemüht, sagte sie: »Hier ist Dana, Olivia. Ich bin drüben im Haus. Schicken Sie, bitte, Saundra und Tara her.«
»Das war nicht nötig«, schalt Ellie Jo, als Dana aufgelegt hatte. »Ich bin doch okay.« Sie wollte aufstehen, aber Dana hielt sie zurück.
»Saundra war Krankenschwester. Sie wird wissen, was zu tun ist. Sei brav, bitte. Sind das die Lehrbücher, von denen du sprachst?«
»Ansonsten ist da oben nichts.«
»Dana?«, rief Tara von unten.
»Im Zimmer meiner Mutter.«
Sekunden später kamen Schritte die Treppe herauf, und dann erschienen die beiden Frauen. Als Saundra festgestellt hatte, dass nichts an Ellie Jo ernsthaften Schaden genommen hatte außer ihrem Knöchel, atmete Ellie Jo schon wieder ruhiger. Dana wollte einen Krankenwagen kommen lassen, aber die Idee wurde entschieden abgelehnt.
Zu dritt schafften sie es, Ellie Jo ins Parterre zu bringen. Tara erbot sich, sie ins Krankenhaus zu fahren, doch Dana lehnte ab. »Das mache *ich*.«
»Aber was ist mit dem Baby?«
»Ich habe alles, was ich brauche, im Auto, und ich kann sie dort auch stillen, wenn sie Hunger bekommt. Es wäre mir

nicht wohl dabei, hierzubleiben. Außerdem musst du nach Hause zu den Kindern.«

Tara versuchte, sie umzustimmen, doch Dana blieb hart. Als Saundra anbot mitzufahren, war die Sache endgültig geregelt.

Es schien, als spüre Lizzie, dass ihre Urgroßmutter verletzt war, denn sie schlief während der gesamten Fahrt und dann im Krankenhaus an Dana gekuschelt in dem Tragetuch.

Der Knöchelbruch war nicht kompliziert. Ellie Jo bekam einen Gipsverband und für die ersten Tage zwei Krücken, da sie den Fuß, wie man ihr erklärte, anfangs nicht belasten dürfe.

Dana fuhr erleichtert den Wagen vor den Haupteingang. Als sie ihre Großmutter ins Auto gepackt hatte und den Blick hob, fiel er auf Hugh. Ihr Mann stand in der Eingangshalle des Krankenhauses, die Hand auf der Schulter einer attraktiven jungen Frau mit kastanienbraunen Haaren, und die beiden unterhielten sich angeregt.

Dana hatte keine Ahnung, wer die Frau war oder warum er mit ihr hier war, aber sein Anblick brachte sie aus dem Gleichgewicht. Sie konnte nicht einfach ins Auto steigen und losfahren.

»Ich komme gleich wieder«, erklärte sie Ellie Jo. Mit schnellen Schritten durchquerte sie die Halle. Als sie Hugh fast erreicht hatte, schaute er hoch, entdeckte sie und wurde blass.

12

Als Hugh seine Frau sah, war sein erster Gedanke, dass etwas mit dem Baby nicht stimmte. »Wo ist Lizzie?«

»Im Auto«, antwortete Dana und fügte schnell hinzu: »Mit Saundra. Meine Großmutter ist gestürzt und hat sich den Knöchel gebrochen. Er ist eingegipst worden. Ich wollte sie gerade nach Hause bringen.«

Also nichts mit dem Baby. Eine Welle der Erleichterung spülte über ihn hinweg, aber dicht gefolgt von einer anderen Sorge. Er mochte Ellie Jo. Sie hatte ihn von Anfang an wie einen Enkel behandelt, und sie war nicht mehr die Jüngste.

»Geht es ihr gut?« Als Dana nickte, sagte er: »Du hättest anrufen sollen. Ich wäre sofort gekommen.«

»Du warst in der Kanzlei. Ich wollte dich nicht stören.« Ihr Blick schickte ihm eine deutlichere Botschaft.

Da es ihm in diesem Moment nicht möglich war, darauf einzugehen, sagte er: »Dana – das ist Crystal Kostas. Ich werde sie vertreten. Ihr Sohn liegt hier und erholt sich von einer Operation. Crystal – meine Frau Dana.« Da er mit Dana reden wollte, fuhr er fort: »Ich glaube, wir sind für den Augenblick fertig. Rufen Sie mich an, sobald Ihnen etwas für das Notizbuch eingefallen ist. Sie haben meine Privatnummer?«

Als Crystal nickte, verabschiedete er sich seinerseits nickend, hakte Dana unter und ging mit ihr in Richtung Auto. »Wie ist es denn zu dem Sturz gekommen?«

»Sie hatte etwas vom Dachboden geholt und verlor auf dem Weg nach unten auf der Leiter den Halt. Was ist mit dem Sohn dieser Frau?«

»Jemand hat ihn angefahren. Er ist vier Jahre alt.«

»Wurde er schwer verletzt?«

»Schwer genug, dass er ohne weitere Operationen vielleicht nie wieder laufen kann.«

Dana blieb stehen. »Das rückt einiges in die richtige Perspektive.«

»Das Tollste kommt noch«, fuhr er fort, denn er hatte den Eindruck, dass Dana gern etwas über seine Arbeit erfuhr. »Der Vater des Jungen – der sich weigert, ihn anzuerkennen – ist Stan Hutchinson.«

Ihre Augen weiteten sich. »Der Senator?«

»Der Senator. Und Crystal ist nicht ausreichend versichert.«

»Aha. Das ist ein Fall nach deinem Geschmack, stimmt's? Weiß dein Vater Bescheid?«

»Nein.« Hugh schaute auf die Straße hinaus. »Ich kann mich nicht aufraffen, ihn anzurufen.«

»Wut? Stolz? Angst?«

»Wut«, antwortete Hugh. Es war nicht die ganze Wahrheit, aber es musste genügen.

»Wut ist wie eine schleichende Krankheit«, bemerkte sie.

»Ja.« Hugh zog sie weiter. »Ist Lizzie okay?«

»Absolut. Sie ist ein ausgesprochen pflegeleichtes Baby.«

»Da spricht die Stimme der Erfahrung«, neckte er sie und öffnete Ellie Jos Autotür. »Das ist ja ein ziemlicher Klumpfuß, Ellie Jo. Tut er weh?«

»Ein bisschen.«
»Hugh!«, rief Dana mit einem Knie auf dem Fahrersitz und deutete in den Fond. »Kennst du Saundra Belisle?«
Hugh streckte die Hand aus. »Ich glaube, wir haben uns mal in The Stitchery gesehen.« Er erinnerte sich an die Frau. Sie strahlte eine gewisse Autorität aus.
Saundra legte ihre Hand in seine. »Es ist mir ein Vergnügen. Meine Glückwünsche zur Geburt Ihres Babys. Die Kleine ist ganz entzückend.«
Hugh glaubte ihr, dass sie es ernst meinte. Augenblicklich fühlte er sich besser. Er versuchte, einen Blick auf Lizzie zu werfen, konnte aber von seinem Standort aus keinen erhaschen. Also schloss er Ellie Jos Tür, ging um den Wagen herum und öffnete die Fondtür auf Lizzies Seite.
»Hey, du«, sagte er leise.
Lizzie machte die Augen zu, schloss ihn aus. Offenbar billigte sie den DNA-Test ebenso wenig wie Dana. Er wünschte, er könnte ihr verständlich machen, dass er nur um des lieben Friedens willen darauf bestand. Und er wünschte, er könnte es auch Dana verständlich machen.
»Ich muss Ellie Jo nach Hause bringen«, sagte Dana. Ihr Ton war freundlich, doch es lag kaum Wärme in ihrem Blick. Sie war wütend. Noch immer. Und je länger ihre Wut anhielt, umso mehr beunruhigte ihn das. Das war nicht die Dana, die er kannte.
Darüber würde er mit ihr sprechen müssen, aber jetzt war nicht der richtige Zeitpunkt dafür. Und so beugte er sich ins Auto, hauchte Lizzie einen Kuss auf die Stirn, richtete sich auf und schloss behutsam die Tür. »Wann kommst du nach Hause?«
»Kann ich nicht sagen. Ich muss mit Olivia und den ande-

ren Teilzeitkräften reden, um sicherzustellen, dass jeden Tag einer von uns auf- und zuschließt.«
»Einer von *uns?* Du hast gerade ein Baby bekommen.«
»Lizzie fühlt sich sehr wohl im Laden«, erwiderte Dana voller Begeisterung. »Du solltest die Wiege sehen, die die Frauen gekauft haben. Und sie haben eine wunderwunderschöne Decke gestrickt. Unsere Tochter ist bestens aufgehoben dort: Es ist absolut unhektisch und immer jemand da, den ich um Hilfe bitten kann.«
»Ist das ein Seitenhieb?«, fragte er leise.
Dana konnte es nicht leugnen, doch ihr Blick wurde weicher. »Ich muss los, Hugh.« Sie glitt hinters Steuer.
Er drückte ihre Tür zu und trat zurück. Sie hatte ihn nicht gefragt, wann er nach Hause käme. War sie in Gedanken gewesen, oder interessierte es sie nicht?

Er hatte die Stadt schon ein gutes Stück hinter sich gelassen, als er bei seinen Eltern anrief. Es überraschte ihn nicht, dass seine Mutter abnahm, denn sie war der Torwächter, wenn Eaton arbeitete.
»Hi, Mom.«
Nach einer Schrecksekunde kam ein erleichtertes »Hugh!« Sie sprach leise. »Ich bin froh, dass wenigstens *du* so vernünftig bist, anzurufen. Dein Vater ist unmöglich. Ich habe ihn bekniet, aber er ist einfach zu stur. Wie geht es der Kleinen?«
»Gut.«
»Ich würde sie mir gern anschauen, aber solange Eaton sich derart aufführt, kann ich es nicht. Du musst etwas dagegen *tun*, Hugh. Er ist der Meinung, dass du ihn tödlich beleidigt hast.«

»*Ich?*«

»Mit irgendetwas, das du sagtest, als wir im Krankenhaus waren.«

»*Ich* soll etwas Beleidigendes gesagt haben! *Ihr* habt den Verdacht geäußert, dass ich nicht Lizzies Vater sei!«

»Eaton war durcheinander.«

»Einen Moment, Mom.« Es widerstrebte ihm zwar, seine Mutter anzugreifen, aber sie war nicht unschuldig an diesem Zerwürfnis. »Du hast *nicht* gesagt, dass er sich irrte. Wie war das doch gleich? Du sagtest, es seien schon seltsamere Dinge passiert.«

»Nun, so ist es ja schließlich auch – aber es war lediglich als Gedanke gemeint. Wie auch immer – fest steht, dass wir in Zeiten wie diesen zusammenhalten müssen. Wir müssen einander unterstützen, dürfen uns nicht weigern, miteinander zu reden.«

»Zusammenhalten? Du und ich und Dad gegen meine Frau und mein Kind, meinst du?«

»Nein, das meine ich *nicht.*«

»Habt ihr ein Problem mit Lizzies Hautfarbe?«, fragte er geradeheraus.

»Nein!«, antwortete sie heftig. »Du *weißt,* dass das nicht der Fall ist. War ich nicht als Erste bei den Parkers drüben, um ihren kleinen Enkel zu begrüßen, den sie aus Korea adoptiert hatten? War ich nicht die Erste, die vorschlug, dass die Krankenhausverwaltung Leila Cummings auszeichnen sollte, eine unserer *hervorragenden* afroamerikanischen Ärztinnen? Ich war sogar die Erste, die deinen Onkel Bradley veranlasste, einen College-Fonds für die Kinder der Angestellten einzurichten, die Minderheiten angehören. Wie kannst du mich da der Engstirnigkeit verdächtigen?«

»Es war lediglich eine Frage. Lizzie ist eine von uns, und ich kann nicht verstehen, warum du noch nicht vorbeigeschaut hast, um sie dir anzusehen – auch ohne Dad.«
»Ich habe es nicht getan, weil dein Vater dagegen ist, weil du ihn beleidigt hast, und er wird darauf beharren, bis du dich bei ihm entschuldigst.«
»In Ordnung«, sagte Hugh. »Ist er da?«
»Ja«, antwortete sie in scharfem Ton. »Du kannst genauso unangenehm sein wie er. Bleib dran.«
Hugh blieb dran. Er fuhr auf der Mittelspur des Highways und wurde rechts und links überholt. Hätte ihn jemand angehupt, damit er schneller führe, hätte er ihm wahrscheinlich den Mittelfinger gezeigt.
Eine Minute verging. Eaton wollte offensichtlich nicht mit ihm sprechen. Hugh überlegte gerade, wie lange er dieses Spiel mitmachen sollte, bevor er auflegte, als er ein Klicken hörte und dann Eatons Stimme.
»Ja, Hugh?« Geschäftston.
Plötzlich nicht sicher, ob er hören wollte, was sein Vater sagen würde, beschloss er, verbindlich anzufangen. »Wie steht es mit dem Buch?«
»Es geht nicht um das Buch, es geht um die Promotiontour. Die Verlegerin hat mir heute die Termine gefaxt, und seitdem telefoniere ich mit ihr. Sie wollen mich in Supermärkten auftreten lassen. In *Supermärkten,* um Himmels willen. Früher war eine Buchpräsentation eine anspruchsvolle Veranstaltung.«
»Hast du denn kein Einspruchsrecht?«
»Doch«, knurrte Eaton, »aber sie haben die Statistik auf ihrer Seite. Leute kaufen tatsächlich Bücher in Supermärkten. Aber spricht das Verkaufspersonal in diesen Supermärkten

persönliche Empfehlungen aus? *Liest* das Verkaufspersonal von Supermärkten Bücher?« Nach einer kleinen Pause fuhr er in resigniertem Ton fort: »Aber vielleicht ist es ganz gut so. Ich bin mir nicht sicher, was dieses Buch angeht. Es enthält vielleicht Irrtümer.«

»Was für eine Art Irrtümer?«

»Von einer Art, die meine Karriere beenden könnte.«

»Das glaube ich nicht«, sagte Hugh. »Du bist doch ein sehr gewissenhafter Mann. Nicht so wie dein Freund Hutch.«

»Freund?« Eaton schnaubte verächtlich.

»Ich vertrete eine Frau, deren kleiner Sohn von ihm ist.«

Es folgte eine Pause, und dann kam vorsichtig: »Kann sie es beweisen?«

»Wir arbeiten daran.«

»Es muss hieb- und stichfest sein – sonst beschuldigt er dich, ihn zu attackieren, weil er mir das Interview für mein Buch verweigert hat«, warnte Eaton. »Was will sie denn – Geld?«

Hugh drückte auf die Hupe, als ein Wagen knapp vor ihm einscherte. »Nicht für sich. Der Junge wurde von einem Auto angefahren und benötigt eine aufwendige medizinische Behandlung. Sie wollte Hutch Bescheid sagen, als der Junge auf der Welt war, doch man sagte ihr, sie müsse sich am Ende der Schlange der Frauen anstellen, die ihn mit falschen Behauptungen auszunehmen versuchten.«

»Hutch ist kein Unschuldslamm.«

»Das ist wohl keiner von uns.« Hugh schien die Zeit gekommen. »Wenn ich dich im Krankenhaus beleidigt habe, tut es mir leid.«

»*Wenn?*«, kam es schneidend. »Du stellst es in Frage?«

»Ich stand unter Druck, Dad.« Hugh fühlte sich wie als

Zehnjähriger. »Und du sagtest etwas ungeheuer Beleidigendes.«

»Aber vielleicht nicht gänzlich Abwegiges«, konterte Eaton. »Brad hat mir erzählt, dass du einen Vaterschaftstest machen lässt. Das zeigt, dass du selbst Zweifel hast.«

»Nein. Es zeigt, dass ich von meiner Familie gedrängt wurde, einen schlüssigen Beweis dafür vorzulegen, dass dieses Kind von mir ist – und ein DNA-Test ist die einzige mir bekannte Möglichkeit, dies zu tun.«

»Und – was wird das Labor sagen?«

»Dass ich der Vater bin. Die formelle Bestätigung bekomme ich aber erst in ein paar Tagen.«

»Und du hast angesichts eures direkten Nachbarn wirklich keinerlei Zweifel?«

»Keine größeren als die, mit denen mich die Tatsache erfüllt, dass ihr all die Jahre neben einem Mann wohnt, mit dem Mom ausging, bevor sie dich kennenlernte.«

»Das ist ja schon wieder eine beleidigende Bemerkung«, schnaubte Eaton.

»Dad!« Hugh lachte frustriert auf. »Warum ist es beleidigend, wenn *ich* es sage, und nicht beleidigend, wenn *du* es sagst?«

»Ich bin seit mehr als vierzig Jahren mit deiner Mutter verheiratet, und sie hat *kein* Kind von einem anderen bekommen.«

Das war ein Seitenhieb zu viel. »Bist du sicher?«, fragte Hugh. »Ich sehe dir ähnlich, aber was ist mit Robert?«

»Ich lege jetzt auf«, erklärte sein Vater.

»Nein, bitte nicht«, ruderte Hugh zurück. »Ich möchte unbedingt mit dir sprechen.«

»Darüber, wer der Vater deines Bruders ist?«

»Darüber, warum die Hautfarbe meiner Tochter eine Rolle spielt. Du setzt dich in deinen Büchern für Minderheiten ein. Ich setze mich vor Gericht für sie ein. Ist das alles nur ein Ego-Trip, oder glauben wir tatsächlich daran, dass alle Menschen gleich sind? Denn wenn wir das tun, dann sollte die Hautfarbe meiner Tochter *keine* Rolle spielen.«
»Spielt sie für *dich* eine Rolle?«
»Ja«, gestand Hugh. »Das tut sie, und ich weiß nicht, warum.«
»Was glaubst du, warum?«
»Ich *weiß* es doch nicht. Vielleicht spielt sie für mich eine Rolle, weil sie für meine Familie eine Rolle spielt. Danas Herkunft macht sie doch zu keinem anderen Menschen.«
»Nicht für dich.«
»Natürlich nicht.« Hugh drückte wütend auf die Hupe, als ein weiterer Wagen dicht vor ihm einscherte. »Warum sollte es? Sie ist die Frau, die ich mir ausgesucht habe. Würde es eine Rolle spielen, wenn sie *lila* wäre?«
»Für andere lila Leute nicht.«
»Um Himmels willen, Dad.«
»Es tut mir leid, Hugh, aber es zieht die Menschen nun einmal zu ihresgleichen. Das ist ein Prinzip des Lebens.«
»Lizzie *ist* eine von uns.«
»Wir reden weiter, wenn du das Testergebnis hast.«
»Und wenn es beweist, dass ich ihr Vater bin?«
»Ich will das jetzt nicht diskutieren.«
Aber Hugh wollte. »Was *dann?* Wirst du Lizzie als deine rechtmäßige Enkelin anerkennen? Wirst du *Dana* akzeptieren?«
»Nicht … jetzt!«, akzentuierte sein Vater mit einer Strenge, die Hugh nur selten von ihm hörte. »Das Timing könnte

nicht schlechter sein. Ich habe im Moment zu viel anderes um die Ohren.«

»In Ordnung«, sagte Hugh und fügte in leichtem Ton hinzu: »Okay. Dann bis bald.«

Es dämmerte bereits, als Dana nach Hause kam und Hughs Wagen in der Zufahrt stehen sah. Sie freute sich, dass er da war, doch abgesehen davon war sie zu müde, um viel zu empfinden außer Entmutigung. Nachdem sie Ellie Jo ins Bett gepackt hatte, war sie ins Zimmer ihrer Mutter gegangen und hatte die am Fuß der Dachbodenleiter verstreut liegenden Bücher in den Karton zurückgetan. Dabei suchte sie in jedem nach etwas, was bei der Suche nach ihrem Vater hilfreich sein könnte – ein zwischen zwei Seiten steckender Brief oder eine Notiz am Rand, der Name einer Zimmergenossin oder einer Freundin. Da diese Bücher aus den letzten Studienmonaten ihrer Mutter stammten, sagte ihr die Logik, dass, wenn Elizabeth irgendetwas auf ihre Situation Bezogenes notiert hatte, dies vielleicht hier zu finden wäre.

Sie hatte die Bücher durchgeblättert, bis Ellie Jo rief, weil sie Hilfe brauchte, um ins Bad zu kommen, was sie vor ein ganz anderes Problem stellte: Ellie Jo konnte nicht allein bleiben.

Danas erster Gedanke war, für die fragliche Zeit hierher zu übersiedeln. Das würde Hugh recht geschehen. Aber dann wurde ihr bewusst, dass sie sich nicht vorstellen konnte, alle paar Stunden aufzustehen, um Lizzie zu stillen, und dann wieder, um Ellie Jo zu helfen.

Ihr zweiter Gedanke war, eine Pflegerin einzustellen, aber diesen Vorschlag lehnte ihre Großmutter energisch ab. Sie behauptete steif und fest, dass sie nur um Hilfe gebeten habe, weil Dana gerade da sei, und dass sie hervorragend allein zurechtkomme, was sie Dana gleich vorführte, indem sie allein ins Bett zurückkehrte.

Dana gab auf. Sie war zu müde, um sich weiter zu streiten.

Sie parkte neben Hughs Wagen. Als sie ausstieg, um das Baby aus dem Auto zu holen, erschien er in der offenen Haustür, doch er kam ihr nicht zu Hilfe, blieb einfach stehen und schaute zu.

Sie hätte seine Unterstützung brauchen können, doch um nichts in der Welt wäre ihr das über die Lippen gekommen. Sein Gesichtsausdruck war Clarke-stoisch, undurchdringlich und nicht zu deuten. Als sie bei ihm ankam, trat er beiseite, um sie vorbeizulassen, doch erst in der Diele nahm er ihr das Baby ab. Ohne ein Wort zu sagen, ging sie wieder hinaus, um den Rest ihrer Sachen zu holen.

Als sie zurückkam, hatte er Lizzie aus ihrem Sicherheitsgurt befreit und hochgenommen. Sie weinte stoßweise, und dass er sie auf dem Arm hatte, besserte ihre Laune nicht.

»Was ist mit ihr?«, fragte er Dana.

»Sie ist hungrig. Ich werde sie stillen.« Sie stellte die Tüten am Fuß der Treppe ab, nahm Lizzie, trug sie ins kleine Wohnzimmer und ließ sich mit ihr auf dem Sofa nieder.

»Du siehst total erledigt aus«, konstatierte Hugh mit anklagendem Unterton. »Warst du den ganzen Nachmittag auf den Beinen?«

»Nein. Ich habe mich bei Gram ausgeruht.«

»Offenbar nicht lange genug. Ellie Jo mag momentan beeinträchtigt sein, aber du musst mit deinen Kräften haushalten. Vor allem, solange du stillst. Du tust Lizzie nichts Gutes, wenn du dich verausgabst.«

»Das weiß ich selbst.« Dana drückte ihre Brust herunter, um die Kleine trinken sehen zu können.

Hugh setzte sich schräg gegenüber in einen Ledersessel und stützte die Ellbogen auf die Knie. »Rede mit mir«, sagte er in überraschend entgegenkommendem Ton. »Diese Wortkargheit passt nicht zu dir. Sie passt nicht zu den Menschen, die wir sind.«
Dana verzog das Gesicht. »Weißt du denn, wer wir sind? Wenn es so ist, dann weihe mich ein, denn ich habe verdammt noch mal keine Ahnung.«
»Ich korrigiere mich«, sagte er. »Wir sind nicht mehr die Menschen, die wir vor der Geburt des Babys waren.«
Er hatte recht, und die Erkenntnis schnürte ihr die Kehle zu.
»Rede mit mir«, wiederholte er seine Bitte.
Dana schluckte und hob den Blick. »Was soll ich sagen?«
»Dass du mich verstehst. Dass du begreifst, dass das, was ich getan habe, das Beste für alle Beteiligten war.«
»Tut mir leid.« Sie hielt seinen Blick fest. Früher hätte sie sich darin verloren. Jetzt tat sie es nicht.
»Komm«, drängte er sie, »sag mir, was dich beschäftigt.«
»Es geht um Vertrauen«, stieß sie hervor. »Vertrauen war immer eine große Sache für mich. Darauf zu vertrauen, dass ein Mensch *immer* da sein würde, wie meine Mutter es *nicht* war. Ich wollte nie wieder jemanden verlieren. Als ich dich kennenlernte, glaubte ich, ich könnte darauf vertrauen, dass du immer da sein würdest, aber ich kann es nicht. Ich kann nicht darauf vertrauen, dass du hinter mir stehst. Ich kann nicht darauf vertrauen, dass du mich weiter liebst, wenn sich herausstellt, dass mein Vater ein Mischling ist. Ich fühle mich beschmutzt. Ich fühle mich, als hättest du mich betrogen.«
Er runzelte die Stirn. »Sprichst du über den DNA-Test oder über heute?«

»Heute?« Sie konnte ihm nicht folgen.

»Als du mich zusammen mit Crystal sahst.«

»Crystal? Mit deiner Mandantin?« Es dauerte einen Moment, bis sie begriff, und dann wurde sie ärgerlich. »Du meinst, ich hätte mich vielleicht gefragt, ob sie mehr für dich sei als das? Selbstverständlich *nicht,* Hugh. Du bist mein *Mann.* Außerdem bist du ständig mit irgendwelchen Frauen zusammen. Das bringt dein Job mit sich.«

»Anderen Frauen hätte es Unbehagen bereitet.«

»Mir hat es kein Unbehagen bereitet.« Lizzie rutschte die Milchquelle aus dem Mündchen, und sie drehte hektisch den Kopf von einer Seite zur anderen, bis Dana sie zurücklenkte. »Was Frauen angeht, vertraue ich dir«, sagte sie, ohne aufzuschauen. »Das Problem ist dein mangelndes Vertrauen zu *mir.*«

»Ich vertraue dir doch.«

»Nicht wirklich«, widersprach sie mit einem warnenden Blick, damit er ihr nicht wieder mit dem Unsinn käme, einen stichhaltigen Beweis für seine Familie haben zu wollen. »Ich muss immer denken, dass dies die erste Prüfung unserer Ehe war, und wir haben sie nicht bestanden. Übrigens komme ich mit der Suche nach meinem Vater nicht weiter. Ich habe mit meiner Großmutter gesprochen und mit Freundinnen meiner Mutter und habe einige Sachen meiner Mutter durchgesehen, aber nicht den geringsten Hinweis auf den Aufenthaltsort meines Vaters entdeckt. Meine letzte Hoffnung ist jetzt, die College-Zimmergenossin meiner Mutter zu finden. Ihr Vorname war Carol – mehr weiß ich nicht. Aber selbst wenn ich sie fände, wäre ja nicht gesagt, dass sie mir weiterhelfen könnte.«

»Vielleicht kann Lakey ihren Nachnamen herausfinden.«

»Das wäre großartig.« Dana begann, die Fakten aufzuzählen. »Meine Mutter hieß Elizabeth Joseph; sie begann 1968 an der University of Wisconsin zu studieren; sie verließ sie im vorletzten Studienjahr, weil sie mich erwartete. Den Namen ihres Wohnheimes kenne ich nicht. Ihr Hauptfach war Kunstgeschichte, aber sie hatte auch Englisch, Spanisch und Mathematik belegt. In Mathe war sie ziemlich mies. Ich habe heute ein paar ihrer Prüfungsarbeiten gefunden. Die waren alle mit Drei minus benotet.«

»Wir werden sehen, ob Lakey die Informationen weiterhelfen.«

»Ich möchte, dass dir klar ist, dass ich, wenn unser Baby weiß zur Welt gekommen wäre, nicht nach diesem Mann suchen würde. Hättest du auch gesagt, dass ich ihn finden muss, wenn Lizzie mit *roten* Locken geboren worden wäre? Natürlich nicht. Warum tue ich das also? Warum ist es so wichtig, es zu wissen? Interessiert es mich *wirklich*, woher mein Ururgroßvater stammte? Und wenn ich meinen Vater finde«, sie sprach so schnell, dass ihre Worte sich förmlich überschlugen, »werde ich mich dann anders fühlen?«

Hugh antwortete nicht.

Das ärgerte sie. Schließlich war *er* es, der hatte reden wollen. »Also – lass uns reden«, sagte sie in Befehlston. »Wir alle stehen auf der Seite der Minderheiten, was die Bürgerrechte, Aktionen gegen Diskriminierung und gleiche Arbeitsbedingungen angeht – aber *wir* wollen weiß sein. Sind wir Heuchler?«

»Wir?«

»Genau genommen meine ich dich. Du siehst dich vor allem anderen als einen Clarke. Ich sehe mich als Dana. Spricht das nicht Bände?«

»Wenn deine Familie eine Geschichte hätte wie meine, würdest du mich verstehen.«

»Wenn deine Familie eine Geschichte hätte wie meine, würdest du *mich* verstehen.« Sie atmete tief durch. »Aber es geht nicht nur um dich und deine Familie oder mich und meine Familie. Es geht darum, was unserer Tochter bevorsteht, wenn sie heranwächst, und ob sie und ich uns dem *allein* werden stellen müssen.«

»Ich werde da sein.«

»Wirst du das?«

»Ich war die ganze Zeit hier, oder? Du warst es, die weg war.«

Sie nahm das Baby von der Brust, legte es an ihre Schulter und klopfte ihm leicht auf den Rücken. »Wie konnte alles nur so schnell so schiefgehen?«

»Es ist nichts schiefgegangen.«

»Und ob. Sieh uns doch an, Hugh.«

»Das geht vorbei. In ein paar Tagen haben wir das Ergebnis aus dem Labor.«

Dana hätte am liebsten geschrien. »Das ist nicht der *Punkt!* Ich spreche von *Vertrauen.*«

Hugh seufzte. »Ach komm – es war doch nur ein Wisch mit einem Wattestäbchen, Dana.«

Dana wusste nicht, wie lange sie ihre Wut noch bezähmen könnte. Auf eine leise, aber energische Stimme in ihrem Kopf reagierend, stellte sie die Füße auf den Boden und machte sich bereit, Lizzie nach oben zu bringen.

»Was ist mit dem kommenden Wochenende?«, fragte Hugh.

»Was soll damit sein?«

»Wirst du es bei deiner Großmutter verbringen.«

»Zum Teil, ja.«
»Julian und Deb wollen kommen. Und Jim und Rita.«
»Das ist nett.«
»Wird es nicht peinlich werden?«
Peinlich? Wut stieg in ihr auf. »Nicht für mich!«, erwiderte sie heftig. »Ich finde unser Baby vollkommen. Du bist der mit dem Problem. Wenn du ihnen von Grams Missgeschick erzählst, gedulden sie sich vielleicht noch eine Weile.«
»Ich glaube nicht, dass ich sie vertrösten kann.«
»Dann musst du der ›Peinlichkeit‹ ins Auge sehen. Wirst du ihnen sagen, dass du daran zweifelst, Lizzies Vater zu sein?«
»Selbstverständlich nicht.«
»Dann willst du also tun, als wärest du es. Glaubst du, du schaffst das?«
Sie starrten einander lange an, Dana vor ihm stehend und Hugh in dem Sessel sitzend. Sie dachte gar nicht daran, ihre Worte zurückzunehmen.
Schließlich sagte er: »Ist das Zynismus, was da aus dir spricht, oder Erschöpfung?«
Reue erwachte in ihr. »Ein bisschen von beidem, denke ich«, antwortete sie in sanftem Ton. »Ich werde ins Bett gehen.«

13

Eaton Clarke hatte Sodbrennen. Er vermutete, dass das mexikanische Essen vom Freitagabend schuld daran war. Das Restaurant war neu und hatte glänzende Kritiken bekommen. Er hatte vorgeschlagen, es auszuprobieren, und die beiden Paare, die bei ihnen zu Besuch waren, hatten zugestimmt. Doch als er über die Schwelle trat, beschlich ihn ein unbehagliches Gefühl. Die Tische standen zu dicht beieinander, und die Kellner benahmen sich zu vertraulich.

Das Tischgespräch hatte nicht dazu beigetragen, seine Stimmung zu heben. Alle wollten über Hugh und sein Kind reden – genauer gesagt, über Dana und ihr Kind –, weil Eatons Bruder Brad den Zweifel an der Vaterschaft in Umlauf gebracht hatte. Innerhalb von drei Stunden bekam Eaton mehr Ratschläge, als ihm lieb war. »Du darfst keinen College-Fonds einrichten, wenn das Kind nicht dein Enkel ist«, hieß es, oder: »Du musst dein Testament ändern«, und sogar: »Es wäre klug, das Haus auf Martha's Vineyard treuhänderisch abzusichern.«

Er schlief mit Sodbrennen ein. Morgens beim Aufwachen ging es ihm besser, aber als er sich mit seinen Partnern zu ihrem allwöchentlichen Tennismatch traf, ging es ihm wieder schlechter. Auch sie hatten Ratschläge für ihn.

Als er seinen Bruder auf dem Heimweg anrief, war er ausgesprochen schlecht gelaunt. »Was zum Kuckuck tust du da, Brad? Jeder, den ich treffe, weiß über Hugh und das Baby Bescheid. Hast du einen bestimmten Grund dafür, aller Welt zu erzählen, dass Hugh vielleicht nicht der Vater ist?«

»Er ist es doch vielleicht wirklich nicht.«

»Vielleicht aber doch. Was dann? Das ist unsere *Privatsache*, Brad.«

»Nicht, wenn das Kind tatsächlich nicht von Hugh ist. Ich habe neulich nachmittags sein Gesicht gesehen. Er war wütend auf seine Frau. Ich sage dir, Eaton – da brodelt es.«

Eaton missfiel sein Ton. »Freust du dich darüber?«

»Darum geht es nicht. Wir hatten alle unsere Bedenken bezüglich Dana.«

»Ich dachte, du magst sie.«

»Ich mochte sie, solange sie Hugh treu war, aber wie es scheint, hat er sich da ein Luder eingefangen.«

»Freust du dich *darüber?* Mindert Hughs Situation deinen Kummer über die Scheidung deiner Tochter?«

»Annes Scheidung hat nicht das Geringste damit zu tun«, erwiderte Brad. »Wenn du denkst, dass es um Schadenfreude geht, irrst du dich. Allerdings überrascht mich deine Annahme nicht. Du, der Autor, sitzt zu Hause und wartest auf deine Tantiemen, während ich, der Geschäftsmann, uns alle reicher mache. Mit bleibt keine Zeit für solche Albernheiten. Ich habe Wichtigeres zu tun.«

»Das ist richtig«, bestätigte Eaton. »Dann hör auch auf, über Hugh zu tratschen. Diese Sache geht dich überhaupt nichts an. Also halte dich *raus.*«

Er beendete das Gespräch in dem Bewusstsein, seinen Bruder beleidigt zu haben, doch es erfüllte ihn mit einer perversen Befriedigung, das letzte Wort gehabt zu haben. Das Gefühl verflüchtigte sich allerdings, als Dorothy ihn an der Tür mit der Nachricht empfing, dass Justin Fields vor zwei Minuten angerufen habe. Justin war sein langjähriger Freund, privater Anwalt und Testamentsvollstrecker.

»Was wollte er?«, fragte Eaton, obwohl er fürchtete, es zu wissen.

»Wir sprachen kurz über die Planung von Julies Hochzeit. Justin und Babs sind ganz aus dem Häuschen. Sie ist achtunddreißig, und sie hatten schon die Hoffnung aufgegeben, und er schwärmte in den höchsten Tönen von ihrem Verlobten. Dann sagte er, er wolle mit dir über Hugh sprechen.«

Eaton war an den Rosenholztisch in der Halle getreten und schaute die Post durch. »Wenn das kein Zufall ist!« Seine Stimme troff von Sarkasmus. »Gerade habe ich mit Justins Partnern Tennis gespielt. Diese Männer sind geschwätzig wie alte Damen.«

Nach einer winzigen Pause bemerkte Dorothy: »Ich bin ebenfalls eine alte Dame.«

»Oh, Dot, du weißt genau, was ich meine. Alte Damen tratschen, weil sie nichts Besseres mit ihrer Zeit anzufangen wissen. Du hast doch andere Beschäftigungen.«

»Ich ›tratsche‹ auch. Allerdings betrachte ich es als Austausch von Neuigkeiten mit Freundinnen.«

Er schaute sie an und fragte sich, worauf sie hinauswollte. »Bist du boshaft dabei?«

»Selbstverständlich nicht.«

»Da hast du den Unterschied«, sagte er. »Meine Tennispartner freuen sich diebisch, wenn ich eine Schlappe erleide.

Brad desgleichen. Er ist nie darüber hinweggekommen, dass ich mich weigerte, ihm in die Firma zu folgen, und was meine Tennispartner angeht, verübeln sie mir noch immer, dass ich ihnen keine unbegrenzte Zahl signierter Gratisexemplare meiner Bücher überlasse. Warum *kaufen* sie sich die Bücher nicht, die ich für den Gynäkologen der Cousine ihrer Frau signieren soll? Bin ich eine Wohltätigkeitseinrichtung?«

»Nein, Lieber. Ich glaube, das ist genau das, worüber Justin mit dir sprechen will.«

Eaton sah sie scharf an »Dass ich eine Wohltätigkeitseinrichtung bin?«

»Dass du für den Fall, dass die Ehe kaputtgeht, von Hughs Frau als eine solche behandelt wirst. Das Gleiche haben unsere Freunde gestern Abend gesagt.«

»Worüber ich mich sehr geärgert habe.«

»Sie haben es nur aus Sorge um dich getan.«

»Habe ich sie um ihre Hilfe gebeten?«

»Nein. Aber du hast sie auch nicht abgelehnt, und das verstehen viele als Aufforderung.« Ihr Ton wurde flehend. »Du äußerst dich nicht, Eaton. Du lässt die Fragen einfach im Raum stehen. Warum erklärst du ihnen nicht einfach, dass sie sich irren? Warum sagst du ihnen nicht, dass Hugh der Vater des Babys ist, dass die Ehe der beiden in Ordnung ist und dass die Hautfarbe des Kindes ein interessantes Element in die Familie bringt, denn so *ist* es, weißt du. Es ist kein Problem für mich, ein Enkelkind afroamerikanischer Abstammung zu haben. Für dich?«

Eaton seufzte. »Bist du immer noch verstimmt, weil ich sie nicht besuchen will?«

»Immerhin hat Hugh angerufen.«

»Was nicht hilfreich war. Er stellt die gleichen Fragen wie

du, und das zu einer Zeit, da ich nicht darüber nachdenken kann. Schließlich erscheint mein Buch in etwas mehr als drei Wochen, Dorothy. Hast du mit dem Veranstaltungskoordinator gesprochen, dass ich bei der Präsentation Horsd'œuvres reichen lassen will?«

»Ja, Lieber.«

»Und sind die Einladungen rausgegangen?«

»Gestern. Das habe ich dir aber alles bereits gesagt, Eaton.«

Er atmete tief ein, um seine Geduld zu wahren. »Falls du es mir wirklich gesagt hast und ich es nicht gehört habe, dann liegt das daran, dass ich so viel im Kopf habe. Ich bin zu einer Talkshow eingeladen, die landesweit ausgestrahlt wird, und du kannst sicher sein, dass ich dort nach meiner Familie gefragt werde. Man wird erwarten, dass ich mich für die Authentizität meines Buches verbürge.«

»Das kannst du doch ruhigen Gewissens tun«, sagte Dorothy. »Du hast dieses Buch lange vor Elizabeths Geburt geschrieben. Niemand wird es dir ankreiden, dass sie auf keiner Ahnentafel verzeichnet ist, und du bist absolut nicht verpflichtet, eine Tafel von Danas Familie beizufügen. Aber vergiss einmal das Buch.« Sie machte eine wegwerfende Handbewegung. »Mir geht es nicht um das Buch. Mir geht es um unseren Sohn und sein Kind. Ich möchte sie besuchen.«

Die Eröffnung überraschte Eaton, doch er fasste sich schnell.

»Dann tu es.«

»Ich möchte, dass du mitkommst. Es wäre nicht dasselbe, wenn ich allein käme. Sie würden denken, dass etwas nicht stimmte.«

»So *ist* es ja auch.«

»Dann *unternimm* etwas!«, rief Dorothy. »Engagiere einen Privatdetektiv. Ändere dein Testament. Sichere das

Vineyard-Haus treuhänderisch ab, damit sie es nicht in die Finger kriegt. Entscheide dich! Entweder du akzeptierst das Baby, oder du tust es nicht. Siehst du nicht, was für einen Schaden du mit deinem Zaudern anrichtest?« Sie warf einen Blick auf die Uhr an der Wand und griff dann nach ihrer Handtasche. »Ich muss auf den Markt. Wenn wir die Emerys vor dem Theater auf ein paar Appetithappen hier haben, muss ich etwas dafür besorgen.«
Eaton schaute ihr nach, als sie zur Tür ging. »Fahr vorsichtig«, sagte er aus reiner Gewohnheit.

Dorothy saß mit zusammengepressten Lippen hinter dem Steuer. Sie hatte es nicht nötig, sich von Eaton sagen zu lassen, dass sie vorsichtig fahren sollte. Sie fuhr von sich aus vorsichtig, tat es bereits seit neunundvierzig Jahren, was ihre makellos weiße Weste bewies, die Eaton im Gegensatz zu ihr nicht vorweisen konnte. Er hatte zwei Flecken darauf: Einmal war er in einem Schneesturm ins Schleudern gekommen und einmal in eine Massenkarambolage auf dem Expressway geraten, bei der zehn Fahrzeuge ineinandergekracht waren. Den ersten Unfall konnte sie dem Wetter anlasten, aber der zweite wäre vermeidbar gewesen, wenn ihr Mann die vorgeschriebene Anzahl von Autolängen Abstand zu seinem Vordermann gehalten hätte.
Nein, sie hatte es wirklich nicht nötig, sich von Eaton erzählen zu lassen, wie sie fahren sollte.
Und sie hatte es auch nicht nötig, sich von ihm sagen zu lassen, wen sie besuchen sollte und wen nicht. Sie nahm eine Hand vom Lenkrad, klappte ihr Handy auf und tippte Hughs Nummer ein. Es klingelte mehrere Male, und dann meldete sich Danas AB-Ansage.

Wieder mit beiden Händen am Lenkrad, steuerte Dorothy den Wagen durch die Straßen ihres Viertels zum Supermarkt. Sie setzte den Blinker und wollte in den Parkplatz einbiegen, als sie es sich anders überlegte und geradeaus weiterfuhr. Drei Minuten später parkte sie vor einer Boutique, die in Gelb, Orange und Rosarot erstrahlte. Es war ein kleiner Laden, der zwei jungen Frauen gehörte. Sie hatte ihn zufällig entdeckt, als sie ein Mitbringsel für einen Wochenendbesuch bei Freunden suchte.

Sie betrat das Geschäft und erklärte lächelnd und präzise: »Ich möchte eines Ihrer Mutter-Tochter-Sets für meine Schwiegertochter und ihr neugeborenes Baby. Was ist das Ungewöhnlichste, das Sie haben?« Dana liebte Ungewöhnliches. Dana konnte Ungewöhnliches *tragen.*

Kurz darauf verließ Dorothy das Geschäft mit einem Paket, das eine Schleife in dem Gelb, Orange und Rosarot zierte, das sie seinerzeit auf den Laden aufmerksam hatte werden lassen. Hochzufrieden mit sich, ließ sie den Supermarkt links liegen und bog stattdessen in den kleineren Parkplatz eines Gourmet-Käse- und Weinladens ein, wo sie ein Tortenstück Käse kaufte, eine Cracker-Auswahl und – noch immer trotzig – je ein Dutzend der hausgemachten Hähnchenhappen mit Kokoskruste und Beef-Satay-Spieße. Heute würde Eaton einmal nicht seine geliebten Miniquiches von ihr bekommen wie seit vielen Jahren. Diese Appetithappen waren genauso gut, und sie musste dafür nicht eine Stunde in der Küche stehen. Wenn sie sie auf eleganten Servierplatten präsentierte, sagte sie sich, würden ihre Gäste nicht merken, dass es nichts Selbstgemachtes war.

Zum zweiten Mal in dreißig Minuten hochzufrieden mit sich, kehrte Dorothy zum Auto zurück, wo ihr das farbenfrohe Paket auf dem Beifahrersitz ins Auge sprang. Sie setzte sich ans Steuer, griff nach ihrem Handy und tippte erneut Hughs Nummer ein.

Diesmal meldete sich Dana.

Für einen Sekundenbruchteil zögerte Dorothy. Sie tat normalerweise nichts gegen Eatons Willen, und das nicht etwa aus Gehorsam, sondern aus Respekt. Er hatte einen gesunden Menschenverstand und das Herz für gewöhnlich auf dem rechten Fleck. Das Problem war, dass sie nicht wusste, wo sein Herz sich *momentan* befand.

Und so sagte sie kühn: »Hallo, Dana – hier ist Dorothy.« Sonst meldete sie sich immer mit »Mom«, aber Dana zog »Dorothy« vor, und vielleicht hatte sie recht damit. »Wie geht es dir?«

Nach einer Pause kam zögernd: »Es geht mir gut. Wie geht es dir?«

»Sehr gut, danke«, antwortete Dorothy so locker, als sei alles in bester Ordnung. »Erzähl mir, wie es dem Baby geht.«

»Großartig. Sie ist hinreißend«, fand auch Dana zu einem leichteren Ton. »Wenn ich es nicht besser wüsste, würde ich sagen, dass sie gerade gelächelt hat. Natürlich sind es Blähungen, aber es sah süß aus.«

»Wie steht es mit ihrem Appetit?«

»Bestens.«

»Und mit dem Schlafen?«

»Tja, es wird wohl noch eine Weile dauern, bis sie zu einem Rhythmus findet. Zurzeit kann sie offenbar noch nicht zwischen Tag und Nacht unterscheiden.«

»Wie machst du es mit dem Licht, wenn du sie nachts stillst?«

»Dann brennt nur ein Nachtlämpchen.«

»Sehr gut. Lass sie nachts schlafen, solange sie will, aber wecke sie tagsüber alle vier Stunden.« Als ihr bewusst wurde, wie kategorisch sie geklungen hatte, setzte sie hastig hinzu: »Das ist natürlich nur eine Empfehlung. Robert sagt immer, wenn ich anfange, ihm zu erklären, wie er mit seinen Kindern umgehen soll, dass ich ihn lange genug erzogen hätte.«

Wieder entstand eine Pause. Dann sagte Dana: »Ich bin offen für Empfehlungen. Das Einzige, was ich nicht ändern kann, ist Lizzies Hautfarbe.«

»Du nennst sie ›Lizzie‹? Das ist sehr hübsch für ein kleines Mädchen. Elizabeth ist ein schöner Name, und sie wird später vielleicht darauf bestehen, dass wir sie so nennen, aber für ein Kind passt ›Lizzie‹ wunderbar. Komisch – Robert war immer Robert, niemals Bob, außer für Hugh. Apropos – wie geht es Hugh? Hilft er dir mit dem Baby? Hat er dir erzählt, dass Eaton bei keinem seiner Kinder jemals eine Windel wechselte? Keine einzige. Aber auch keiner seiner Freunde tat es. Damals waren diese Dinge ausschließlich uns Müttern überlassen, weil wir sozusagen Vollzeitmütter waren – womit ich nicht ausdrücken will, dass etwas dagegen zu sagen ist, *nicht* Vollzeitmutter zu sein.« Sie hielt inne und wartete auf eine Reaktion. Als keine kam, fragte sie besorgt: »Bist du noch dran, Liebes?«

»Ja, ich bin noch dran.«

»Ich würde gern vorbeischauen«, verkündete Dorothy. »Ich habe eine Kleinigkeit für dich und Lizzie besorgt, und ich würde sie gern sehen. Sie hat sich in den vier Tagen bestimmt sehr verändert.«

»Nicht, was ihre Hautfarbe angeht. Das muss dir klar sein.«

»Das *ist* es«, erwiderte Dorothy ruhig und fügte, weil ihr das kein genügender Kommentar zu dem Thema zu sein schien, hinzu: »Ich behaupte nicht, dass ihre Herkunft mich nicht beschäftigt – ich habe in den vergangenen paar Tagen an kaum etwas anderes gedacht –, aber sie ist nun mal meine Enkelin.«

»Es gibt Menschen, die sich da nicht sicher sind«, sagte Dana, und Dorothy fühlte Scham in sich aufsteigen. Der Vorfall im Krankenhaus am Tag der Geburt des Babys würde sie ihr restliches Leben verfolgen.

»Wenn man einen Schock erleidet – nein, nicht erleidet, wenn man einen Schock *erlebt,* kann es leicht passieren, dass man unbedacht handelt. *Ich* glaube, dass Lizzie meine Enkelin ist.«

»Und was ist mit Eaton?«

»Ich spreche im Moment nur für mich selbst.«

»Weiß er von deinem Anruf?«

»Nein«, antwortete Dorothy, bevor es ihr in den Sinn kam zu lügen, und sie sprach hastig weiter, »aber das ist unwichtig, denn ich will meine Enkelin sehen. Morgen passt es nicht, aber am Montag ginge es.« Da wäre Eaton im Verlag, und sie könnte ihm sagen, dass sie zu einem Einkaufsbummel in die City führe. »Wäre dir das recht?«

»Ich werde am Montag im Laden sein. Meine Großmutter hat sich den Knöchel gebrochen, und ich helfe ihr, so gut es geht.«

»Sie hat sich den *Knöchel* gebrochen? Oje. Tut mir leid, das zu hören. Ich hoffe, es ist kein komplizierter Bruch.«

»Nein, aber sie ist dadurch nicht so gut zu Fuß, wie sie es gern wäre.«

»Was ist denn dann mit der Kleinen?«, wollte Dorothy

wissen. »Wer ist bei ihr, während du im Laden bist? Ich habe eine Idee: Was hältst du davon, wenn ich babysitte, während du Eleanor vertrittst?«

»Ich muss Lizzie bei mir haben, weil ich sie stille. Es ist eine wunderschöne Wiege dort.«

»Oh. Wie sieht es am Dienstag aus?« Da würde Eaton Tennis spielen. »Ich nehme an, Hugh arbeitet nächste Woche wieder?«

»Ja.«

»Dann wäre der Dienstag *ideal*«, meinte Dorothy. Sie wollte ebenso wenig ihrem Sohn begegnen wie ihren Mann wissen lassen, was sie tat. Das war eine Sache zwischen Dana, Lizzie und ihr. »Ich könnte früh kommen – sobald Hugh in die Kanzlei gefahren ist – und Frühstück mitbringen.«

»Ich habe Tara versprochen, mich mit ihr zum Frühstück zu treffen«, gab Dana zurück.

»Hältst du es für klug, ein so kleines Kind in ein Restaurant mitzunehmen?«

»Es ist nur fünf Autominuten von hier entfernt, und die Kinderärztin hat gesagt, dass nichts dagegen spricht.«

»Dann ist es ja gut«, sagte Dorothy in fröhlichem Ton, obwohl ihr nicht mehr fröhlich zumute war. Es schien, als wolle Dana sie nicht in ihrer Nähe haben, was nicht ganz ungerechtfertigt war. Das Dumme war nur, dass Dorothy das Baby unbedingt sehen wollte.

»Vielleicht ginge es Dienstag*vormittag*«, kam Dana ihr überraschend entgegen. »Wir müssten um zehn wieder zu Hause sein, und ich fahre erst nach dem Mittagessen in den Laden.«

Dorothys Stimmung hob sich wieder. »Dann bringe ich Mittagessen mit. Das wird *nett*. Du magst doch Rosie's. Ich

kann auf dem Weg dort anhalten. Sag mir, was du haben möchtest.«
»Irgendeinen Salat mit gegrilltem Hähnchenfleisch …«
»Nein, nein – bitte ganz genau.«
»Einen Caesar Salad mit Hähnchenfleisch und leichtem Dressing.«
»Dann bekommst du den auch.«

14

Dana erzählte Hugh nicht, dass seine Mutter angerufen hatte. Sie wusste, dass es kindisch war. Und manipulativ. Aber sie fühlte sich verletzlicher denn je. Lizzies Geburt zwang sie, über ihren Vater nachzudenken und über das Thema Rasse. Immer wieder schaute sie in den Spiegel und fragte sich, wie anders ihr Leben verlaufen wäre, wenn sie Lizzies Hautfarbe hätte. Eines erschien ihr ziemlich sicher: Sie wäre nicht mit Hugh verheiratet.

Aber sie war es. Und das Wochenende war ausgesprochen problematisch. Sie erlebte ihn als zwei verschiedene Menschen – ihr gegenüber bedeckt, seinen Freunden gegenüber enthusiastisch. Als Julian seine Kamera zückte und darauf bestand, ein Familienfoto zu schießen, strahlte Hugh, legte den Arm um Dana und drückte sie und das Baby an sich. Auch wenn sie es für heuchlerisch hielt – er nahm mit diesem Verhalten den Freunden den Wind aus den Segeln, womit er ironischerweise in ihrem Sinne handelte. Sicher, es wurden Fragen gestellt, doch nachdem er erklärt hatte, dass Dana ihren Vater nie kennengelernt hatte, versiegten sie. Sag den Leuten die Wahrheit und sie geben Ruhe, hatte sie gesagt. Zeig dich irritiert und sie reagieren ebenso.

Nein, das Problem waren nicht die Freunde – problematisch wurde es nur, wenn sie allein waren. Der DNA-Test lag zwischen ihnen, fesselte jeden von ihnen an seine Hälfte des Doppelbettes.

Als Hugh am Sonntagmorgen ins Krankenhaus fuhr, um Jay zu besuchen, hatte er eine Tüte mit Büchern dabei, ein Spielzeugauto mit Fernsteuerung und ein übergroßes Patriots-Trikot. Der Junge lag in einem Vierbettzimmer, doch es waren nur zwei Betten belegt, das zweite von einem Kind, dessen Eltern die Vorhänge geschlossen hielten.

Jay war nicht groß für sein Alter. Der Ganzkörpergips vermittelte den Eindruck von Stämmigkeit, aber die Arme und Beine zeigten, dass der Junge ausgesprochen zart war. Als Hugh das Zimmer betrat, schaute der Kleine sich gerade Cartoons in einem an der Decke angebrachten Fernseher an, und Crystal schlief neben ihm auf einem Stuhl. Der Junge erkannte ihn von seinem ersten Besuch gleich wieder, und seine Augen leuchteten auf, als er die Tüten sah.

»Wach auf, Mommy«, flüsterte er drängend.

Crystal hob den Kopf. Es dauerte einen Moment, bis sie zu sich kam, was den Grad ihrer Erschöpfung erkennen ließ. Schließlich brachte sie ein verschlafenes »Hi« heraus.

»Wie geht's?«, fragte Hugh.

Sie streckte sich. »Nicht schlecht.«

»Was ist da drin?« Der Junge deutete auf die Tüten.

»Das ist alles für deine Mom.«

Jays Mundwinkel sackten nach unten.

Hugh lachte. »Ich habe nur Spaß gemacht.« Er legte die Bücher auf den Betttisch. »Ich hoffe, sie gefallen dir. Ich musste mich auf den Rat des Verkäufers verlassen. Es ist schon eine

Weile her, dass ich vier war. Aber bei dem Auto bin ich mir sicher.« Jay griff danach und gleich darauf nach dem Trikot.
»Ist da eine Nummer drauf?«
»Aber klar.«
»Welche?«
»Die Vier.« Hugh half ihm, das Trikot auseinanderzufalten.
Er wollte ihm gerade sagen, dass die Vier Vinatieris Nummer war, als Jay aufgeregt fragte: »Darf ich es anziehen, Mommy?«
Hugh nahm an, dass das nicht ganz einfach wäre. Crystal war schon dabei, die Schlafanzugjacke aufzuknöpfen. Sie richtete Jay auf und zog sie ihm aus. Der Gips, der vom Kinn bis zur Hüfte reichte, erinnerte an eine Weste mit Stehkragen. »Der Panzer ist ja gar nicht so schlimm«, meinte Hugh. »Wie geht's dir denn damit?«
»Es juckt«, antwortete der Junge.
»Ich hätte dir einen Rückenkratzer mitbringen sollen.«
Das zweite Problem war das Gewicht des Gipses. Hugh erkannte es an der Mühe, die Crystal damit hatte, ihren Sohn aufrecht zu halten und ihm gleichzeitig das Trikot anzuziehen. Er half ihr.
Als es geschafft war, sagte Jay: »Wow! Das ist mein *bestes* Trikot.« Er griff nach der Fernbedienung und ließ das Auto fahren. Seine Begeisterung war wie ein Geschenk für Hugh. Und sein triumphierender Ausdruck, wenn ihm ein besonders schwieriges Manöver gelungen war, erinnerte deutlich an J. Stan Hutchinson.
Hugh schaute zu, wie Crystal mit ihrem Sohn spielte. Sie war nicht nur attraktiv, sondern auch eine gute Mutter. Ihr Lächeln zeigte ihm, dass sie schätzte, was er getan hatte.

Ein schönes Gefühl, geschätzt zu werden, dachte er. Es würde Dana recht geschehen, wenn er sich zu einer anderen Frau hingezogen fühlte. Dummerweise *wollte* er keine andere Frau.

»Ich arbeitete daran, mich zu erinnern«, sagte Crystal.

»Gibt es schon etwas zu erzählen?«

»Nein, noch nicht.« Sie schaute an ihm vorbei. »Da kommt der Arzt.«

Der Mann in Weiß beobachtete Jay. »Die Daumen funktionieren einwandfrei«, konstatierte er und reichte Hugh die Hand. »Steven Howe.«

»Hugh Clarke. Ich habe neulich mit einem Ihrer Mitarbeiter gesprochen, aber er hatte Crystals Freigabe nicht gelesen und fühlte sich nicht berechtigt, mir etwas zu sagen.«

»Ich habe sie gelesen«, sagte der Arzt, »und ich habe ein paar Minuten Zeit.« Er führte Hugh in ein kleines Büro, das neben dem Schwesternzimmer lag. »Was möchten Sie wissen?«

»Die exakte Art der Verletzung und die für die Heilung erforderlichen Maßnahmen.«

»Der Unfall verursachte einen Kompressionsbruch des L4-Wirbelkörpers«, begann Dr. Howe, »und daraus folgend eine bilaterale Taubheit. Sofort nach der Einlieferung angefertigte Aufnahmen zeigten das Eindringen von Knochenmaterial in den Spinalkanal, woraus wiederum eine Durchbohrung und Verformung des Duralsacks in diesem Bereich folgte.«

»Und was heißt das für einen Laien übersetzt?«

»Ein Wirbelbruch im Lendenbereich führte dazu, dass sich Knochenfragmente der Wirbelsäule in den Spinalkanal bohrten und dort auf Nervenwurzeln drückten. Wir haben die

Wirbelsäule aufgemacht und genügend Fragmente entfernt, um den Druck auf die Nervenwurzeln zu verringern. Hätten wir das nicht gleich in den ersten Stunden getan, wäre vielleicht ein bleibender neurologischer Schaden entstanden.«

»Dann besteht also kein bleibender Schaden?«

»Kein neurologischer, nein. Der Risser-Gips wird den Bruch fixieren, bis er verheilt ist. In dieser Hinsicht erwarte ich kein Problem.«

»Seine Mutter erwähnte Wachstumszonen.«

»Und *da liegt* das Problem. Ich vermutete aufgrund von Jays Fraktur und meiner Erfahrung mit ähnlichen Fällen, dass die unteren und oberen Zonen auf der rechten Körperseite Schaden genommen haben. Wenn sich das als richtig erweist, wächst die linke Körperhälfte, aber die rechte nicht. Das würde eine Skoliose bewirken.«

»Was bedeutet das?«

»Sein Rumpf würde sich nach rechts neigen. Wenn das geschieht, wird sein Körper versuchen, diese Entwicklung zu kompensieren, wodurch sich eine ganze Reihe neuer Probleme ergibt. Natürlich wollen wir nicht, dass es dazu kommt, und deshalb empfehlen wir ein baldiges chirurgisches Eingreifen.«

Hugh hörte ein unausgesprochenes »Aber« und legte fragend den Kopf schief.

»Es ist ein sehr spezielles Gebiet«, sagte der Arzt.

»Die Mutter erwähnte St. Louis.«

»Dort ist der beste Mann.«

Hugh würde wahrscheinlich auch von ihm eine eidesstattliche Versicherung erbitten, doch zunächst fragte er: »Wären Sie bereit, alles, was Sie mir gerade gesagt haben, in schriftlicher Form an Eidesstatt zu erklären?«

»Selbstverständlich.« Dr. Howe reichte ihm seine Visitenkarte.
»Ist die Prognose gut?«, fragte Hugh.
»Für Jay? Mit der richtigen Behandlung *sehr* gut. Wenn sein Beingips nicht wäre, hätten wir ihn schon nach Hause geschickt. Er soll das Bein noch ein paar Wochen nicht belasten, und mit dem Risser sind Krücken ein Problem. Wir bringen ihm im Moment den Umgang mit einer Gehhilfe bei. Sobald er damit gehen kann, wird er entlassen. In sechs Wochen sehen wir uns dann die Sache mit den Wachstumszonen genauer an. Wenn er anschließend nach St. Louis kann, spielt er nächstes Jahr vielleicht Fußball.«
»Und wenn nicht?«
»Wird er für den Rest seines Lebens vom Spielfeldrand aus zusehen.«

Dana kam am späten Sonntagnachmittag aus dem Laden nach Hause und war mit der in ihrem Autositz schlafenden Lizzie auf dem Weg zur Terrasse, als David und Ali aus ihrem Haus kamen, um auf ihrer Holzterrasse zu grillen. David warf Dana einen kurzen Blick zu und machte sich dann an dem Grill zu schaffen. Ali winkte und rief. Ihr Vater sagte etwas zu ihr, und sie verstummte.
Dana war nicht bereit, das zu dulden. Wie David jetzt auch immer zu Hugh stand, sie wollte nicht, dass Ali darunter litt. Sie stellte den Autositz mit der Kleinen auf den Boden und ging zu den beiden hinüber. »Hey«, sagte sie. »Ihr seid früher zurück, als ich dachte. Wie war's beim Zelten?«
Als hätte sie mit ihrem Betreten des Gartens den Bann gebrochen, kam Ali zu ihr gelaufen. Ihre Locken standen in alle Richtungen ab, und auf ihrem T-Shirt leuchteten blaue

Flecke, ihr Gesicht glühte, und in ihren dunklen Augen tanzten Lichter. »Es war *toll!* Daddy und ich sind *stundenlang* gelaufen und dann haben wir eine Stelle gefunden wo nicht so viele Bäume standen und unser Zelt aufgebaut und Stöcke gesammelt und ein Lagerfeuer gemacht und was zu essen.« Sie hatte ohne Atempause geredet und ihre Schilderung mit lebhaften Gesten untermalt.

»Was gab es denn zu essen?«

»Marshmallows.«

»Marshmallows? Sonst nichts?«

»Doch, auch noch andere Sachen, aber die Marshmallows waren das Beste. Also, erst mal braucht man einen Stock«, wieder kam Bewegung in ihre Hände, »und dann macht man mit einem kleinen Messer die Rinde ab und spitzt ihn an, und dann steckt man da ein Marshmallow drauf. Man muss es über das Feuer halten und immerzu drehen, sonst brennt es an und verkokelt …«

»Verkohlt«, korrigierte David.

»Verkohlt.« Sie wechselte das Thema. »Stricken wir morgen? Du hast versprochen, dass du es mir beibringst.«

»Und das werde ich auch tun. Ja, morgen.«

»*Toll!* Ich hab Schwimmunterricht … wann ist das, Daddy?«

»Um zwei.«

»Dann können wir's ja vorher machen – um acht oder neun oder zehn.« Sie stellte sich auf die Zehenspitzen und spähte zu dem Autositz hinüber. »Ist das Baby da drin?«

»Ja.«

»Darf ich hingehen? Büüüüttte!«

»Ali …«, wollte David sie zurückhalten.

»Es ist okay«, fiel Dana ihm ins Wort. »Wir sind gleich

zurück.« Sie lief hinter Ali her, die in Richtung Lizzie losgestoben war.
Das kleine Mädchen legte den Finger an die Lippen, kniete sich auf den Steinboden und stützte sich auf die Seitenholme des Autositzes. »Sie schläft schon wieder«, flüsterte sie und schaute zu Dana hoch. »Warum schläft sie denn immer?«
»Das tun alle Babys. Sie brauchen viel Schlaf, um zu wachsen.«
»Und Essen«, fügte Ali, jetzt mit Bühnen-Flüsterstimme, hinzu. »Ich wette, dem Baby würden Marshmallows schmecken, geröstet und matschig …« Sie brach ab und richtete sich strahlend auf.
Hugh war an der Fliegengittertür erschienen. Als er heraustrat, neigte er den Kopf zur Seite und musterte Ali mit dem gespielt skeptischen Ausdruck, den Dana so liebte. »Das kann unmöglich Alissa Johnson sein«, sagte er. »Die, die ich kenne, ist mindestens dreißig Zentimeter kleiner und nicht annähernd so erwachsen wie diese junge Dame hier. Wer also *sind* Sie, Miss?«
»Ich bin Ali«, antwortete das Mädchen und strahlte.
Hugh hielt ihr die flache Hand hin. Das Kind schlug ein. Als er sie höher hielt, sprang Ali hoch, um sie zu erwischen.
»Gut gemacht«, lobte Hugh.
»Ali!«, rief David.
»Ich muss rüber«, sagte Ali. »Ich habe Daddy versprochen, ihm beim Abendessen zu helfen.« Mit fliegenden Beinen rannte sie über den Rasen davon.
Hugh sah ihr nach. »Denkst du, David hat ihr erzählt, was los ist?«
»Ich denke, er hat ihr gesagt, dass sie uns Lizzies wegen in

Ruhe lassen soll. Dass er ihr die Wahrheit gesagt hat, kann ich mir nicht vorstellen.«

»Du solltest ihn fragen.«

»Ja, das sollte ich.«

Er warf ihr einen gequälten Blick zu. »Ich kann nicht mit ihm reden.«

»Du wirst dich irgendwann bei ihm entschuldigen müssen.«

»Noch nicht«, erwiderte er, und da stand er wieder zwischen ihnen, der Vaterschaftstest, und Dana wusste nicht, was sie dagegen tun sollte. Offenbar war ihr die Verletztheit anzusehen, denn er fügte hinzu: »Es ist doch nur eine Formsache, Dee. Du weißt, dass ich weiß, dass ich Lizzies Vater bin.«

Sie starrten einander schweigend an, bis Hugh sich schließlich dem Baby zuwandte. Er ging neben dem Autositz in die Hocke und legte leicht die Hand auf das Bäuchlein, das unter dem gestreiften Strampler nur zu ahnen war. Nachdenklich schaute er auf Lizzie hinunter. Die schwarzen Wimpern lagen wie zarte Schwingen ausgebreitet auf den dunkelgoldenen Wangen. »Ich habe gerade Jay Kostas im Krankenhaus besucht. Er ist ein lieber kleiner Kerl, der eine ganze Reihe schwerer Operationen vor sich hat. Das macht einen wirklich dankbar für das, was man hat. Lizzie ist kerngesund.«

Dana atmete langsam ein und aus. »Ja. Sie ist gesund. Und ich bin dankbar dafür.«

»Soll ich sie reinbringen?«

»Nein. Frische Luft tut ihr gut.« Nach einer kleinen Pause setzte sie hinzu: »Ich höre meine Mutter in der Brandung.«

Hugh horchte auf. »Und was sagt sie?«

Dana schaute sinnend aufs Meer hinaus. »Dass das, was da gerade zwischen uns passiert, nicht gut ist. Dass wir etwas Wertvolles besitzen, dass wir verrückt sind, etwas wie dies zwischen uns treten zu lassen. Dass wir kindisch sind.«

»Stimmst du ihr zu?«

»Ja.«

Er stand auf. »Und …?«

Sie begegnete seinem Blick. »Es ist nicht so einfach. Alles ist relativ. Wir hatten etwas, was *perfekt* war.« Ihrer Stimme war anzuhören, wie weh ihr die Erinnerung tat. »Vielleicht war es auch nur eine Illusion, aber ich will dieses Etwas wiederhaben, und das ist unmöglich.«

»Nichts ist unmöglich.«

»Sagt ein Mann, dem in seinem Leben alles ermöglicht wurde.«

»Komm schon, Dee – hör auf deine Mutter.«

Ich soll vergeben und vergessen?, dachte Dana und stellte die Stacheln auf. Wenn Hugh nicht begriff, dass ihr Leben sich unwiderruflich verändert hatte – wenn nicht durch die DNA-Analyse, dann durch die Auswirkungen von Lizzies Hautfarbe –, dann war *er* es, der sich kindisch benahm.

»Hörst *du* immer auf deine Eltern?«

»Nein«, gab er zu und wechselte das Thema. »Ist Ali Lizzies Hautfarbe aufgefallen?«

»Gesagt hat sie nichts.«

»Glaubst du, sie hatte Angst, etwas zu sagen?«

»Ali und Angst, etwas zu sagen?«, fragte Dana trocken. »Nein. Ich denke, sie fand nichts Ungewöhnliches daran. Das ist eine Sache der Erziehung.«

»Mit anderen Worten müssen wir Lizzie später in eine multikulturelle Schule schicken.«

»Womit die staatlichen Schulen hier ausscheiden«, sagte Dana. David war der einzige Afroamerikaner im Viertel.
»Glaubst du, dass es Ali etwas ausmacht, hierherzukommen? Dass sie sich fehl am Platz fühlt?«, fragte Hugh.
Dana dachte darüber nach. »Ich weiß nicht, wie es *ihr* geht. Ich für meinen Teil bin verunsichert: Man sieht mir meine afrikanische Abstammung nicht an, aber sie ist offenbar eine Tatsache, was bedeutet, dass ich mich von den meisten Leuten hier unterscheide …«
»Was keiner sieht.«
»Dann ist also alles okay mit mir, weil ich nicht wie eine Schwarze *aussehe?*«
»Das ist eine brisante Frage.«
»Eine *berechtigte* Frage. Warum sollte meine Tochter anders behandelt werden als ich? Warum Ali?«
Er kratzte sich am Hinterkopf und ließ die Hand dann auf dem Nackenansatz ruhen. »In einer Idealwelt würde das nicht passieren.«
»Ich bin Afrika um eine Generation näher als Lizzie. Von Rechts wegen müsste ich die Vorurteile mehr zu spüren bekommen als sie.«
»Von Rechts wegen, ja – aber so läuft das nicht.«
»Es ist ein ziemlicher Schock, aus heiterem Himmel damit konfrontiert zu werden«, versuchte Dana etwas von dem auszudrücken, was sie empfand. »Lizzie wird wenigstens nicht aus allen Wolken fallen.«

Von dem Moment an, als Dana Ali am Montagmorgen abholte, redete das Kind ohne Punkt und Komma. Auf die ausführliche Zusammenfassung eines Films, den das Mädchen am Abend zuvor mit ihrem Daddy gesehen hatte, folgte eine

detaillierte Beschreibung der Blaubeerpfannkuchen, die die Frau, die auf sie aufpasste, wenn David in der Klinik war, ihr gerade zum Frühstück gemacht hatte, und an diese schloss sich die wortgetreue Wiedergabe ihres Telefongesprächs mit ihrer Mutter vor knapp einer Stunde an.
Erst als sie vor dem Wollladen anhielten, ging der Kleinen schließlich die Puste aus. Sie hatten kaum die Schwelle überschritten, als Ali die gestrickten Puppen sah, die zusammen mit einer Arbeitsanleitung ausgestellt waren.
Es waren entzückende Puppen – einige hatte Dana gestrickt –, obwohl oder vielleicht gerade weil sie verglichen mit den traditionellen Puppen aus den Spielzeuggeschäften bemerkenswert schlicht waren. Es gab sie in Cremeweiß, Braun und Beige; Körper, Kopf und Glieder waren aus Baumwolle, die Haare aus dicken Wollfäden gemacht, und die Gesichtszüge zeichneten verschiedenfarbige Filze.
Ali war fasziniert. Sie strich über ein Gesicht, hob hier eine kleine Hand hoch, schlug dort zwei Beine übereinander. Als Dana ihr sagte, sie dürfe sich eine Puppe aussuchen, strahlte Ali über das ganze Gesicht – und von dieser Seligkeit bestochen, erweiterte Dana ihr Angebot auf *zwei* Puppen. Es war aber nicht nur das, ein praktischer Gedanke stand auch dahinter: Sie konnte sich als Erstlingsstück einer Siebenjährigen nichts Geeigneteres vorstellen als einen Schal für eine Puppe.
Ali musterte die Puppen mit der Sorgfalt eines Menschen, der sich einen Diamanten aussucht. Dana hatte Zeit, Lizzie zu stillen, bis die Wahl endlich getroffen war, und dann baute Ali sich vor ihr auf und präsentierte ihr voller Stolz ihre Schätze. Als Dana sagte, sie müsse ihnen Namen geben, zögerte sie keinen Augenblick. »Cream«, verkündete sie,

wobei sie die elfenbeinfarbene Puppe hochhielt. Dann hielt sie die braune hoch: »Und Cocoa.«
Dana hatte zwar nicht genau diese Namen im Kopf gehabt, doch es war nichts dagegen einzuwenden. »Cocoa und Cream passen wunderbar«, sagte sie und führte Ali zum Restekorb. In diesem Grabbelkorb landeten die überschüssigen Strickgarne von Kundenarbeiten und die Auslaufware, allesamt zur Verwendung für Anfänger gedacht.
Ohne lange zu überlegen, griff Ali nach einem leuchtend roten Knäuel. »Das wird Cream stehen, oder?«, fragte sie.
Dana nickte zustimmend. »Und was nimmst du für Cocoa?«
Diesmal dachte Ali nach.
Schließlich wählte sie eine dunkelgrüne gesponnene Kammwolle aus, der für den Kuschelfaktor eine Spur Mohair beigemischt war.
Dana holte Nadeln in der passenden Stärke, setzte sich mit Ali an den Tisch und zeigte ihr das Anschlagen und wie man rechte Maschen strickt. Sie spielte es einmal durch und dann ein zweites Mal, wobei sie die einzelnen Schritte überdeutlich ausführte, und bei der dritten Masche begleitete sie ihr Tun mit dem rhythmischen Singsang: »Ein-stechen, Faden holen, durch-ziehen.«
Ali grinste. »Noch mal!«, forderte sie, und als Dana tat, wie ihr geheißen, erinnerte sie sich an den Tag, als Ellie Jo sie mit Hilfe dieses Singsanges das Stricken lehrte.
»Jetzt lass mich mal«, sagte Ali und nahm Dana die Nadeln aus der Hand. Dana zeigte ihr, wie sie den Faden halten musste, und führte ihr während der ersten Maschen die Hände, aber mehr brauchte es nicht. Ali lernte schnell. Sie war ganz konzentriert auf ihre Arbeit, trotzdem freundlich

zu den Kundinnen, wenn eine sie unterbrach, um zu fragen: *Was strickst du da? Für wen ist das? Warum hast du diese Farbe ausgesucht?*
Dana, die es beobachtete, während sie Lizzie in der Wiege schaukelte, kam zu dem Schluss, dass Alis Mutter zumindest *etwas* absolut richtig machte.

Hugh war wieder in der Kanzlei und, wie der Stapel auf seinem Schreibtisch zeigte, keinen Tag zu früh. Er musste in einem Postbetrugsfall den Antrag auf Offenlegung prozesswichtiger Akten stellen, wegen eines tödlichen Unfalls mit einem Gerichtsmediziner sprechen und sich mit einem neuen Mandanten treffen, gegen den die Bundesanwaltschaft wegen Meineids Anklage erhoben hatte, wegen Falschaussage vor einem Bundesgericht. Außerdem musste er eine Entscheidung bezüglich einer ungerechtfertigten Kündigung treffen, und seine Gedanken drifteten immer wieder zu diesem Fall ab. Sein Mandant, der Hausbesitzerversicherungen verkaufte, gab an, mehr Policen abgeschlossen zu haben als alle anderen Vertreter, aber da, auch demographisch bedingt, seine Kundschaft der weniger wohlhabenden Schicht angehörte, war sein durchschnittlicher Ertrag entsprechend niedriger – daher die Kündigung. Der Mandant war wie der Großteil seiner Versicherungskunden Afroamerikaner.
Hugh wollte »Rassendiskriminierung« als Tatsache in die Klageschrift aufnehmen und verbrachte fast den ganzen Montag mit der Substanziierung, dem Vortrag aller Tatsachen, die seine Begründung belegten, um sich am Schluss dann doch dagegen zu entscheiden. Die Tatsache Diskriminierung aus Gründen der Rasse wäre schwer zu beweisen und wäre vielleicht sogar eine Ablenkung von den anderen,

stichhaltiger dokumentierten Ansprüchen seines Mandanten. Anwaltliche Tätigkeit hieß, seinen Streit sorgfältig zu wählen.
Im *Leben* war es genauso, stellte er fest. Er könnte sich ewig mit Dana über sein Motiv, die DNA-Analyse zu machen, streiten, aber die dringlichere Angelegenheit war, Danas Vater zu finden. Da sie so gut wie keine Anhaltspunkte hatten, würde das ein Problem werden.
Als am Dienstagmorgen Crystal Kostas anrief, war sie eine willkommene Ablenkung für ihn. Er war so froh über ihre Faktensammlung, dass er Crystal zum Frühstück in die Cafeteria des Krankenhauses einlud. Sie bestellte sich ein Omelett aus drei Eiern mit Toast, Bratkartoffeln und Kaffee und aß mit sichtlichem Appetit, während er las. Ihre Notizen waren erstaunlich präzise und auf jeder Seite mit einer Überschrift versehen.
Es gab eine Liste der Gäste, die im Restaurant gewesen waren, als sie den Senator bediente, und die Namen ihr bekannter Stammgäste waren mit einem Sternchen gekennzeichnet.
Es gab Beschreibungen des Mannes an der Rezeption des Motels – Ende zwanzig, hager, Brille – und des Wagens des Senators – dunkler Geländewagen mit Dachträger und helleren Trittstangen.
Sie hatte das Datum und die ungefähre Uhrzeit der Begegnung aufgeführt und mehrere Seiten lang ihre Erinnerung an ihre Unterhaltung mit dem Senator dokumentiert. Sie hatte chronologisch den Ablauf der Ereignisse aufgelistet: Sie hatte das Zimmer genommen, er war dorthin nachgekommen und hatte es vor ihr wieder verlassen. Sie beschrieb seine hochgewachsene Gestalt, seinen kräftigen Körperbau und die kahle Stelle an seinem Hinterkopf.

Er hatte Atemfrische-Kaugummi gekaut und ihr einen angeboten. Was für eine Sorte es war, wusste sie nicht.
Auf der letzten Seite stand keine Überschrift und ansonsten nur ein einziges Wort.
»Dahlia?« Hugh schaute sie fragend an.
Crystal legte ihr Toasteckchen auf den Teller und wischte sich mit der Papierserviette den Mund ab. »Den Namen hat er gerufen.«
»Gerufen? Wann?«
»Als er kam.«
»Kam? Sie meinen, beim Orgasmus?«
Sie nickte. »Heißt seine Frau so?«
»Nein.« Das wusste Hugh genau. »Vielleicht eine Geliebte.«
Crystal wirkte enttäuscht. »Er wird es leugnen. Er wird leugnen, andere Frauen zu haben.«
»Möglich«, räumte Hugh ein, doch er begann vor Aufregung innerlich zu vibrieren. »Aber was, wenn es andere Frauen *gibt* – Frauen, die auf der Liste stehen, die laut Hutchinsons Bürochef existiert? Was, wenn sie unter Eid bestätigen könnten, dass er genau diesen Namen gerufen hat, wenn sie mit ihm zusammen waren?«

15

Dienstagvormittag traf Dana sich zum Frühstück mit Tara. Drei weitere Freundinnen gesellten sich dazu, um Lizzies Geburt mit French Toast aus Zimt-Brioches, Brokkoli-Quiche und entkoffeiniertem Kaffee mit Haselnussaroma zu feiern. Als sie anschließend nach Hause kam, war sie kaum in die Zufahrt eingebogen, als Ali neben dem Auto auftauchte.

»Schau, Dana!«, rief sie voller Stolz, als sich die Tür öffnete, und streckte Dana einen winzigen roten Schal entgegen, den sie so vorsichtig hielt, als sei er aus dünnem Glas. »Ich bin fertig damit! Jetzt will ich einen für Cocoa machen, aber ich weiß nicht, wie man Maschen aufschlägt.«

»*An*schlägt«, korrigierte Dana und besah sich das Werk. »Der ist ja fehlerlos, Ali! Gut gemacht!«

»Es macht mir unheimlich Spaß. Daddy sagt, ich habe meinen Satz im Leben gefunden.«

»Du meinst sicher *Platz*.«

»Ja – Platz. Hilfst du mir mit dem Anfang von dem anderen? Und wenn ich damit auch fertig bin, will ich ihnen Decken für den Winter machen.« Sie schirmte ihre Augen seitlich ab und drückte die Nase an das hintere Autofenster. »Warum weint E-lizabeth?«

»Sie hat Hunger«, erklärte Dana ihr. »Ich sag dir was. Siehst du die Schachteln neben der Haustür? Wenn du mir die reinträgst, während ich Lizzie stille, denn bringe ich dir anschließend bei, wie man Maschen anschlägt. Das musst du schließlich können, wenn du wieder in New York bist.« Sie öffnete die Tür, um das Baby aus dem Auto zu holen.

»Ich geh nicht wieder nach New York.«

»Nein?« Das war eine Überraschung. »Wohin denn dann?«

»Nirgends. Ich bleibe hier.«

Dana tauchte in den Wagen hinein und hob die quengelnde Lizzie mit ihrem Sitz heraus. »Wann ist denn das entschieden worden?« David hatte es nicht erwähnt. Wenn Ali bei ihm wohnen würde, müsste er sich beeilen, eine Schule für sie zu finden. In Manhattan begann der Unterricht erst wieder Mitte September – hier in weniger als einer Woche.

»Heute«, erklärte Ali. »Ich habe beschlossen, dass ich bei Daddy bleiben will.«

»Weiß er das?«

»Ich sag's ihm heute Abend. Er wird nichts dagegen haben. Es gefällt ihm, mich hier zu haben.« Sie lief zur Haustür, wo drei Schachteln aufeinanderstanden, und nahm die erste herunter, als Dana neben ihr stand. »Sind das alles Sachen für E-lizabeth?«

Danas Blick wanderte zu den Firmenaufklebern, doch Lizzies Unwillensäußerungen gestatteten ihr nicht, sie zu lesen. »Sieht so aus. Stell die Kartons da drüben hin, Schätzchen. Hugh wird sie aufmachen, wenn er nach Hause kommt.«

Lizzie musste dringend gestillt und gewickelt werden. Als

beides erledigt war, brachte Dana Ali das Anschlagen bei. Anschließend ging sie, dicht gefolgt von dem kleinen Mädchen, mit Lizzie auf dem Arm die Treppe hinauf und ins Gästezimmer. Nachdem sie Lizzie vorsichtig auf den Orientteppich gelegt hatte, öffnete sie die Tür des begehbaren Schrankes, zog eine auf dem Boden stehende Schachtel heraus und öffnete sie.

»Oooooooh!«, hauchte Ali. »Lauter Strickgarn!«

»Das ist ganz besonderes«, erklärte Dana ihr. »Von meiner Mutter. Überwiegend Reste von Sachen, die sie mir gestrickt hat, als ich klein war. Schau.« Sie zog ein avocadogrünes Knäuel heraus, Wolle, aus der Elizabeth einen Schal für Dana gestrickt hatte, und den Rest von Danas gelber Häschen-Mütze. Es waren auch noch andere Knäuel da, die Dana jedoch nicht zuordnen konnte.

Neugierig zog sie die Hefte heraus, die seitlich in der Schachtel steckten. Es waren in der Hauptsache Strickmusterhefte, aufgeschlagen bei dem Muster, das ihre Mutter gestrickt hatte. Dana blätterte sie durch und fand auch noch andere Sachen, die Elizabeth gehandarbeitet hatte.

Dann kam sie zu den Ein-Blatt-Mustern. Es war die Sorte, die The Stitchery für klassische Rollkragen- und V-Ausschnitt-Pullover und für Strickjacken anbot. Das Basismuster war vorgedruckt, und die aus den von der Kundin angegebenen Maßen und dem Gewicht des gewählten Materials errechnete Zahl der anzuschlagenden Maschen, die Zahl der zusätzlich anzuschlagenden Maschen und die Länge jedes Einzelteils wurden dann darauf eingetragen. Tauchten bei der Handarbeit zu Hause Probleme auf, kam die Kundin vorbei und konnte sich helfen lassen.

Als Dana genauer hinschaute, sah sie, dass das Logo auf diesen Vorlagen nicht das von The Stitchery war. Sie stammten aus einem Laden in Madison, was bedeutete, aus Elizabeths Studienzeit.

Lizzie war auf dem Teppich eingeschlafen und Ali damit beschäftigt, die Garnreste nach Farben zu sortieren, und Dana ergriff die Gelegenheit, die übrigen Muster durchzusehen. Es gab welche für Fair-Isle-Sweaters, Fisherman's-Pullover und eine Shaker-Krawatte. Und eines für ein Färöer-Schultertuch mit einer altersblassen Zeichnung auf der Vorderseite. Dana hatte im Laden neue Hefte mit Mustern wie diesem gesehen, eine Wiederkehr von Schultertüchern, die vor Generationen auf dieser zwischen Schottland und Island liegenden Inselgruppe erfunden worden waren. Dass ihre Mutter vor mehr als fünfunddreißig Jahren Schultertücher im Färöer-Stil gestrickt hatte, verblüffte Dana – und plötzlich, ohne weiterzuschauen, wusste sie, dass dies ihr Projekt für den Herbst sein würde. Mit einem im Rücken eingesetzten Keil und ausgearbeiteten Schultern für besseren Sitz könnte sie das Tuch mit langen Zipfelenden versehen, die man sich um die Taille binden und damit vermeiden könnte, dass es einen behinderte. Sie würde ihre graublaue Alpaka-Seide-Mischung dafür nehmen. Die war zwar dicker als das leichte Mohairgarn, aus dem die Färöer-Schultertücher gefertigt wurden, aber sie würde ihrem Tuch einen heutigen Touch geben, und es wäre damit genau das Richtige für Frauen ihres Alters.

Voller Aufregung wollte sie gerade das Muster ausbreiten, als ihr Handy klingelte. Sie zog es aus der Tasche und klappte es auf. »Hallo?«

»Dana? Hier ist Marge Cunningham. Wie geht es Ihnen?«

»Sehr gut, Marge. Danke, dass Sie zurückrufen. Es tut mir

leid, dass ich den Termin letzte Woche absagen musste. Ich hoffe, wir können einen neuen vereinbaren.«

»Um ehrlich zu sein, wir haben uns die Sache noch einmal überlegt«, sagte Marge. »Da Sie gerade Mutter geworden sind und wir so schnell wie möglich ein großes Haus einrichten müssen, haben wir den Auftrag an Heinrich und Dunn vergeben.«

Dana verspürte einen Stich. »Das bedauere ich. Es war mir nicht klar, dass es so eilig ist – sonst hätte ich mich eher bei Ihnen gemeldet.« Sie hätte hinzufügen können, dass Heinrich und Dunn bei den Cunninghams genau das machen würde, was die Firma bei ihren beiden Nachbarn gemacht hatte, was, wie Marge gesagt hatte, genau das war, was sie nicht wollten.

»Ach, wissen Sie«, redete Marge weiter, »eigentlich eilt es gar nicht, doch nachdem wir uns entschieden haben, umzuziehen, kann es uns plötzlich nicht schnell genug gehen.« Sie lachte auf. »Aber ich danke Ihnen auf jeden Fall, Dana. Viel Glück mit Ihrer kleinen Tochter. Wie ich hörte, ist sie ganz entzückend.«

Als Dana auflegte, wurde ihr zu ihrer Überraschung bewusst, dass sie nicht wirklich enttäuscht war, den Auftrag verloren zu haben: Nachdem Ellie Jo momentan ausfiel, hatte sie mehr als genug im Laden zu tun.

Endlich kam sie dazu, das Muster auseinanderzufalten. Wie der Name auf der Vorderseite war auch die Strickanleitung handgeschrieben. Und es lag eine Notiz dabei.

Hier ist die Anleitung. Meine Mutter hat sie aus dem Färöischen meiner Großmutter übersetzt, und es kann sein, dass dabei etwas unter den Tisch gefallen oder falsch wiedergegeben ist. Aber du kennst dich ja aus mit dem Stricken.

Wenn irgendwo ein Wurm drin ist, wirst du ihn bestimmt finden und korrigieren können.
Du fehlst uns hier. Ich verstehe ja, dass du gegangen bist, aber das Wohnheim ist nicht mehr dasselbe ohne dich. Bitte denk wenigstens darüber nach, nächstes Jahr mit dem Baby zurückzukommen. Bis dahin ist er weg, und du bist frei.«
Dana las den Satz ein zweites Mal. Mit klopfendem Herzen drehte sie das Blatt um und sah sich das mit einer rostigen Büroklammer daran befestigte Kuvert an. Klar und deutlich lesbar standen Name und Adresse der Absenderin darauf.

Dana hatte zwei Entdeckungen gemacht. Die erste waren der Name und die Adresse einer Frau, die ihre Mutter zur Zeit ihrer Schwangerschaft in Madison gekannt hatte, und auch wenn die Adresse nach der langen Zeit vielleicht nicht mehr stimmte, war sie doch ein Anhaltspunkt.
Die zweite war noch faszinierender. *Bis dahin ist er weg, und du bist frei* – das ließ vermuten, dass Danas Vater in Wahrheit gar nicht die flüchtige Bekanntschaft gewesen war, als die Elizabeth ihn hingestellt hatte. Der Passus *du bist frei* gefiel Dana nicht, denn er deutete an, dass der Mann ihre Mutter beherrscht, vielleicht sogar etwas Bösartiges gehabt hatte. Dass die Suche nach einem Kommilitonen von Elizabeth namens Jack Jones ergebnislos verlaufen war, legte nahe, dass er kein Student gewesen war. Vielleicht könnte sie von der Freundin ihrer Mutter mehr erfahren.
Ali ging, doch Dana trat nicht sofort in Aktion. Hugh wollte ihren Vater lieber heute als morgen finden, aber in ihrer Brust stritten sich ambivalente Gefühle. Und außerdem würde Dorothy gleich kommen.
Dana steckte das Kuvert gerade in die Tasche ihrer Jeans,

als es an der Tür klingelte. Die anschließende Stunde war das reine Vergnügen, was Dana eigentlich nicht hätte überraschen sollen, denn sie hatte sich, wenn sie allein waren, seit jeher gut mit ihrer Schwiegermutter verstanden. Doch diesmal hatte es diesen Vorfall im Krankenhaus gegeben, und Dana durfte überrascht sein, überrascht, über Dorothys echte Freude an dem Baby. Ihre Schwiegermutter war nicht distanziert, behandelte Lizzie nicht wie das Kind eines Fremden, zeigte dieselbe Zuneigung, die sie den Kindern ihres Sohnes Robert gegenüber an den Tag legte. Und ihr Geschenk, von Hand gefärbte Anoraks für Mutter und Tochter im Zwillingslook, war ausgesprochen liebevoll ausgesucht.

Dorothy hatte Lizzie die ganze Zeit im Arm, gab sie nur zum Stillen ab. Erst im Gehen, als sie Lizzie wohl oder übel endgültig in Danas Arme zurückgeben musste, kam sie auf den besagten Tag vor einer Woche zu sprechen, während sie ihre Hand auf dem Köpfchen ihrer Enkeltochter ruhen ließ.

»Ich möchte, dass du weißt, wie sehr ich bedauere, was im Krankenhaus vorgefallen ist. Man wird in einen bestimmten gesellschaftlichen Kreis hineingestellt und beginnt, sich auf eine bestimmte Weise zu verhalten, und man denkt gar nicht darüber nach, weil alle um einen herum sich ebenso verhalten. Aber ich bin in Wahrheit nicht so, und ich wurde nicht so erzogen. Ich wurde nicht als Snob geboren. Doch wenn man so lange eine Clarke ist, dann bestehen einfach gewisse Erwartungen ...« Ihre Stimme verlor sich.

Was sollte Dana dazu sagen? Dass es okay war? Dass eine Clarke zu sein, schlechtes Benehmen rechtfertigte?

Angesichts dessen, wie empfindlich sie in diesem Punkt war,

konnte sie nur fragen: »Bezweifelst du, dass Hugh Lizzies Vater ist?«
»Selbstverständlich nicht«, antwortete Dorothy mit Nachdruck. Ihre Hand lag noch immer auf dem Kopf des Babys. »Selbst wenn ich es nicht sehen könnte, was ich aber kann, wüsste ich, dass du Hugh niemals betrügen würdest. Du bist eine gute Frau, Dana. Und eine gute Mutter. Weißt du, es war falsch von mir, dir vor Lizzies Geburt einreden zu wollen, eine Kinderschwester einzustellen. Du hast deine Mutter früh verloren und willst deshalb so oft wie möglich für deine Tochter da sein. Ich verstehe das. Mütter wünschen sich gewisse Dinge. Sie träumen davon, dass ihre Familie stets in Liebe vereint sein wird, doch das ist nicht immer zu verwirklichen. Aber Eatons Buchpräsentation rückt näher, und ich möchte so viele Familienmitglieder dabeihaben wie möglich – auf jeden Fall dich und Hugh. Wenn ihr keinen Babysitter bekommt, bringt Lizzie mit – und es ist mir völlig gleichgültig, was Eaton sagt.«
Dana wurde bewusst, dass Dorothy während ihres Besuches zum ersten Mal ihren Mann erwähnte.
»Weiß er, dass du hier bist?«
»O ja«, antwortete Dorothy, hielt inne, schaute Dana in die Augen und hob das Kinn. »Nein. Um die Wahrheit zu sagen, er weiß es nicht. Er ist ein dickköpfiger Mann, und das betrifft nicht nur dich und Hugh und das kleine Mädchen hier. Er hat sich mit seinem Bruder gestritten, und sie sprechen nicht miteinander, und Bradley lässt es an Robert aus, weshalb Robert auf Eaton *und mich* wütend ist, weil er denkt, dass ich in der Lage sein sollte, meinen Mann zur Vernunft zu bringen. Ist das nicht lächerlich: Ich stehle mich aus dem Haus, um mein jüngstes Enkelkind zu

besuchen! Aber immerhin habe ich das Geschenk mit meiner eigenen Kreditkarte bezahlt! Wusstest du, dass ich eine habe?«

Dana musste lächeln. »Nein, das wusste ich nicht.«

»Aber es ist so. Ganz blöd bin ich *doch* nicht.«

Als Dorothy ein paar Minuten später wegfuhr, erinnerte Dana sich an den Traum, aus dem sie vor einer Woche hochgeschreckt war. Sie hatte ihn wohl falsch interpretiert. Dorothy hatte nicht eine Unzulänglichkeit Danas offenlegen, wohl eher ihre Hilfe anbieten wollen.

Dana hatte das Telefon ausgehängt und schlief auf dem Sofa im kleinen Wohnzimmer, als Hugh nach Hause kam.

»Hey«, sagte er leise.

Sie schrak hoch, weil sie glaubte, Lizzie weine. Als ihr klar wurde, dass die Stimme ihres Mannes sie geweckt hatte, der vor ihr in die Hocke gegangen war, lächelte sie und hätte seine Wange gestreichelt, wenn seine triumphierende Miene nicht gewesen wäre.

»Das Labor hat mir das Testresultat gefaxt. Kein Zweifel – Lizzie ist mein Kind.« Er klopfte auf seine Hemdtasche. »Hier steckt der Beweis, Dee. Er wird meine Familie zum Schweigen bringen.«

Dana setzte sich auf.

»Ich habe den hübschesten Strampelanzug gekauft, den ich finden konnte«, fuhr er fort, »und die sind für dich.«

Er zauberte hinter seinem Rücken einen Strauß Rosen hervor, deren Farben genau denen entsprachen, deren Blütenblätter er im Kinderzimmer verstreut hatte, als feststand, dass sie schwanger war. Die schöne Erinnerung hatte einen bitteren Beigeschmack.

Dana atmete tief durch, um richtig wach zu werden, und sagte dann: »Danke.«
»Was für eine Begeisterung!«
Dana ging zum Stubenwagen hinüber. Das Baby schlief noch. Sie hob den Kopf, schaute aufs Meer hinaus und fragte sich, wie ihre Mutter es nennen würde, wenn sie die Blumen zurückwiese. Undankbar? Unhöflich?
»Ist Schlafmangel daran schuld?«, fragte Hugh.
Sie begegnete seinem Blick. »Woran?«
»Dass du so biestig bist.« Er hockte immer noch mit dem in Zellophan eingeschlagenen Bouquet in der Hand vor dem Sofa.
»Nein, nicht Schlafmangel, sondern Bestürzung. Erwartest du von mir, dass ich einen Luftsprung mache, weil dein Test etwas bewiesen hat, was von Anfang an außer Frage stand?«
Seine Augen bohrten sich in ihre. »Ich hatte angenommen, du würdest froh darüber sein, das Thema zu den Akten legen zu können.«
»Hugh«, sie seufzte ungeduldig, »nicht der Test ist der springende Punkt, sondern die Tatsache, dass du ihn hast *machen lassen.*«
»Aber das *musste* ich. Versuch es doch mit meinen Augen zu sehen.« Er stand auf.
»Nein, versuch du, es mit *meinen* Augen zu sehen«, konterte sie. Sie wusste nicht, ob Dorothys Besuch ihr die Kraft verliehen hatte, jedenfalls war sie nicht bereit, nachzugeben. »Bis zu Lizzies Geburt war unsere Beziehung etwas ganz Besonderes für mich. Bevor ich dich kennenlernte, war ich nie mit superreichen Jungs ausgegangen, weil ich Angst hatte, dass sie mich benutzen und dann wegwerfen würden.«

Er stieß einen verächtlichen Laut aus. »Niemand würde das tun.«

»Ich bin in dieser Stadt aufgewachsen, und ich habe es mehr als einmal mit angesehen«, hielt sie dagegen. »Es gab die Superreichen, und es gab uns andere. Für die Superreichen waren wir nichts als Spielzeug. Nimm zum Beispiel Richie Baker. Wir nannten ihn den ›Zerstörer‹, weil es ihm ausschließlich darauf ankam, Jungfrauen zu deflorieren. Sobald er mit einer geschlafen hatte, ließ er sie fallen – und mit wem ist er jetzt verheiratet? Mit einer der Superreichen. Ich hatte gelernt, Jungs wie dich zu meiden. Aber dann erschien mir meine Vorsicht plötzlich unsinnig, denn für mich warst du die Verkörperung von Anstand und Vertrauenswürdigkeit. Habe ich dich je nach den Frauen gefragt, mit denen du vor mir zusammen warst? Nein. Weil sie bedeutungslos waren, weil ich wusste, dass du für mich anders empfandest.«

»Das tat ich. Und ich tue es *noch*.«

Dana hielt ihm zugute, dass er besorgt wirkte. Sie wollte glauben, dass er ihr endlich zuhörte.

»Ich weiß, dass du es tatest. Du liebtest, was an mir *anders* war. Aber jetzt bist du nicht mehr sicher, ob das vielleicht nur eine Illusion war – so wie es offenbar auch eine Illusion war, dass ich *weiß* bin.«

»Du schmeißt da zwei Themen in einen Topf, die nichts miteinander zu tun haben.«

»Okay. Kommen wir zu dem Vaterschaftstest zurück. Du brauchtest eine Antwort, und er war die schnellste Möglichkeit, sie zu bekommen. Jetzt hast du das Resultat. Wirst du deinen Vater anrufen? Deinen Onkel? Deinen Bruder? Wirst du deine Basketball-Kumpel anrufen? Wirst du David sagen, dass er aus dem Schneider ist?« Sie schöpfte Atem.

»Verstehst du das nicht, Hugh? Das Ergebnis jetzt zu verwenden ist genauso verletzend für mich wie die Test-Aktion selbst.«

»Hey! Was denkst du denn von mir? Selbstverständlich werde ich *keinen* Rundruf starten, um das Testergebnis bekannt zu geben.«

»Du meinst, du wirst es nur tun, wenn sie dich danach fragen? Wenn zum Beispiel das nächste Mal einer einen ›Scherz‹ über Lizzies Hautfarbe macht – sagst du dann, du hast einen Vaterschaftstest machen lassen und weißt deshalb, dass Lizzie deine Tochter ist?« Sie war nicht mehr zu bremsen. »Da nun zweifelsfrei feststeht, dass du Lizzies Vater bist, kannst du dich ja deinem eigentlichen Problem zuwenden.«

Hugh schwieg.

»Ich frage mich nämlich ständig«, fuhr sie fort, »ob diese Geschichte mit dem Vaterschaftstest nicht nur ein Ablenkungsmanöver für dich war, damit du nicht der Wahrheit ins Gesicht sehen musstest. Nun, deine Familie wird sich vielleicht darüber freuen, dass unser Kind ein eheliches ist, aber jetzt werden sie sich mit meiner Herkunft auseinandersetzen müssen. Und das wirst du ebenfalls. Vielleicht tust du es ja bereits. Vielleicht verhältst du dich deshalb so irrational.«

»Irrational?«

»Deine Verdächtigung, ich hätte etwas mit David gehabt, dein Vorwurf, es sei verantwortungslos von mir, meinen Vater nicht früher gesucht zu haben – betrachtest du mich jetzt kritischer, weil ich keine reinrassige Weiße bin? Willst du dich scheiden lassen?«

»Sei nicht albern, Dana.«

»Was ist denn das für eine Antwort?«, fuhr sie ihn an. »Ich

spreche von unserer Ehe, Hugh! Gibt es eine Möglichkeit für uns, dahin zurückzukommen, wo wir waren?«

»Ja«, antwortete er in scharfem Ton, »aber erst, wenn wir die Wahrheit kennen. Wenn wir deinen Vater gefunden haben …«

»Was ist denn mit deinem Detektiv, diesem Lakey?«

»Er arbeitet daran.«

Dass er noch nichts vorzuweisen hatte, ließ ihr die eigene Erfolglosigkeit weniger frustrierend erscheinen. »Es ist nicht einfach, stimmt's?«

»Nein – aber wir werden es schaffen. Wir werden den Mann finden und erfahren, ob es noch etwas gibt, was wir wissen sollten.«

»Zum Beispiel?«

»Etwaige gesundheitliche Beeinträchtigungen. Darum geht es doch. Sobald wir umfassende Informationen haben, können wir das Kapitel abschließen und unser Leben weiterleben.«

Dana sah das anders. »Es geht nicht um *Informationen* – es geht um *uns.*« Niedergeschlagen sagte sie: »Ich weiß nicht, was es wert ist – aber ich bin auf eine Frau gestoßen, die meinen Vater vielleicht gekannt hat.«

Er horchte auf. »Ist sie von hier?«

»Nein. Eine Freundin meiner Mutter aus ihrer Studienzeit. Aus der *entscheidenden* Studienzeit. Ich fand in einem Strickmusterheft einen Brief, der vermuten lässt, dass meine Mutter in Wirklichkeit länger mit dem Mann zusammen war, als sie alle glauben machte.«

»Tatsächlich? Das ist ja interessant. Aber wenn er ein Student war, dann hieß er nicht Jack Jones. Das hat Lakey schon überprüft.«

»Dann war er vielleicht kein Student«, schlussfolgerte Dana.
»Kannst du die Frau anrufen?«, fragte Hugh.
»Ich kann es versuchen.«
»Soll Lakey das übernehmen?«
»Nein, nein, das mache ich schon selbst.« Sie sah Zweifel in seinen Augen. »Ich kann das, Hugh. Wenn ich gewollt hätte, hätte ich schon vor Jahren einen Detektiv engagieren können, um meinen Vater zu finden, aber es war mir nicht so wichtig. Dir ist es wichtig, und deshalb werde ich mich jetzt bemühen. Weil ich dein Bedürfnis respektiere, Bescheid zu wissen.«
Er sah sie eindringlich an. »Dann bin ich also der Böse?«
»Ja, verdammt!«, schrie sie ihn an. »Ich denke immer wieder an die ersten Stunden nach Lizzies Geburt zurück, und mir wird jedes Mal wieder klar, dass das Erlebnis ein völlig anderes gewesen wäre, wenn du nicht so ein Problem mit ihrer Hautfarbe gehabt hättest. Und du hast es *noch!* Warum können wir nicht einfach stolz auf unsere Tochter sein? Warum können wir nicht die Geburtsanzeigen verschicken? Liebst du Lizzie, oder liebst du sie nicht? Liebst du mich, oder liebst du mich nicht? *Darum* geht es, Hugh.« Sie legte die Hand auf ihr Herz. »Es geht darum, was *hier* ist.«

16

Am Donnerstag, nach zwei Tagen Zögern, wandte Dana sich in The Stitchery an Gillian Kline. Sie stand ihr schon ihr Leben lang nahe, und sie vertraute ihrem Urteilsvermögen.

»Ich habe einen Brief von Eileen O'Donnell an meine Mutter gefunden.« Gespannt wartete sie auf ein Zeichen des Erkennens.

Aber Gillian runzelte die Stirn. »Der Name sagt mir nichts. Wer ist sie?«

»Sie war auf dem College offenbar eine Mitbewohnerin meiner Mom. Ihr jetziger Name lautet McCain. Eileen O'Donnell McCain.«

»Auch der sagt mir nichts.«

Dana gab ihr den Brief und schaute zu, wie sie ihn las. Dann meinte sie: »Vielleicht sollte ich gar nichts darauf geben. Wie könnte sie eine wichtige Rolle im Leben meiner Mutter gespielt haben, wenn du ihren Namen nicht kennst?«

»Oh, das wäre durchaus möglich. Schließlich war deine Mutter damals drei Jahre in Madison, und ich war nicht dabei. Wie sollte ich da all ihre Freundinnen kennen? Es kann doch welche gegeben haben, die sie absichtlich nicht erwähnte.«

»Warum sollte sie das tun?«
»Vielleicht weil sie *ihn* kannten. Liz machte uns alle glauben, er sei eine kurze Affäre gewesen, doch nach diesem Brief zu urteilen, war es nicht so.«
»Aber wer ist Eileen O'Donnell, und warum sollte ich glauben, was sie geschrieben hat?«, dachte Dana laut.
Gillian legte den Arm um ihre Schultern. »Weil du niemand anderen *hast*. Außerdem hat sie diesen Brief nicht an *dich* geschrieben. Sie schrieb ihn an deine Mutter und ging davon aus, dass nur sie ihn lesen würde, was ihn glaubwürdig macht.«
»Dann denkst du, ich sollte anrufen?«
Gillian lächelte warmherzig. »Ja, das denke ich – sonst wirst du die Ungewissheit nie los. Hoffentlich kriegst du die Telefonnummer raus.«
»Die habe ich schon.«
»Von Hughs Detektiv?«
»Nein. Aus dem Ehemaligen-Verzeichnis. Es steht im Internet.«
Gillian lächelte weise. »Na, wenn das keine Botschaft ist, Schätzchen.«

Dana rief an, aber nicht um ihretwillen. Sie war noch immer hin- und hergerissen, was die Suche nach ihrem Vater anging, umso mehr, seit sie dem Brief entnommen hatte, dass ihre Mutter nichts mehr mit ihm zu tun haben wollte. Sie rief auch nicht um Hughs willen an. Sie tat es für Lizzie. Das Kind war mit genetischen Voraussetzungen geboren worden, die sich auf sein Leben auswirken würden. Irgendwann würde ihre Tochter anfangen, Fragen zu stellen, und sie verdiente Anworten darauf.

Eileen O'Donnell wohnte in Middleton, einem Vorort von Madison. Dana stand im kleinen Wohnzimmer, als sie die Nummer eintippte, neben sich den Stubenwagen, in dem das Baby mit Ärmchen und Beinchen ruderte.
Eine Mädchenstimme meldete sich.
»Ich möchte mit Eileen McCain sprechen, wenn es möglich ist«, sagte Dana.
Es folgte ein unterdrücktes Stöhnen – das Mädchen hatte offensichtlich auf einen anderen Anrufer gehofft –, aber dann ein höfliches: »Wer spricht da, bitte?«
Dana atmete tief durch. Zeit, Nägel mit Köpfen zu machen. »Mein Name ist Dana Joseph.« Sie gab absichtlich nicht ihren Ehenamen an. Joseph war der Name, den die Freundin ihrer Mutter kennen würde, und sie benutzte ihn auch im Berufsleben. »Meine Mutter und Mrs McCain waren auf dem College befreundet.«
»Bleiben Sie dran.« Der Hörer schlug klappernd auf.
Etwa eine Minute später meldete sich eine erwachsene Stimme mit einem wachsamen »Hallo?«
»Mrs McCain?«
»Ja?«
»Hier ist Dana Joseph. Ich glaube, Sie waren mit meiner Mutter zusammen auf dem College – Elizabeth Joseph?«
»*Liz!* Natürlich!« Jetzt lag Herzlichkeit in der Stimme. »Und Sie sind also ihre Tochter! Ich freue mich so, dass Sie anrufen. Ich habe erst lange nach ihrem Tod von dem Unglück erfahren. Es tut mir sehr leid. Sie war ein wunderbarer Mensch.«
Dana hätte gern gefragt *In welcher Hinsicht?* – sie erinnerte sich an so wenig, dass sie trotz allem, was Ellie Jo und Gillian ihr erzählt hatten, nach mehr lechzte –, aber im

Moment hatte ihr Vater Priorität. Also sagte sie nur: »Danke«, und fuhr fort: »Ich fand beim Durchsehen einer ihrer Handarbeitsschachteln das Strickmuster Ihrer Großmutter für das Färöer-Schultertuch. Da ich selbst mit Begeisterung stricke, faltete ich es auseinander und fand den Brief, den Sie dazugelegt hatten. Daraus habe ich entnommen, dass Sie den Mann kannten, der mich zeugte. Ich habe gerade ein Baby bekommen, und es hat sich eine medizinische Situation ergeben – nein, keine medizinische, sondern eine körperliche –, die ich überprüfen möchte, und so würde ich mich gern mit ihm in Verbindung setzen. Nur habe ich keine Ahnung, wo ich anfangen soll.«

»Was hat denn Ihre Mutter über ihn erzählt?«

»Nicht viel«, antwortete Dana, die sich angesichts ihres deutlich kritischen Tons für einen Moment unloyal vorkam, aber ihre Mutter hatte sich falsch verhalten. Mutter zu sein bedeutete, Verantwortung zu tragen, und genau deshalb führte Dana dieses Telefongespräch. Auch wenn sie es mit gemischten Gefühlen tat, sie war es Lizzie schuldig. »Wir hatten alle den Eindruck, er sei auf der Durchreise gewesen. Als Namen nannte sie uns Jack Jones.«

Ein kurzes Schweigen und dann ein Seufzer. »Nun, das war ein Teil seines Namens, und wir nannten ihn so. Sein voller Name lautete Jack Jones Kettyle.«

Jack Jones Kettyle. Kettyle. »Kannten Sie ihn?«

»Es war schier unmöglich, ihn nicht zu kennen. Er war ein Jahr weiter als wir und ein Playboy erster Güte – zumindest, bis er Ihre Mutter kennenlernte. Er war verrückt nach ihr. Sie war diejenige, die Schluss machte.«

Das hatte Dana nicht erwartet. »Tatsächlich? Warum denn?«

»Aus vielen Gründen. Er betete sie an, wahrscheinlich zu

sehr, und sie fühlte sich erdrückt. Sie liebte ihn nicht auf diese Weise. Und dann war da noch seine Religion. Er war strenggläubig.«

»Strenggläubig als *was?*«

»Katholik«, sagte Eileen. »Er stammte aus einer großen Familie und wünschte sich eine noch größere, und er machte keinen Hehl daraus, wie er sich seine Zukunft vorstellte: Er wollte nach New York zurück, sah seine Söhne als Ministranten und seine Frau Pullover strickend zu Hause.«

»Sie trennte sich von ihm, weil er *katholisch war?*«, fragte Dana ungläubig. Katholisch – nicht schwarz. Was für eine Ironie!

»Es war nicht die Religion an sich. Seine Familie hatte einen ausgeprägten Dünkel. Das erste – und einzige – Zusammentreffen mit ihnen war ein reines Desaster. Wahrscheinlich brachte dieses Erlebnis Jack endgültig um seine Chancen bei ihr. Aber er liebte Liz wirklich.«

»Liz oder das Bild der strickenden Liz?«, fragte Dana.

»Liz. Aber, ja, das Stricken machte das Bild für ihn vollkommen. Liz gab ihm Halt. Sie wirkte beruhigend auf ihn. Auf *uns alle.*«

Dana dachte an Gillian, an Nancy Russell und an Trudy Payette. Alle drei waren mit Elizabeth aufgewachsen und hatten das Gleiche gesagt. »Ich war erst fünf, als sie ums Leben kam. Alles, was *ich* von ihr wusste, war, dass sie der Mittelpunkt meines Universums war.«

»Das war sie auch für Jack. Zumindest für eine Weile. Es war eine harte Landung für ihn.«

Dana hatte Mühe, das zu begreifen. Als ihr bewusst wurde, dass sie bereits eine Zeit lang schwieg, sagte sie: »Entschuldigen Sie, das hatte ich nicht erwartet.« Nach kurzem Überlegen fragte sie: »Wie kann ein Playboy ein strenggläubiger Katholik sein?«

»Haben Sie je von JFK gehört?«

»Ich habe ein Foto von meinem Vater. Er sah nicht so gut aus wie Kennedy.«

»Vielleicht nicht auf dem Foto, aber wenn man ihn *erlebte* – er hatte was. Er hatte Charisma. Und er kämpfte wie ein Löwe um Ihre Mutter, weigerte sich eine Ewigkeit, zu akzeptieren, dass sie ihn nicht heiraten wollte.«

Bis dahin ist er weg, und du bist frei. Jetzt hatte sie die Erklärung für diesen Satz. Aber es brannten ihr noch so viele Fragen unter den Nägeln. Sie wusste nicht, ob Eileen McCain die Antworten kannte, aber Gillian hatte recht: Es gab niemand anderen, den Dana fragen könnte.

»Erfuhr sie vor oder nach ihrer Trennung von ihm, dass sie schwanger war?«

»Danach.«

»Dass das nichts an ihrem Entschluss geändert hat ...?«

»Liz liebte Jack eben nicht. Sie konnte sich nicht vorstellen, die Familie mit ihm zu gründen, die ihm vorschwebte.«

»Hat sie je eine Abtreibung erwogen?«

»O nein, keine Sekunde. Sie *wollte* das Kind ... *Sie.*«

»Aber es bedeutete, dass sie ihr Studium abbrechen musste.«

»Sie musste nicht. Sie entschloss sich dazu. Sie freute sich darauf, nach Hause zurückzugehen. Sie liebte ihre Eltern und wusste, dass sie ihr Kind lieben würden.«

»Erfuhr Jack Kettyle irgendwann von ihrer Schwangerschaft?«

»Nein. Sie hat es ihm nicht gesagt, und als sie das College verließ, sah man noch nichts.«

»Welche Erklärung gab sie für ihren Weggang?«

»Sie sagte, sie habe Heimweh und könne ihren Abschluss auch in Boston machen. Hat sie es getan?«

»Nein. Meine Großmutter hatte gerade ihr Strickgarngeschäft eröffnet, und meine Mutter wollte dort arbeiten. Aber lassen Sie uns, bitte, zu Jack zurückkommen. Wenn er meine Mutter so sehr liebte, warum hat er dann nicht versucht, sie umzustimmen?«

Es dauerte einen Moment, bis Eileen antwortete. »Er war tief verletzt, und so schnappte er sich seine zweite Wahl, schwängerte das Mädchen und schloss mit der Vergangenheit ab.«

»Hat er sie geheiratet?«

»Ja.«

»Ist er noch immer mit ihr verheiratet?«

»Das kann ich Ihnen nicht sagen.«

»Gab es noch andere Männer? Für meine Mutter, meine ich.«

»Dutzende. Es waren ein paar wirklich tolle Burschen dabei, die viel dafür gegeben hätten, mit ihr auszugehen, aber Jack war ... na ja ... unwiderstehlich.«

Dana formulierte ihre Frage neu. »Ich meinte, ob sie auch mit anderen *geschlafen* hat. Es wäre ungeheuer peinlich für mich – und auch für Jack –, wenn ich ihm ungerechtfertigte Vorwürfe machen würde. Ist er definitiv mein Vater?«

Ein verlegenes Lachen. »Oh. Tut mir leid – ich hatte Sie missverstanden. Nein, sie schlief auf dem College mit keinem anderen. Jack Kettyle war der Einzige.«

»Zumindest war er eine ungewöhnliche Mischung: Ein strenggläubiger, katholischer Playboy«, fasste Dana zusammen, »und ein Mann, der offenbar nicht folgerichtig denken konnte. Sonst hätte ihm, nachdem er zweifelsfrei ungeschützten Sex mit meiner Mutter hatte, doch der Verdacht kommen müssen, dass sie in Wahrheit schwanger war, als sie plötzlich Heimweh vorschützte und das College verließ, oder?«

»Da bin ich überfragt.«

»Entschuldigen Sie – ich habe nur laut gedacht.« Dana beugte sich über den Stubenwagen und legte die Hand an Lizzies Wange.

»Sie erwähnten ein körperliches Problem. Ist das Baby nicht gesund?«

»Oh, meiner Tochter geht es großartig. Es ist nur – sie hat eindeutig einen afroamerikanischen Einschlag, und wir versuchen zu ergründen, woher er stammt. Die Ahnenreihe meines Mannes ist lückenlos dokumentiert, also liegt die Vermutung nahe, dass des Rätsels Lösung in der Familie meines biologischen Vaters zu finden ist.«

»Nun, er sah wie ein Weißer aus. Seine Familie habe ich nie kennengelernt, aber ich denke doch, dass Liz es erwähnt hätte, wenn es Afroamerikaner gewesen wären.«

»Ist das nicht verrückt?«, sagte Dana. »Ich mache mir Sorgen, dass meine Tochter abgelehnt wird, weil sie Afroamerikanerin ist, und meine Mutter lehnte meinen Vater wegen seiner *Religion* ab.«

»Sie lehnte das *Leben* ab, das er sich mit ihr vorstellte, nicht seine Religion. Sie liebte ihn einfach nicht genug.«

»Traurig«, fand Dana. »Wissen Sie, wo er jetzt wohnt?«

»Nein – aber die Anschrift wird im Ehemaligen-Verzeichnis stehen.«

Dana lachte verlegen auf. »Natürlich! Da habe ich ja auch Ihre Telefonnummer her. Das Verzeichnis steht sogar im Internet.«

»Sie müssen nicht ins Internet gehen. Ich habe die Ausgabe vom letzten Jahr hier liegen. Eine Sekunde.«
Dana wich Lizzie nur so lange von der Seite, wie sie brauchte, um Papier und Schreiber zu holen. Kurz darauf hatte sie den Namen, eine Adresse und eine Telefonnummer. Die Frage war, was sie damit anfangen sollte.

17

Am Freitagmorgen war Hugh dank der Hartnäckigkeit seines Detektivs in der Lage, gegen den Senator vorzugehen. Davor rief er Crystal auf ihrem Handy an. Er erreichte sie im Krankenhaus am Bett ihres Sohnes. Obwohl sie sich über die Neuigkeit freute, war sie vorsichtig.

»Wie werden Sie ihn kontaktieren?«, fragte sie.

»Ich werde ihm einen Brief mit dem Vermerk ›persönlich und vertraulich‹ schicken, was bedeutet, dass sein Bürochef ihn öffnen wird. Ich werde schreiben, dass ich Crystal Kostas im Zusammenhang mit der Vaterschaft ihres Kindes vertrete und dass ich es, bevor ich ein Gerichtsverfahren anstrenge, begrüßen würde, wenn der Anwalt des Senators mit mir in Verbindung träte.«

»Und Sie glauben, dass da tatsächlich einer reagiert?«

»Absolut. Wenn sie meinen Namen lesen, werden sie wissen, dass es ernst ist.«

»Brauche ich wirklich nur eine einzige weitere Zeugin?«

»Es ist ein guter Anfang – zwei Frauen, die unabhängig voneinander ein intimes Detail des Senators bestätigen.«

»War diese Frau lange mit ihm zusammen? Ist sie auch schwanger von ihm geworden?«

»Nein, ist sie nicht. Und sie war nur einmal mit ihm zusammen. Sie hat niemals in seinem Büro angerufen, was zeigt, dass sie keinen Grund hat, ihm schaden zu wollen.«
»Wie hat der Detektiv sie gefunden?«
»Sie ist eine bekannte Schauspielerin.«
»Gab es gemeinsame Fotos?«
»Keine veröffentlichten«, antwortete Hugh, »aber Lakey hat Beziehungen zur Regenbogenpresse und bekam unveröffentlichte zu sehen. Die gibt es immer von Promis. Sie ist Schauspielerin, und ihr macht es nichts aus, mit einem verheirateten Senator fotografiert zu werden – aber der verheiratete Senator hätte vorsichtiger sein sollen. Natürlich kommt uns sehr entgegen, dass er es *nicht* war.«
»Wird sein Büro nicht versuchen, ihr Schweigen zu kaufen?«
»Bevor sie dazu kommen, habe ich eine eidesstattliche Erklärung in der Hand. In der Zwischenzeit sucht mein Detektiv weiter nach den anderen Frauen des Senators. Je mehr wir haben, umso schneller wird er klein beigeben.«

Als Hugh das Schreiben in die Post gab, wusste er, dass die Uhr tickte. Wenn er bis zur Wochenmitte nichts von dem Anwalt hörte, würde er eine gerichtliche Feststellung der Vaterschaft beantragen. Crystal wollte jedes Aufsehen vermeiden, aber schließlich mussten sie irgendwie die Aufmerksamkeit des Senators erregen.
Was Hugh Crystal nicht erzählte, war, dass drei andere Promi-Frauen, die Lakey aufgetan hatte, sich zu reden weigerten. Eine hatte entschieden den Kopf geschüttelt und die Haustür zugeschlagen. Eine zweite hatte gesagt: »Ich darf nicht mit Ihnen sprechen.« Die dritte sagte nur: »Ich kann

nicht.« Entweder hatte der Senator ihr Schweigen erkauft, oder sie fürchteten seine Rache, vor der die Schauspielerin ob ihres Erfolgs geschützt war.
Crystal Kostas war nicht erfolgreich. Für den Senator war sie ein Niemand. Nicht so für ihren Sohn. Sie war alles, was er hatte.
Hugh, der wusste, wie viel Macht und Vermögen Hutchinson besaß, ging auf Grizzly-Jagd.

Dana verbrachte einen Großteil des Freitags im Laden. Dort, in der Gesellschaft von Freundinnen, fühlte sie sich beschützt. Und es waren so viele Menschen da, die Lizzie vergötterten, dass sie das Baby ohne Bedenken in seiner Wiege schlafen lassen und Zeit mit ihrer Großmutter verbringen konnte.
Ellie Jo sah nicht gut aus. Inzwischen durfte sie den Gehgips belasten, doch sie war unsicher auf den Beinen und alterte vor Danas Augen. Noch schlimmer war, dass sie auf Besorgnis allergisch reagierte. Dana tat also nur, was getan werden musste, doch am Freitagnachmittag war ihre Großmutter schließlich so unleidlich, dass sie sie darauf ansprach.
»Hast du irgendwelche Beschwerden?« Sie saßen an dem kleinen, runden Tisch in der Küche. Weiße Teller standen auf orangefarbenen Filz-Sets, die Ellie Jos Freundin Joan gebastelt hatte. Danas Teller war leer. Sie wurde zwar immer schlanker, doch ihr Appetit war hervorragend. Im Gegensatz zu ihr hatte ihre Großmutter ihr Essen kaum angerührt.
»Es ist dieser Gips«, klagte sie. »Er behindert mich.«
»Ist das alles? Du bist so blass.«
»Das ist eben so, wenn man alt wird.«
»Von jetzt auf gleich? Innerhalb einer Woche?«

»Ja – in einer Woche nach *so was!*« Ellie Jo zeigte mit einer leicht zitternden Hand auf ihren Fuß, der auf einem Stuhl ruhte. Veronica lag an den Gips geschmiegt und fixierte ihr Frauchen. Offenbar war auch sie besorgt, sonst hätte sie sich für die Reste auf Ellie Jos Teller interessiert.

»Wann warst du das letzte Mal beim Check-up?«, fragte Dana.

Ihre Großmutter begegnete ihrem Blick. »Vor einem halben Jahr.«

»Und da war alles in Ordnung?«

»Es war alles in Ordnung. Glaube mir, Dana – ich bin vielleicht alt, aber ich bin noch nicht bereit, zu gehen. Ich sorge mich um dich, und ich sorge mich um Lizzie. Wenn mein Earl noch da wäre, würde er Lizzie spazieren fahren und in der Stadt mit ihr angeben. Was wäre er für eine Hilfe! Er war ein guter Mann, Dana. Du kannst stolz auf ihn sein.«

Dana *war* stolz auf Earl, aber der Mann, über den sie eigentlich sprechen wollte, war ihr Vater. Doch als sie ihn das letzte Mal erwähnt hatte, war Ellie Jo davongestürmt und kurz darauf von der Dachbodenleiter gefallen.

Also fuhr sie wieder nach Hause, ohne das Thema erwähnt zu haben. Auf der Heimfahrt erinnerte sie sich an das, was ihre Mutter ihr in der vergangenen Nacht zugeflüstert hatte. *Erzähle Hugh, was du erfahren hast.* Aber sie konnte es Hugh nicht erzählen. Sie konnte es einfach nicht, weshalb sie sich schrecklich fühlte, und das war einer der Gründe, dass sie, als sie David und Ali in der Zufahrt Basketball spielen sah, mit Lizzie zu ihnen hinüberging.

David war ein Freund, und Dana brauchte einen Freund.

Lächelnd schaute sie zu, wie er Ali hochhob, damit sie den Ball in den Korb werfen konnte. Als die Füße des kleinen

Mädchens wieder festen Boden berührten, kam sie angelaufen und schlang die Arme um Dana. Sie sagte nichts, strahlte nur zu ihr herauf.
David wischte sich mit dem Saum seines T-Shirts das Gesicht ab, gesellte sich aber erst zu ihnen, als Dana ihn heranwinkte. »Wie läuft's?«, erkundigte er sich.
»Nicht schlecht.« Ali ließ sie los und stob davon. »Lizzie hat letzte Nacht zweimal vier Stunden am Stück geschlafen.«
Er lächelte das Baby an, das träge in die Luft starrte.
»Schau her, Dana!«, rief Ali und führte vor, wie sie dribbeln konnte.
»Sehr schön!«, schrie Dana hinüber.
»Das kann ich Lizzie beibringen, wenn sie alt genug ist«, brüllte Ali zurück. Als Dana Lizzie in Richtung Zufahrt drehte, rief Ali: »Schau her, Lizzie! Schau mir zu, wie ich dribble.«
Als die Vorstellung zu Ende war und Ali zu ihnen zurückkam, legte David ihr die Hand auf den Kopf. »Holst du aus dem Kühlschrank Wasser für uns, Pumpkin?«
Sobald sie außer Hörweite war, sagte er: »Du siehst immer noch müde aus.«
»Dass Lizzie vier Stunden schläft, bedeutet nicht, dass ich es ebenfalls tue«, erwiderte Dana. »Hat Ali dir gegenüber eine Bemerkung zu Lizzies Hautfarbe gemacht?«
»Nein, aber ich sagte dir ja schon, dass sie das wahrscheinlich nicht tun wird. Ihre Mutter ist weiß.« Nach einer kleinen Pause fragte er mit gesenkter Stimme: »Wie geht's zu Hause?«
Dana lächelte traurig und zuckte mit den Schultern.
»Er benimmt sich immer noch wie ein Arschloch«, interpretierte David.

»Nein – das ist zu hart.« Sie hatte das Bedürfnis, Hugh zu verteidigen. »Er ist lieb zu dem Baby und hilft, wo er kann. Er liebt Lizzie. Wirklich.« Sie fuhr mit der Fingerspitze über die weiche Wange ihrer Tochter und gurrte: »Hi, Baby, wie geht's meiner Süßen?« Ihr Finger kam zum Stillstand. »Er ist noch immer ziemlich sauer, dass ich es nicht vorausgesehen habe.«

»Wie in aller Welt hättest du es voraussehen sollen, ohne deinen Vater zu kennen?«

»Ich bin meinerseits ziemlich sauer, dass niemand mir etwas über ihn erzählt hat, aber meine Mutter ist tot, Großmutter weigert sich, über ihn zu sprechen, und Gillian weiß nichts.« Sie seufzte. »Was es auch bringen mag, ich kenne jetzt seinen richtigen Namen. Ich habe es Hugh noch nicht erzählt. Ich *sollte* es ihm erzählen. Und ich sollte meinen Vater anrufen. Warum tue ich es nicht, David?«

David fuhr sich mit der Hand über den kahlen Schädel. »Vielleicht, weil du nicht sicher bist, dass dir gefällt, was du von ihm hören wirst.«

»Es ist mir völlig egal, ob sein Vater oder seine Mutter Afroamerikaner waren.«

»Vergiss mal die Hautfarbe«, sagte David. »Ich denke vielmehr daran, warum er sich nie bei dir hat sehen lassen. Das muss dir doch Kopfzerbrechen bereitet haben. *Mir* hätte es Kopfzerbrechen bereitet.«

Dana lächelte. David behauptete, dass seine Scheidung ihn gezwungen habe, sich mit seinen Gefühlen auseinanderzusetzen, aber Dana vermutete, dass er schon immer sensibel gewesen war.

»Er wusste gar nicht, dass meine Mutter schwanger war. Kurz nachdem sie das College verlassen hatte, heiratete er.

Was ist, wenn ich ihn anrufe und er mir sagt, ich solle mich zum Teufel scheren, bevor ich seine glückliche Ehe zerstöre?«

»Dann sagst du ihm, dass du das sehr gern tun wirst, nachdem er deine Fragen beantwortet hat. Wenn du nur einen Versuch bei dem Burschen hast, dann mach das Beste daraus.«

In diesem Moment lief Lizzie rot an, krümmte sich und pupste laut. Dana fragte sich, ob das vielleicht ihr Kommentar war.

»Hier, Daddy!« Ali kam mit vier Wasserflaschen und ihrer Puppe Cream in den Armen angerannt. Sie hatte sie fast erreicht, als ihr die Flaschen entglitten. David fing sie auf, ehe sie am Boden zerschellen konnten. »Da hast du dir zu viel zugemutet.«

»Ich brauchte doch vier«, sagte sie. »Eine für dich, eine für mich, eine für Dana und eine für Lizzie.« Sie kam zu Dana und dem Baby und rümpfte die Nase. »Puh! Hat sie was gemacht?«

»Ich nehme an.«

»Und du musst es sauber machen? Also, ich kriege nie Babys, wenn ich das machen muss.« Voller Stolz hielt sie Cream hoch. Der rote Schal war ordentlich um den Hals der Puppe gewickelt.

»Sie sieht wunderhübsch aus«, lobte Dana. »Und wo ist Cocoa?«

»Drin.«

»Was tut sie denn da?«

»Sich verstecken.«

»Wovor?«

Das kleine Mädchen zuckte mit den Schultern. »Da tut ihr keiner was. Kann Lizzie Wasser trinken, Dana?«

»Ich denke schon, aber nicht aus so einer Flasche.«
»Ich freu mich schon drauf, mit ihr zu spielen, wenn sie größer ist! Darf ich tun, als ob sie meine Schwester wäre? Meine Mom heiratet wieder, wusstest du das? Sie sagt, sie macht es, damit ich eine Schwester bekomme, weil ich das so gern möchte. Nur weiß ich nicht, ob ich die Schwester mögen werde.«
Dana schaute David an. »Ich wusste nicht, dass Susan wieder heiratet.«
»Ich weiß es auch erst seit letzter Woche.« Stirnrunzelnd wandte er sich seiner Tochter zu. »Warum denkst du, dass du sie vielleicht nicht mögen wirst?«
Erneutes Schulterzucken. »Keine Ahnung. Vielleicht *mag* ich sie ja auch.« Sie rannte los, in Richtung Haus.
»Warum läufst du weg?«, rief David ihr nach.
»Ich will meinen Film ansehen«, rief sie über die Schulter und verschwand in dem Moment durch die Tür, als Hughs Geländewagen in die Straße einbog.
Dana sah ihm entgegen. »Schlechtes Timing. Er ist so gern mit Ali zusammen, und jetzt muss er wegen eines Films auf sie verzichten.«
»Geschieht ihm recht, dem Arsch«, murmelte David.
Sie drehte sich zu ihm und sagte in tadelndem Ton: »Hugh ist kein Arsch. Er ist einfach durcheinander.«
David schnaubte. »In seiner Männlichkeit gekränkt, trifft es eher. Bisher konnte er sich die Farbigen aussuchen, mit denen er zu tun haben wollte. Diesmal konnte er das nicht.«
»Du bist ungerecht, David. Ich habe ihn mit Lizzie beobachtet, er vergöttert sie.«
Erneutes Schnauben.

Dana seufzte. »Okay. Du bist noch immer wütend. Dann bis demnächst.«
Als sie sich zum Gehen wandte, sah sie Hugh aus dem Auto steigen. Sie mochte noch so wütend auf ihn sein, enttäuscht oder verletzt, es entging ihr nie, wie unglaublich attraktiv er war. Das Hemd am Hals offen, den blauen Blazer am Daumen über der Schulter, kam er im typischen selbstsicheren Clarke-Gang auf sie zu. In seinen Augen stand jedoch ein Zögern.
»Wie geht's?«, fragte er David und streckte ihm die Hand hin.
David steckte seine demonstrativ in die Tasche.
Dana riss der Geduldsfaden. »Ich werde mich drinnen mit dem Inhalt von Lizzies Windel befassen. Dann könnt ihr euch ungestört mit dem befassen, was *hier draußen* stinkt.«

Hugh hätte beinahe aufgelacht. Dana wusste seit jeher gut mit Worten umzugehen. Ja, es lief momentan wirklich bescheiden zwischen David und ihm. Sein Freund hatte sich umgedreht und steuerte auf sein Haus zu.
»Warte, David. Bleib stehen.«
David tat es, drehte sich jedoch nicht um.
»Ich schulde dir eine Entschuldigung.«
»Jep«, sagte David, drehte sich aber noch immer nicht um.
»Es tut mir leid.«
»Das sagt sich leicht.«
Hugh seufzte. »Ich war im Unrecht. Ich habe dich ungerechtfertigt beschuldigt. Das hätte ich nicht tun dürfen.«
»Jep«, sagte David wieder, doch jetzt drehte er sich um.
»Ich war durcheinander. Ich stand unter Druck.«
»So ist das Leben.«

»Meines *nicht.* Nenn mich verwöhnt, nenn mich arrogant, nenn mich, wie du willst, aber Verwirrung ist neu für mich.«

»Druck *nicht.* Dem bist du in deinem Beruf doch ständig ausgesetzt. Wie gehst du denn *dort* damit um?«

»Das ist etwas anderes – nichts Persönliches. Ich habe mich noch nie so unter Druck gefühlt. Nicht einmal, als ich Dana heiratete – und nenn mich jetzt nicht Snob. Du warst ein guter Freund für mich. Ich vermisse unsere Gespräche. Und ich brauche deinen Rat.«

»Ich bin also deine schwarze Informationsquelle«, sagte David sarkastisch.

»Wenn es mir um Informationen ginge, würde ich einen der Experten anrufen, die ich von Fall zu Fall bemühe. Du bist mein Freund, und ich möchte einen Rat von meinem Freund. Komm schon, David, findest du nicht, dass du überreagierst?«

David schüttelte den Kopf. »Es gibt kein Überreagieren, wenn es um die Hautfarbe geht. Sie ist ein Faktum, sie schafft Probleme, und man hat sie sein Leben lang.«

»Hältst du mich wirklich für engstirnig?«

»Früher habe ich dich nicht dafür gehalten, aber jetzt bin ich mir nicht mehr sicher.«

Hugh dachte nach. David hatte es treffend formuliert. »Dann sind wir schon zu zweit«, gestand er, »und ich kann dir sagen, dass ich mir dabei nicht toll vorkomme. Ich habe kein Problem mit Lizzies Herkunft. Sie ist meine Tochter, und es stört mich nicht, dass ihre Haut dunkler ist als meine. Warum bin ich dann so verunsichert?«

»Vielleicht liegt es an deiner lilienweißen Familie und dem ebensolchen Freundeskreis.«

Hugh hätte den kubanischen Partner der Kanzlei erwähnen können, seinen afroamerikanischen Basketball-Kumpel und seine multikulturellen Mandanten, doch er ließ es bleiben, denn er musste David recht geben. »Es ist meine Familie. Ich kann sie nicht ändern.«

»Nein, aber du kannst ihre Meinung ignorieren. Warum musst du mit ihnen einig sein?«

»Das *bin* ich gar nicht. In den letzten zehn Tagen habe ich mich mit jedem von ihnen gestritten. Aber ich *kann* ihre Meinung nicht ignorieren. Und auch die meiner Freunde nicht.«

»Wenn sie deine Tochter nicht akzeptieren können, sind es keine Freunde.«

»Sie akzeptieren sie ja – sie stellen einfach nur Fragen. Ist das nicht eine normale Reaktion? Auch von mir? Ist es falsch, dass ich Antworten haben möchte?«

»Nein.«

»In Danas Augen schon.«

»Du musst das verstehen, es ist problematisch für sie, ihren Vater zu suchen. Für sie geht es um mehr als die Hautfarbe.«

»Für mich auch.«

»Ach ja? Ich denke, du willst ihn finden, damit du den Leuten erklären kannst, wo Lizzie ihre Hautfarbe herhat. Eine Frage: Wenn du Einfluss darauf gehabt hättest, hättest du ihr dunkle Haut gegeben?«

»Nein«, antwortete Hugh ehrlich. »Was ist mit *dir?* Was hättest du für Ali gewählt?«

»Weiße Haut«, erwiderte David. »Damit hätte sie es leichter im Leben, es sei denn, sie verliebt sich später in einen schwarzen Teufel wie mich, in welchem Fall ihre Mutter wahrscheinlich einen hysterischen Anfall bekäme.«

»Wann hört das auf?«
»Keine Ahnung.«
»Ich brauche deinen Rat: Was soll ich tun?«
»Liebe dein kleines Mädchen.«
»Was ist mit meiner Frau? Sie hält mich für einen Rassisten.«
»Du musst sie eben überzeugen, dass du keiner bist.«
»Wie?«
David hob die Hände. »Hey, das geht mich nichts an. Sie ist *deine* Frau, was du bei unserer letzten Unterhaltung mehr als einmal betontest.«
Hugh spürte, dass die Spannung zwischen ihnen nachließ. »Aber du liebst sie.«
»Darauf kannst du wetten. Sie ist eine phantastische Frau. Aber sie ist mit dir verheiratet.«
»Und du glaubst nicht, dass ich ein kleines bisschen unsicher bin?«
»Auf die Idee bin ich nie gekommen.«
Hugh lächelte spöttisch. »Dann bin ich nicht der Einzige, der etwas Neues erfahren hat.«

Dana war auf der Terrasse, als Hugh ins Haus kam. Sie betrachtete ihn, während er Lizzie musterte, die im Kinderwagen schlief. »Was denkst du, wenn du sie so ansiehst?«, fragte sie schließlich.
Es dauerte eine Weile, bis er antwortete. »Dass man nicht viel anfangen kann mit einem so kleinen Kind. Sie trinkt, sie schreit, sie schläft, sie macht in die Windeln.«
»Das wusstest du doch schon vorher.«
»Irgendwie hatte ich erwartet, dass wir keinen Moment zur Ruhe kommen würden.«

»Liebst du sie?«
»Natürlich liebe ich sie. Sie ist meine Tochter.«
»Hast du sie gleich geliebt, als sie auf die Welt kam?«, fragte Dana.
Hugh schaute sie an. »Du?«
»Ja.« Wenn sie auch vieles nicht wusste, das wusste sie genau.
Hugh wandte sich wieder dem Baby zu. »Mütter lieben ihre Kinder sofort. Väter müssen in ihre Aufgabe hineinwachsen.« Ein besonders großer Brecher schlug gegen die Felsen unter ihnen. Die Gischt spritzte bis über die Apfelrosen herauf. »Okay, ich hätte den Vaterschaftstest nicht machen sollen«, wechselte Hugh das Thema. »Können wir ihn nicht einfach vergessen und nach vorne schauen?«
Dana wünschte, sie könnte es, aber ihr Blick ging sehnsüchtig *zurück*, zu dem, was sie *gehabt* hatten. Das wollte sie wiederhaben. Nur war sie nicht mehr derselbe Mensch wie vor Lizzies Geburt.
Sie versuchte, es zu erklären. »Ich frage mich immer wieder, wie mein Leben ausgesehen hätte, wenn ich aufgewachsen wäre, wie Lizzie aufwachsen wird. Hätte ich mit dunkler Haut dieselben Freundinnen gehabt? Dieselben Chancen?« Sie hielt Hughs Blick fest. »Und dann fange ich an, mich zu fragen, was passiert wäre, wenn Lizzie mit, sagen wir mal, einer Nierenkrankheit geboren worden wäre und ich mich auf die Suche nach meinem Vater gemacht und festgestellt hätte, dass er Afroamerikaner ist. Hätten wir ihn umarmt? Hätten wir es den Leuten erzählt? Nach dem Motto: Wenn man es nicht *sieht*, spielt es dann eine Rolle? Und das ist falsch.«
Er schwieg lange. Schließlich sagte er: »Du hast recht.«

»Und was tun wir jetzt dagegen?«, fragte sie. »Wenn mich vor zwei Wochen jemand hypothetisch mit dieser Situation konfrontiert und gefragt hätte, wie du reagieren würdest, hätte ich ihm eine andere Antwort gegeben. Das wirft die Frage auf, wie gut ich dich wirklich kenne.«

»Das Leben ist ein Werk im Werden«, sagte Hugh.

Dana hasste Plattitüden. »Und was heißt das in diesem speziellen Fall?«

»Die Antworten werden sich finden. Du darfst nicht ständig unglücklich sein, bis es so weit ist.«

»Ich bin nicht unglücklich. Ich habe Lizzie. Ich habe meine Großmutter. Ich habe meine Freunde.«

»Und du hast *mich*.«

»Tue ich das?«, fragte sie traurig. »Wenn ich nicht weiß, wer ich bin, und wenn es so wichtig für dich ist, wer ich bin, wie kann ich das ganz sicher wissen?«

Er schaute aufs Meer hinaus. Als er schließlich sprach, klang er seltsam verletzlich. »Und – wohin führt uns unsere Reise nun?«

Seine Verletzlichkeit spiegelte ihre eigenen Empfindungen, und auf einmal fühlte sie sich ihm wieder nahe. Sie zog einen Zettel aus der Tasche, faltete ihn auseinander und schaute auf die Adresse ihres Vaters hinunter. »Nach Albany«, sagte sie und hielt Hugh den Zettel hin.

18

Am Mittwochmorgen brachen sie früh auf und fuhren in westlicher Richtung durch Massachusetts auf die Staatsgrenze von New York zu. Wenn sie in keinen Stau gerieten, würden sie Albany innerhalb von drei Stunden erreichen. Ohne Hugh wären die insgesamt sechs Stunden Fahrtzeit eine Strapaze für Dana gewesen, denn sie hatte ja zwischenzeitlich Lizzie zu versorgen.

»Lass sie doch bei mir«, hatte Tara ihr angeboten.

Aber Dana erinnerte sich an Davids Worte. »Wenn ich nur einen Versuch bei dem Mann habe, dann möchte ich das Beste daraus machen. Wie könnte er nicht dahinschmelzen, wenn er in dieses kleine Gesicht schaut?«

»Du möchtest Gefühle bei ihm wecken?«, fragte Tara überrascht.

»Ich möchte, dass er begreift, warum ich ihn aufsuche. Ich möchte, dass er *sieht,* warum es mir so viel bedeutet.«

Natürlich war Dana keineswegs sicher, dass es ihr gelänge, zu ihrem Vater durchzudringen. Sie war auf das Schlimmste vorbereitet – dass er ihr die Tür vor der Nase zuschlug und der Besuch endete, bevor er begann. Angesichts dieser Möglichkeit hatte Hugh gemeint, es wäre besser, wenn sie vorher anriefen, doch das hatte sie abgelehnt. Sie wollte zumindest einen Blick auf den Mann erhaschen.

Dana war noch aus einem zweiten Grund froh, dass Hugh sie begleitete: Wenn Jack Kettyle sie kurzerhand abfertigte, würde er es miterleben, und sie müsste sich hinterher nicht die Frage anhören, ob sie sich auch wirklich bemüht hätte. Und drittens bot Hugh ihr moralische Unterstützung. Er wusste, wie sie sich fühlte. Vor der Abfahrt hatte er ihr Frühstück gemacht und dann aus freien Stücken bei Dunkin' Donuts angehalten, damit sie ihren geliebten Latte macchiato bekam, und später war er, ohne dass sie ihn darum bitten musste, zu einem Rastplatz mit Toiletten abgebogen.

Die Fahrt verlief ereignislos, aber bei der Ankunft in Albany war Dana völlig verkrampft. Als das Navigationssystem sie zu einer Kirche führte, verlor sie beinahe die Nerven.

»Das kann unmöglich richtig sein!«, rief sie. Der Gedanke, umsonst hierhergekommen zu sein, erfüllte sie mit unerträglicher Enttäuschung.

Hugh checkte die Richtungsanweisungen. Dann entdeckte er ein halb hinter der Kirche verstecktes, kleines Haus. Er deutete darauf. »Ich glaube, wir müssen dorthin.«

»Aber das gehört zu der Kirche.«

»Es ist das Pfarrhaus. Vielleicht hat er es gemietet.«

»Vielleicht ist auch die Adresse falsch«, sagte sie. »Allerdings stand sie gleich zweimal im Ehemaligen-Verzeichnis – einmal als Wohnsitz und einmal als Arbeitsplatz. Er hat einen Abschluss in Maschinenbau, und darum bin ich davon ausgegangen, dass er irgendwas mit Computern macht und von zu Hause aus arbeitet.«

Hugh fing ihren Blick ein. »Wir haben nur eine Möglichkeit, uns Klarheit zu verschaffen.«

Sie parkten auf einem der drei Plätze vor dem Pfarrhaus. Während Hugh Lizzie abschnallte, öffnete Dana die Heckklappe und holte eine Windel aus der Tasche. Sie wickelte Lizzie mit zitternden Händen, doch als Hugh ihr anbot, das Baby zu tragen, schüttelte sie den Kopf. Sie musste Lizzies Wärme spüren. Das Baby war ihr Schutzschild, die Bestätigung, dass sie geliebt wurde.

»Es wird schon gut gehen, Dee.« Hugh legte den Arm um ihre Schulter.

»Kommt darauf an, wie du ›gut‹ definierst. Vielleicht stellt sich heraus, dass zwar die Adresse stimmt, der Mann inzwischen aber verstorben ist und da hinten auf dem Friedhof liegt.«

»Dann könntest du das Thema abschließen.«

»Glaubst du?«

Das Pfarrhaus war ein kleiner, quadratischer Ziegelbau, dessen einziger Schmuck in einem Bogen aus überhängenden Eichen bestand. Auf dem Kiesweg spitzten Grashalme zwischen den Steinchen hervor.

Die Haustür stand offen. Sie klingelten und warteten vor der Fliegengittertür, bis eine Frau erschien. Sie war ganz in Beige – Bluse, Rock und Espadrilles – und sah aus wie um die vierzig, was bedeutete, dass sie entweder eine erstaunlich jugendliche Fünfundfünfzigjährige war oder nicht die Ehefrau von Danas Vater.

»Ich bin auf der Suche nach Jack Kettyle«, erklärte Dana.

»Dann sind Sie hier richtig. Ich bin Mary West, die Pfarrsekretärin.« Sie öffnete die Fliegengittertür. »Und *Sie* sind?«

»Mein Name ist Dana Clarke.« Wenn die Frau die Pfarrsekretärin war und dies das Pfarrhaus, bestand noch immer

die Möglichkeit, dass die Friedhof-Variante zutraf. »Das ist mein Mann Hugh, und das ist unsere Tochter Elizabeth.«
Die Sekretärin lächelte Lizzie an. »Sie ist *wunderhübsch*. Wie alt?«
»Gerade zwei Wochen.«
»Wie schön für Sie, dass Sie sie so bald nach der Geburt bekommen haben. Sind Sie neu in der Stadt?«
Dana klärte das Missverständnis nicht auf. »Nein. Wir sind nur heute hier. Für den Vormittag, genau gesagt.« Es war elf Uhr.
»Nun, Besucher sind stets willkommen, für wie lange auch immer.« Mary führte sie in ein bescheiden eingerichtetes Wohnzimmer. »Bitte machen Sie es sich bequem. Möchten Sie vielleicht etwas Kaltes trinken?«
Albany lag ein gutes Stück landeinwärts, und im Gegensatz zu der frischen Meeresbrise zu Hause herrschte hier Windstille. Dana war heiß, aber sie bezweifelte, dass sie auch nur einen Schluck hinunterbekäme. Also schüttelte sie den Kopf, worauf die Sekretärin sagte: »Father Jack ist in seinem Arbeitszimmer. Ich werde ihn wissen lassen, dass Sie hier sind.« Sie verschwand.
Dana starrte Hugh entgeistert an. »Father Jack?«, flüsterte sie. »*Father* Jack?«
»Frag mich nicht«, flüsterte Hugh zurück.
»Der Mann, nach dem ich suche, ist verheiratet und hat Kinder. Father Jack kann unmöglich Jack Kettyle sein. Was jetzt?«
»Wenn es ein Irrtum ist, fangen wir eben von vorne an.«
»Wie denn? Dieser Name ist der einzige, den ich erfahren konnte, und ich habe wirklich überall nachgeforscht. Ich wüsste nicht, wo ich noch suchen sollte.«

»Hallo«, kam eine Stimme von der Tür her.
Dana drehte sich um. Sie erkannte ihn sofort. Das Gesicht war reifer, das Haar mehr silbern als blond, und die schwarze Hose, das schwarze, kurzärmelige Hemd und der weiße Kragen unterschieden sich himmelweit von dem Karohemd und den Jeans, aber er war definitiv der Mann auf ihrem Foto.
Er lächelte, schien jedoch verwirrt. »Mary hatte recht«, sagte er freundlich, »Sie sehen wirklich genau aus wie eine junge Frau, die ich kenne, doch sie ist in San Francisco. Ich habe gerade vorhin mit ihr telefoniert.«
Dana fasste sich ein Herz. »Mein Name ist Dana Clarke, und ich bin auf der Suche nach Jack Kettyle. Aber ich glaube nicht, dass er Priester ist.«
»Doch, das ist er«, bestätigte der Priester noch immer freundlich.
»Sie sind Jack *Jones* Kettyle?«
»Wow. Da hat aber jemand gründlich recherchiert. Ja, es ist richtig.«
»Ein *Priester?* Mir wurde gesagt, Sie seien verheiratet und hätten Kinder.«
»Die habe ich auch. Sechs an der Zahl. Aber meine Frau starb vor zehn Jahren, und unsere Kinder sind alle erwachsen, und so beschloss ich, etwas anderes mit meinem Leben anzufangen.«
»Ich dachte, verheiratete Männer dürften nicht Priester werden«, beteiligte Hugh sich an der Unterhaltung.
»Ich bin Witwer, und angesichts des Mangels an Geistlichen wurde ich angenommen. Männer wie ich haben Erfahrung mit Ehe und Elternschaft, und das macht uns zu einem Gewinn für eine Pfarrgemeinde.«

»Müssen Priester nicht einen Abschluss in Theologie haben?«, fragte Hugh.
»Doch. Ich habe vier Jahre im Priesterseminar verbracht und dann ein Jahr als Diakon gearbeitet, half an den Wochenenden aus. Am Ende jenes Jahres wurde ich geweiht. Und ich hatte Glück.« Wieder lächelte er. »Nicht alle Priester bekommen gleich zu Anfang ihre eigene Pfarrei, aber meine Heimatgemeinde verlor gerade ihren Seelsorger, und da ich so viele der Gemeindemitglieder kannte, war es eine logische Entscheidung.«
Seine Erklärung half Dana nicht, den Priester mit dem Playboy unter einen Hut zu bringen. Sie war nicht überzeugt, den richtigen Mann gefunden zu haben. »Auf welchem College waren Sie?«, fragte sie.
Der Priester verschränkte die Arme und lehnte sich gegen einen hochrückigen Stuhl. »Auf dem College der University of Wisconsin.«
»Kannten Sie dort eine Frau namens Elizabeth Joseph?«
»Das kann man wohl sagen. Sie stahl mir mein Herz, und dann war sie auf und davon, verließ die Uni.«
»Warum?«
»Sie hatte Heimweh und meinte, sie könne auch zu Hause zu Ende studieren.«
»Wissen Sie, was mit ihr geschehen ist?«
Er wurde ernst. »Sie ertrank. Schon vor langer Zeit.«
»Wie haben Sie davon erfahren?«
»Ich traf zufällig einen gemeinsamen Freund, der es gehört hatte.« Wie es schien, dämmerte ihm, dass sie ihre Fragen nicht aufs Geratewohl stellte.
»Haben Sie je versucht, mit ihrer Familie in Kontakt zu treten?«

»Nein. Wie ich schon sagte, sie stahl mir mein Herz. Aber sie liebte mich nicht, und so heiratete ich eine andere. Irgendwann wurde mir klar, dass es meiner Frau gegenüber nicht fair war, ständig an Liz zu denken. Also hörte ich damit auf. Ich hatte die Wahl, mich entweder in Ewigkeit wegen einer Beziehung zu grämen, die es niemals geben würde – wir waren offensichtlich nicht füreinander bestimmt –, oder nach vorne zu schauen. Liz hinter mir zu lassen war meine einzige Möglichkeit, zu überleben.« Leise sagte er: »Sie kannten Sie.«

Dana nickte. »Sie war meine Mutter.«

Im ersten Moment leuchtete sein Gesicht regelrecht auf, doch im nächsten wich alle Farbe daraus.

Dana hatte Zeit gehabt, sich auf diese Begegnung vorzubereiten. Sie war nicht geschockt, ihrem Vater gegenüberzustehen, nur verblüfft, einem Priester als Vater gegenüberzustehen.

»Wie alt sind Sie?«, fragte der Mann.

»Vierunddreißig. Meine Mutter war im zweiten Monat, als sie die Wisconsin verließ und nach Hause ging.«

Seine Augen füllten sich mit Tränen.

»Sie wussten es wirklich nicht?«, fragte sie.

Er schüttelte den Kopf. Dann fasste er sich und wandte sich dem Baby zu. »Ist das Ihres?«

»Ja – und sie ist der eigentliche Grund meines Hierseins«, erklärte Dana. »Ich will nichts von Ihnen, ich *brauche* nichts von Ihnen. Wenn Sie also denken sollten, dass ich gekommen sei, um nachträglich Unterhalt von Ihnen zu fordern oder etwas Ähnliches, dann täuschen Sie sich. Ich bin nur hier, weil mein Mann und ich ...«

»Hugh Clarke«, stellte Hugh sich vor und streckte die Hand aus, »und das ist unsere Tochter Elizabeth.«

Der Priester löste seinen Blick von Lizzie, um Hugh die Hand zu schütteln. Dann schaute er sie wieder an. »Elizabeth. Es ist mir eine Freude.«

»Lizzie«, präzisierte Dana, »und da sie offensichtlich einen afroamerikanischen Einschlag hat, sind wir gekommen, um dessen Ursprung zu klären.«

Der Priester sah sie verdutzt an. »Sie haben sie nicht adoptiert?«

»Nein. Es gab auch keine Verwechslung im Krankenhaus, und das Labor, das den Vaterschaftstest durchführte, hat nicht geschlampt«, schloss sie weitere Spekulationen im Vorhinein aus. »Mein Mann weiß alles über seine Familie, aber ich weiß über meine nur sehr wenig. Sind Sie Afroamerikaner?«

Der Priester pustete, lächelte verwirrt und kratzte sich am Hinterkopf. »Wow. Ich werde eine Weile brauchen, um mich daran zu gewöhnen. Liz hatte ein Kind von mir.«

»Ja, das hatte sie«, bekräftigte Dana ungeduldig. »Und ich hätte gern eine Antwort auf meine Frage.«

»Nein. Ich bin kein Afroamerikaner.«

»Sie scheinen sich dessen sicher zu sein.«

»Meine Schwester brauchte vor ein paar Jahren eine Knochenmarkstransplantation. Wir durchforsteten die Familie nach einem geeigneten Spender und fanden ihn schließlich in einem Cousin zweiten Grades. Im Zuge dieser Suche fertigten wir einen detaillierten Stammbaum an.«

»Weshalb brauchte sie die Transplantation?«, wollte Dana wissen.

»Sie hatte Leukämie. Aber sie ist gesund geworden. Ein Verdienst der modernen Medizin.«

Dana war froh – für die Frau und auch für sich. Sie hätte

nicht mit dem Gedanken umgehen können, dass ihre Tochter möglicherweise eine unweigerlich tödliche Krankheit geerbt hatte. »Sie haben also keinen Verwandten afroamerikanischer Herkunft«, kam sie auf ihr Thema zurück. Als der Priester entschieden den Kopf schüttelte, wandte sie sich ratlos Hugh zu. »Aber irgendwo muss Lizzies Hautfarbe doch herkommen!«

»Möchten Sie vielleicht Platz nehmen?«, fragte Father Jack.

Father Jack, dachte Dana. Es fiel ihr leichter, ihn als Vater von Tausenden zu sehen.

»Danke, gern.« Hugh schob sie in Richtung Sofa.

»Wir haben unsere Antwort doch«, flüsterte sie ihm zu. »Lass uns fahren.«

»Ja, gleich.« Lizzie begann, sich zu winden. »Soll ich sie nehmen?«

Dana schüttelte den Kopf, legte das Baby an ihre Schulter und ließ es behutsam hüpfen.

Hugh setzte sich neben Dana. »Gab es in Ihrer Familie noch andere Krebsfälle?«, fragte er den Priester.

»Nein.« Father Jack ließ sich in dem Ohrensessel nieder, beugte sich vor und stützte die Ellbogen auf die Knie.

»Irgendwelche sonstigen Erbkrankheiten?«, erkundigte sich Hugh.

»Hoher Blutdruck, aber ansonsten sind wir ausgesprochen robust.« Sein Blick glitt zu Dana. »Wo wohnen Sie?«

»Etwa eine Meile von dem Haus entfernt, in dem ich aufwuchs.«

»Hat Ihre Mutter je geheiratet?«

»Wenn ihr mehr Zeit geblieben wäre, hätte sie es vielleicht irgendwann getan.«

»Haben Sie Geschwister?«

»Nein. Ich war der Lebensmittelpunkt meiner Mutter und nach ihrem Tod der meiner Großeltern.«
»Was machen Ihre Kinder?«, fragte Hugh den Priester.
Father Jack lächelte. »Ich habe vier Söhne. Einer ist Techniker, zwei sind Lehrer, und der Jüngste jobbt in L.A. als Kellner, während er darauf wartet, bei einem Casting entdeckt zu werden. Meine ältere Tochter – sie ist dreiunddreißig – ist Hausfrau. Sie hat vier Kinder. Ihre Schwester studiert Jura.«
Dana warf Hugh einen eindringlichen Blick zu. Sie wollte nicht, dass er den Besuch noch weiter ausdehnte. »Lizzie ist hungrig. Wir sollten gehen.«
Hugh schaute zum anderen Ende des Zimmers, wo ein bequemer Sessel stand. »Willst du sie vielleicht dort stillen?«
Das wollte Dana auf keinen Fall. Sie würde vor diesem Mann nicht ihre Brust entblößen. Außerdem war die Hitze erstickend. Sie wollte weg.
»Bitte, bleiben Sie doch noch ein wenig«, bat der Priester. »Ich möchte etwas über Ihr Leben erfahren.«
Sie schüttelte abwehrend den Kopf. »Das ist nicht notwendig.«
»Es ist keine Frage der Notwendigkeit«, sagte er freundlich – und Dana kam die Galle hoch. *Wieso war er nie für sie da gewesen, aber sehr wohl für seine sechs anderen Kinder, die er begleitet hatte, bis sie alt genug waren, um allein zurechtzukommen? Erst dann hatte er sich gestattet, seinen Wunsch, Priester zu werden, zu verwirklichen.* »Es ist mir ein *Bedürfnis*«, setzte er in ihre Gedanken hinein hinzu.
»Nun, *ich* habe das Bedürfnis, jetzt nach Hause zu fahren«, erwiderte sie frostig. Es war ihr bewusst, dass sie sich un-

möglich benahm, aber sie konnte nicht anders. Mit einem flehenden Blick zu Hugh stand sie auf. Gnädigerweise tat er das Gleiche.
Lizzie wurde durch die Bewegung sofort ruhiger, als Dana mit ihr auf die Haustür zuging. Hugh öffnete sie.
»Wollen Sie wirklich nicht noch ein Weilchen bleiben?«, fragte Father Jack. »Vielleicht zum Mittagessen? Wir könnten auch in der Stadt ein Sandwich essen.«
Dana drehte sich zu ihm um. »Wenn dort jemand an unseren Tisch käme und fragte, wer wir sind, würden Sie es ihm dann sagen?«
»Ja.«
»Würde Ihnen das nicht beruflich schaden?«
»Absolut nicht. Ich habe ja noch mehr Kinder.«
»Uneheliche?« Als er nicht antwortete, sagte sie: »Was ist mit den ehelichen? Werden Sie denen von mir erzählen?«
»Das würde ich gern, aber dazu muss ich mehr über Sie wissen.«
»Weshalb?«, fragte Dana in scharfem Ton.
»Weil sie Fragen stellen werden.«
»Nicht, weil Sie es selbst wollen?«
»Dana«, ermahnte Hugh sie sanft, doch Father Jack hob die Hand.
»Sie hat das Recht, zornig zu sein«, sagte er zu Hugh und dann zu Dana: »Doch, ich möchte selbst mehr wissen.«
»Um sicherzugehen, dass ich von *Ihnen* bin?«
»Sie *sind* von mir.«
»Wie können Sie das wissen?«, fuhr sie auf. »Woher wissen Sie, dass meine Mutter nicht mit einem anderen Mann zusammen war?«
Der Priester lächelte. »Warten Sie eine Sekunde.« Er trat

rückwärts ins Haus zurück. »Ich komme gleich wieder.« Er drehte sich um und ging den Flur hinunter.
Dana wollte flüchten, sich vormachen, dass der Mann, der damals in Madison seine Saat so verantwortungslos ausgestreut hatte, heute noch genauso verantwortungslos war, doch sie rührte sich nicht von der Stelle. Überwältigt und verwirrt überließ sie Lizzie Hugh und stützte mit beiden Händen ihren schmerzenden Rücken.
Father Jack kam zurück. »*Darum* weiß ich es.« Er hielt ihr ein gerahmtes Foto hin, das ihn Arm in Arm mit einer jungen Frau in Barett und Robe zeigte. Beide strahlten. »Das wurde letztes Jahr gemacht, auf der Wisconsin. Das ist meine Jennifer.«
Dana warf einen Blick auf das Foto und riss die Augen auf. Sie nahm es in die Hand und starrte fassungslos darauf. Das Gesicht von Jennifer hätte ihres sein können. Offenbar waren alle Züge, die sie, Dana, hatte, nicht von ihrer Mutter, sondern von ihrem Vater.
Nach all den Jahren, die sie sich ein Geschwister gewünscht hatte, nach all den Jahren, die sie sich gewünscht hatte, eine größere Familie zu haben, zu erfahren, dass sie eine Halbschwester hatte, die ihr so ähnlich sah, machte sie unsagbar traurig.
Tränen stiegen ihr in die Augen, doch sie drängte sie entschlossen zurück. »Wie ist das möglich?«, fragte sie, um eine feste Stimme bemüht. »Wir hatten verschiedene Mütter.«
»Das schon, aber ihre Mutter sah Ihrer sehr ähnlich.« Er schwieg einen Moment und setzte dann hinzu: »Den Rest haben meine Gene beigesteuert.«
Dana hatte die größte Mühe, den Blick von ihrem Ebenbild zu lösen. Als sie es schließlich schaffte, gab sie ihm das Foto

zurück. »Danke«, sagte sie verlegen. »Damit ist es geklärt, denke ich.« Die Kehle wurde ihr eng. Sie drehte sich um und ging zu ihrem Auto.

»Ich würde Sie gern besuchen«, rief Father Jack ihr nach.

Sie reagierte nicht, denn sie hatte nicht die leiseste Ahnung, was *sie* wollte.

Wie ferngesteuert stieg sie ein und schnallte sich an, ohne sich noch einmal nach Jack umzusehen, beherrschte sich eisern, während Hugh das vor Hunger quengelnde Baby in seinem Sitz anschnallte, beherrschte sich eisern, während er zurückstieß und wendete, beherrschte sich eisern, bis er in die Straße eingebogen war und sie außer Sichtweite der Kirche gebracht hatte. Dann senkte sie den Kopf und brach in Tränen aus.

19

Hugh wusste nicht, was er tun sollte. Er wusste nur, dass er nicht einfach so weiterfahren konnte, während seine Frau auf dem Beifahrersitz weinte und das Baby auf dem Rücksitz weinte. Aber weit und breit war kein Dunkin' Donuts oder McDonald's in Sicht. In seiner Not bog er in den Parkplatz eines Bürohauses ein. Er fand eine Lücke im Schatten einer Eiche und stellte den Motor ab.

Zögernd legte er die Hand auf Danas Arm. Als sie ihn nicht wegzog, streichelte er ihre Schulter, schwieg dabei. Es gab nichts zu sagen. Er hatte sich mehr von diesem Ausflug erhofft. Aber wenn *er* schon enttäuscht war, wie viel schlimmer musste *sie* sich dann fühlen? Also massierte er ihr nur leicht den Nacken, um ihr zu zeigen, dass er da war.

Als ihr Schluchzen schließlich in Schluckauf mündete, stieg er aus, hob Lizzie aus ihrem Sitz und brachte sie Dana, die wortlos ihr Oberteil hochschob und das Baby trinken ließ. Augenblicklich trat Stille ein.

Hugh nahm ein paar Schlucke aus der Wasserflasche in seinem Becherhalter und reichte die Flasche dann seiner Frau. Nachdem Dana sich erfrischt hatte, schloss sie die Augen.

Als sie Lizzie nach einer Weile für ein Bäuerchen an ihre Schulter legte, fragte er: »Bist du okay?«

Sie schüttelte den Kopf. »Wir sind nicht klüger als vorher.«

»Das stimmt nicht. Immerhin wissen wir jetzt, dass er dein Vater ist.«

Sie legte die Wange an den Kopf des Babys und fuhr fort, leicht auf den winzigen Rücken zu klopfen.

»Und wir wissen, dass er keinen afroamerikanischen Vorfahren hat«, setzte Hugh hinzu.

»Glaubst du ihm?«

»Seine Geschichte klang sehr überzeugend.«

Dana klopfte weiter, bis der gewünschte kleine Rülpser erfolgte. Dann putzte sie Lizzies Mund mit dem Lätzchen ab und legte sie an ihre andere Brust. »War sie nicht ein bisschen *zu* überzeugend?«

»Du meinst, er wollte damit von vornherein jeden Zweifel ausschließen?« Hugh dachte darüber nach. »Aber er wusste nicht, dass wir kommen würden. Nur wenige Menschen sind zu solchen Stegreif-Leistungen fähig.«

»Ein notorischer Lügner schon.«

»Denkst du denn, er ist einer?«

Dana sah ihn an. »Ich weiß nicht, was ich denken soll. Ich hatte nicht erwartet, einen Priester vorzufinden. Ich hatte nicht erwartet, einen Mann vorzufinden, der behauptet, dass er meine Mutter liebte, und der mir ein Foto seiner Tochter brachte, um mir zu zeigen, wie ähnlich sie mir sieht. Ich hatte nicht erwartet, dass er uns besuchen will.«

»Aber das alles ist doch positiv, oder?« Hugh würde seiner Familie mit Freuden berichten, dass Danas Vater Priester war. Das würde sie tief beeindrucken.

Dana seufzte. »Meine Großmutter wird nicht begeistert sein

von der Vorstellung, mich mit einem Mann zu teilen, der ihrer Tochter ihrer Meinung nach wehgetan hat. Und was Lizzies Hautfarbe angeht – wenn sie sie nicht von meinem Vater hat, woher hat sie sie dann?«

Ellie Jo, vermutete Hugh, doch er sprach es nicht aus. »Wir werden schon noch dahinterkommen.«

»Wie?«

»Ich weiß es nicht, aber wir schaffen es. Du musst hungrig sein. Wollen wir hier irgendwo zu Mittag essen?«

»Ich möchte nicht in Albany bleiben«, antwortete sie.

»Aber du bist hungrig, oder?«

»Kann sein.«

»Ist das eher ein Ja oder ein Nein?«, drängte er sie sanft zu einer präzisen Aussage.

»Ich bin nicht hungrig, aber ich muss etwas essen, damit ich weiter Milch produziere.«

»Wenn du mit dem Stillen aufhören möchtest, ich habe nichts gegen Ersatznahrung.«

Ihr Blick flog zu ihm. »Ich *will* stillen. Sag mal, wenn dich eine Frau verließe, die du wirklich liebst, würdest du dann nicht wissen wollen, wie es ihr geht und was sie macht? Würdest du nicht alles versuchen, um es zu erfahren?«

»Doch, das würde ich. Das nennt man, um etwas kämpfen, was einem viel bedeutet.«

»Genau!«, bekräftigte Dana. »Aber er kämpfte nicht. Er gab einfach auf, drehte sich auf dem Absatz um und schloss sie aus seinem Leben aus!«

»Hört sich sehr ähnlich an wie das, was *du* tust«, bemerkte Hugh.

»Ich?«

Er entschärfte die Anklage durch eine Selbstbezichtigung.

»Ich weiß, ich habe dich verletzt, und das tut mir sehr leid – aber deine Reaktion war, mich auszuschließen. Ich weiß, dass du mich vor Lizzies Geburt geliebt hast. Wo ist diese Liebe geblieben?«
Sie schwieg.
»Was Father Jack da vorhin sagte, dass er sich nicht unnötig grämen wollte, dass er und deine Mutter einfach nicht füreinander bestimmt waren – hast du dieses Gefühl auch, was *uns* angeht: dass wir nicht füreinander bestimmt sind? Wenn es so ist, dann muss ich dir widersprechen. Wir machen lediglich eine Anpassungsphase durch.«
»Lizzies Haut wird nicht plötzlich weiß werden.«
»Das ist mir auch klar, aber es bedeutet nicht, dass wir wegen ihrer Hautfarbe Komplexe haben müssen. Du beschuldigst mich, dass sie mich irritiert. Das ist nicht das richtige Wort. Ich wüsste nur gern, woher sie sie hat. Ist das zu viel verlangt?«
»Angesichts dessen, dass ich keine *Ahnung* habe, woher sie sie hat – ja. Angesichts dessen, dass ich verzweifelt herauszufinden versuche, wer ich bin – ja. Angesichts dessen, dass ich gerade emotional durch die Mangel gedreht worden bin und jetzt nicht darüber reden will – *ja!*«
Als danach nichts mehr kam, sagte er leise: »Und wieder schließt du mich aus.«
»Ich habe im Moment schwer zu kämpfen, Hugh.«
»Okay«, gab er nach. »Okay. Dann lass uns über ein Mittagessen nachdenken. Eins nach dem anderen.«
Und so machten sie es. Nach Lizzies zweitem Bäuerchen schnallte Hugh sie wieder in ihrem Sitz an. In einem Drive-Through kauften sie Burger und Pommes. Als sie den Highway erreichten, schloss Dana die Augen.

Hugh war mit seinen Gedanken allein. Als er dabei war, sich absolut nutzlos zu fühlen, klingelte sein Handy. Es war seine Sekretärin, die einen Anruf von Daniel Drummond zu ihm durchstellen wollte. Hughs Lebensgeister erwachten wieder.

Daniel Drummond war ein Bostoner Spitzenanwalt mit einem entsprechenden Ego. Er behauptete, das Vorbild für mindestens einen Protagonisten in den TV-Anwaltsserien – zumindest, in denen, die in Boston spielten – zu sein, und in Anbetracht seines Aussehens, seiner Fähigkeit und seiner Ausstrahlung schien es sogar glaubhaft. Er war für seine Exzentrik bekannt und arrogant bis zum Gehtnichtmehr.

Hugh hatte einmal mit ihm zusammengearbeitet, als sie gemeinsam Mandanten in einem komplizierten Fall vertraten. Gegner waren sie noch nie gewesen.

»Wie geht es Ihnen, Hugh?«, fragte Daniel mit dröhnender Stimme.

»Großartig. Und Ihnen?«

»Es ging mir gut, bis ich einen gewissen Anruf bekam.« Sein Ton blieb jovial. »Um was geht es?«

»Das kommt darauf an, wer Sie angerufen hat.«

Ein Schnauben. »Sie kennen meine Mandantschaft. Was ist der hochkarätigste Fall, den Sie jemals vor Gericht zu verhandeln hoffen?«

»Nun, ein Fall, der mir in den Schoß fiel, aber ich möchte ihn *nicht* vor Gericht verhandeln. Wir hoffen auf einen Vergleich in aller Stille und schnell. Wenn wir beide von demselben Fall sprechen, dann müssen wir uns zusammensetzen. Handys sind nicht abhörsicher.«

Drummonds Jovialität war verflogen. »Ihre Anschuldigung

ist absolut lachhaft. Haben Sie eine Vorstellung davon, wie viele solcher Anrufe er bekommt?«

»Wo Rauch ist …«

»Seien Sie doch realistisch, Hugh. Ist Ihnen klar, mit wem Sie es zu tun haben?«

»Durchaus.«

»Dann wissen Sie, wofür sein Name steht. Eine Anschuldigung wie die in Ihrem Schreiben wird nicht gut ankommen.«

»Das ist nicht meine Angelegenheit. Meine Angelegenheit ist das Interesse meiner Mandantin.«

»So ist es bei mir, und mein Mandant schätzt es nicht, bedroht zu werden.«

»Ich ebenso wenig«, erwiderte Hugh. »Schauen Sie, Dan. Die Zeit drängt. Entweder Sie und ich treffen uns morgen, oder ich reiche Klage ein. Meine Mandantin hat nichts zu verlieren. Wie steht es mit Ihrem Mandanten?« Die Antwort kannten sie beide. »Es gibt die Möglichkeit, das Problem ohne Aufsehen zu lösen, und die Lösung beginnt damit, dass wir uns in meiner Kanzlei treffen. Morgen früh. Die Uhrzeit überlasse ich Ihnen.«

»Ich kann erst nächste Woche.«

»Dann hat Ihr Mandant sich an den falschen Anwalt gewandt. Entweder diese Woche, oder wir reichen ein.«

»Ach, kommen Sie, Hugh – es ist nie *wirklich* dringend mit diesen Frauen.«

Es war die bekannte Sie-müssen-sich-hinten-anstellen-Taktik, und sie brachte Hugh in Rage. »Diesmal schon! Wir sprechen über den kritischen Gesundheitszustand eines Kindes! Wenn *Sie* mir nicht helfen wollen, wird es ein Richter tun.«

»Es geht um den Gesundheitszustand des Kindes, und der ist kritisch? Erzählen Sie mir mehr.«

»Nicht jetzt. In meiner Kanzlei. Wenn nicht morgen, dann spätestens Freitag.« Weiter würde er ihm nicht entgegenkommen. »Wann?«

»Dann nur in aller Herrgottsfrühe. Ich hörte, Sie sind gerade Vater geworden. Da kommt man immer erst gegen Morgen zum Schlafen. Das wird Ihnen sicher nicht zupasskommen.«

»Freitag, sieben Uhr. Ich werde Sie empfangen.«

Dana hatte auf der Heimfahrt die überwiegende Zeit geschlafen. Als sie aus dem Auto stiegen, fühlte sie sich frischer, und als Hugh ihr vorschlug, Lizzie zu hüten, während sie zu Ellie Jo fuhr, um mit ihr zu reden, nahm sie sein Angebot an. Ohne Ablenkungen wäre es einfacher, ihre Großmutter noch einmal zum Stammbaum der Familie Joseph zu befragen.

Sie wollte gerade mit Lizzie ins Haus gehen, um sie noch zu stillen, als David durch den Garten kam. Er trug ein zerfetztes T-Shirt und Shorts und war über und über mit Farbe gesprenkelt.

»Wir streichen Alis Zimmer grün«, erklärte er. »Sie ist mit Feuereifer bei der Sache und von oben bis unten voller Farbe, und darum hat sie mich geschickt, als sie euren Wagen kommen sah. Sie hat nicht mehr genug Garn für Cocoas Schal, wie sie meint. Die arme Puppe ist zwar schon derart eingewickelt, dass man ihr Gesicht kaum noch sieht, aber Ali will ihn unbedingt noch länger machen. Sie sagt, du hättest noch Wolle. Ich versuche, *ihr* Freude zu machen, damit sie *mir* Freude macht. Übrigens sagt sie, dass sie nicht mehr zurück nach New York geht.«

»Mm. Das hat sie mir auch schon erzählt.«
»Hat sie dir auch verraten, warum?«, fragte David. »Sie liebt Susan. Ich weiß nicht, was das Problem ist.«
»Hast du sie gefragt?«
»Ali? Klar. Sie sagt, sie will einfach bei mir bleiben, und dann schaut sie aus dem Fenster und sagt, es wäre wegen des Meeres, dann schaut sie zu eurem Haus hinüber und sagt, sie mag euer Baby, dann schaut sie mich an und sagt, dass es sie traurig macht, dass ich allein lebe, und dass wir viel Spaß haben würden, wenn sie immer hier wohnte.« Er fuhr sich mit der Hand über den Kopf. Sein kahler Schädel war das Einzige an ihm, das keine grünen Flecken hatte. »Susan sagt, in New York sei Ali völlig okay gewesen. Ihr Verlobter scheint ein netter Kerl zu sein. Sie sagt, er könne gut mit Ali. Sie glaubt, dass die bevorstehenden Veränderungen dahinterstecken.«
»Dass sie ihre Mom wird teilen müssen?«
»Und der Umzug. Seine Wohnung liegt nur ein paar Blocks entfernt, aber er hat sie in einer exklusiven, neuen Schule angemeldet. Sie ist ziemlich schickimicki.«
»Schickimicki-reich?«
»Schickimicki-weiß.«
Dana kam ein Gedanke. »Sie hält die Puppe versteckt, der sie den Namen Cocoa gegeben hat – und jetzt erzählst du, dass sie sie so einwickelt, dass man das Gesicht kaum noch sieht. Glaubst du, das ist eine Botschaft?«
Davids Ausdruck wurde besorgt. »Dass sie nicht die einzige Afroamerikanerin in der Schule sein möchte?« Er legte die Hand auf seinen Kopf. »Klingt einleuchtend, oder? Okay. Ich werde Susan fragen.« Er drehte sich um und ging davon.

Dana war kaum in den Parkplatz neben dem Wollgeschäft eingebogen, als Tara aus dem Laden gestürzt kam und alles über Albany wissen wollte. Dana beschränkte sich aufs Wesentliche, ins Detail zu gehen war sie nicht in der Stimmung. Dazu war sie noch zu aufgewühlt.

Tara drängte sie nicht. Sie hatte zwei dringendere Angelegenheiten zu besprechen.

Die erste Wichtigkeit zog sie aus der Tasche und reichte sie Dana. Es war ein Scheck, oben standen die Namen von Oliver und Corinne James, ausgestellt vor zwei Wochen in Corinnes eleganter Handschrift über vierundachtzig Dollar plus ein paar Cent für ein Strickheft und die Kaschmirwolle für ihre Baskenmütze.

»Ich half Ellie Jo bei der Buchführung und fand ihn dabei in einem Umschlag von der Bank«, erklärte Tara.

»Geplatzt?«, fragte Dana überrascht. Corinne war doch reich.

»Eine von uns wird sie darauf ansprechen müssen, und da ich ein Feigling bin, überlasse ich es dir. Ich weiß, wie sehr du Corinne magst«, spöttelte Tara.

»War sie heute hier?«

»Ja, aber sie blieb nicht lange.«

»Das tut sie in letzter Zeit nie. Irgendwas stimmt nicht mit ihr.«

Tara nahm Danas Hand. »Apropos: Es stimmt auch was nicht mit Ellie Jo. Sie ist nicht in Ordnung. Saundra ist es auch aufgefallen. Dir noch nicht?«

»Du meinst ihre zeitweilige Geistesabwesenheit?«

»Die auch, aber was mich mehr besorgt, sind ihre Gleichgewichtsstörungen. Anfangs habe ich die auf ihren Fuß geschoben, aber inzwischen glaube ich, dass mehr dahintersteckt. Sie war heute nur kurz hier. Vielleicht merkt sie es selbst und versucht, es zu verbergen. Oder sie fühlt sich wirklich schlecht. Saundra ist bei ihr drüben.«

Mit klopfendem Herzen gab Dana ihr den Scheck zurück. »Ich muss zu ihr.« Im Laufschritt hastete sie den Plattenweg entlang, die Hintertreppe hinauf, über die Veranda und in die Küche. Die beiden Frauen saßen am Tisch und tranken Tee. Sie wirkten völlig entspannt. Bis Ellie Jo fragte: »Was war in Albany?«

Dana zögerte. Sie war eigens hergefahren, um ihrer Großmutter Bericht zu erstatten, doch plötzlich wollte sie gar nicht mehr darüber sprechen.

Ellie Jo missinterpretierte ihr Zögern. »Saundra weiß, was los ist, du kannst es ruhig erzählen.«

»Es gibt nicht viel zu erzählen.« Dana setzte sich zu ihnen. Sofort sprang Veronica auf ihren Schoß und fixierte von dort aus ihr Frauchen.

Dana schilderte den Besuch nur mit wenigen Worten, doch die genügten, um Ellie Jo in Aufregung zu versetzen. »Er verbirgt etwas«, sagte sie. »Es ist doch immer das Gleiche: Die Männer, die am meisten zu verbergen haben, wenden sich Gott zu.«

»Ich glaube nicht, dass es so ist, Gram.«

»Selbstverständlich tust du das nicht. Du hast gerade deinen Vater gefunden, und es ist ganz natürlich, dass du ihm glauben willst.«

»Nein«, widersprach Dana entschieden. »Ich glorifiziere ihn nicht, aber Hugh hat recht: Er wusste nicht, dass wir kommen würden, er wusste nicht einmal, dass ich existiere, und seine Antworten wirkten trotzdem einleuchtend.«

Ellie Jo legte ihre zerbrechlichen Hände auf die Tischplatte und stemmte sich hoch. »Männer sind Strolche.« Sie drehte sich um und geriet für einen Moment ins Schwanken. Veronica sprang von Danas Schoß.

»Gram …«

»Oprah läuft!« Ellie Jo humpelte zur Tür. »Du solltest sie dir ansehen Dana. Dann würdest du mal hören, was für Lügen die Leute auftischen.« Veronica folgte ihr.

Dana schaute den beiden verwundert nach. Dann wandte sie sich Saundra zu. »Ist sie okay?«

»Empfindlich«, antwortete Saundra. »Und schwach. Ich habe ihr den Vorschlag gemacht, zum Arzt zu gehen, aber sie sagt, sie sei wegen ihres Fußes dort gewesen, und sie hätten kein anderes Problem gefunden.«

»Da waren wir in der Notaufnahme«, sagte Dana. »Die haben sich gar nichts anderes angesehen als ihren Fuß.«

»Das bringt mich auf die Frage, wie es zu dem Sturz gekommen ist. Vielleicht ist einfach das Alter daran schuld gewesen. Das Gleichgewicht geht denselben Weg wie die Beweglichkeit. Und dieser Gips ist eine zusätzliche Beeinträchtigung.«

»Glauben Sie, es gibt generell Grund, sich wegen ihrer Gesundheit zu sorgen?«

»Ja.« Saundras Blick war traurig, ihr Lächeln lieb. »Aber würde sie das zugeben? Nein. Am besten wäre, Sie würden den Internisten bitten, ›überraschend‹ aufzutauchen und einen Check anzuordnen, wenn sie wieder zum Orthopäden muss. Kriegen Sie das hin?«

»Verlassen Sie sich drauf.«

Saundra schaute auf die Teetassen hinunter. »Ich bin Ihrer Meinung, was Ihren Daddy angeht. Sicher ist es möglich, dass er die Story über seine Schwester in petto hatte, wenn er versucht, seine Herkunft zu verbergen – aber er ist Priester, und ich neige dazu, ihm zu glauben.«

Dana war dankbar für die Unterstützung. »Damit stehe ich wieder am Anfang.«

»Ja, Ma'am, so ist es«, sagte Saundra auf eine Art, die in Dana den Verdacht aufkeimen ließ, dass sie etwas wusste.

»Ich nehme an, dass das nicht das erste Mal war, dass Sie mit Ellie Jo Tee getrunken haben.«

»Nein, Ma'am. Wir sitzen fast jeden Nachmittag hier, seit sie sich den Fuß gebrochen hat.«

»Und worüber sprechen Sie?«

»Wenn ich Ihnen das sagen würde, wäre das Verrat an einer Freundin.«

»Ist es so persönlich?«

»Alles, was alte Ladys miteinander reden, ist persönlich. Die Gespräche gehören zu den wenigen Dingen, die uns im Alter bleiben. Vieles andere verlieren wir.«

»Zum Beispiel?«

»Energie. Kraft. Gesundheit. Eigenständigkeit.«

»Aber Sie sind doch eigenständig.«

»Noch. In zehn Jahren brauche ich vielleicht jemanden, der mich mit Haferbrei füttert oder mir meine Bücher vorliest oder dafür sorgt, dass ich nicht im Tran das Haus verlasse und verloren gehe.«

»*Genau.*« Dana griff über den Tisch hinweg nach Saundras Hand. »Was ist, wenn es schlimmer wird mit Ellie Jo? Wenn ihre Geistesabwesenheit sich zur geistigen Verwirrung steigert und sie ihr Gedächtnis verliert? Dann werde ich die Wahrheit über Lizzies Wurzeln *nie* erfahren.«

»Sie glauben, dass sie sie kennt?«

»Nein.« Dana lehnte sich zurück. »Was glauben *Sie*?«

Saundra dachte darüber nach. Schließlich antwortete sie: »Ich glaube es *nicht.*«

Hugh rief bei seinen Eltern an, da er wusste, dass seine Mutter abnehmen würde, und erzählte ihr, was sie in Albany erfahren hatten.
»Ein *Priester?*« Sie klang hocherfreut.
»Und *sehr* weiß«, setzte Hugh hinzu.
»Bist du sicher?«
»Wir trafen ihn im Pfarrhaus an, er trug den Kragen, und die Pfarrsekretärin nannte ihn ›Father Jack‹.«
»Ich meinte, ob du sicher bist, was die Hautfarbe angeht. Wenn Lizzie ihre nicht von ihm hat, von wem hat sie sie dann?«
»Ich weiß es nicht. Aber zumindest haben wir jetzt die väterliche Seite von Danas Familie ausgeschlossen. Ich bin gespannt, was Dad sagen wird. Er ist fünf Jahre lang davon ausgegangen, dass der Mann ein Asozialer sei – und jetzt steht ein Priester vor uns.«
»Ich freue mich für Dana, und dein Vater wird das ebenfalls tun. Warte, ich hole ihn dir.«
»Nein, Mom. Richte es ihm nur aus.«
»Aber ich finde, du solltest es ihm selbst sagen.«
»Ich bin noch nicht in der Lage, ihm eine eindeutige Auskunft zu geben.«
»Hugh.«
»Noch nicht, Mom.«
Ein paar Minuten später klingelte das Telefon, und als er abnahm, hörte er die wütende Stimme seines Vaters. Doch der Zorn galt nicht Hughs kleiner Familie.
»Was zum *Teufel* tust du Stan Hutchinson an?«

Hugh brauchte einen Moment, um umzuschalten. »Drummond hat dich angerufen?«

»Nicht mich«, spuckte Eaton. »Nicht als Ersten, zumindest. Davor rief er meinen Bruder an, um ihm mitzuteilen, dass du den Senator belästigst, und um ihn daran zu erinnern, dass dem Kongress Gesetzesvorlagen zur Abstimmung vorliegen, die höchst unangenehme Auswirkungen auf den Konzern haben könnten. *Dann* rief er bei mir an, aber erst, nachdem *Brad* mich angerufen hatte, um mir zu berichten, dass du verrückt geworden seist, und mir zu erklären, dass *ich* dich zur Vernunft bringen müsse. Drummond formulierte es verbindlicher, aber es lief auf dasselbe hinaus. Er sagte, er rufe aus Respekt für mich in meiner Eigenschaft als Mitglied im University Club an. Er wolle mich wissen lassen, dass mein Sohn mit dem Feuer spiele.«

»Mit dem Feuer spiele? Wie ein kleiner Junge mit Streichhölzern?«

»Du hast keine Ahnung, was für Schwierigkeiten Hutchinson uns bereiten kann. Der Mann ist mächtig, und er ist rachsüchtig.«

»Wenn man ihn als Senator hört, könnte man ihn für einen Heiligen halten.«

»Was er sagt, ist eine Sache, was er *tut*, eine ganz andere. Er könnte deinen Onkel ruinieren, und er könnte mich ruinieren.«

»Dich ruinieren? Inwiefern?«

»Gesellschaftlich. Er könnte uns das Leben schwer machen, sowohl hier als auch auf Martha's Vineyard. Und er könnte die Promotiontour für mein Buch abwürgen.«

»Du glaubst, er kontrolliert die Buchbranche? Also wirklich, da traust du ihm aber eindeutig zu viel zu.«

»Und du zu wenig«, gab Eaton heftig zurück. »Was tust du nur, Hugh?«
»Offenbar habe ich eine empfindliche Stelle getroffen.«
»Indem du Hutch beschuldigst, irgendeinem Pipimädchen ein Kind gemacht zu haben?«
»Sie ist kein Pipimädchen«, widersprach Hugh energisch. »Und der Junge ist ein lieber, kleiner Kerl, der Hilfe braucht.«
»Warum ausgerechnet von Hutch?«
»Weil er Hutchs Sohn ist.«
»Kannst du das beweisen?«
»Vorläufig nur durch Indizien. Ich brauche eine DNA-Analyse, um es schlüssig zu belegen.«
»Deine Mutter sagte mir, dass der Vater deiner Frau aus einem irisch-katholischen Elternhaus stamme und weiß sei«, wechselte Eaton das Thema. »Wenn Ellie Jo keine afroamerikanischen Vorfahren hat, bei wem wirst du dann als Nächstes nachforschen? Bei *uns?*«
Hugh legte wortlos auf.

20

Hugh war am Freitagmorgen eine halbe Stunde vor Daniel Drummond im Büro. Bei einer Tasse Kaffee las er die neuesten Beweise, die Lakey gesammelt hatte. Als Drummond eintraf, war er umfassend vorbereitet und hellwach.

Drummond hingegen sah aus, als hätte er sich gerade erst aus dem Bett gequält.

»Kaffee?«, fragte Hugh höflich.

Der andere grunzte. »Nur, wenn er stark ist. Sahne, drei Stück Zucker.«

Hugh kredenzte ihm den gewünschten Kaffee in einem Becher mit Kanzlei-Logo und deutete einladend auf das Sofa. Drummond wählte stattdessen den einzigen Sessel im Büro, in dem Hugh üblicherweise beim Mandantengespräch saß. Unter anderen Umständen hätte Hugh die Atmosphäre lässig gehalten, doch nachdem Drummond es offenbar lieber streng dienstlich haben wollte, setzte Hugh sich mit dem Ordner in der Hand in seinen Schreibtischsessel.

»Danke, dass Sie gekommen sind, Dan. Die Sache eilt.«

»Das sagen Sie immer wieder – aber für *wen*? Meine Seite oder Ihre?«

»Angesichts der Tatsache, dass Ihre in zwei Monaten zur Wiederwahl antritt – beide.«

»Es gibt keine ernst zu nehmenden Stimmen gegen den Senator.«

»Das könnte sich ändern, wenn eine gewisse Information bekannt würde.«

»Dann läuft es also auf Nötigung hinaus. Wir haben Anfang September. Eine schlüpfrige Anschuldigung würde ihm eine negative Publicity bescheren, die sich vielleicht nicht bis zur Wahl aus der Welt schaffen ließe.«

Hugh beugte sich vor. »Das Timing ergibt sich aus dem Unfall, der vor zwei Wochen passierte. Der Junge ist vier Jahre alt. Er spielte auf dem Rasen vor dem Haus, als ein Auto von der Straße abkam und ihn anfuhr. Der Fahrer war ein älterer Mann, der am Steuer einen Herzinfarkt erlitten hatte. Der Tod des Mannes wurde an der Unfallstelle festgestellt. Beide Parteien waren nicht versichert. Wenn sie eine Wahl hätte, würde die Mutter niemals an Ihren Mandanten herantreten. Sie will ebenso wenig etwas mit ihm zu tun haben wie er mit ihr. Aber die Verletzungen sind gravierend.«

»Nämlich?«

»Der Junge hat einen Lendenwirbelbruch erlitten, der auf der rechten Seite bis in die Wachstumszonen hineinreicht, was bedeutet, dass das Kind ohne weitere Operationen asymmetrisch wachsen würde. Das ist ein Fall für einen Spezialisten.«

Drummond trank einen Schluck Kaffee. »Kein Krankenhaus wird solche Operationen verweigern«, sagte er ungerührt.

»Das ist richtig, aber die Mutter würde sich dadurch bis

an ihr Lebensende verschulden. Sie arbeitet als Kellnerin und fällt damit in das Niemandsland, in dem sie zu viel verdient, um eine Kostenerstattung beanspruchen zu können, und zu wenig, um die Rechnungen bezahlen zu können. Die Krankenhausverwaltung bedrängt sie bereits. Der Junge steht vor der Entlassung, was bedeutet, dass sie nicht mehr voll arbeiten kann, weil sie sich um ihn kümmern muss, was wiederum bedeutet, dass noch weniger Geld eingeht. Dazu kommt, dass der beste Mann für die Behandlung dieses Krankheitsbildes in St. Louis sitzt, was bedeutet, dass sie ihren Job vielleicht gänzlich aufgeben muss.«

»Wir sind in Boston. Wir haben die besten Ärzte des Landes *hier.*«

»Nicht für diesen Fall. Ich habe es überprüft. Das beste Center für diese Problematik hat die Wash U.«

Drummond schnitt eine Grimasse. »Warum braucht er den besten Arzt? Wäre der zweitbeste nicht gut genug?«

Hugh lächelte. »Für viele Menschen, ja. Für einen Jungen, dessen Vater Ihr Mandant ist, absolut *nicht.* Hutchinsons Sohn steht der beste Arzt zu. Ich bin sicher, Hutch würde mir zustimmen.«

»Oh, das würde er sicher – wenn der Junge sein Sohn *wäre*. Ich würde Geld darauf wetten, dass er es *nicht* ist.«

»Sie würden verlieren. Die Beweise sind zwingend.«

»Was für Beweise?«

»Ich habe sechs Leute, die bereit sind, vor Gericht zu bestätigen, dass Ihr Mandant an dem fraglichen Abend in dem Lokal war und von meiner Mandantin bedient wurde. Ich habe zwei Zeugen, einer davon ein Doktor der Philosophie, die bereit sind, vor Gericht zu bestätigen, dass ein der Beschreibung des Wagens Ihres Mandanten entsprechendes

Fahrzeug später vor dem fraglichen Motel parkte. Ich habe Quittungen sowohl von der Mietwagenfirma als auch von dem Motel.«

»Also hatte sie was mit dem Chauffeur.«

Hugh schüttelte den Kopf. »Es gibt ein Überwachungsvideo.« Lakey hatte gute Arbeit geleistet. »Vor fünf Jahren waren Überwachungsvideos noch nicht so üblich wie heutzutage, doch dieses Motel war kurz hintereinander mehrmals überfallen worden. Daher die Kamera. Die Aufnahme ist zwar körnig, der Senator aber eindeutig zu erkennen.«

»Wissen Sie, wie leicht man Videobänder manipulieren kann?«

»Wissen Sie, wie leicht man nachweisen kann, dass sie nicht manipuliert wurden?«

Drummond schwieg ein paar Herzschläge lang und fragte dann: »Ist das alles?«

Hugh schüttelte erneut den Kopf. Er hatte sich das Beste für den Schluss aufgehoben. »Wie es scheint, ruft der Senator im Augenblick des Höhepunkts einen Namen. Ich habe zwei Frauen plus meine Mandantin, die bereit sind, das vor Gericht zu bestätigen. Damit zitieren drei Frauen denselben Namen.«

»*Was* für Frauen?«

»Nicole Anastasia und Veronica Duncan.« Nicole war die Schauspielerin, die Lakey als erste Zeugin aufgetan hatte, und obwohl die Fotos von ihr mit dem Senator unveröffentlicht blieben, tauchten immer wieder Gerüchte über eine Liaison in der Regenbogenpresse auf. Veronica war eine Lobbyistin für die Gesundheitsfürsorge-Industrie und arbeitete seit Jahren eng mit dem Senator zusammen.

Drummond erkannte die Brisanz dieser Information und

änderte seine Taktik. »Welchen Namen ruft er denn angeblich?«

»Dahlia.« Hugh ließ die Eröffnung wirken. »Nicht der Name seiner Frau, stimmt's? Und auch nicht der seiner Mutter.«

»Dahlia? Nicht vielleicht Dah-ling?«

»Dahlia. Bei all den Namen, die es gibt, ist es höchst unwahrscheinlich, dass drei Frauen sich unabhängig voneinander denselben ausgedacht haben. Was glauben Sie, wer diese Dahlia ist? Sein erstes Mädchen? Eine langjährige Geliebte?«

»Ich denke, das ist irrelevant. Haben Sie einen echten Beweis dafür, dass Ihre Mandantin – wie heißt sie gleich? Crystal Kostas? – mit meinem Mandanten in dem Motelzimmer war?«

»Ich habe kein Foto, auf dem sie zusammen im Bett liegen, wenn Sie das meinen.«

»Vielleicht aber davon, wie sie gemeinsam hereinkommen oder hinausgehen?«

»Nein.«

»Dann, mein Freund, haben Sie also lediglich *Indizien.*«

»Aber *vernichtende,* wenn die Sache vor Gericht kommt.« Hugh ließ sich nicht den Wind aus den Segeln nehmen, denn er argumentierte ständig mit Indizien. Manche waren fadenscheinig, andere, wie in diesem Fall, waren es nicht.

»Sie behaupteten doch, Sie wollten nicht vor Gericht gehen«, sagte Drummond.

»So ist es auch. Aber wenn Hutchinson darauf besteht – ich bin gerüstet.« Er blätterte eine Seite in der Akte um, löste ein kleines Foto von der nächsten und reichte es über den Schreibtisch. »Da haben Sie den Jungen.«

Drummond sah ihn sich an, und es gelang ihm nicht ganz, seine Überraschung zu verbergen. Er schob Hugh das Foto zurück. »Ich wette, man findet in jedem Kindergarten des Landes einen Jungen, der dem Senator ähnlich sieht.«

»Vielleicht«, gestand Hugh ihm zu, »aber würde auch deren Geburtstermin der Berechnung entsprechen, deren Ausgangspunkt der Tag war, an dem der Senator in dem Lokal von meiner Mandantin bedient wurde, der Mutter des Jungen, einer Frau, die beweisen kann, dass sie mit Ihrem Mandanten zwei Stunden in dem Motel verbrachte?«

»Beweisen?«, hakte Drummond ein. »Sie haben selbst gesagt, dass es keine gemeinsamen Aufnahmen von ihnen in dem Motel gibt. Wer sagt denn, dass die beiden nicht mit jeweils einem anderen Partner dort waren?«

»Das da sagt es«, erwiderte Hugh mit einem Blick auf das Foto, das zwischen ihnen lag. Er wusste, dass es seine Trumpfkarte war. »Er ist ein netter, kleiner Bursche, Dan. Seine Mutter sagt, dass er so gut kickte, dass sie ihn im nächsten Frühling mit PeeWee-Fußball anfangen lassen wollte. Und jetzt kann er vielleicht nie mehr spielen. Seine ganze Zukunft steht auf dem Spiel. In Anbetracht der Vielzahl von Indizien, die ich habe, würde es einem Richter schwerfallen, sich darüber hinwegzusetzen.«

Drummond seufzte. »Wie viel will sie denn?«

»Es geht nicht um Wollen«, korrigierte Hugh ihn. »Es geht um Brauchen. Und wir hätten das Geld gern in Form eines Treuhandfonds. Meine Mandantin möchte nur von Hutchinson, was erforderlich ist, damit ihr Sohn wieder laufen kann. Sie ist nicht darauf aus, sich zu bereichern.«

»Und das macht sie zu einer Heiligen? Sie hat immerhin mit einem verheirateten Mann geschlafen.«

»Ein verheirateter Mann hat mit *ihr* geschlafen. Sie wusste, dass er Senator war, weil Gäste in dem Lokal ihn so angesprochen hatten – aber wusste sie auch, dass er verheiratet war? Ich bezweifle es. Sie ist nicht gerade ein Politik-Freak.«

»Wie viel will sie?«, wiederholte Drummond.

»Braucht«, korrigierte Hugh ihn erneut. »Eine Million.«

Drummond starrte ihn mit offenem Mund an.

»In Form eines Treuhandfonds. Mit der Option auf mehr, falls die medizinische Situation es erfordert.«

»Sonst geht sie an die Öffentlichkeit? Das ist Erpressung!«

»Nein. Medizinische Notwendigkeit.«

Drummond trank seinen Kaffee aus. »Eine Million.«

»Die hat er doch. Er hat Hunderte von Millionen.«

»Und deshalb kann man nach Belieben bei ihm abkassieren? Eine Million nur auf ihre Behauptung hin?«

»Wenn er ihr nicht glaubt – eine DNA-Analyse wird es beweisen.«

Drummond lachte auf. »Denken Sie im Ernst, dass mein Mandant dazu bereit wäre?«

Hugh zuckte mit den Schultern. »Wir haben genügend Zeugen, um das Gericht mehrere Tage zu beschäftigen. Ein Eingeständnis in aller Stille oder ein DNA-Test würde allen Beteiligten Zeit, Mühe und die Erniedrigung einer öffentlichen Vorverhandlung ersparen. Der Test geht schnell. Ihr Mandant ist häufig in Boston.« Hugh spürte, dass er das Heft in der Hand hielt. Er konnte sich erlauben, entgegenkommend zu sein. »Ich weiß, dass Sie keine Zusagen machen können, ohne vorher mit dem Senator gesprochen zu haben. Nehmen Sie die Akte mit. Darin sind alle Beweise aufgeführt. In diesem Stadium würde uns ein simples schriftliches Anerkenntnis der Verantwortlichkeit und die Einrichtung eines vorläufigen Treuhandfonds genügen, damit wir mit der Planung für die Behandlung des Jungen beginnen können. Ich möchte diese Angelegenheit ebenso schnell und zivilisiert über die Bühne bringen, wie, dessen bin ich sicher, der Senator es wünschen wird.«

Drummond fixierte ihn. »Ich mag Ihren Vater, Hugh. Und ich mag Ihren Onkel. Darum möchte ich sichergehen, dass Sie begreifen, dass der Senator es hasst, in einer solchen Weise beschuldigt zu werden.« Er hob die Hand. »Ich drohe Ihnen nicht, ich erkläre Ihnen lediglich, dass es, wenn Sie auf Ihrer Anschuldigung beharren und sie sich nicht als zutreffend erweist, unangenehme Auswirkungen haben könnte.«

Hugh hatte im Lauf seiner Karriere gelernt zu spüren, wenn ein Mandant ihn anlog. Crystal log nicht. Und er hatte den Jungen kennengelernt.

»Es ist das Risiko wert.« Er stand auf, heftete das Foto wieder an das medizinische Gutachten, klappte die Akte zu und hielt sie Drummond hin. »Danke für Ihr Kommen, Dan. Höre ich am Montag von Ihnen?«

Drummond nahm den Ordner. »Drängeln Sie nicht.«

»Der Senator ist nächsten Freitag zu einer Wahlkampfspenden-Veranstaltung in Boston.«

»Das wusste ich nicht.«

»Dann stehen Sie offenbar nicht auf seiner Liste der großen Spender. Ich könnte einen Termin für die Abnahme einer Probe zu jedem von ihm gewünschten Zeitpunkt vereinbaren.«

»Und wenn er beschließt, es auf einen Kampf ankommen zu lassen?«

»Möchte er damit in die Schlagzeilen?«
»Möchte Ihre Mandantin es?« Drummond lachte ein Von-Mann-zu-Mann-Lachen. »Hey, eine Kellnerin, die mit einem Gast auf einen Quickie in ein Motel geht, ist kein Unschuldsengel.«
»Sie ist eine gute Mutter und ein anständiger Mensch, und in diesem Moment versucht sie drüben im Krankenhaus, ihrem Sohn ein T-Shirt über seinen Ganzkörpergips zu ziehen, und fragt sich, womit ein Vierjähriger so etwas verdient haben kann. Er wird heute Vormittag entlassen, und sie hat keinen Babysitter, der ein Kind mit Gipsverbänden betreuen könnte, und darum wird sie nicht zur Arbeit gehen. Das bedeutet null Geld. Der nächste Freitag ist der allerspäteste Termin.«
»Der Termin ist vielleicht nicht einhaltbar.«
»Muss, Dan. Wir können nicht warten. Die Zeit arbeitet gegen uns. Wenn ich Montag nichts von Ihnen höre, rufe ich in Harkins' Büro an und bitte ihn, für Freitag einen Termin anzusetzen.«
»Harkins?« Es war weniger eine Frage als ein Ausdruck der Bestürzung.
»Er ist ein guter Richter, und ein Fall wie dieser liegt genau auf seiner Linie.«
»Ja – weil er selbst ein behindertes Kind hat.«
Hugh nickte. »Richtig.«
Drummond schwieg lange. Schließlich lachte er auf. »Sie sind gerissen.«
»Das können Sie laut sagen.« Hugh geleitete Drummond zur Kanzleitür. Auf dem Rückweg in sein Büro war er hochzufrieden mit sich. Er fühlte sich nützlich. Und tüchtig. Er hatte klargestellt, was er klarstellen wollte.

Voller Vorfreude darauf, Crystal die Neuigkeiten zu berichten, nahm er den Lift zur Tiefgarage und stieg in seinen Wagen. Doch als er die Rampe hinauffuhr, schaute er auf seine Uhr und änderte seine Meinung. Statt ins Krankenhaus zu fahren, lenkte er seinen Wagen zur Stadt hinaus.

In einer Wippe angeschnallt, saß Lizzie auf dem Küchenboden, satt und zufrieden, fasziniert vom Spiel der Sonnenstrahlen auf ihren Händchen, dass Dana entschied, das morgendliche Bad zu verschieben. Ein fasziniertes Baby war ein glückliches Baby, und sie sollten erst um neun bei der Kinderärztin sein. Jetzt war es halb acht.

Der Blick auf die Uhr erinnerte Dana daran, dass früher, als Ellie Jo und ihre Cousine Emma Young sich noch nahegestanden hatten, Ellie Jo um diese Zeit immer Emma angerufen hatte. Emma lebte im Norden von Maine und war so lange Bäuerin gewesen, dass sie auch nach dem Verkauf des Bauernhofes und ihrem Umzug in die Stadt schon bei Morgengrauen auf den Beinen war. Dana war sicher, dass sie sie jetzt telefonisch erreichen würde.

Sie tippte die Nummer ein, die sie am Tag zuvor in dem eselsohrigen Adressbüchlein ihrer Großmutter gefunden hatte. Es war ihr nicht wohl dabei gewesen, aber es musste sein. Sie wusste nicht, an wen sie sich sonst hätte wenden sollen. Ihr letzter Versuch, etwas über Ellie Jos Familie zu erfahren – sie hatte unter dem Vorwand, Lizzie vorzuführen, eine Rundreise durch die Stadt gemacht –, hatte nichts erbracht. Niemand hatte sie gekannt, bevor sie hergezogen war, und das war, kurz nachdem sie Earl kennenlernte. Emma war die Einzige, die Ellie Jo damals in Maine gekannt hatte.

»Hallo?«, meldete sich eine kratzige Stimme. Die Frau musste inzwischen gut und gern achtzig sein.
»Emma? Hier ist Dana Joseph.«
»Wer?«
»Dana Joseph«, wiederholte Dana lauter.
Es folgte eine Pause und dann alarmiert: »Rufst du wegen meiner Cousine Eleanor an?«
»Ja und nein.«
»Ist sie tot?«
»Guter Gott, nein!«, rief Dana. »Wie kommst du denn darauf?«
»Was?«
»Großmutter geht es gut!«, schrie Dana. Es hatte keinen Sinn, ausführlicher zu werden.
»Wenn Anrufe kommen, nachdem lange Zeit keine gekommen sind, bringen sie meist keine guten Nachrichten«, sagte Emma mit ihrem breiten Maine-Akzent.
»Das hier ist aber eine. Ich habe eine Tochter!«
Wieder eine Pause und dann, noch kratziger: »Seit wann?«
»Seit zweieinhalb Wochen.«
»Und es hat mich niemand angerufen, als sie geboren wurde!« Emma war lauter geworden und klang gekränkt.
»Das tut mir leid«, entschuldigte Dana sich. »Ich war ein bisschen überfordert. Wir haben auch keine Geburtsanzeigen verschickt.« Emma hatte natürlich auf der Liste gestanden, aber Ellie Jo hätte sie ruhig anrufen können.
»Ich war auf deiner Hochzeit«, krächzte die alte Frau weiter. »Deine Großmutter brauchte moralische Unterstützung, und ich war die Vorzeige-Verwandte. Ansonsten hat sie mich aus ihrem Leben ausgeschlossen. Und weißt du auch, warum sie es tat?«

Dana wartete. Als Emma nicht weitersprach, sagte sie: »Nicht wirklich.« Ellie Jo hatte lediglich erklärt, Emma sei eine bösartige Person, die darauf aus wäre, jeden zu kränken, dem sie sein Leben neide.

»Weil ich es gewagt hatte, etwas über ihren Earl zu sagen, was ihr nicht gefiel«, fuhr Emma fort. »Der Mann war nicht, wofür die Leute ihn hielten. Aber sie wollte nicht, dass das jemand erfuhr.«

Dana stockte der Atem. Sie schluckte trocken und fragte dann: »In welcher Hinsicht war er nicht, wofür die Leute ihnen hielten?«

»Er war ein Bigamist!«

»Ein *was?*«

»Ein *Bigamist.* Oh – das hätte ich nicht verraten dürfen! Ellie Jo sagte, ich wäre bloß neidisch, weil sie einen anständigen Mann geheiratet hätte und ich überhaupt nicht geheiratet hätte. Sie sagte, ich wäre eine bösartige Person – das schimpfte sie mich, eine ›bösartige Person‹ –, und dann knallte sie die Hörer auf.«

»Ein Bigamist«, wiederholte Dana. Angesichts dessen, wie sie ihren Großvater in Erinnerung hatte, erschien es ihr unglaublich. Er hatte seine Frau, seine Tochter und seine Enkelin abgöttisch geliebt und sich sogar, wenn seine Arbeit ihn aus der Stadt führte, täglich gemeldet.

Ein dünner Klagelaut drang aus dem Telefon. »Ich hätte das nicht sagen sollen!«, jammerte Emma. »Jetzt wird sie mich noch mehr verabscheuen.«

Dana spürte, dass die Frau sich in ihrem Kummer zu verlieren drohte. Also fragte sie schnell: »War Earl afroamerikanischer Herkunft?«

»*Was?*«

»War seine Familie afroamerikanisch?«

Nach einer Pause kam ungeduldig: »Ich sagte, er war ein *Bigamist!*«

»Was ist mit deinem Vater? Und deinem Onkel?« Der Onkel war Ellie Jos Vater gewesen. »Hatten *sie* afroamerikanisches Blut?«

»Blut?«, kreischte Emma alarmiert. »*Wo* ist Blut? Wovon redest du, Dana? *Hallo?*« Ihre Stimme hatte sich vom Telefon entfernt. *»Ich bin hier!«* Sie kam zu Dana zurück. »Meine Freundin holt mich ab. Wir fahren zum Frühstücken in die Stadt. Bitte sag Ellie Jo, dass ich sie liebe und dass es mir leidtut, wenn ich sie verärgert habe, und dass sie immer noch die einzige Familie ist, die ich habe. Wirst du das tun?«

»Natürlich«, versprach Dana, obwohl sie bezweifelte, dass die alte Frau es noch gehört hatte, bevor sie auflegte.

Ihr Blick kehrte zu Lizzie zurück, und während sie ihre Tochter beobachtete, dachte sie, dass sie von Angesicht zu Angesicht bestimmt mehr Glück bei Emma hätte, aber da sie ihre Großmutter kannte, wusste sie, dass Ellie Jo der Schlag träfe, wenn sie dahinterkäme, dass sie sie besucht hatte. Zudem kannte Dana Fotos der Eltern und Großeltern ihrer Großmutter. Sie waren allesamt hellhäutig. Außerdem hätte Emma, wenn die Familie einen afroamerikanischen Einschlag hätte, sofort gewusst, wovon sie sprach.

Nein, Dana glaubte nicht, dass der Grund für Lizzies Hautfarbe auf Ellie Jos Seite der Familie zu finden war. Bliebe Earls …

Wieder fiel ihr Blick auf die Uhr. Es wurde Zeit. Sie schnallte Lizzie ab, trat mit dem warmen Bündel auf dem Arm in die offene Terrassentür und hielt Lizzie in die Sonne. »Oh,

Mom«, murmelte sie. »Ist das nicht das süßeste kleine Mädchen, das du je gesehen hast? Hast du auch so empfunden, als du mich bekamst, oder ist Lizzie etwas Besonderes?«

Sie dachte gerade, dass es tausend Kleinigkeiten gab, die Lizzie zu etwas Besonderem machten, als das Telefon klingelte. Sie ging in die Küche zurück, nahm das schnurlose von der Station und erstarrte. 518. Sie erkannte die Vorwahl. Nein, sie erkannte die ganze Nummer. Father Jack rief an.

Langsam bewegte sie den Finger von der Sprechtaste weg. Das Herz klopfte ihr bis zum Hals. Atemlos wartete sie, bis das Klingeln verstummte. Er hinterließ keine Nachricht.

Sie warf das Telefon auf den Tisch und trug Lizzie nach oben, zog sie aus und behielt sie auf dem Arm, während sie Wasser ins Waschbecken laufen ließ. Sie badete sie lieber darin – mit einem Waschlappen als Antirutschmatte – als in dem Mercedes unter den Babywannen, den sie gekauft hatten.

Dana tröpfelte mit den Fingern warmes Wasser auf Lizzies Bäuchlein. »Oooo«, gurrte Dana, »ist das schön?«

Lizzie schien sich dessen nicht sicher zu sein. Ihr kleiner Körper war angespannt, und ihre dunklen Augen schauten ängstlich drein.

Also sprach Dana beruhigende Worte während des Waschens, und so hörte sie das Auto nicht kommen. Als Hugh plötzlich im Bad stand, schrak sie zusammen.

»Du hast mich erschreckt! Ich habe nicht mit dir gerechnet. Solltest du nicht in deiner Besprechung sein?«

»Das war ich.« Mit zufriedener Miene trat er neben sie ans Waschbecken. Dana schäumte gerade die Haare der Kleinen ein, und Lizzie verzog das Gesicht. »Was ist los?«, fragte er.

»Ich glaube, sie mag es nicht, nackt gesehen zu werden.«

»Das ist gut. Meinst du, das wird sie auch in ihrer Teenagerzeit so halten?«
»Wahrscheinlich nicht. Hey, du bist so guter Stimmung, wie lief's?«
»Ich glaube gut. Ob es saß, werde ich erst am Montag wissen, bis dahin habe ich ihm Zeit für seine Rückäußerung gegeben. Ihr müsst um neun bei der Kinderärztin sein, stimmt's?«
Als Dana nickte, fragte er: »Hast du etwas dagegen, dass ich mitkomme?«
»Natürlich nicht.« Jede Beteiligung seinerseits sprach dafür, dass Lizzie ihm am Herzen lag. »Du kennst Dr. Woods ja noch gar nicht.« Hugh hatte sie zwar unter allen Kinderärzten am Ort mittels Vergleichen von Lebensläufen, Empfehlungen und Gruppenzugehörigkeiten herausgesucht, doch am Tag des Vorstellungsgesprächs hatte ein Notfall ihn im Büro festgehalten, und als Laura Woods am Tag von Lizzies Geburt im Krankenhaus erschien, war Hugh auch nicht da.
Dana nahm eine Tasse, um Lizzie das Haar zu spülen. Das Baby begann zu weinen. »Schhhhh, Süße, schhhhhh. Ist ja gleich vorbei.« Sie machte, so schnell sie konnte. Hugh faltete ein Badetuch auseinander und hüllte die Kleine darin ein. Leise auf sie einmurmelnd, trug er sie ins Kinderzimmer.
In diesem Augenblick war Dana rundherum glücklich. Sie brachte das Badezimmer in Ordnung, und als sie in Lizzies Zimmer kam, hatte Hugh seine Tochter bereits angezogen. Die Ausgehkleidung, ein Geschenk von Freunden, bestand aus einem plissierten Kleidchen und einem passenden Höschen, war weiß und mit winzigen pastellfarbenen Blumen bestickt.

»Sie … sieht … wunderhübsch aus«, hauchte Dana hingerissen.
Mit dieser Meinung stand sie nicht allein. Wem sie auch im Ärztehaus begegneten, von jedem wurde Lizzie bewundert. Eine Schwester führte die kleine Familie in ein Untersuchungszimmer, wo Lizzie gemessen und gewogen wurde, bevor sie von Laura untersucht wurde. Was sie mit größter Behutsamkeit tat, während sie Routinefragen stellte. Als sie fertig war, wandte sie sich Dana und Hugh zu. »Hat es Fragen wegen ihrer Hautfarbe gegeben?«
»Einige«, antwortete Hugh. »Und man hat uns eine breite Palette von Möglichkeiten angeboten.«
»Davon bin ich überzeugt«, bemerkte Laura trocken. »Im Augenblick ist Lizzie sich ihrer Hautfarbe natürlich nicht bewusst, aber das wird sich irgendwann ändern. Und irgendwann möchten Sie sich vielleicht mit anderen Eltern rassisch gemischter Kinder unterhalten.«
»Neben uns wohnt eine Hälfte eines solchen Elternpaares. Der Vater ist schwarz und war uns bereits eine Hilfe.«
Die Ärztin hatte Lizzies Akte in die Hand genommen und blätterte darin. »Hier sind die Ergebnisse der nachgeburtlichen Erstuntersuchungen. Sie sind alle normal. Ihre Tochter hat keine Phenylketonurie, keine Unterfunktion der Schilddrüse, keine sonstige erbliche Stoffwechselstörung.« Sie hob den Blick und schaute von Dana zu Hugh. »Allerdings ist sie Trägerin einer Sichelzellenanlage.«
Das klang gefährlich. »Was bedeutet das?«, fragte Dana ängstlich.
»Die Sichelzellenkrankheit ist eine Erkrankung der roten Blutzellen, wobei die normalerweise runden, roten Blutkörperchen – bei Sauerstoffentzug – sichelförmig umgeformt

sind. Aufgrund dieser Form ist die Fließeigenschaft des Blutes gestört, und es kann zum Stillstand des Blutstroms in den kleinen Gefäßen kommen, ebenso zu einer Hämoglobinarmut und anderen Problemen.«

»Sichelzellenanämie«, sagte Hugh mit belegter Stimme.

»Ja. Die meisten Betroffenen sind Afrikaner und Afroamerikaner, im Mittelmeerraum kommt diese Krankheit auch noch vor.«

»Lizzie kann nicht krank sein«, widersprach Dana. »Sie sieht ... kerngesund aus.«

»Oh, sie ist auch nicht krank«, versicherte die Ärztin ihr. »Träger der Anlage zu sein bedeutet nicht, die Krankheit zu haben. Sie sollte nur wissen, dass sie eine Trägerin ist, wenn sie einmal selbst ein Kind bekommt. Wenn der Vater dieses Kindes ebenfalls ein Träger ist, könnte ihr Kind die Krankheit haben.«

»Und wie kam Lizzie dazu?«, fragte Dana.

»Die Anlage ist erblich. Einer von zwölf Afroamerikanern trägt sie in sich.«

»Das tröstet mich nicht. Könnte sie die Krankheit irgendwann entwickeln?«, wollte Hugh wissen.

»Nein. Aber wenn Kinder mit der Krankheit früh diagnostiziert und mit Antibiotika behandelt werden, ist sie ganz gut in den Griff zu kriegen. Das ist der Grund dafür, dass wir den Test bei Neugeborenen machen.«

Dana war nicht wirklich beruhigt. »Dann hat sie diese Anlage also zusammen mit ihrer Hautfarbe geerbt, ja?«

»Richtig. Einer von Ihnen ist ein Träger.«

Dana schluckte. »Ohne es zu wissen?«

Die Ärztin lächelte. »Wie ich Ihnen schon sagte: Träger zu sein hat keinerlei Auswirkungen auf die Gesundheit des

Trägers. Es bedeutet nur ein Risiko für die nächste Generation.«

Dana wollte ganz sichergehen, dass sie es verstanden hatte. »Nehmen wir mal an, ich bin Trägerin und Hugh wäre afrikanischer Abstammung – dann könnte Lizzie die *Krankheit* haben, richtig?«

»Nur, wenn Hugh Träger wäre.«

»Können Weiße auch Träger sein?«

»Wenn wir es bei einem Weißen feststellen, und das kommt kaum jemals vor, erweist sich bei genauerem Hinsehen für gewöhnlich, dass es im Stammbaum einen afrikanischen Vorfahren gibt.«

»Wir sind Angelsachsen«, erklärte Hugh mit Nachdruck. »Und auf einer Seite gibt es sogar Wikinger.«

Laura schaute Dana an. »Sie hatten mir gesagt, dass Sie vermuteten, dass Sie Lizzies Hautfarbe vererbt hätten. Die Anlage passt dazu.«

»Dann bin ich also Trägerin.«

»Ja.«

»Keine Chance, dass sie eine Generation übersprungen hat?«

»Nicht, wenn Ihre Tochter sie hat.«

»Dann muss einer meiner Elternteile sie ebenfalls gehabt haben.«

»Ja.«

Dana wandte sich Hugh zu. »Meinst du, mein Vater würde sich testen lassen?«

»Wenn ihm wirklich an einer Beziehung liegt, wird er es sicher nicht ablehnen«, antwortete Hugh. »Wie geht der Test vor sich?«, wollte er von Laura wissen.

»Es ist ein einfacher Bluttest. Jedes Labor kann ihn durchführen. Die Analyse der Probe dauert nur ein paar Minuten.«

»Dann könnte ich ihn gleich hier machen lassen?« Dana schaute Hugh an. »Ich finde, wenn ich meinen Vater darum bitten will, muss zuerst ich es tun.« Sie wandte sich wieder der Ärztin zu. »Ich möchte ihn machen, bitte.« Sie wollte Klarheit. Es wäre der erste wirklich Beweis, der erste *schlüssige* Schritt auf ihrem Weg zur Erkundung ihrer Herkunft. »Ich lasse Lizzie hier bei dir«, sagte sie zu ihrem Mann.

Laura schrieb die Anweisung aus, und Dana fuhr damit ins Labor hinunter. Sie hatte die Anweisung und ihre Versicherungskarte kaum vorgelegt, als sie auch schon aufgerufen wurde.

Der medizinisch-technische Assistent hatte ihr das Blut schnell und schmerzlos abgenommen. Aber dann kam das dicke Ende, als der MTA erklärte: »Ihre Ärztin hat das Ergebnis dann in den nächsten Tagen.«

»O nein!«, widersprach Dana entsetzt. »Ich brauche es sofort!« Das Resultat würde ihr zwar nicht verraten, welcher ihrer Vorfahren ihr das Gen vererbt hatte, doch nachdem sie seit zwei Wochen in der Luft hing, wollte sie wenigstens diese eine Gewissheit haben. »Dr. Wood sagte, die Analyse gehe ganz schnell.« Sie verlegte sich aufs Flehen. »Gibt es denn keine Möglichkeit …«

Der MTA wand sich. »Im Labor mögen sie es gar nicht, wenn man sie drängt.«

»Aber Dr. Wood sagte, es würde nur ein paar Minuten dauern. Sie *wartet* auf das Ergebnis. Ich kann hierbleiben und es dann mit nach oben nehmen.«

Der Mann gab nach. Mit dem Reagenzglas in der Hand

sagte er: »Fahren Sie ruhig wieder rauf. Sie wird angerufen, sobald das Resultat vorliegt.«

Dana kehrte zufrieden damit in die Kinderarztpraxis zurück, wo sie Laura noch immer bei Hugh und Lizzie vorfand. Sie sprachen über Genetik. Dana beugte sich über das Baby, schloss die Augen und atmete tief den süßen Duft ihres Kindes ein.

Als das Telefon klingelte, schrak sie hoch. Laura nahm ab, hörte zu und runzelte die Stirn. Als sie auflegte, wirkte sie verwirrt. »Der Test war negativ.«

»Negativ?«

»Offensichtlich sind Sie keine Trägerin.«

Schweigen trat ein.

Dana brach es schließlich. »Da muss ein Fehler passiert sein. Ich hätte sie nicht hetzen sollen.«

»Sie haben niemanden gehetzt. Nur der Papierkram macht die Sache so langwierig, nicht der Test.«

»Dann haben sie ihn falsch ausgewertet«, versuchte Dana es anders. »Vielleicht sollte ich ihn noch mal machen lassen.«

»Ich habe eine bessere Idee«, verkündete die Ärztin und deutete auf Hugh.

Dana schnappte nach Luft. »Das ist lächerlich!«

Aber Hugh sagte: »Ist es nicht. Lass es uns ein für alle Mal ausschließen.« Er wandte sich an Laura: »Sie sind sicher, dass einer von uns Träger sein muss?«

»Ich bin sicher«, bestätigte sie, während sie bereits die Anweisung ausschrieb.

Er verschwand damit, und in den folgenden zehn Minuten war Dana, während Laura sich einen anderen Patienten ansah, mit Lizzie allein. Sie legte die Kleine an die Brust, aber mehr zur Ablenkung, als um Lizzies Hunger zu stillen. Als

Hugh zurückkam, lag seine Tochter in Bäuerchen-Position an ihrer Schulter.
Dana hob die Brauen.
»Sie rufen an«, beantwortete er ihre stumme Frage.
»Gleich?«
Er lächelte. »O ja. Du hast einen bleibenden Eindruck hinterlassen.«
Sie klopfte leicht auf Lizzies Rücken. »Sichelzellenkrankheit.«
»Nicht *Krankheit*«, korrigierte Hugh. Er lehnte sich an die Untersuchungsliege und überkreuzte die Füße. »Nur die Anlage.«
Die Tür öffnete sich, und die Ärztin kam herein. Sie richtete den Blick auf Hugh. »Positiv.«
Danas Augen flogen zu ihrem Mann.
Ein schwaches, ungläubiges Lächeln lag auf seinem Gesicht. »Das ist unmöglich. Jedes einzelne Mitglied meiner Familie ist dokumentiert. Seit ... seit *Generationen.*«
»Ich kann Ihnen nur weitergeben, was der Test erbracht hat«, sagte Laura. »Danas ist negativ ausgefallen und Ihrer positiv.«
»Sie müssen die beiden verwechselt haben«, schlussfolgerte Dana, denn sie teilte Hughs Meinung. »Oder falsch ausgewertet, wie ich vorhin schon dachte.«
Laura schüttelte den Kopf. »Ich habe den Laborleiter gebeten, das Ergebnis zu überprüfen. Hughs ist eindeutig positiv.«

21

Hugh wollte es nicht glauben, aber das hatte nichts mit Engstirnigkeit zu tun: Der Gedanke, dass er für Lizzies afroamerikanischen Einschlag verantwortlich war, widersprach allem, was ihm über seine Familie beigebracht worden war – allem, was ihm seine Eltern über seine Familie beigebracht hatten.

Aber er glaubte an die Wissenschaft.

Die Bedeutung des Tests war klar. Das Resultat warf ein völlig neues Licht auf Lizzies Hautfarbe – und, wurde ihm schlagartig bewusst, auf Eatons Unbehagen darüber. Auf der Heimfahrt war er schweigsam, damit beschäftigt, im Geist Beweisstücke zu sammeln, die alles aus den Angeln hoben, was er zu wissen gedacht hatte.

Nachdem er Dana und Lizzie zu Hause abgesetzt hatte, machte er sich auf den Weg zum Old Burgess Way. Von Zorn angetrieben, fuhr er die ganze Strecke viel zu schnell, nahm den Fuß erst vom Gas, als er in die Zufahrt seines Elternhauses einbog. Er parkte und stürmte den Weg zu dem großen Ziegelbau hinauf.

Als auf sein Klingeln keine Reaktion erfolgte, öffnete er die Tür mit seinem Schlüssel. Mit ausgreifenden Schritten durchquerte er Halle und Wohnzimmer. Eaton war nicht in seiner Bibliothek, aber sein neues Buch. Es lag mitten auf dem riesigen Eichenschreibtisch, an dem schon Eatons Urgroßvater gesessen hatte. Eatons *angeblicher* Urgroßvater.

Frisch aus der Presse, lautete die handgeschriebene Nachricht von Eatons Verlegerin. *Auf noch mehr großartige Kritiken.*

Wutschnaubend ging Hugh den Weg zurück, den er gekommen war, und dann von der Halle in die Küche. Auch dort war niemand, aber die Tür zum Garten stand offen. Er nahm die wenigen Stufen mit einem Schritt und überquerte mit dem gleichen Ungestüm die an den Pool grenzende Terrasse. Seine Eltern saßen mit einem anderen Paar jenseits des Pools unter einem Sonnenschirm an einem schmiedeeisernen Tisch. Nach ihren Tellern zu urteilen, war das Mittagessen so gut wie beendet.

Dorothy bemerkte ihn als Erste. Ihre Augen strahlten auf, so dass auch die Übrigen aufmerksam wurden.

Hugh schaute seinen Vater an. »Können wir reden?«

»Hugh«, sagte Eaton freudig überrascht, als gebe es keinerlei Missstimmung zwischen ihnen. »Du erinnerst dich an Harry und Ellen Stone? Harry wurde zum Präsident emeritus des Krankenhauses ernannt, und wir feiern das hier gerade.«

Hugh streckte dem Mann die Hand hin. »Meinen Glückwunsch.« Er nickte Ellen zu und wiederholte, an seinen Vater gewandt: »Können wir reden?«

»Möchtest du vielleicht ein Sandwich, Hugh?«, fragte seine Mutter fröhlich.

»Nein, danke. Ich möchte nur Dad für ein paar Minuten entführen.« Sein Blick kehrte zu seinem Vater zurück, der die Wut darin offenbar erkannte, denn er stand auf und hakte Hugh unter.

»Ich komme gleich wieder«, sagte er zu den anderen und ging mit ihm um den Pool herum und über die Terrasse. Beim Haus angelangt, gab er Hughs Arm frei und trat, ihm voran, in die Küche. »Das ging knapp an Flegelei vorbei«, tadelte er. »Ich hoffe, der Anlass rechtfertigt dein Benehmen.«

Hugh war absolut dieser Meinung, auch wenn Eaton es wahrscheinlich anders sehen würde. Er hatte seinen Vater stets respektiert. Bei all ihren Differenzen hatte er seinen Vater doch immer für ehrlich gehalten. Jetzt tat er das nicht mehr.

Um einen zivilisierten Ton bemüht, sagte er: »Es ist gerade etwas sehr Interessantes passiert. Dana und ich waren mit Lizzie bei der Kinderärztin, die sich die Ergebnisse der Tests ansah, die gleich nach der Geburt vorgenommen werden. Mein Kind ist Träger einer Sichelzellenanlage. Weißt du, was eine Sichelzellenkrankheit ist?«

Eatons Ausdruck war wachsam geworden. »Ja.«

»Lizzie hat die Anlage von ihrer Mutter oder von ihrem Vater geerbt«, fuhr Hugh mit noch immer zurückgenommener Stimme fort, »und natürlich gingen wir davon aus, dass Dana dieser Überträger wäre, weil wir von Anfang an davon ausgingen, dass die afrikanischen Gene von ihrer Seite stammen, da meine Familie bekanntermaßen lilienweiß ist. Aber komischerweise fiel Danas Test negativ aus, Dad. Also dachte ich bei mir, was soll's, lasse ich mich eben auch testen, denn das Ergebnis wird natürlich negativ sein, und dann werden sie Danas Test wiederholen. Nur war das Ergebnis meines Tests *positiv*.«

Alle Farbe wich aus Eatons Gesicht. Er sagte nichts, starrte Hugh nur an, und das machte seinen Sohn noch wütender. »Und da fiel mir plötzlich wieder ein«, fuhr er fort, »wie du meine Frau nach Lizzies Geburt angegriffen hast, wie schnell du damit bei der Hand warst, sie zu bezichtigen, eine Affäre gehabt zu haben. Mir fiel ein, dass du mein Kind unter keinen Umständen sehen wolltest, und das auch noch, nachdem ich Dana durch den Vaterschaftstest gedemütigt hatte, den ich nur machen ließ, um dir zu beweisen, dass dieses Baby von *mir* war. Und da begann ich, mich zu fragen, warum du dieses unschuldige, dunkelhäutige Baby nicht sehen wolltest – du, der dunkelhäutige Menschen stets mit Respekt behandelte.«

Eaton stand stocksteif da und presste die Lippen aufeinander.

Hugh stützte sich auf der Arbeitsfläche ab, mit zitternder Hand. »Auf der Fahrt hierher erinnerte ich mich an unser letztes Telefongespräch. Du warst auf dein Buch fixiert, sagtest, der Zeitpunkt sei ungünstig, als sabotierten Dana und ich dich mit Vorbedacht. Dann musste ich an das Buch denken«, fuhr er fort, »das von Anfang bis Ende ein Bekenntnis zu unserer vornehmen Familie ist. Und ich dachte, wenn du die ganze Zeit Bescheid wusstest, wäre dein Buch eine glatte Lüge. Dein *Leben* wäre eine glatte Lüge.«

»Ich weiß nichts. Nicht wirklich.«

»Der große, weiße Liberale, als den du dich in deinen Büchern darstellst«, wütete Hugh, »ist der echt? Oder hast du dich all die Jahre nur aus Schuldgefühl für die Minderheiten stark gemacht, weil du dich als Weißen präsentiertest?«

»Ich habe keine einzige Zeile mit diesem Gedanken geschrieben.«

»Bist du wirklich unvoreingenommen, oder war das alles nur Show?«
»Spielt das eine Rolle?«, schoss sein Vater zurück. »Heiligt der Zweck nicht die Mittel?«
»Nein.« Hugh legte die Hand aufs Herz, wie Dana es vor nicht langer Zeit getan hatte. »Es geht darum, was *hier* ist.«
»Nicht immer«, widersprach Eaton.
»Du hattest keine Skrupel, alle Welt zu *betrügen?*«
Eaton blinzelte bei diesem Wort, und sein Kampfgeist erlosch. Plötzlich wirkte er wehrlos. »Diese Sichelzellen-Sache ist der erste konkrete Beweis, der mir zu Ohren gekommen ist.«
»Der erste *konkrete* Beweis? Was ist mit *nicht*konkreten Beweisen?«
»Es gab keine«, erklärte Eaton. »Überhaupt keine.«
»Aber du wusstest, dass die Möglichkeit bestand, dass unsere Familie nicht ist, was wir glaubten?«
Eaton starrte ihn an. Lange. Schließlich nickte er und schaute weg.
»Wann?«, fragte Hugh. »Wie weit liegt es zurück?«
»Nicht sehr weit.«
»Sprechen wir von der Zeit der Neuordnung?«
»Nein, es ist nicht einmal fünfundsiebzig Jahre her.« Sein Blick kehrte zu Hugh zurück. »Als Junge hörte ich ein Gerücht. Wir verbrachten die Sommer immer auf Martha's Vineyard.« Stirnrunzelnd presste er die Lippen aufeinander.
»Weiter«, drängte Hugh ihn.
»Was soll ich dir sagen?«
»Fang mit dem Gerücht an.« Er hatte noch nie in diesem

Ton mit seinem Vater gesprochen, das hatte seine Achtung vor ihm nicht erlaubt. Aber jetzt war alles anders.
Eaton lehnte sich ans Spülbecken und schaute über den Pool hinweg zu seiner Frau. Er setzte zum Sprechen an, schloss den Mund jedoch wieder. Schließlich seufzte er gottergeben und sagte: »Es hieß, dass meine Mutter eine Affäre mit jemandem auf der Insel hatte.«
»Einem Afroamerikaner.«
»Ja. Er war Anwalt in D.C. und verbrachte die Sommer in Oak Bluffs. Meine Mutter begegnete ihm öfter in der Stadt.«
»Begegnete ihm?«
Eatons Augen richteten sich wieder auf seinen Sohn, *dunkle* Augen, wurde Hugh bewusst – wie seine eigenen. Wie *Lizzies.* »Ob es eine Affäre gab, weiß ich nicht mit Bestimmtheit.«
»Dad«, sagte Hugh in scharfem Ton, »ich habe die Anlage für die Sichelzellenkrankheit. Glaubst du, die hat *Mom* mir vererbt?«
Eaton antwortete nicht.
»Weiß sie von dieser Geschichte?«
»Nein.«
Hugh presste den Mittelfinger auf seine Nasenwurzel. »Wusste dein Vater, dass seine Frau eine Affäre hatte?«
»Ich weiß nicht, was er wusste.«
»Hat er je etwas in dieser Richtung zu dir gesagt?«
»Nein.«
»Was weißt du sonst noch über den Mann? Kennst du seinen Namen?«
»Ja.«
»Lebt er noch?«

»Nein.«
»Hat er Familie?«
»Eine Schwester. Er stammte aus einer Mischehe – ein Elternteil schwarz, der andere weiß. Er selbst war hellhäutig.«
Hugh konzentrierte sich auf die Genetik. »Wenn er also ein Kind mit einer Weißen zeugte, stand zu erwarten, dass dieses Kind noch hellhäutiger würde.«
»Vielleicht ja, vielleicht nein.«
Hugh kam ein Gedanke. »Ihr habt nach Robert aufgehört, an weitere Kinder zu denken. Die meisten Clarkes haben drei oder vier Kinder. Wolltest du nach zwei als weiß durchgehenden Kindern dein Glück vielleicht nicht überstrapazieren?«
»Das war nicht der Grund. Die zweite Schwangerschaft war problematisch, und der Arzt riet uns von einer weiteren ab.«
Das akzeptierte Hugh.
»Robert war der Beweis für mich«, sagte Eaton. »Als seine Kinder weiß zur Welt kamen, gelangte ich zu dem Schluss, dass das, was ich auf der Insel gehört hatte, reiner Tratsch gewesen war.«
Hugh ließ ihn nicht vom Haken. »Aber du erkanntest die Wahrheit in dem Moment, als du Lizzie zum ersten Mal sahst.«
»Nein. Schließlich gab es auch andere Möglichkeiten«, bezog Eaton sich auf Danas Familie.
»Und da hast du *diese* einfach unter den Tisch fallen lassen! Und noch dazu meine Frau beschuldigt, mich betrogen zu haben! Wie konntest du?«
»Es war eine Möglichkeit.«

»So wie damals, als deine Mutter deinen Vater betrog? Hast du sie je darauf angesprochen?«
»Das konnte ich nicht.« Eaton stieß sich vom Spülbecken ab und steuerte auf die Tür zu.
Hugh erhob seine Stimme. »Weil es eine Beleidigung gewesen wäre, auch nur *anzunehmen,* dass sie untreu gewesen war! Warum hast du Dana nicht denselben Respekt gezollt? Sie mag nicht reinweißer Herkunft sein wie wir ...« Er brach ab und lachte bitter auf. »Ha! Wir *sind* ja gar nicht reinweißer Herkunft, stimmt's?«
Eaton hatte die Tür erreicht. Er drehte sich zu Hugh um und legte eine Hand an den Rahmen. »Was zum Teufel soll ich tun? Mein Buch erscheint Dienstag in einer Woche.«
»Du machst dir Gedanken über dein *Buch?*«, fragte Hugh aufgebracht. »Was ist mit meiner *Frau?*«
Eaton überging den Einwurf. »Die Termine für die Promotiontour sind fix. Zeitungsinterviews und Fernsehauftritte sind vereinbart.« Ein gehetzter Ausdruck trat in seine Augen. »Ich habe mein Leben in diesem Buch als Fakt präsentiert. Wenn es jetzt als Lüge entlarvt wird, bin ich als Autor erledigt. Kannst du dir den Skandal vorstellen? Die Regenbogenpresse wird sich ein Fest daraus machen, mich zu vernichten.« Seine Augen verengten sich. »Vergiss die Regenbogenpresse. Die *Times* wird sich ein Fest daraus machen. Und ... und meine Studenten? Wie soll ich denen das erklären? Oder dem Dekan?«
Hugh empfand kein Mitleid. »Wie war das doch gleich, was Mom und du immer sagten – lüge nicht, denn jede Lüge schlägt auf dich zurück.«
»Ich habe nicht gelogen. Ich *wusste* es nicht.«
»Aber du bist ein erfahrener Rechercheur. Du weißt, wie

man Fakten aus der Vergangenheit ausgräbt. Du hast es für Woodrow Wilson getan. Du hast es für Grover Cleveland getan. Warum konntest du es für Eaton Clarke nicht tun?«

Sein Vater richtete sich zu seiner vollen Größe auf. »Aus dem gleichen Grund, aus dem du annahmst, dass die Hautfarbe eurer Tochter von deiner Frau stammt. Ich wurde im Glauben an bestimmte Fakten aufgezogen, und ich zog es vor, mich an diese zu halten, anstatt andere Möglichkeiten in Betracht zu ziehen.«

»Du zogst es vor«, sagte Hugh.

»Ja, ich zog es vor. Möchten wir uns nicht alle für reinrassig halten?«

»Aber wir *sind* es nicht. Und du *wusstest* das«, Hugh hob die Hand, als sein Vater protestieren wollte, »hattest zumindest Zweifel. Was um Himmels willen hat dich geritten, *One Man's Line* zu schreiben?«

»Ich bin Historiker, und *One Man's Line* ist ein Geschichtswerk. Clarkes haben in jedem meiner Bücher eine Rolle gespielt.«

»Beiläufig. Nie als Hauptpersonen. Was hast du dir *gedacht?*«

»Ich dachte, es wäre *in Ordnung*«, erwiderte Eaton heftig. »Wir waren Wirtschaftsbosse, Politiker, Diplomaten. Wir standen an jeder Kreuzung der Geschichte dieses Landes, und das haben wir mit guter, ehrlicher, harter Arbeit erreicht. Ich bin stolz auf meine Familie.« Er legte die Hand aufs Herz. »Was soll ich meinem Agenten sagen? Meiner *Verlegerin?*«

»Was sagst du *Mom?*«, setzte Hugh hinzu, der wusste, dass das Schlimmste hier zu Hause auf seinen Vater wartete.

»Was sage ich meiner *Frau?* Nachdem sie von meiner Familie derart behandelt worden ist! Von *dir!* Und von Onkel Brad. Weiß *er* es übrigens auch?« Hugh fiel etwas ein. »Wer ist denn *sein* Vater?«

»Der Mann, den ich für *meinen* hielt.«

22

Dana versorgte Lizzie und versuchte, an nichts zu denken. Nachdem sie das Baby schlafen gelegt hatte, nahm sie sich das Färöer-Schultertuch vor. Sie wollte es für den Herbstverkauf fertig haben.

Die Arbeit erforderte ihre volle Aufmerksamkeit. Obwohl die Bordüre an den Rändern, das Streifenmuster und auch die hinten durch einen Keil getrennten Hauptteile fertig waren, musste sie Maschen zählen, Markierungen versetzen und sich Hunderte von Maschen weit an eine Liste halten. Und so brauchte sie für jede Reihe zehn geschlagene Minuten.

Sie konnte sich keine Gedanken über den Anruf aus Albany machen, sie konnte sich keine Gedanken über Hugh oder Eaton oder Ellie Jo machen – sie musste sich auf das konzentrieren, was sie tat. Es war therapeutisch, und als Lizzie aufwachte und wieder gestillt werden musste, fühlte Dana sich entspannt.

Während des Stillens stand plötzlich Ali in der Tür. Sie hatte ihre beiden Puppen dabei – Cream mit dem roten Schal um den Hals und Cocoa, die so oft mit dem grünen umwickelt war, dass er ihr Gesicht fast gänzlich verbarg. Als Dana ihn herunterzog, zog Ali ihn sofort wieder hinauf.

»Willst du nicht wenigstens ihre Nase frei lassen, damit sie atmen kann?«, fragte Dana.
»Sie muss nicht atmen. Sie mag es, zugedeckt zu sein.«
»Warum.«
»Weil sie so sehen kann, was passiert, ohne dass die Leute *sie* sehen.« Beide Puppen an die Brust drückend, schaute sie zu Dana auf. »Fahren wir in den Laden?«
»Ja, das machen wir.«
Ali plapperte den ganzen Weg über alles, was ihr unter die Augen kam. Dana hätte zwar gern das Schulthema angeschnitten, wusste aber nicht, wie sie anfangen sollte. Als sie The Stitchery erreichten, sprang Ali, kaum dass der Wagen stand, hinaus und lief voraus.
Dana folgte ihr mit Lizzie auf dem Arm. Im Laden angekommen, sprach Dana mit Tara über die fehlerhafte Rechnung eines Lieferanten, informierte sich bei Olivia über den Stand der Anmeldungen für die Herbst-Kurse und erkundigte sich bei Saundra nach Ellie Jos Gemütsverfassung. Als sie hörte, dass ihre Großmutter noch immer deprimiert war, ließ sie Ali und Lizzie in Saundras Obhut und ging zum Haus hinüber.
Ellie Jo war nicht in der Küche.
»Gram?«
Keine Antwort.
Dana durchsuchte den Rest des Erdgeschosses. »*Gram?*«, rief sie diesmal lauter und stieg in den ersten Stock hinauf. Ellie Jo war nicht in ihrem Schlafzimmer und auch nicht in ihrem Bad, aber Dana hörte Veronica.
Voller Angst, dass sich ihr ein Bild wie vor zwei Wochen bieten würde, lief sie den Flur hinunter zum Zimmer ihrer Mutter. Ellie Jo fand sie dort zwar auch nicht, aber wie neu-

lich die Schranktür offen und die Leiter heruntergeklappt. Veronicas Miauen kam vom Dachboden.
»Gram?« Dana kletterte eilends hinauf.
Im ersten Moment konnte sie Ellie Jo nicht entdecken, doch dann miaute Veronica erneut. Die beiden saßen in einer dunklen Ecke unter der Schräge. Ellie Jos Gipsfuß war nach vorne ausgestreckt, rechts von ihr lag ein Stück der rosafarbenen Dachisolierung und links ein Durcheinander von Papier.
»Was *machst* du hier, Gram?«, rief Dana erschrocken, denn die stickige Hitze konnte nicht gesund sein für die alte Frau. Sie kroch zu ihr. »Was ist das denn alles?«
Als Ellie Jo nicht antwortete, begann Dana, die Blätter einzusammeln. Es waren einige amtlich aussehende Papiere, ein Zeitungsausschnitt und eine handgeschriebene Notiz. Nach einem schnellen, fragenden Blick zu ihrer Großmutter las Dana den Zeitungsausschnitt. Der Artikel war vom Tag nach dem Sterbetag ihres Großvaters und begann mit dem Bericht über den rätselhaften Sturz eines Mannes in einem Motelzimmer und die Auffindung seiner Leiche zwölf Stunden später. Den Rest überflog sie nur. Wörter – sieben Wörter in der letzten Zeile sprangen ihr entgegen: *seit langem von ihm getrennt lebende Ehefrau.*
»Was ist das hier?«, wollte Dana wissen. Als wieder keine Antwort kam, sah sie ihre Großmutter genauer an. In Ellie Jos Augen lag ein gequälter Ausdruck, und etwas stimmte nicht mit ihrem Mund. Er wirkte ein wenig verzerrt und war leicht geöffnet, aber die Lippen bewegten sich nicht. Sie hatte sich überhaupt noch nicht bewegt!
»*Gram!*«, hauchte Dana atemlos. Alle anderen Gedanken wurden unwichtig. Sie beugte sich vor und berührte das

Gesicht ihrer Großmutter. Es war warm, und der Puls am Hals regelmäßig und kräftig. Aber Ellie Jo konnte nicht sprechen.

Zutiefst erschrocken tastete Dana nach ihrem Handy und erinnerte sich dann, dass es in ihrer Handtasche steckte – und die lag im Laden.

»Ich bin gleich wieder da, Gram.« Sie kroch rückwärts, bis sie sich aufrichten konnte, stieg die Leiter hinunter, schnappte sich das schnurlose Telefon aus dem Schlafzimmer und eilte zu ihrer Großmutter zurück. Zuerst rief sie in The Stitchery an. Und dann Hugh.

Während sie seine Nummer eintippte, erinnerte sie sich daran, wie nah sie sich einmal gewesen waren, welchen Halt er ihr geboten hatte. Dies war ein Notfall. Sie brauchte ihn jetzt.

»Ja?«, meldete er sich in einem merkwürdig zurückhaltenden Ton.

Dana kämpfte ihre aufsteigende Panik nieder. »Wo bist du?«

»Auf dem Highway.«

»Wie weit entfernt vom Laden?«

»Fünfzehn Minuten.« Er musste ihr angemerkt haben, dass etwas nicht stimmte, denn er fragte besorgt: »Ist etwas passiert?«

»Es geht um Ellie Jo«, sagte Dana. Sie kniete vor ihrer Großmutter, nahm eine der schlaffen Hände und drückte sie an ihr Gesicht. »Es kommt gleich ein Krankenwagen, aber du musst mir vielleicht mit Lizzie helfen.«

»Ist es wieder ihr Fuß?«

»Nein.«

»Das Herz?«

»Ich glaube nicht.«
»Ein Schlaganfall?«
»Vielleicht. Kommst du?«

Als Hugh eintraf, wurde Ellie Jo gerade auf einer Bahre in den Krankenwagen geschoben. Dana lief ihrem Mann entgegen.
»Sie denken, es ist ein Schlaganfall, aber sie sind nicht sicher«, rief sie angstvoll. »Ich muss bei ihr bleiben, Hugh. Lizzie ist drüben im Laden, und ich habe keine Ahnung, wie lange ich weg sein werde. Ich kann sie unmöglich mitnehmen. Wir haben Fläschchen mit fertig gemischter Ersatznahrung zu Hause. Du musst sie nur warm machen und einen Sauger draufschrauben.«
»Das werde ich wohl schaffen«, meinte Hugh. Da Dana stillte, hatte er das Baby zwar noch nie gefüttert, aber wie man es machte, wusste er aus Büchern.
»Wir müssen los«, rief einer der Sanitäter herüber.
Dana entfernte sich rückwärts von Hugh. »Du findest alles, was du brauchst, in dem Schrank rechts vom Kühlschrank.«
»Wie warm muss die Milch sein?«
»So warm, dass du sie nicht auf der Haut spürst.« Dana kletterte in den Krankenwagen.
»Sagst du mir Bescheid, wie es um sie steht?«
Sie nickte. Als die Türen geschlossen wurden, löste sich Tara aus dem Grüppchen der umstehenden Frauen.
»Soll ich auf das Baby aufpassen, damit Sie ins Krankenhaus fahren können?«, fragte sie Hugh.
Er vertraute ihr, aber er wollte Lizzie lieber bei sich haben. »Danke, ich fahre erst später. Aber Dana wird eine Milchpumpe brauchen.«

»Ich hole meine und bringe sie ihr. Dann zeige ich ihr, wie man damit umgeht, und bringe Ihnen die abgepumpte Milch.«

»Das wäre eine große Hilfe.« Er entdeckte Lizzie schlafend an der Schulter einer Frau, die dem Krankenwagen besorgt nachschaute. Er hatte sie schon im Laden gesehen und war ihr vor zwei Wochen in der Klinik vorgestellt worden. »Das ist Saundra, nicht wahr?«

»Saundra Belisle«, half Tara ihm auf die Sprünge. »Sie ist ein Schatz.«

Saundra war nicht viel kleiner als er, war mit ihrer hellbraunen Haut, dem geschorenen grauen Haar, gekleidet in eine weiße Hose und schokoladenbraune Bluse, eine elegante Erscheinung. Aus ihren Augen sprach Kummer. »Hat der Notarzt etwas gesagt?«

»Nicht dass ich wüsste.«

Saundras Blick wurde nachdenklich. »Sie war in letzter Zeit nicht sie selbst. Rückblickend frage ich mich jetzt, ob ihr Sturz von der Dachbodenleiter vielleicht die Folge eines ischämischen Hirninfarkts war. Solche Schlaganfälle werden kaum bemerkt, weil sich die Beeinträchtigungen meist innerhalb von vierundzwanzig Stunden geben. Es ist gut möglich, dass sie sogar mehrere davon hatte, aber sie weigerte sich ja strikt, zum Arzt zu gehen. Wir hätten darauf bestehen müssen.« Sie löste das Baby behutsam von ihrer Schulter und wiegte es einen Moment in den Armen, bevor sie es Hugh übergab. Die Kleine schlief selig weiter.

»Sie sind ein Glückspilz«, sagte sie.

Als Hugh auf Lizzie hinunterblickte, wurde er von einem Gefühlsüberschwang erfasst, der an Intensität alles übertraf, was er je empfunden hatte. Sie war *sein* Kind. »Danke, dass Sie sich um sie gekümmert haben.«

»Es war mir eine Freude.«
Etwas in Saundras Stimme veranlasste Hugh, sie genauer anzusehen. Er sah ihr ihre Freude an, und sie tat ihm gut.
»Wenn ich irgendwie helfen kann«, bot sie an, »ich wohne nur fünf Minuten entfernt. Tara hat meine Nummer. Sie können jederzeit anrufen.«
»Danke.« Er sah ihr nach, als sie in den Laden zurückging, und dabei entdeckte er Ali Johnson durch die Tür. Sie saß mit ihren beiden Puppen im Arm an dem langen Tisch. Angst stand in ihren aufgerissenen Augen. Hugh ging ins Geschäft. »Ali! Wie bist du denn hierhergekommen?«
»Mit Dana«, antwortete das kleine Mädchen mit zittriger Stimme. »Was hat Gram Ellie denn?«
»Ich weiß es nicht genau.« Er hockte sich vor sie hin.
»Wird sie sterben?«
»Das wollen wir nicht hoffen. Ich brauche deine Hilfe, Ali. Dana ist ins Krankenhaus mitgefahren, und ich bin mit Lizzie allein. Fährst du mit uns nach Hause und passt unterwegs auf sie auf? Glaubst du, du kannst das?«
Ali nickte.
Hugh lächelte. »Braves Mädchen.« Er stand auf. »Dann pack deine Sachen zusammen.«

Als sie zu Hause ankamen, stieg in der angrenzenden Zufahrt gerade David aus seinem Auto.
Ali sprang aus dem Wagen und rannte wie der Blitz zu ihm. »Daddy, Daddy! Es ist was ganz Schlimmes mit Gram Ellie! Sie haben sie auf einer *Bahre* aus ihrem Haus tragen müssen. Macht man das nicht mit Leuten, wenn sie *tot* sind?«
»Sie lebt«, rief Hugh hinüber und hob Lizzie aus ihrem Sitz. Als er sich aufrichtete, stand David da.

»Was ist passiert?«
»Ich glaube, sie hatte einen Schlaganfall. Der Krankenwagen hat Ali erschreckt.« Die Kleine war ins Haus gerannt, und Hugh fragte: »Willst du etwas Erstaunliches hören?«
David sah ihn fragend an.
»Mein Großvater war zur Hälfte schwarz.«
David machte ein mehr als verdutztes Gesicht.
Hugh lachte auf. »So ging es mir auch. Ich habe es gerade erst erfahren. Es ist das erste Mal, dass ich es ausspreche.«
David runzelte die Stirn. »Sag es noch *mal.*«
»Mein Großvater war zur Hälfte schwarz.«
»Welcher Großvater?« David klang, als halte er die Aussage für einen Scherz. *War es der Industriemagnat oder der isländische Botschafter?*, hörte Hugh ihn denken.
»Wie es aussieht, verliebte sich die Mutter meines Vaters eines Sommers auf Martha's Vineyard in einen Anwalt.«
David brauchte einen Moment, um zu begreifen, dass Hugh es wirklich ernst meinte. Dann wurde er wütend. »Du Mistkerl!«
»Nicht ich. Mein Vater.«
»Ihr seid also Betrüger, die als weiß durchgehen! Habt euer Leben lang jeden Vorteil genutzt, der sich euch bot! Seid als Pharisäer dahergekommen und habt die ganze Zeit verheimlicht, dass ihr Mischlinge seid!«
Diesmal erhob Hugh keinen Einspruch. Er hatte das Gefühl, David Gelegenheit geben zu müssen, sich Luft zu machen, wenn sie eine Chance haben sollten, wieder Freunde zu sein.
»Was soll das heißen, du hast es gerade erst erfahren?«, erinnerte David sich plötzlich.
Hugh erzählte ihm von dem Sichelzellen-Test und wie er Eaton danach zur Rede gestellt hatte.

»Er *wusste* es nicht?«, fragte David. »Glaubst du ihm das?«

Hugh dachte nach. »Ja«, antwortete er schließlich. »Das tue ich. Ich habe sein Gesicht gesehen. Ich kann ihm vorwerfen, dass er nicht nachgeforscht hat, aber seine Überraschung war nicht gespielt.« Eatons Entsetzen bei dem Gedanken an sein Buch ließ er unerwähnt. Es hätte kein schmeichelhaftes Licht auf ihn geworfen.

David schaute Hugh forschend an, als warte er darauf, dass er jeden Moment in Gelächter ausbräche und alles zurücknähme. Aber es gab nichts zurückzunehmen. Es war real.

Die Wut in Davids Augen erlosch. Er fuhr sich mit der Hand über den kahlen Schädel. »Das ist ziemlich komisch, wenn man es genau bedenkt. Dein Dad muss unter Schock stehen. Apropos Schock: Ich habe meiner Ex von Alis Puppen erzählt. Zuerst flippte sie aus, aber sie beruhigte sich schnell wieder und lief zu ihrer gewohnten Form auf. Sie meinte, ich sehe entweder Gespenster oder versuche, sie zu verunsichern, oder ich verwöhne Ali derart, dass sie *deshalb* nicht mehr wegwill.« Sein Blick glitt zu Lizzie. »Soll ich die Kleine nehmen, dann kannst du ins Krankenhaus fahren?«

»Ich warte erst Danas Anruf ab.« Hugh hielt Davids Blick fest. »Aber ich danke dir. Ich weiß das Angebot zu schätzen.«

»Was das andere betrifft«, David war merklich ruhiger geworden, »es ist nicht das Ende der Welt.«

»Nein, aber es verändert meine *Sicht* der Welt.«

»Das könnte sich als gut erweisen.«

»Vielleicht. So weit bin ich noch nicht gekommen. Wie gesagt, ich erfuhr die Neuigkeit erst vor ein paar Stunden.«

»Ich bin froh, dass du es mir erzählt hast.«

»Ich auch.«

Wieder schaute David Lizzie an. »Weißt du, was du tun musst, wenn sie weint?«

»Sie füttern, richtig? Das habe ich zwar noch nie gemacht, aber wir werden schon zurechtkommen. Wenn ihr Hunger groß genug ist, wird sie trinken, oder?«

Das war die Theorie. In der Praxis war es schwieriger. Er konnte den Flaschenwärmer nicht finden und musste, als Lizzie zu schreien begann, auf Plan B umschalten, der darin bestand, das Fläschchen mit der Ersatznahrung in einem Topf mit Wasser auf dem Herd zu erwärmen. Unglücklicherweise hatten die Bücher nicht davor gewarnt, die Milch zu heiß zu machen. In seiner Not stellte er die Flasche für ein paar Minuten in den Kühlschrank und, als Lizzies Gebrüll lauter wurde, in den Tiefkühler. Am Ende nahm er eine zweite Flasche, erhitzte sie kurz und schraubte einen Sauger drauf.

Wie sich zeigte, mochte Lizzie diesen Sauger nicht. Sie suchte weiter nach der gewohnten Quelle und wurde hektisch, als sie sie nicht finden konnte. Zu guter Letzt versuchte sie es in ihrer Verzweiflung mit dem Sauger, verschluckte sich und begann, wieder zu schreien.

Hugh überprüfte die Packung und stellte fest, dass sie Sauger mit einer mittelgroßen Öffnung für größere Babys enthielt. Nach einigem Herumkramen fand er die richtigen, pulte einen aus der Schachtel und schraubte ihn auf das Fläschchen. Als Lizzie sich wie eine Wilde wehrte, atmete er tief durch, um Ruhe zu bewahren, und versuchte es mit besänftigenden Worten. Es funktionierte.

Dann klingelte das Telefon. In Ermangelung einer dritten Hand wollte er das Baby und die Flasche mit einer Hand halten, um mit der anderen abnehmen zu können, doch Lizzie rutschte der Sauger aus dem Mund, und sie fing wieder zu schreien an. Also positionierte er sich umfallsicher zwischen diversen Kissen und schob ihr den Sauger in den Mund. Obwohl er sich den Arm fast auskugelte, er kam nicht an den Apparat. Als er vermutete, dass sich nach dem nächsten Klingeln der AB einschalten würde, nahm er Lizzie die Flasche weg und hechtete zum Telefon. Es war Dana.

»Hey«, sagte er. »Warte eine Sekunde.« Er nahm Lizzie hoch, brachte sie mit dem Fläschchen zum Schweigen und klemmte sich das Gerät zwischen Kinn und Schulter. »Wie geht es ihr?«

»Sie sagen, ihr Zustand sei stabil. Warum weint Lizzie?«

»Ich musste ihr die Flasche wegnehmen, um ans Telefon zu kommen. Was bedeutet ›stabil‹?«

»Sie atmet selbstständig, und ihr Herz ist okay. Das Problem ist ihre rechte Seite. Sie machen Tests, um die Ursache zu finden.«

»Was kann ich tun?«

»Mit Lizzie zu Hause bleiben. Tara bringt mir eine Pumpe, und dann bringt sie dir meine Milch.«

»Lizzie scheint nichts gegen die Ersatznahrung zu haben.«

»Aber ich platze demnächst. Und außerdem muss ich lernen, wie man mit dem Ding umgeht. Es wird eine Weile dauern, bis Gram wieder nach Hause darf. *Falls* sie wieder nach Hause darf.«

»Das darf sie bestimmt, Dee. *Denk* nicht mal an die Alternative.«

»Wenn sie die Ursache des Problems finden«, sagte Dana mit brüchiger Stimme, »dann heißt es entweder Operation oder Medikation. Sie wissen nicht, ob sie je wieder ihre volle Beweglichkeit zurückerlangt.«

»Wenn sie es nicht wissen, dann bedeutet das, dass es immerhin *möglich* ist.«

»Sie wird nie wieder dieselbe sein, Hugh.«

Die Worte rührten etwas in ihm an. »Allmählich scheint mir, dass das Leben eine Kette aus Gliedern der Veränderung ist und jedes neue Glied dem Ganzen eine etwas andere Richtung gibt.«

»Aber ich will *zurück.*«

»Ketten sind nicht biegsam genug für Einhundertachtzig-Grad-Wendungen.«

»Sie ist meine Großmutter. Sie ist alles, was ich aus der Vergangenheit habe. Sie war meine *Mutter.* Das ist eine ganz spezielle Rolle. Deshalb steht sie mir besonders nah.«

»Ich verstehe dich.« Sein Vater fiel ihm ein. Eaton hatte seiner Mutter sehr nahegestanden. Nach ihrem Tod hatte er monatelang getrauert.

»Ich gehe lieber zurück. Wenn ich mehr weiß, rufe ich wieder an.«

»Ja, bitte, tu das.« Nach einer winzigen Pause setzte er hinzu: »Ich liebe dich.«

»Wir reden später«, sagte sie leise und beendete das Gespräch.

Hugh fütterte Lizzie fertig und ließ sie ein Bäuerchen machen, doch in Gedanken war er die ganze Zeit bei dem, was Dana gesagt hatte. Mütter spielten wirklich eine spezielle Rolle. Sie waren da, wenn niemand sonst da war, schienen durch einen ungeschriebenen Vertrag mit dem Kind verbun-

den zu sein, das sie zur Welt gebracht hatten und seitdem ernährten.
Hugh hatte eine Mutter. Wenn sie sich durch einen solchen Vertrag mit ihm verbunden fühlte, wollte er das wissen. Er griff zum Telefon.

23

Hugh schätzte, dass zwei Stunden vergangen waren, seit er den Old Burgess Way verlassen hatte. Das Mittagessen wäre beendet. Die Stones hätten sich verabschiedet. Eaton würde vor sich hin brütend in der Bibliothek sitzen und Dorothy, wie immer, ans Telefon gehen, wenn es klingelte.

Ihr »Hallo?« ließ die gewohnte Fröhlichkeit vermissen.

»Ich bin's«, sagte er.

Nach einer Sekunde kam ungewohnt streng: »Was hast du zu deinem Vater gesagt, Hugh?«

»Hat er es dir nicht erzählt?«

»Kein Wort. Er brüllte zu uns heraus, dass etwas passiert sei, und schloss sich in der Bibliothek ein. Als ich anklopfte und ihm sagte, dass die Stones sich verabschieden wollten, schnauzte er, er telefoniere. Es war so peinlich, Hugh. Extrem unhöflich. Er antwortet jedes Mal, wenn ich ihn rufe, aber er kommt nicht heraus. Was hast du zu ihm gesagt?«

Das konnte Hugh ihr unmöglich sagen. Es stand ihm nicht zu. Sein Vater würde eine Möglichkeit finden müssen, den *Mut* aufbringen müssen, es zu tun. *Er* müsste es tun. Eaton hätte es schon vor Jahren tun müssen. Hugh konnte nicht fassen, dass der Mann seine Frau zweimal geschwängert hatte, ohne sie von dem Gerücht in Kenntnis zu setzen. Wenn der Anwalt auf Martha's Vineyard zur Hälfte schwarz gewesen war, dann war Eaton es zu einem Viertel.

Und er, Hugh, zu einem Achtel. Es war bizarr.

Von ihm würde seine Mutter es nicht erfahren.

»Ich befinde mich in einer Zwangslage, Mom. Danas Großmutter hatte einen Schlaganfall.« Er hörte seine Mutter nach Luft schnappen. »Dana ist mit ihr ins Krankenhaus gefahren, und im Moment wird dort versucht, die Ursache zu klären. Ich möchte Dana gern beistehen, doch ich weiß nicht, wie lange es dauern wird. Theoretisch könnte ich Lizzie mitnehmen, aber die Klinik ist kein geeigneter Ort für einen Säugling. Ich brauche jemanden, der sich hier um sie kümmert. Kannst du kommen?«

»Äh ...«

»Ich weiß, dass du schon einmal hier warst.«

»Dein Vater weiß es *nicht*, Hugh.« Dorothy klang ängstlich. »Was soll ich ihm sagen?«

»Dass ich dich brauche«, schlug er vor. »Dass mein Baby dich braucht. Ich weiß, ich bringe dich in eine schwierige Situation, aber es ist ein Notfall.« Sie hatten keine Säuglingsschwester eingestellt und noch keinen Babysitter. Natürlich könnte er eine Agentur anrufen und eine Fremde engagieren. Oder David bitten. Oder Tara. Aber Dorothy war seine Mutter, und Lizzie war ihr Fleisch und Blut. »Ich möchte für Dana da sein. Die letzten Wochen waren problematisch. Ich habe sie nicht in dem Maß unterstützt, wie ich es hätte tun sollen. Ich schulde es ihr.«

»Du schuldest es ihr? Ist es eine Verpflichtung?«

»Lass es mich anders formulieren: Ich habe mich schlecht benommen und muss das wiedergutmachen.«

»Schlecht benommen? Inwiefern?«

»Was Lizzies Hautfarbe angeht. Ich kann jetzt nicht näher darauf eingehen, Mom – und was Dad betrifft, er und ich hatten eine Meinungsverschiedenheit. Die Details musst du dir von ihm erzählen lassen.«

»Er wird mir gar nichts erzählen. Er ist wütend, und du bringst mich in eine Zwickmühle. Ich weiß nicht, was ich tun soll.«

»Erzähl ihm von Ellie Jo«, sagte Hugh. »Erzähl ihm, dass Dana allein ist. Er wird es verstehen.«

»Das glaube ich *nicht.*«

»Vertrau mir – er *wird.*«

Dorothy betrachtete die Tür zur Bibliothek. Sie war aus massivem Mahagoni, und das Türblatt zierten acht erhöhte Felder von leicht unterschiedlicher Maserung. Dorothy fuhr mit dem Finger über eines davon und klopfte dann an.

»Eaton? Bitte, mach auf.«

»Nicht jetzt, Dorothy.« Seine Stimme klang gedämpft.

»Es hat sich eine Situation ergeben. Ich muss mit dir reden.«

»Es kann nicht dringend sein.«

»Doch, das ist es«, rief sie und legte eine Hand auf eines der Felder auf. »Danas Großmutter hatte einen Schlaganfall. Dana ist bei ihr im Krankenhaus, und Hugh möchte ihr beistehen, aber er will das Baby nicht mitnehmen. Er hat mich gefragt, ob ich mich um die Kleine kümmere, solange er weg ist.«

Jenseits der schweren Tür herrschte tiefe Stille.

»Eaton?« Dorothy rüttelte an dem Knauf. »Bitte, mach auf! Bitte, sag mir, was los ist!« Er sagte *nichts. »Eaton!«*
»Fahr zu Hugh!«, rief er.
»Ich habe ihm gesagt, dass er mich in eine Zwickmühle bringt, weil du nicht willst, dass ich hinfahre, aber ich teile seine Meinung, dass er jetzt bei seiner Frau sein sollte.«
»Fahr zu Hugh«, rief Eaton wieder und diesmal mit mehr Nachdruck.
»Dana muss außer sich sein vor Sorge, denn ihre Großmutter ist alles für sie, und darum kann ich verstehen, dass Hugh bei ihr sein möchte. Wenn sie gewusst hätten, dass so etwas passieren würde, hätten sie bestimmt entsprechende Vorkehrungen getroffen. Es war nach allem, was zwischen uns vorgefallen ist, sicher nicht einfach für Hugh, mich um diesen Gefallen zu bitten. Aber solche Ereignisse treffen einen immer unvorbereitet, und dieses Baby ist mein *Enkelkind* ...«
»Dorothy! Fahr hin!«
»Aber du bist mein *Mann*«, sagte Dorothy und legte jetzt die andere Hand auf das Feld daneben auf, »und du bist derangiert. Ich sollte bei *dir* sein.«
Wieder antwortete ihr nur Schweigen, und dann öffnete sich die Tür so plötzlich, dass Dorothy beinahe vornübergefallen wäre. Überrascht fuhr sie zurück.
»Dorothy!«, sagte Eaton stirnrunzelnd. »Ich habe dir mehrfach gesagt, du sollst *fahren.*«
Als Dorothy ihn anschaute, erschrak sie. Die Haare waren zerrauft, die Augen müde, und das Gesicht wirkte unnatürlich blass. »Mein Gott, du siehst ja schrecklich aus.«
Er seufzte und fuhr sich mit der Hand durch die Haare, eine Bewegung, die Hugh oft machte. Die Ähnlichkeit zwischen

den beiden war schon immer auffällig gewesen. »Es geht mir einiges durch den Kopf, Dot.«
»Zum Beispiel?«
»Ich glaube, der Erscheinungstermin des Buches muss verschoben werden.«
Sie war entsetzt. »Es ist gerade gedruckt. Die Promotiontour ist organisiert. Wir erwarten Dienstag in einer Woche mehrere hundert Leute zu einer Präsentation im Sycamore Room des University Club.«
»Möglicherweise sind einige der Fakten unzutreffend.«
Dorothy atmete auf. »Meine Güte – das hätte ich mir auch gleich denken können: Du hast, wie vor jeder Neuerscheinung, schlicht und einfach Lampenfieber. Ich weiß aus Erfahrung, dass du keine Fehler machst, wenn es um Fakten geht. Du bist ein absoluter Pedant in dieser Hinsicht. Du und Mark, ihr habt doch alles doppelt und dreifach überprüft.«
Sie hatte gehofft, ihn aufbauen zu können, doch es war ihr nicht gelungen. »Fahr Hugh helfen«, sagte Eaton mit tonloser Stimme. »Er muss jetzt für Dana da sein.«
»Genau das hat er auch gesagt«, bemerkte Dorothy. Die Zustimmung ihres Mannes verblüffte sie. »Irgendetwas stimmt nicht mit dir.«
»Ich hab's dir doch gesagt – ich mache mir Sorgen wegen des Buches.«
»Du hast dich bisher nie für Dana interessiert.«
»Dorothy.«
Sie beschloss, die Gunst des Augenblicks zu nutzen. »Ich war letzten Dienstag bei ihr«, gestand sie. Als Eaton nicht, wie erwartet, explodierte, setzte sie hinzu: »Ich habe das Baby auf dem Arm gehalten. Sie ist ein so niedliches kleines Ding.«

»Bitte, Dot. *Fahr los.*«

»Ich nehme eine kleine Reisetasche mit«, verkündete sie in warnendem Ton. »Vielleicht komme ich erst morgen wieder.«

Er starrte sie an. Lange und eindringlich.

»In Ordnung«, sagte sie. »Ich fahre.«

Eaton ließ die Tür offen und kehrte zu dem großen Eichenschreibtisch zurück, an dem schon viele Generationen von Verwandten gearbeitet hatten, mit denen er offenbar gar nicht wirklich verwandt war. Mit gesenktem Kopf blieb er davor stehen und wartete. Die Hintertür klickte, was bedeutete, dass Dorothy das Haus verlassen hatte, doch er atmete erst auf, als er sie wegfahren hörte.

Er hob den Blick und ließ ihn über die Regale gleiten. Die Bücher, die ihm in der Vergangenheit treue und lehrreiche Begleiter gewesen waren, zerrten jetzt an seinem Gewissen. Die Bücher, die er selbst geschrieben hatte, waren die schlimmsten Angreifer.

Hugh hatte recht. Was hatte ihn geritten, *One Man's Line* zu schreiben? Arroganz? Egozentrik? Realitätsflucht?

Demoralisiert verließ er die Bibliothek. Auch das Wohnzimmer atmete Geschichte, denn sämtliche Möbel waren kurz nach den ersten Clarkes in Amerika eingetroffen. Im Laufe der Generationen waren verschiedentlich Restaurierungen vorgenommen worden, doch noch immer ließ jedes Stück die Handschrift seines Herstellers erkennen.

An den Wänden hingen, vom jeweiligen Maler signiert, Porträts männlicher Vorfahren, jeder zu seiner Zeit eine bekannte Persönlichkeit, und manche waren noch immer berühmt. Kleiner im Format und in Grüppchen über einer geschnitzten Truhe und einem Tisch mit herunterklappbaren Seitenteilen aus dem 18. Jahrhundert hingen die Ölporträts verschiedener Verwandter. Eatons Urgroßeltern mütterlicherseits flankierten die Tür zur Halle. Links vom Botschafter hingen große Gemälde seiner Großeltern väterlicherseits. Eatons Eltern nahmen, noch größer, den Ehrenplatz über dem Sofa ein.

Eaton hatte seinen Vater idealisiert, ihm den höchsten Respekt gezollt und in dem verzweifelten Wunsch, dem Mann zu gefallen, alles vermieden, was seinen Unwillen hätte erregen können. Sein Vater trug den Namen Bradley, ebenso wie sein erstgeborener Sohn, der ihm sowohl im Wesen als auch im Aussehen glich. Beide Bradleys waren Männer mit Visionen, die es jedoch ihren Angestellten überließen, diese Visionen täglich in die Tat umzusetzen. Im Gegensatz dazu war Eaton ganz der Sohn seiner Mutter, mit demselben Auge für Details und derselben kreativen Neigung.

Eaton erinnerte sich, dass seine Mutter die Dinge tat, die für Frauen ihrer Gesellschaftsschicht damals üblich waren – nähen, sticken und gärtnern, was alles nicht wirklich von praktischem Nutzen war. Es war auch nicht wirklich kreativ, erkannte er jetzt.

»Verdammt!«, knurrte er das Ölgemälde seiner Mutter an. »Hast du in allem Ernst geglaubt, ich würde es nie erfahren? Ist dir nie der Gedanke gekommen, dass ich das *Recht* hatte, es zu erfahren? Du hattest nach Dads Tod *zehn Jahre* Zeit, es mir zu sagen.« Das brachte ihn auf eine Idee. »Warst du nach Dads Tod vielleicht mit diesem Thomas Belisle zusammen? Wusste er überhaupt von mir, oder hast du ihn auch belogen?«

Er wandte sich seinem Vater zu. »Wie konntest du sie jeden Sommer auf der Insel allein lassen? Bist du nie auf die Idee gekommen … nein, natürlich nicht. Du warst daran gewöhnt, dass dir, dem Aufsichtsratsvorsitzenden, bedingungsloser Gehorsam entgegengebracht wurde. Da konntest du dir selbstverständlich nicht vorstellen, dass deine Frau mit einem anderen Mann zusammen sein könnte. *Sie hat mit einem anderen Mann geschlafen!*«, schrie er ihn an.

»Aber vielleicht wusstest du es ja auch. Vielleicht wusstest du es und weigertest dich, es zur Kenntnis zu nehmen, es auszusprechen, weil es deiner gesellschaftlichen Stellung geschadet hätte. War es so, Mom?«, richtete er das Wort wieder an seine Mutter. »Oder interessierte es ihn gar nicht? Interessierte ich ihn auch nicht?«

Er schöpfte kurz Atem und sprach dann beide gemeinsam an. »Ihr habt mir nie Wärme gegeben, aber ihr hättet euch zumindest *fair* verhalten müssen. Euer Schweigen war selbstsüchtig – und kurzsichtig. Dachtet ihr, ich würde nie Kinder haben? Fandet ihr nicht, dass *sie* das Recht hätten, Bescheid zu wissen? Wie konntet ihr etwas so Grundsätzliches und *Folgenschweres* vor jemandem verheimlichen, den ihr euren Sohn nanntet?«

Sie nannten ihn schon lange nicht mehr ihren Sohn. Sie waren in der Überzeugung ins Grab gesunken, dass ihr Geheimnis nie ans Licht käme.

Im Grunde stand es ihm nicht zu, seine Eltern zu verurteilen, das wusste Eaton, denn er war selbst nicht ohne Schuld. Er hatte das Gerücht gekannt. Hugh hatte recht: Er hätte die Wahrheit herausfinden können. Er hatte nicht nach ihr gesucht, weil er sie nicht wissen wollte. So einfach war das – und so beschämend. Er führte das Leben eines Bostoners

der weißen Upperclass. Plötzlich Afroamerikaner zu sein hätte das Boot zum Kentern gebracht.
Aber jetzt wusste er Bescheid. Und Hugh wusste Bescheid. Dorothy musste es als Erste erfahren. Er mochte gar nicht daran denken, wie er es Brad und Robert beibringen sollte, geschweige denn seiner Verlegerin. Aber er könnte erst wieder neben Dorothy im Bett liegen, wenn sie es wüsste. Die Lüge jetzt, da er sie als solche erkannt hatte, aufrechtzuerhalten würde das Unrecht noch verschlimmern, das seine Eltern begangen hatten.
Eaton ging in die Halle hinaus, und als er den Autoschlüssel von dem Rosenholztisch dort nahm, fiel sein Blick in den darüber hängenden vergoldeten Barockspiegel. Dorothy hatte recht: Er sah schrecklich aus. Trotzdem hielt er sich nicht damit auf, sich herzurichten, nicht einmal damit, seine Haare in Ordnung zu bringen – er wollte nicht riskieren, den Mut zu verlieren. Und so ging er durch die Küche in die Garage, ließ den Motor an, bog am Ende der Zufahrt in den Old Burgess Way ein und machte sich auf den Weg nach Norden.
Es war keine einfache Fahrt für ihn. Mehr als einmal erwog er, umzukehren. Was Dorothy nicht wusste, konnte ihr keinen Kummer bereiten. Was Dorothy nicht wusste, brauchte auch niemand *anderer* zu wissen. Was nicht heißen sollte, dass er fürchtete, sie würde es ausplaudern. Sie wusste genau, was sie sagen durfte und was nicht.
Doch sobald er es ihr erzählt hätte, würde sie bei jeder weiteren Lüge sozusagen zur Mittäterin. Das wäre nicht fair.
Andererseits wäre es dank Elizabeth Ames Clarke vielleicht nicht möglich, die Lüge aufrechtzuerhalten.

Robert würde nicht erfreut reagieren. Er witzelte immer, der uneheliche Sohn seines Onkels Bradley zu sein. Die Wahrheit wäre in seinen Augen schlimmer. Robert war zu einem Achtel Afroamerikaner. Seine Kinder waren es je zu einem Sechzehntel.

Robert musste es erfahren. Aber Dorothy als Erste.

Eaton fuhr weiter. Er zögerte noch einmal, als er den Highway verließ, und ein letztes Mal, kurz bevor Hughs Haus in Sicht kam, doch sein Fuß blieb auf dem Gaspedal. Als er hinter Dorothys Wagen in der Zufahrt parkte, wusste er, dass es kein Zurück gab.

Er ging zur Haustür und klingelte. Als ihr Gesicht im Seitenfenster auftauchte, malte sich zuerst Verwirrung darauf und dann Erschrecken. Sie öffnete ihm.

»Eaton!«, rief sie gedämpft, was vermuten ließ, dass das Baby schlief.

Er musste ihr eine Erklärung für sein Auftauchen geben. »Ich dachte, ich schaue mal vorbei.«

»Hugh ist schon weg.«

»Das ist okay. Es ist sogar *gut.*« Er wusste nicht, wie er anfangen sollte.

»Was ist passiert?«

»Warum muss etwas passiert sein?«, fragte er leise.

»Weil du seit der Geburt des Babys nicht hier warst. Und weil du elend aussiehst.«

Er seufzte. »Darf ich reinkommen?«

Sie trat beiseite und antwortete in tadelndem Ton. »*Natürlich.* Auch wenn es uns nicht gehört, ist es ebenso dein Haus wie meines, denn wir haben Hugh schließlich das Geld gegeben, das er brauchte, um es zu kaufen.«

»Dorothy.« Eaton trat an ihr vorbei in die Diele. »Er be-

kommt die gleichen Dividenden wie wir. Und er verdient gut. Er hat dieses Haus *selbst* gekauft.«
»Wie du meinst. Ich möchte wissen, warum du den weiten Weg hier herausgefahren bist. Fehlt dir etwas? Hast du mir etwas verschwiegen?«
»Ich bin kerngesund.« Wissend, dass sie ihm folgen würde, ging er ins Wohnzimmer. Eaton öffnete den Mund, schloss ihn wieder und schaute sich um. Hughs Wohnzimmer war eine jüngere Version des elterlichen. Er entdeckte einige Erbstücke, die hier geschmackvoll mit modernen Dingen kombiniert waren. Auch an diesen Wänden hingen Porträts, aber er kannte nicht einmal alle Gesichter. Er hatte den Eindruck, dass sie mehr wegen ihres künstlerischen Wertes aufgehängt worden waren als aufgrund eines sentimentalen Bezuges. Das war wahrscheinlich nicht schlecht, dachte er. Immerhin war Hugh vielleicht mit keinem dieser Vorfahren verwandt.
»Eaton?«
Er drehte sich zu Dorothy um. »Hat Hugh sich schon gemeldet?«
»Nein. Er ist sicher gerade erst im Krankenhaus angekommen.«
Eaton nickte. Er wusste noch immer nicht, wie er anfangen sollte.
Dorothy schaute ihn fragend an.
»Ich bin froh, dass Hugh bei Dana ist«, sagte er. »Es müssen vielleicht Entscheidungen getroffen werden. In Zeiten wie diesen sollte ein Mann seiner Frau beistehen.«
»Musst du Entscheidungen bezüglich deines Buches treffen?«, fragte Dorothy.
Sie war eine intelligente Frau. Sie verdiente die Wahrheit.

»Ja, das muss ich«, bestätigte er.
»Welche Art von Entscheidungen?«
»Ob ich es mir noch einmal vornehmen und korrigieren soll, was unrichtig ist.«
»Aber das kannst du nicht. Nicht in dieser Ausgabe. Ist das Problem so gravierend, dass die Richtigstellung nicht bis zur Taschenbuchausgabe Zeit hat?« Das Telefon klingelte. Unwillig die Stirn runzelnd, bedeutete sie ihm mit erhobenem Zeigefinger, dass sie gleich zurück wäre, und eilte hinaus.
Eaton verließ ebenfalls den Raum, wobei er sich im Stillen einen Feigling schimpfte und im Zuge dessen mehr als seiner Mutter Sohn erkannte, als ihm bisher bewusst gewesen war. Er sah, dass der Stubenwagen im kleinen Wohnzimmer leer war, stieg die Treppe hinauf und ging den Flur entlang zum Kinderzimmer. Hugh und Dana hatten es ihnen voller Stolz vorgeführt, als er und Dorothy das letzte Mal hier gewesen waren. Wie für Kinder typisch, hatten sie Lob hören wollen.
Eaton fand die gemalte Wiese kitschig – weiße Wände mit ein oder zwei fröhlichen Bildern wären eher nach seinem Geschmack gewesen.
Aber dazu musste gesagt werden, dass weiße Wände mit ein oder zwei fröhlichen Bildern *Dorothys* Art gewesen war, die Zimmer ihrer Kinder zu gestalten, und Eaton war ein Gewohnheitstier.
Er fragte sich, ob Hugh damit richtig lag, dass er *One Man's Line* geschrieben hatte, um als wahr zu manifestieren, was er als unwahr befürchtete. Hatte er sich in die Ahnenforschung geflüchtet, um sich nicht mit der Wahrheit befassen zu müssen?
Er trat an das Bettchen. Elizabeth Ames Clarke lag schlafend

auf dem Rücken. Sie trug ein ärmelloses, kurzes, rosa Strampelhöschen, wie es auch Roberts Töchter als Babys getragen hatten, doch damit endete die Ähnlichkeit. Die nackten Ärmchen und Beinchen hatten einen wunderhübschen, weichen Braunton. Was ihn jedoch am meisten gefangen nahm, war das Gesicht. Eingerahmt von Kringellöckchen, die er noch vom Tag ihrer Geburt erinnerte, war es mit dem winzigen, runden Kinn, der niedlichen Stupsnase, den langen, dunklen Wimpern, die auf den bronzefarbenen, zarten Wangen ruhten und sich von den wie brüniertes Gold schimmernden Lidern auffächerten, ein Bild der Vollkommenheit.
Sie war eine echte Schönheit.
Das Bild verschwamm vor seinen Augen. Er wusste nicht, ob ihm die Tränen aus Furcht vor dem gekommen waren, was seine Enkelin in ihrem Leben erwartete, aus Furcht vor Dorothys Reaktion, aus Furcht vor Roberts Reaktion, aus Furcht vor der Reaktion seiner Freunde oder aus Furcht, den Respekt der Öffentlichkeit einzubüßen.
Aber als er das kleine Mädchen durch den Schleier seiner Tränen betrachtete, sah er nicht den Unterschied zwischen ihrer Hautfarbe und seiner. Er sah nur ihre Unschuld.

24

Dana war dankbar dafür, Hugh bei sich zu haben. Natürlich hätte sie auch Gillian oder Tara bitten können, ihr beizustehen, aber sie brauchte in dieser Situation einfach ihren *Mann*. Er hatte einen klaren Kopf, hörte sich an, was die Ärzte gefunden hatten und was sie tun konnten, erklärte Dana, was sie in ihrer Panik nicht verstand, und stellte die Fragen, zu denen sie nicht in der Lage war. Als es um Entscheidungen ging, fuhr er die Möglichkeiten auf zwei herunter, erläuterte ihr diese, hörte sich ihre Gedanken dazu an und unterstützte dann ihre Schlussfolgerung.

Ellie Jo hatte ein Gerinnsel in einer Arterie. Die beste Chance bot eine Operation, die jedoch Risiken in sich barg. Die Alternativen, wenn auch weniger riskant, warfen ernsthafte Erwägungen zum Thema Lebensqualität auf.

Eine Entscheidung treffen zu müssen, die einen Menschen, den man liebte, das Leben kosten könnte, bedeutete eine schreckliche Verantwortung, die übernehmen zu müssen Dana mit Grauen erfüllte.

Sie hielt Ellie Jos Hand, bis sie wegfuhren, sagte ihr, dass sie sie liebe, dass alles gut gehen würde und sie sich nicht

zu sorgen brauche, weil sie, Dana, The Stitchery völlig im Griff habe. Sie küsste ihre Großmutter auf die Wange und verharrte einen Moment. Der Apfelduft wurde von einem medizinischen Geruch überlagert, aber wenigstens fühlte Ellie Jos weiche Haut sich noch vertraut an. Als die Rollbahre sich schließlich in Bewegung setzte und Hugh Dana zurückhielt, presste sie die Hand auf den Mund.
Ellie Jo war nicht mehr jung. Dana wusste, dass sie nicht ewig leben würde, doch die Vorstellung, sie schon *bald* zu verlieren, versetzte sie in Angst und Schrecken.

Da die Krankenhaus-Cafeteria bereits geschlossen hatte, brachte Hugh Dana Kaffee aus einem Automaten. Sie saß in einem kleinen Raum, der in weichen Grau- und Mauvetönen gehalten war, von denen er annahm, dass sie beruhigend wirken sollten, doch er konnte nicht behaupten, dass es funktionierte. Seine Nervosität besserte sich keineswegs.
Ellie Jo war jetzt seit zwei Stunden im OP. Es könnten zwei weitere vergehen, bis ein Chirurg erschiene, und dann eine noch längere Zeit, bis sie erführen, ob die Lähmung von Dauer wäre. Vorausgesetzt, Ellie Jo überlebte die Operation. Es bestand die Gefahr, dass sie es *nicht* schaffte. Das hatten die Ärzte ihnen deutlich gesagt.
Hugh stellte den Kaffee auf den Tisch zu Danas Linker und setzte sich neben sie auf das Sofa. »Bist du okay?«
In ihren Augen stand Angst, doch sie nickte. »Und du?«
»Es ging mir schon besser.«
Sie griff nach dem Kaffeebecher, drehte Hugh dabei den Rücken zu und nippte vorsichtig. Dann umschloss sie den Becher mit beiden Händen, lehnte sich zurück und schaute

Hugh an. »Ich weiß gar nicht, wo ich dich vorhin erreicht habe. Warst du in der Kanzlei?«

Hugh hatte nicht einmal an die Kanzlei *gedacht*. Er hatte nicht an Stan Hutchinson gedacht, nicht an Crystal Kostas oder ihren Sohn. Seit dem Vormittag hatte er an nichts anderes gedacht als daran, von wem er abstammte und wer er wirklich war.

»Ich musste mit meinem Vater sprechen«, sagte er.

Das überraschte sie sichtlich. Sie runzelte die Stirn. »Und?«

Der Zeitpunkt war nicht gerade ideal, aber sie waren allein, und das Gespräch würde Dana von der Sorge um ihre Großmutter ablenken – und er hatte das Bedürfnis, zu reden. Wenn er darüber nachdachte, war der Zeitpunkt in gewisser Hinsicht *doch* ideal: Er musste nicht befürchten, dass sie aufstehen und gehen würde, wenn er etwas sagte, was ihr nicht gefiel.

Und so erzählte er ihr von dem Anwalt auf Martha's Vineyard, dem Gerücht, das Eaton gehört hatte, der Auseinandersetzung, die er mit ihm gehabt hatte, und während er das tat, flammte seine Wut, die er für erloschen gehalten hatte, erneut auf. Er beugte sich vor, stützte die Ellbogen auf die Knie, verkrampfte die Hände ineinander und sagte voller Bitterkeit: »Er behauptet, er habe nicht gelogen, denn er habe ja nichts *gewusst*, aber hätte er den Andeutungen nicht nachgehen können, die er aufgeschnappt hatte? Er verdankt seinen Namen als Historiker nicht zuletzt seinen gewissenhaften Recherchen. Er weiß doch, wie man Dingen auf den Grund geht.«

»*Diesem* Ding *wollte* er eben nicht auf den Grund gehen.«

»Exakt. Und das hätte auch nichts geschadet, wenn nicht andere Menschen davon betroffen wären. Aber so hat er in seiner blinden Arroganz nicht nur Lizzie abgelehnt, sondern vor ihrer Geburt dich und deine Familie wie Menschen zweiter Klasse behandelt.«
Sie widersprach ihm nicht.
Hugh starrte auf die gegenüberliegende Wand. Ein Bild hing dort, etwas in den Farben des Meeres, abstrakt und fließend. Er kannte das Meer. Er konnte es zu Hause von seiner Terrasse aus sehen. Das echte Meer wirkte beruhigend. Dieser Druck tat es nicht.
»Aber es steht mir nicht zu, ihn zu verurteilen«, sagte er. »Ich war genauso schlimm. Ich bestand auf einem Vaterschaftstest.« Sein Blick kehrte zu Dana zurück. »Okay, ich wusste nichts von dem Anwalt auf der Insel und schluckte den Familienmythos mit Haken, Angelschnur und Schwimmer, aber mein Verhalten war ebenso arrogant wie das meines Vaters, und ich schäme mich dafür. Ich wusste, dass du mich nicht betrogen hattest.« Er schaute in seinen Kaffee und sagte, von sich selbst angewidert: »Darüber wollte ich eigentlich gar nicht sprechen.«
»Worüber denn dann?«
»Über mich. Darüber, was ich bin.«
Als sie schwieg, wandte er sich ihr zu und sah, dass sie die Stirn runzelte, und plötzlich schoss ihm durch den Kopf, dass dieser Ausdruck so gar nicht zu ihren Sommersprossen passte. Sie waren zwar so hell, dass sie sich kaum von ihrer hellen Haut abhoben, doch sie waren Teil ihrer fröhlichen Ausstrahlung, die ihn schon bei ihrer ersten Begegnung bezaubert hatte.
»Fühlst du dich anders?«, fragte sie schließlich.

Er *wollte* sich anders fühlen. Er glaubte, dass er sich anders fühlen *sollte*. Aber er tat es nicht. »Nein. Bedeutet das, dass ich mich wohl dabei fühle, als weiß durchzugehen?«

»Durchzugehen?«

»Das ist der Stand der Dinge, oder nicht? Kein Außenstehender hält mich für einen Mischling.«

»Stimmt – aber du hast dich bis vor kurzem doch selbst nicht dafür gehalten. Es ist ja nicht so, als hättest du den Leuten etwas vorgemacht. Du fragst die Geschworenen doch immer, ob sich hinter der fraglichen Tat eine Absicht erkennen lasse. Wusstest du, dass du schwarz bist, und hast dich als Weißer präsentiert?«

»Nein. Aber ich sollte mich anders fühlen. Vielleicht habe ich es noch nicht wirklich begriffen.«

»Vielleicht ist es einfach keine große Sache.«

»Für meine Familie schon. Mein Onkel wird meinen Vater wahrscheinlich beschuldigen, es verschwiegen zu haben, um seinen Anteil am Familienvermögen nicht zu verlieren. Er wird argumentieren, dass Eaton praktisch gar kein Clarke ist.«

»Aber das *ist* er doch: Seine Mutter wurde durch ihre Heirat zu einer Clarke. Und sie war auch die Mutter deines Onkels Brad.«

Am Ende des Korridors öffnete sich eine Tür. Dana sprang atemlos auf. Als eine Frau in OP-Kleidung erschien und sich in die entgegengesetzte Richtung entfernte, seufzte sie frustriert.

Hugh war ebenfalls aufgestanden. »Sie sah nicht aus, als habe sie es eilig«, sagte er. »Das ist ein gutes Zeichen.«

Dana ließ den Kopf hängen und verharrte einen Moment. Dann atmete sie tief durch und setzte sich wieder hin. »Ich wünschte, ich hätte mein Strickzeug dabei. Wie konnte ich es in einer solchen Situation zu Hause lassen?«

»Wenn du etwas gesagt hättest, hätte ich es dir mitgebracht.«

»Ich habe nicht daran gedacht. Ich konnte *überhaupt nicht* denken.«

Hugh ließ sich wieder neben ihr auf dem Sofa nieder und sagte: »Ellie Jo wird gesund, du wirst sehen.«

Dana schaute ihn sorgenvoll an. »Wie wird Robert es aufnehmen?«

Hugh musste sie bewundern. Robert war im Moment bestimmt der letzte Mensch, der sie interessierte. »Er wird nicht erfreut sein. Der gute Robert würde sich von Dad lossagen, wenn er das Gefühl hätte, sich damit Brads Wohlwollen erhalten zu können.«

»Dadurch würde er aber nicht zu einem anderen Menschen.«

»Ich genauso wenig, wenn *ich* es täte.« Er beugte sich vor. »Ist es schlimm für dich?«

Dana blickte stirnrunzelnd zu Boden. »Das mit Robert? Nein. Allerdings glaube ich nicht, dass ich ihn jemals wieder so mögen werde, wie ich es in der Vergangenheit getan habe. Ich weiß nicht, auf wessen Seite er steht.«

»Geht es jetzt um *Seiten?*«

Sie begegnete seinem Blick. »Ja.«

»Auf wessen Seite stehst *du?*«

»Auf Lizzies.«

»Bin ich auch auf dieser Seite?«

Sie griff nach dem Plastikbecher und trank langsam einen großen Schluck Kaffee. Dann schaute sie ihn wieder an. »Ich weiß es nicht. *Bist* du es?«

»Da Lizzie ihre Hautfarbe meinen Genen verdankt, ist das doch wohl offensichtlich.«
»Nein. Hautfarbe ist eine Tatsache – kein Gefühl.«
»Ich bin auf Lizzies Seite. Bist du auf *meiner?*«
»Du bist mein Ehemann.«
»Ehemann ist auch eine Tatsache – ebenfalls kein Gefühl.« Er überlegte kurz und fuhr dann fort: »Du hast mich vor einiger Zeit gefragt, wie ich es empfinde, mit einer Frau afroamerikanischer Herkunft verheiratet zu sein. Jetzt gebe ich diese Frage zurück: Wie empfindest du es, mit einem Mann afroamerikanischer Herkunft verheiratet zu sein?«
Sie brauchte nicht nachzudenken. »Genauso, wie ich es gestern empfand, mit dir verheiratet zu sein. Es interessiert mich nicht, wer dein Großvater war. Es hat mich *nie* interessiert, wer dein Großvater war.«
»Aber als wir in der Kinderarztpraxis die Resultate des Sichelzellen-Tests erfuhren und dir die Bedeutung dämmerte – hast du dich da kein bisschen gefreut, dass der Snob einen Dämpfer bekommen hatte?«
Dana blickte nachdenklich zu Boden. Als sie den Kopf hob, war ihr Ausdruck sanft. »Ich war erleichtert. Es macht dich menschlicher – und es bewirkt, dass ich mich weniger minderwertig fühle.«
»Minderwertig?«, echote er überrascht. »Du hast dich *minderwertig* gefühlt?«
»Ja.«
»Das fand dann nur in deinem Kopf statt, einen Anlass hattest du dazu *nicht*. Aber warst du nicht erleichtert, als weiß bestätigt worden zu sein?«
»Ich wurde nicht als weiß bestätigt«, erwiderte sie mit einem vorwurfsvollen Unterton. »Es wurde lediglich fest-

gestellt, dass ich nicht Trägerin der Sichelzellenanlage bin. Meine Vorfahren haben mir bestimmt alle möglichen anderen Anlagen vererbt, aber ich weiß ja nicht einmal etwas über meinen Großvater Earl.«

Hugh machte einen letzten Versuch, diesmal halb scherzhaft. »Has du wirklich *keine Spur* von Genugtuung empfunden?«

»Nein, Hugh, damit kann ich nicht dienen. Ich bin nicht rachsüchtig.«

»Du bist eine Heilige.«

Sie lächelte, doch es war ein trauriges Lächeln. »Wenn ich eine Heilige wäre, würde ich verstehen, warum du den DNA-Test brauchtest. Wenn ich eine Heilige wäre, hätte ich den Hörer abgenommen, als Jack Kettyle heute früh anrief.« Sie hob die Hand. »Ja, ich hätte es tun sollen, aber ich *bin* eben keine Heilige.« Mit weicherer Stimme fuhr sie fort: »Ich verstehe, was du empfindest, denn ich war in der gleichen Situation, aber was mich an dieser Wendung glücklich macht, ist die Gewissheit, dass du Lizzie nicht mehr wegen ihrer Hautfarbe ablehnen wirst.«

»Ich habe sie keinen Augenblick wegen ihrer Hautfarbe abgelehnt! Ich habe sie von Anfang an geliebt.«

Dana beugte sich vor und schaute ihn von unten herauf an. »Was ist mit mir?«

»Dich liebe ich auch«, antwortete er. »Und ich brauche deine Liebe.«

»Warum? Weil du dir verloren und entwurzelt vorkommst und etwas brauchst, woran du dich festhalten kannst? Weil du weißt, dass mich eine Hautfarbe nicht interessiert, aber du nicht das Gleiche von deinen Freunden sagen kannst?«

»Meine Freunde werden sich nicht daran stören.«
»Dann ist ja alles bestens. Wann wirst du es ihnen erzählen?«
Jetzt hatte sie ihn. Er konnte nicht antworten.
Zum ersten Mal seit siebzehn Tagen streckte Dana die Hand nach ihm aus. Sie legte sie auf seinen Arm. »Es ist so, wie David gesagt hat: Die Leute haben kein Problem mit Minderheiten, bis einer davon im Nachbarhaus einzieht. Wir wissen, dass deine Partner es gelassen hinnehmen werden. Die Arbeit wird nicht darunter leiden. Probleme kann es höchstens mit Leuten geben, die du dein Leben lang kennst. Wie die Cunninghams. Ach, ich habe den Designers'-Showhouse-Auftrag übrigens auch verloren.«
»Wann?«
»Anfang der Woche.«
»Warum hast du es mir nicht erzählt?«
»Was hätte das geändert?«, fragte sie heftig, beruhigte sich jedoch gleich wieder. »Vielleicht war es Zufall, dass ich *beide* Aufträge verlor.«
Bei *einem* Auftrag war es möglich, dachte Hugh, aber bei *zwei* Aufträgen nicht. Dana war genau die Art Designer, die die North-Shore-Niederlassung gern förderte. Außerdem musste man schon sehr gutgläubig sein, wenn man angesichts der Tatsache, dass die Cunninghams das Showhouse jedes Jahr sponserten, die Aktion für einen Zufall hielt.
»Ich rufe sie an!«, verkündete er aufgebracht.
Dana zog ihre Hand weg. »Das wirst du schön bleiben lassen.«
»Aber du hast dich auf die Arbeit gefreut!«
Sie richtete sich auf. »Es kommt mir sehr gelegen, dass es so gelaufen ist. Ich habe ein neugeborenes Baby und eine

Großmutter, die nicht in der Lage ist, ihren Laden zu führen. Und dieser Laden ist für mich so etwas wie ein Familienbetrieb.«

»Es geht ja nicht nur um deine Arbeit«, argumentierte Hugh. »Es geht ums Prinzip.« Er betrachtete seine Hände. Es verging eine ganze Weile, bis er fragte: »Was kann ich tun?«

»Nichts. Ich will die Aufträge nicht mehr.«

»Und ich will diese *Freunde* nicht mehr«, schloss er sich an. »Wenn sie mich ablehnen, weil mein Großvater zu einem Teil schwarz war, dann sollen sie damit glücklich werden.« Er schüttelte den Kopf. »Aber wie gehe *ich* damit um, zu einem Teil schwarz zu sein? Muss ich mich jetzt ändern? Anders verhalten?«

Ihr Lächeln traf ihn mitten ins Herz. »Du bist das Produkt von vierzig Jahren einer gewissen Erziehung. Die kannst du nicht ungeschehen machen. Aber natürlich kannst du versuchen, etwas zu *tun*.«

»Zum Beispiel?«

»Ich weiß es nicht.«

»Ich brauche deine Hilfe, Dee.«

Sie wirkte fast amüsiert. »Wenn ich ratlos war, als es *mich* zu betreffen schien, wie soll ich dir jetzt helfen können, da es *dich* betrifft?«

Am Ende des Korridors öffnete sich die Tür erneut. Diesmal kam Ellie Jos Chirurg heraus und auf sie zu.

Ellie Jo würde am Leben bleiben. Die Ärzte konnten noch nicht sagen, ob ihre rechte Seite wieder voll einsatzfähig würde, aber sie hatten das Gerinnsel entfernt, das den Schlaganfall auslöste, und waren zuversichtlich, dass eine entsprechende Medikation die Gefahr eines weiteren minimieren würde.

Dana fühlte sich ganz schwach vor Erleichterung. Sie wollte ihre Großmutter sofort sehen, doch es wurde ihr erklärt, dass die Patientin bis zum nächsten Morgen im Aufwachraum belassen würde und selbst dann wahrscheinlich noch zu mitgenommen wäre, um Dana überhaupt wahrzunehmen.

Es hatte keinen Sinn, noch länger dazubleiben. Inzwischen war es ein Uhr vorbei. Mit etwas Glück käme Dana genau zurecht, um Lizzie zu stillen. Ihre Brüste waren zum Platzen voll, aber abgesehen von der physischen Erleichterung sehnte sie sich auch nach dem emotionalen Halt, den das Baby ihr gab.

Als sie zu Hause ankamen, erwartete sie eine Überraschung. Eatons Auto parkte hinter Dorothys in der Zufahrt.

Im ersten Moment dachte Dana: *So soll es sein.* Dann erinnerte sie sich an die Vorfälle in den vergangenen Tagen und wusste nicht mehr, was sie denken sollte.

Hugh schaltete den Motor aus, blieb jedoch am Steuer sitzen. Seine Hände lagen auf dem Lenkrad. »Ich bin zu müde für eine Szene«, sagte er.

»Wahrscheinlich sind die beiden längst schlafen gegangen.«

»Ich hoffe es!«, murmelte er inbrünstig und öffnete seine Tür.

Eaton schlief zwar, aber nicht bei Dorothy. Er lag im kleinen Wohnzimmer mit überkreuzten Füßen und verschränkten Armen auf dem Sofa. Seine Straßenschuhe standen nebeneinander davor. Der Fernseher lief, doch nur sehr leise.

Hugh machte ihn aus und ging zum Lichtschalter. »Ich lasse Eaton hier«, flüsterte er.

»Das können wir nicht tun«, flüsterte Dana zurück. »Er kann doch so nicht entspannt schlafen.«
Hugh begegnete ihrem Blick. »Kümmert mich das?«
Eaton regte sich und schlug die Augen auf. Sichtlich erschrocken, als er begriff, wo er sich befand, entdeckte er Hugh und setzte sich auf. »Ich muss eingeschlafen sein.«
»Geh rauf zu Mom«, sagte Hugh.
Eaton wandte sich Dana zu. »Wie geht es deiner Großmutter?«
Dana wusste nicht, ob er nur höflich sein wollte. Sein Gesicht drückte Besorgnis aus – und eine Verletzlichkeit, wie sie sie auch schon bei Hugh gesehen hatte.
Bei Hugh hatte sie beruhigend auf sie gewirkt. Bei Eaton fand sie sie seltsam beunruhigend.
Unsicher, wie sie reagieren sollte, lauschte Dana dem Rauschen der Brandung. *Sei nett,* flüsterte ihre Mutter in den Wellen. Und so antwortete sie ihm: »Die Operation ist gutgegangen. Morgen wissen wir mehr«, und zu Hugh sagte sie: »Ich gehe Lizzie stillen.«

Hugh beneidete sie um ihre Ausrede. Zu müde, um sich selbst eine auszudenken, erklärte er seinem Vater: »Ich gehe ins Bett. Mach bitte das Licht aus.« Er wollte gehen.
»Warte, Hugh. Ich möchte mit dir reden.«
»Es ist spät, Dad.«
»Bitte.«
Hugh blieb einen Moment an der Tür stehen. Dann drehte er sich um und setzte sich in den Lehnsessel. Er sagte nichts. Schließlich war nicht *er* es, der reden wollte.
»Ich habe mir deine Tochter lange angesehen«, sagte Eaton. »Sie ist eine Schönheit.«

»Das macht es nicht einfacher. Ihre Hautfarbe ist immer noch dieselbe.«
»Hugh.« Die Stimme seines Vaters war kaum mehr als ein Flüstern. »Ich *wusste* es nicht. Ich hätte es wissen sollen.«
»Bist du gekommen, um mir das zu sagen?«
Eaton stand auf und ging zur Terrassentür. Als er sie öffnete, musste er fast schreien, um die tosende Brandung zu übertönen. »Eigentlich war ich gekommen, um es deiner Mutter zu sagen.«
Hugh horchte auf. »Wie hat sie reagiert?«
»Überhaupt nicht. Ich habe es ihr nicht gesagt.«
»Warum nicht?«
Eaton schloss die Tür, und angesichts des Rauschens des Meeres bekam sein Schweigen ein besonderes Gewicht. Schließlich sagte er: »Ich weiß es nicht.«
»Es wird nicht einfacher, wenn du es vor dir herschiebst.«
»Aber vielleicht kann ich mich ein wenig mit dem Gedanken anfreunden.«
»Je länger du wartest, umso schlimmer ist es dann für Mom. Du kannst sagen, du wusstest es bisher nicht, aber jetzt weißt du es. Du musst es ihr sagen.«
Eaton schwieg.
»Wovor hast du Angst?«
Eaton schwieg weiter.
»Sie wird dich nicht hassen, weil dein Vater zur Hälfte schwarz war. Sie ist viel toleranter als du.«
»Sie wird glauben, dass ich es die ganze Zeit wusste und ihr verheimlichte. Sie wird fragen, warum ich dem Gerücht nicht nachgegangen bin. Sie wird das Gleiche sagen, was du über meine Recherchen für meine Bücher sagtest. Sie wird wütend sein und verletzt.« Er ging zum Sofa zurück, blieb

davor stehen und schaute auf die Kissen hinunter. »Was für ein Durcheinander. Ich weiß nicht, was ich tun soll.«
Hugh spürte seine Wut schwinden. Eaton sah so mutlos aus. Er erinnerte sich, wie Dana gesagt hatte, er könne vielleicht etwas *tun*. »Sag es ihr, und dann mach dich auf die Suche nach ihm.«
»Möchte ich wirklich etwas über ihn wissen?«
»Ja, das möchtest du. Er ist dein biologischer Vater. Glaubst du, Dana wollte ihren suchen? Wir haben sie dazu gezwungen. Wir sind doch elende Heuchler, wenn wir nicht bereit sind, das Gleiche zu tun.«
»Wir?«
Hugh zögerte. Er versuchte, eine gewisse Portion Wut nicht aufzugeben, doch es gelang ihm nicht. »Ja. Ich werde dir helfen. Wie ist sein Name?«
»Thomas Belisle. Er verbrachte die Sommer in Oak Bluffs, und er war so etwas wie eine Berühmtheit dort – ein gut aussehender, hellhäutiger Schwarzer, der mit seinem Charme viele weiße Frauen um den Verstand brachte.«
»Eaton?«
Hugh fuhr zur Tür herum. Seine Mutter stand dort. Sie trug einen schlichten weißen Morgenmantel und sah mit ihrem streng zurückgekämmten Haar und dem Zweifel in den Augen plötzlich so alt aus, wie sie war.
Ihr fragender Blick glitt von Eaton zu Hugh, doch was sollte er ihr sagen? Er war nur der Sohn. Eaton war der Ehemann. Es war *seine* Aufgabe, sie aufzuklären.
Aber sie gab keinem von beiden Gelegenheit dazu. Mit verkniffenem Mund drehte sie sich um und verschwand die Treppe hinauf.
Eaton, der wie versteinert dagestanden hatte, erwachte aus

seiner Erstarrung. Er rief ihren Namen und wollte ihr nacheilen, aber Hugh hielt ihn am Arm zurück. »Sie geht bestimmt zu Dana. Lass die beiden reden.«

Lizzie nuckelte zufrieden vor sich hin, als Dorothy in der Tür erschien. Sie verharrte einen Moment auf der Schwelle, trat dann ins Zimmer und lehnte sich an die Wand.
Angesichts ihrer Erschöpfung und der nuckelnden Lizzie war Dana fast eingeschlafen, doch sie war schnell wieder munter. »Was ist los?«
»Ich habe gerade etwas Merkwürdiges gehört«, flüsterte Dorothy. »Weißt du etwas darüber, dass Eatons Vater Afroamerikaner war?«
Dana überlegte noch, was sie antworten sollte, als Dorothy sagte: »Also ist es wahr. Und die Ehefrau ist wieder mal die Letzte, die es erfährt.«
»So ist es nicht, Dorothy. Ich weiß es auch erst seit Hughs Befund, und der ist von heute.«
»Und Eaton?«
»Hat es auch erst heute erfahren.« Sie berichtete von dem Sichelzellen-Test des Babys und den anschließenden Tests, denen sie und Hugh sich unterzogen hatten. »Hat er es dir nicht erzählt?«
»Nein. Und ich verstehe nicht, weshalb.«
Dana konnte natürlich nicht Eatons Gedanken lesen, doch sie erinnerte sich daran, wie ungläubig sie reagiert hatte, als sie in der Arztpraxis erfuhr, dass *Hugh* der Träger war. Die Neuigkeit hatte sie fast umgeworfen, und sie vermochte sich nicht einmal ansatzweise vorzustellen, wie es Dorothy nach fast vierzig Jahren Ehe damit erging.
»Ich glaube, wir müssen versuchen, uns in ihn hineinzuver-

setzen«, sagte sie. »Er hatte nicht damit gerechnet. Es traf ihn wie ein Blitzschlag.«

»Du verteidigst ihn, nachdem er dich so arrogant behandelt hat?«

Dana war zu müde, um wütend zu sein. Sanft lächelnd erwiderte sie: »Als du am Dienstag hier warst, sprachst du darüber, wie es ist, in gewissen gesellschaftlichen Kreisen aufzuwachsen und bestimmte Verhaltensweisen zu erlernen. Du sagtest, man denke nicht über sein Verhalten nach, weil alle anderen um einen herum die gleichen Dinge täten. Eaton würde es nicht als Arroganz bezeichnen. Er würde es als einen *Lebensstil* bezeichnen.«

»Aber sie *waren* arrogant. Eaton ebenso wie Hugh.«

»Sie *wussten* es nicht, Dorothy. Eaton hatte ein Gerücht gehört, aber das war alles.«

»Und er hielt es nicht für nötig, mir das gleich am Anfang zu erzählen? Ich habe ihm Kinder geboren. Hätte ich es nicht erfahren sollen?«

»Es war nur ein Gerücht«, erinnerte Dana sie, doch Dorothy hörte ihr nicht zu.

»Er rühmt sich immer seiner Intelligenz. Dachte er, ich wäre zu dumm, um es zu verstehen, oder zu indiskret, um meinen Mund zu halten?«

»Nein«, sagte Eaton von der Tür her. In dem gedämpften Licht des Kinderzimmers wirkte er wie ein gebrochener Mann. »Ich habe es dir nicht gesagt, weil ich es nicht wahrhaben wollte. Es dir zu erzählen hätte es Realität werden lassen. Das wollte ich nicht. Ich zog es vor, nicht zu glauben, was ich gehört hatte.«

»Aber es war eine Möglichkeit, die tiefgreifende Folgen in sich barg«, wandte Dorothy ein.

»Für mich war es eine, die mich gefühlsmäßig aus der Bahn geworfen hätte. Das Gerücht als bare Münze anzuerkennen hätte bedeutet, zu akzeptieren, dass meine Mutter eine Affäre hatte. Dieser Aspekt machte mir genauso viel Angst.«

»Also, das kann ich verstehen«, bemerkte Dorothy mit einem unbekannten Zynismus. »Du lässt ja kein gutes Haar an Ehebrechern. Tolerant? Von wegen? Du bist absolut selbstgerecht.«

»Ja«, gab Eaton zu. »Manchmal.«

»*Manchmal?*«, wiederholte Dorothy.

Hugh erschien. »Ja, manchmal, Mom. Er ist ein Mensch wie wir alle. Wie viel hast du unten gehört?«

»Genug. Wird dein Detektiv Thomas Belisle aufspüren können?«

»Er ist tot«, sagte Eaton. »Aber seine Schwester lebt vielleicht noch.«

Dana klopfte sanft auf Lizzies Rücken. »Thomas Belisle?«

»Der Mann, mit dem das alles angefangen hat«, sagte Hugh.

»Warum kommt der Name mir bekannt vor?«

Dana sah plötzlich dunkle Augen vor sich, die mit einem zärtlichen Ausdruck auf Lizzie ruhten. Und in diesem Moment begriff sie, weshalb gewisse Hände ihr Kind so liebevoll gehalten hatten.

Wie vom Donner gerührt flüsterte sie: »Ich kenne die Frau«, und schaute zu den anderen hinüber.

25

So verblüffend die Vorstellung auch war, dass Saundra Belisle mit Lizzie verwandt war, so hatte Dana doch die Verfolgung dieser Neuigkeit zurückzustellen. Ellie Jo ging vor. Als Dana am Samstagmorgen ins Krankenhaus kam, hatte man ihre Großmutter aus dem Aufwachraum auf die Intensivstation verlegt, kein Grund zur Sorge, trotz der vielen Apparate. Doch bei Ellie Jos Anblick nicht in Panik zu geraten, das war etwas anderes. Ihr Kopf war mit Mullbinden umwickelt, ihr Gesicht aschfahl, und sie wirkte im wörtlichen Sinne zerbrechlich.

Dana nahm eine der schlaffen Hände in ihre und drückte sanft einen Kuss darauf. »Gram?«

Ellie Jo öffnete die Augen. Als sie Dana sah, lächelte sie. Das Lächeln war zwar ein wenig schief, aber ein schiefes war besser als gar keines, dachte Dana.

»Ich bin nicht gestorben«, murmelte Ellie Jo. »Das ist gut.«

»Das ist *wunderbar!*« Dana war zutiefst erleichtert, ihre Großmutter sprechen zu hören. »Wie fühlst du dich?«

»Schwach. Ich kann mich kaum bewegen.«

»Das wird schon wieder. Du musst dich ausruhen und schöne Gedanken denken.«

»Sie haben meine Haare abrasiert«, sagte Ellie Jo.
»Aber nur hinten«, tröstete Dana sie, »und nur ganz unten. Die Mützensaison steht bevor, und da bist du doch an der Quelle: Sag mir, was für eine Art Mütze du willst, und innerhalb einer Woche haben wir dir ein Dutzend gestrickt.«
»Ein schöner Gedanke«, murmelte Ellie Jo und schloss die Augen.
Dana wollte sie fragen, was sie auf dem Dachboden gelesen hatte, als sie den Schlaganfall erlitt, aber sie wusste, dass sie sie nicht aufregen durfte. Also blieb sie noch ein paar Minuten bei ihr sitzen, küsste sie dann zart auf die Wange und ging auf Zehenspitzen aus dem Zimmer.
Ihr Ziel war das Haus bei den Apfelbäumen. Sie wollte die Papiere lesen, die sie auf dem Dachboden gesehen hatte. Auf der Fahrt rief sie Hugh an, um sich nach Lizzie zu erkundigen, doch er brachte gerade seine Eltern zur Tür und konnte nicht lange sprechen. Als das Telefon gleich darauf klingelte, dachte sie, er riefe zurück.
»Dana?«, sagte eine zögernde Stimme.
Ihr Herz machte einen Satz. Sie hätte auf das Display schauen sollen! Jetzt war es zu spät. »Ja?«
»Hier ist Jack Kettyle.«
Als hätte sie das nicht gewusst! Als hätte sie seine Stimme nicht sofort erkannt!
»Woher haben Sie diese Nummer?« Hätte er die Nummer des Festanschlusses zu Hause herausbekommen, wäre das erklärbar gewesen, denn sie hatte ihm erzählt, dass sie noch immer in der Stadt wohnte, in der sie aufgewachsen war. Er wusste, welche Stadt das war, und er kannte ihren Ehenamen. Also brauchte er nur bei der Auskunft anzurufen. Aber ihre Handynummer war dort nicht registriert.

»Ihre Schwiegermutter hat sie mir gegeben«, erklärte er. »Ich freue mich, dass Sie ihr von mir erzählt haben.«

Dana freute sich *nicht*. Sie konnte Dorothy ihre Indiskretion zwar nicht verübeln – der armen Dorothy, die zweifellos geglaubt hatte, sie tue das Richtige, weil Jack Kettyle nicht nur ihr, Danas, biologischer Vater war, sondern auch noch Priester –, doch sie konnte diesen Anruf im Moment nicht brauchen. Sie konnte nicht mit den Gefühlen umgehen, die damit einhergingen, wollte nicht einmal *anfangen*, sich damit zu befassen. »Ich habe im Augenblick überhaupt keinen Kopf für ein Gespräch«, sagte sie. »Meine Großmutter ist krank.«

»Das tut mir leid.« Er klang aufrichtig besorgt. »Ist es ernst?«

»Ja. Ich kann jetzt nicht reden.«

»Dann ein andermal?«

»Ja. Okay. Bis dann.«

»Warten Sie!«, rief er, als sie gerade das Handy vom Ohr nehmen wollte. »Ich habe meiner Familie von Ihnen erzählt. Sie möchten Sie gern kennenlernen.«

Danas Augen füllten sich mit Tränen. Sie blinzelte sie weg. »Ähh ... lassen Sie uns das irgendwann mal besprechen. Ich muss auflegen.« Sie beendete das Gespräch, und in der nächsten Sekunde plagten sie Gewissensbisse. Was hatte sie gestern Nacht zu Hugh gesagt – die *Absicht* sei das Entscheidende? Wenn Jack Kettyle nichts von ihrer Existenz gewusst hatte, wie konnte sie ihm da vorwerfen, dass er sich vierunddreißig Jahre nicht um sie gekümmert hatte?

Der einzige Mensch, dem sie das vorwerfen könnte, war ihre Mutter, aber wie sollte sie das über sich bringen? Elizabeth war so jung gestorben, Dana wollte ihr *überhaupt nichts* vorwerfen.

Also konzentrierte sie sich auf Earl, fuhr an The Stitchery vorbei zu Ellie Jos Haus. In der Diele kam Veronica von irgendwoher miauend auf sie zu.

Dana ging in die Hocke, nahm die Katze hoch und drückte sie an sich. Veronica hielt einen Moment still, dann löste sie sich und schaute Dana erwartungsvoll an.

»Ellie Jo ist okay.« Dana kraulte Veronica zwischen den Ohren. »Sie muss noch ein bisschen im Krankenhaus bleiben, aber es sieht gut aus.« Jemand müsste täglich vorbeischauen und die Katze versorgen. Dana setzte diesen Punkt auf ihre Noch-zu-erledigen-Liste und besorgte das Nötigste, dann ging sie ins Obergeschoss.

Die Dachbodenluke war noch immer offen, die Leiter noch immer heruntergelassen, und die Papiere lagen noch immer auf den Holzdielen neben dem herunterhängenden Isoliermaterial.

Dana ließ sich auf dem Boden nieder und griff nach den amtlich aussehenden Papieren. Das erste stammte vom Gerichtmedizinischen Institut des Staates Illinois und erkannte als Earls Todesursache eine Schädelprellung infolge eines Sturzes. Das zweite war eine Kopie des Polizeiberichts, in dem stand, dass das Opfer zum Zeitpunkt des Sturzes allein gewesen war und der Sturz als Unfall beurteilt wurde. Das dritte Dokument war Ellie Jos Heiratsurkunde. Der Tag entsprach dem, den Dana als Hochzeitstag ihrer Großeltern kannte, und das Jahr war das vor Elizabeths Geburtsjahr.

Nachdem Dana nichts Schockierendes gefunden hatte, nahm sie sich den Zeitungsausschnitt vor. Der Artikel war mit »Vertreter aus Massachusetts tot in Hotelzimmer aufgefunden« betitelt und enthielt eine ausführliche Schilderung der Entdeckung der Leiche ihres Großvaters, Details, die Dana schon kannte. Der Satz, der ihr am Tag zuvor aufgefallen war, war der letzte des Artikels.

Seine seit langem von ihm getrennt lebende Ehefrau Miranda Joseph wohnt am Ort.

Dana las den Satz noch einmal und dann noch einmal. Sie hatte noch nie von einer Miranda Joseph gehört, geschweige denn von einer ersten Ehe ihres Großvaters, und sie wusste nicht, was sie davon halten sollte.

Nicht so Ellie Jos Cousine Emma. An den Artikel geheftet fand sich eine handgeschriebene Notiz, die bezeugte, dass Ellie Jo ihn zugeschickt bekommen hatte, laut Datum einige Monate nach Earls Tod. »Eleanor, eine Freundin hat mir diesen Zeitungsausschnitt gesandt. *Wusstest* du, dass Earl bereits verheiratet war? Wie konnte er *dich* heiraten, wenn er schon eine Ehefrau *hatte?* Weißt du, was das aus Earl *macht?*«

Dana legte die Notiz beiseite, schlang die Arme um die Knie, wiegte sich vor und zurück und weinte bitterlich. Wie musste ihre Großmutter gelitten haben! Es war schon schlimm genug für sie gewesen, Earl zu verlieren, aber die Angst vor der Entlarvung musste ihr Herz zusätzlich beschwert haben. So viele Jahre! Plötzlich verstand sie, warum ihre Großmutter dagegen gewesen war, nach ihrem, Danas, Vater zu suchen. Sie fürchtete, dass ihr Geheimnis bei der Suche zutage gefördert werden könnte, und Bigamie war in Ellie Jos Augen eine Todsünde.

Dana fragte sich, ob die Furcht vor Entdeckung vielleicht Mitauslöser des Schlaganfalls gewesen war. Es musste ungeheuer schwierig für ihre Großmutter gewesen sein, Earl einerseits öffentlich zu verehren, während andererseits eine Stimme in ihrem Kopf schreckliche Dinge über ihn sagte.

Wie alle anderen hatte auch Dana Earl über alles geliebt. Als freundlicher, sanfter Mensch hatte er die Einzelheiten der Scheidung sicherlich seiner ersten Frau überlassen, aber wie konnte er es versäumen, sich zu vergewissern, dass die Scheidung auch rechtskräftig war? Man sollte meinen, er hätte eine Scheidungsurkunde in Händen haben wollen, bevor er wieder heiratete. Man sollte meinen, dass er die Frau, von der er sagte, sie sei das Licht seines Lebens, nicht irgendwann nach seinem Tod mit einer schockierenden Situation konfrontiert wissen wollte.

Dana war tieftraurig. Als Veronica sich an ihr rieb, schlang sie die Arme um das Tier und vergrub ihr Gesicht in dem seidigen Fell. Offenbar spürte die Katze, wie elend sie sich fühlte, denn sie ließ es geschehen.

Schließlich richtete Dana sich auf und trocknete ihre Augen mit den Händen. Dann sammelte sie die Papiere ein, stopfte sie in das Versteck und verschloss es sorgfältig mit dem Stück Isolierung. Niemand würde die Sachen hier finden, und sie, Dana, würde nicht plaudern. Ellie Jo hatte offenbar geplant, das Geheimnis mit ins Grab zu nehmen, und genau das hatte Dana auch vor.

War es richtig? Sie wusste es nicht. Dafür sprach, dass sie nicht glaubte, dass Earl wissentlich Bigamie begangen hatte, wie Eaton nicht an die Affäre seiner Mutter geglaubt hatte. Es gab aber einen Unterschied: Eatons Umgang mit der Wahrheitsfindung war von unmittelbarer Bedeutung für andere, während Ellie Jos Vertuschen nur sie und ihren Mann betraf.

Hugh stand am Rand der Terrasse und schaute über die letzten Apfelrosen aufs Meer hinaus. Hinter ihm schlief Lizzie in ihrem Kinderwagen. Sie war herrlich erschöpft nach einem Schreianfall eingeschlafen, der ihn mehrmals in Versuchung geführt hatte, zum Telefon zu greifen und seine Mutter zu Hilfe zu rufen.

Aber Dorothy war nicht für Lizzie verantwortlich. *Er* war es, der lernen musste, die Verantwortung zu tragen.

Während er den frischen Wind auf seinem Gesicht genoss, dachte er darüber nach – und über das Erbe, das er in sich trug. Er hatte das Gefühl, dass sich seine Abstammung auf seine Arbeit auswirken sollte, doch sooft er die Liste seiner Fälle auch durchging, er sah keinen Grund, seinen Kurs zu ändern. Er hätte in der Klage wegen ungerechtfertigter Kündigung, die er derzeit für einen afroamerikanischen Mandanten formulierte, liebend gern die Tatsache Diskriminierung hinzugefügt – das hatte er schon tun wollen, bevor er von Thomas Belisle wusste –, doch es war juristisch einfach unklug. Sollte er wider sein professionelles Wissen handeln, nur weil er etwas Neues über sich erfahren hatte?

Auch sah er sich nicht seinen Mandanten verkünden, dass er gerade erfahren hatte, ein Afroamerikaner zu sein. Das wäre nicht nur unpassend, sondern auch irrelevant.

Dana hatte gesagt, er könne vielleicht etwas *tun*. Aber was?

Ein Windstoß brachte ein Murmeln von der anbrandenden See mit herauf, aber bevor er die Worte ausmachen konnte, nahm die Strömung sie wieder mit hinaus.

Dana fuhr nach Hause, um Lizzie zu versorgen, aber sie blieb nur kurz. Sie brauchte die tröstliche Atmosphäre des Ladens. Sie wäre gern wütend auf Earl gewesen, weil er in einer wichtigen Phase seines Lebens nachlässig gehandelt hatte, aber Earl war tot. Also verlagerte sie ihre Wut auf Ellie Jo, weil sie in all den Jahren schweigend gelitten hatte.

Als sie über die Schwelle von The Stitchery trat, wurde sie augenblicklich ruhiger. An dem langen Tisch saßen Kundinnen, die Musterstrümpfe studierten oder schwierige Strickmuster übten. Andere blätterten auf der Suche nach einer Anregung Musterhefte durch, und wieder andere prüften die neue Winter-Wolle: Alpaka, Mohair und Yak. Sie war einfarbig, von Hand gefärbt oder bunt.

Corinne James stand bei den farbigen Strickgarnen. Teuer wie immer, war sie gekleidet in eine marineblaue Hose und Seidenbluse. Ihr Haar war zu einem mit Bedacht plazierten Pferdeschwanz gebunden, und an ihrer Ferragamo-Tasche hing ein Hermès-Tuch.

Sie begutachtete eingehend eine von Hand gefärbte Wolle, die zu ihrer Kleidung passte.

»Das ist hübsch«, sagte Dana im Vorbeigehen.

Corinne schaute auf. »Als Schal für Oliver? Oder als Pullover?«

Dana blieb stehen. »Als Pullover.« Sie konnte nicht anders: Für einen Pullover brauchte es Wolle für mehrere hundert Dollar. Aber verdiente ein Hermès-Tuch nicht eine entsprechend kostbare Gesellschaft? »Als Pullover. Definitiv.«

Corinnes Blick glitt zu der schlafenden Lizzie. »Sie ist ausgesprochen hübsch.« Ihr Blick hob sich wieder. »Wie geht es Ellie Jo?«

»Den Umständen entsprechend, wie es so schön heißt.«

Corinne nickte und nahm das Muster auf, das Ellie Jo vor ein paar Tagen gestrickt hatte. »Die Wolle hat etwas Beruhigendes. Sie ist traditionell.«

»Ich habe selbst etwas davon gekauft«, sagte Dana. Sie hatte vor, eine filzgefütterte Einkaufstasche daraus zu machen.

»Von dieser hier? Wirklich?«

»Ja. Sie ist so schön – ich konnte einfach nicht widerstehen.«

Corinne betrachtete das Knäuel von neuem. Sie wog es auf der Hand, drückte es zusammen, um die Luftigkeit zu testen, hielt es abwechselnd in die Sonne und in den Schatten. *Kaufen Sie es,* lag Dana auf der Zunge, aber dann fiel ihr der geplatzte Scheck ein. Sie sollte sie darauf ansprechen, doch etwas an Corinnes Ausstrahlung hielt sie davon ab. Ein Eindruck von *Zerbrechlichkeit?*

Dana hatte Corinne nie als zerbrechlich gesehen. Als überheblich, vielleicht. Aber zerbrechlich?

Sie mochte Corinne nicht sonderlich. Aber Ellie Jo tat es. Und so fragte sie: »Sind Sie okay?«

Corinne schaute sie überrascht an. »Absolut. Warum fragen Sie?«

»Sie wirken müde.« Müde war nicht das richtige Wort. Sie wirkte *angespannt.* »Sie waren in letzter Zeit nicht so oft hier wie sonst.«

»Oh, es gibt Probleme mit der Museums-Gala. Die Leute, die den Katalog zusammenstellen sollen, erscheinen unter fadenscheinigen Vorwänden zu keiner Besprechung, und nächste Woche muss er fertig sein. Die Geschichte hält mich ganz schön auf Trab.«

»Es wird schon klappen.«

»Es *muss.*« Sie legte das Knäuel in den Korb zurück. »Ich muss mir das noch überlegen. Ich bin einfach nicht schlüssig, ob diese Farbe die richtige ist. Außerdem komme ich in nächster Zeit sowieso nicht zum Stricken. Bitte grüßen Sie Ellie Jo vielmals von mir. Und lassen Sie es mich wissen, wenn ich irgendetwas tun kann.«

»Das mache ich.« Dana schaute ihr nach, als sie den Laden verließ. Sie versuchte gerade, sich darüber klar zu werden, was sie an Corinne irritierte, als Saundra Belisle auf sie zukam – und Dana wurde bewusst, dass Lizzies Urgroßtante vor ihr stand. Damit war Saundra nicht mehr nur eine vertrauenswürdige Freundin, sondern, in diesem Moment, auch Danas einzige Verwandte hier im Laden.

Dana umarmte sie fest, und Saundra verstand es. »Ihre Großmutter wird wieder gesund, Dana Jo«, sagte sie leise. »Ihre Zeit ist noch nicht gekommen, das fühle ich. Sie wird schon sehr bald wieder auf diesem Hocker sitzen.«

Dana rückte von ihr ab, um ihr ins Gesicht sehen zu können. »Wird sie sich wieder bewegen können?«

»Vielleicht nicht so mühelos wie vorher, aber bestimmt annähernd.«

»Muss ich im Haus etwas ändern?«

»Ich denke nicht.«

Saundra war keine Hellseherin, aber Dana klammerte sich an ihre Worte. Sie kümmerte sich um den Laden, behielt dabei aber ständig die Wiege im Auge. Zwischendurch stillte sie Lizzie und setzte sich dann zu Saundra, um an dem Färöer-Schultertuch weiterzuarbeiten. Den mühsamsten Teil hatte sie hinter sich, ein zwanzig Zentimeter breites kompliziertes Muster, das an dem weiten unteren Rand entlanglief, doch sie musste darauf achten, in jeder zweiten Reihe Maschen abzunehmen, Marker zu versetzen und eine schwierige Maschenfolge zu beachten, um die Bordüren und den Keil im Rückenteil nicht zu ruinieren.

Saundra strich über das Tuch. »Was für eine wunderschöne Arbeit. Und was für eine herrliche Wolle.«
»Halb Alpaka, halb Seide.«
»Alpaka für die Wärme, Seide für die Reißfestigkeit und den Glanz – von beiden das Beste. Mischungen haben etwas für sich, wissen Sie?«
Dana lächelte und strickte weiter. Hatte Saundra diese Analogie beabsichtigt? *Natürlich* hatte sie das.
Sie saßen still nebeneinander – entspannt und in Harmonie. Diesen Einklang zwischen ihnen hatte Dana schon immer empfunden. Heute hätte sie Saundra gern nach Hughs Großvater gefragt, aber sie tat es nicht. Sie genoss die Eintracht des Augenblicks zu sehr, um sie zu gefährden.
Am späten Nachmittag bimmelte die Ladenglocke. In der nächsten Sekunde legte sich tiefe Stille über den Raum. Neugierig hob Dana den Blick. Hugh war hereingekommen, dicht gefolgt von Eaton.
Saundra stand auf. Dana sah, dass sie nicht Hugh anschaute, sondern seinen Vater. Eaton trat an seinem Sohn vorbei und steuerte auf ihre Ecke zu, und das Herz des Ladens begann wieder zu schlagen. Die Registrierkasse spie eine Kreditkartenquittung aus; die Kurbel schnarrte; Stricknadeln begannen wieder zu klicken.
Als Eaton bei ihnen ankam, streckte er Saundra die Hand hin. »Eaton Clarke«, sagte er.
Sich formell vorzustellen war angesichts der Lage der Dinge einigermaßen absurd, aber Eaton war nun einmal so. Und was hätte er auch sonst tun sollen, fragte sich Dana.
Saundra zuckte nicht mit der Wimper. »Saundra Belisle«, stellte sie sich ihrerseits vor.
»Ist Thomas Ihr Bruder?«

»Er war es.«

»Wussten Sie, dass Thomas eine Beziehung zu meiner Mutter unterhielt?«

»Ja.«

»Woher?«

Saundra lächelte. »Ich denke, der Telegrammstil wird uns nicht weiterbringen. Bitte setzen Sie sich zu mir.« Sie ließ sich wieder auf dem Sofa nieder, auf dem sie mit Dana gesessen hatte.

Dana hatte sich nicht gerührt. Eatons Auftauchen kam ihr höchst ungelegen. Sie hätte Saundra gern noch ein wenig länger für sich gehabt – und mehr Zeit, um in Ruhe Kraft zu sammeln, bevor sie erneut mit Ellie Jo spräche.

Aber sie verstand natürlich Eatons Ungeduld. Er setzte sich kerzengerade hin, schlug die Beine übereinander und zupfte die Bügelfalte zurecht, wie Dana es ihn schon Dutzende von Malen hatte tun sehen.

»Wie erfuhren Sie von der Beziehung?«, wiederholte Eaton seine Frage in einem vollständigen Satz.

»Mein Bruder war fast zwanzig Jahre älter als ich«, Saundra sprach leise, um Eatons Geheimnis zu wahren, »und ich folgte ihm auf Schritt und Tritt. Ich war fünf, als er begann, sich mit Ihrer Mutter zu treffen.«

Eaton ließ keine Regung erkennen. »Haben Sie die beiden je zusammen gesehen?«

»Nicht im Bett. Aber kurz danach. Und einmal im Garten. Ich war damals noch zu klein, um zu begreifen, was es bedeutete, wenn zwei Erwachsene sich auszogen und umarmten, aber als ich älter war und es begriff, sprach ich Thomas darauf an. Er gestand mir die Affäre ein, und das auch noch voller Stolz. Thomas war in dieser Hinsicht unverbesserlich.«

»Wusste er, dass ich sein Sohn war?«
»Nein. Laut Thomas machte sich Ihre Mutter in dem Sommer völlig verrückt mit der Frage, ob ihr Baby afroamerikanisch aussehen würde. Laut ihm atmeten sie beide erleichtert auf, als Sie genauso weiß wie Ihre Mutter zur Welt kamen. Nein, Thomas wusste nicht, dass Sie sein Sohn waren.«
»Aber *Sie* wussten es.«
»Erst als Ihre Enkelin geboren wurde«, antwortete sie lächelnd. »Allerdings hatte ich es von Anfang an vermutet. Deshalb hielt ich mich auf dem Laufenden, was Sie anging. Sie waren ein tüchtiger, erfolgreicher Mann, und ich wollte einfach glauben, dass Sie sein Sohn waren. Dann kamen Ihre Söhne zur Welt, und Hugh sah genau aus wie Sie. Als er Anwalt wurde, fragte ich mich, ob er dieses Interesse wohl von Thomas geerbt hatte. Und so hielt ich mich auch auf dem Laufenden, was *ihn* anging.«
»Sie haben uns verfolgt?«, fragte Eaton.
Saundra lachte leise. »Nein, so verrückt war ich denn doch nicht. Ich hielt nach Meldungen über Sie in den Zeitungen Ausschau. Wenn Hugh einen spektakulären Prozess führte, dann las ich alles darüber. Sie schreiben Bücher. Ich las die Kritiken und hörte mir die Interviews an. Und ich sehe fern. Letztes Jahr war Hugh in den Nachrichten, als er diesen Mann vertrat, der das Postamt zusammengeschossen hatte. Und dann stand im *Boston Magazine* ein Artikel über Vater-Sohn-Teams. Mit Fotos von Ihnen beiden. Das war mein Jackpot!«
Dana lächelte.
Die Männer blieben ernst. Hugh fragte: »Sind Sie unseretwegen hierhergezogen?«
»Nicht ausschließlich. Ich hatte auf Martha's Vineyard ge-

lebt – oh, nicht die ganze Zeit. Während meiner Jahre als Krankenschwester lebte ich in Boston. Als ich vor zwölf Jahren in den Ruhestand ging, kehrte ich auf die Insel zurück, aber sie hatte ihren Reiz für mich verloren. Die Winter waren kalt. Ich fühlte mich isoliert. Je älter ich wurde, umso stärker wurde mein Wunsch, in der Nähe meiner Freunde zu sein – und in der Nähe der Ärzte, denen ich vertraute. Also pickte ich mir mehrere Ruheständler-Gemeinden heraus und begann, die jeweiligen Lokalzeitungen zu lesen, um mich zu informieren. Unter anderem interessierte ich mich auch für die Immobilien-Transaktionen.« Ihre Augen leuchteten auf. »Und eines Tages, Hugh, las ich Ihren Namen in der Käuferliste. Da sagte ich zu mir: ›Dieser Ort ist der richtige für mich‹, und kaufte mein Haus.«

»Und was ist mit The Stitchery? Seit wann kommen Sie hierher?«, erkundigte sich Hugh.

Diese Frage beantwortete Dana. Während sie Saundra mit einer Mischung aus Erheiterung und Bewunderung ansah, sagte sie: »Seit kurz vor unserer Hochzeit. Ich erinnere mich genau daran. Es war damals so viel los in meinem Leben, aber ich sehe noch heute vor mir« – jetzt sprach Dana Saundra an –, »wie Sie mit der Ihnen eigenen Gelassenheit hereinkamen und Strickgarn kauften.«

Saundras dunkle Augen blitzten. »Ich war schon immer eine leidenschaftliche Strickerin, und da konnte ich an diesem Geschäft einfach nicht vorbeigehen.«

»Wussten Sie, dass ich Hugh heiraten würde?«

»Nein.« Für einen kurzen Moment schien sie erstaunt. »Ich war damals rein zufällig hier. Zwar hörte ich überall von Ihrer bevorstehenden Hochzeit reden, doch es dauerte eine ganze Weile, bis jemand den Namen des Bräutigams nannte.« Sie zog die Brauen hoch. »Offenbar hatte ich die Verlobungsanzeige übersehen. Aber die Hochzeitsanzeige entging mir *nicht*. Das war wirklich eine schöne Doppelseite in der *Times*.« Sie schaute von Hugh zu Eaton.

»Ein Mega-Jackpot!«, griff Dana Saundras Formulierung scherzhaft auf. Es war damals ein halbes Dutzend Fotos in der Zeitung gewesen.

»Das kann man wohl sagen.«

Eaton veränderte seine Sitzposition, stellte seine Füße nebeneinander auf den Boden. »Die Gewöhnung wird eine Weile in Anspruch nehmen.«

»Sprechen Sie von mir?«

»Von Ihnen. Von mir. Von Lizzie. Von der *Situation*.«

»Sie haben erst vor kurzem davon erfahren?«

»Gestern.«

Saundra dachte darüber nach. »Ich weiß es schon seit ein paar Wochen – damit bin ich Ihnen gegenüber im Vorteil.«

»Sie haben es niemandem erzählt«, sagte Eaton.

Dana überlegte gerade, ob es eine Frage gewesen war oder eine Warnung, als Saundra ihm erwiderte: »Ich habe nicht das Bedürfnis, es jemandem zu erzählen. Die Freude, die ich daran habe, will ich mit niemandem teilen. Ich habe all Ihre Bücher gelesen, und ich bin stolz, Ihre Tante zu sein.«

Eaton presste seine schmalen Lippen zusammen. Dana hatte immer gedacht, sie wären typisch für die Clarkes, aber plötzlich wurde ihr bewusst, dass dieser Mund der Mund seiner Mutter war. Sie fragte sich, welcher seiner Züge von Thomas Belisle stammen mochte. An Eatons Stelle würde sie nach einem Foto fragen. Sie würde alles über Thomas erfahren wollen, über seine Lieblingsgerichte, seine Hobbys und Interessen. Über seine anderen Kinder.

Sie hatte Jack Kettyle keine einzige dieser Fragen gestellt. Aber die Neugier war da.

In ihre Gedanken hinein hörte sie Eaton fragen: »Was brauchen Sie?«

Saundra versteifte sich, und die Wärme schwand aus ihren Augen. »Versuchen Sie mein Schweigen zu erkaufen?« Ihre Stimme klang plötzlich flach. »Das können Sie sich sparen. Ich spreche nicht mit Außenstehenden über persönliche Dinge. Dana, habe ich jemals von all diesem hier etwas erzählt?« Dana schüttelte den Kopf, und Saundra setzte hinzu: »Nicht einmal Ihre Großmutter weiß etwas davon.« Sie schaute Eaton an. »Mein Bruder hatte einen gewissen Ruf, leider zu Recht. Doch ich habe eine Beziehung zu seinen Kindern und deren Kindern und inzwischen *deren* Kindern. Sie legen auf diese Beziehung ebenso großen Wert wie ich. Ich habe keine andere Familie, Mr Clarke!« Sie schaute ihm in die Augen. »Sie fragen mich, was ich brauche? Von *Ihnen* absolut *nichts.*«

Eaton runzelte die Stirn. »Ich entschuldige mich. Es lag nicht in meiner Absicht, Sie zu kränken.«

»Vielleicht nicht«, gestand Saundra ihm zu, »aber ich bin kein Sozialfall. Ich brauche nicht zu betteln. Was ich brauche, kann ich selbst bezahlen, und ich kann einiges bezahlen, danke.«

Auf Eatons Gesicht lag ein Ausdruck, den Dana bei ihm noch nie gesehen hatte. Sie hätte schwören können, dass er zerknirscht war.

»Es tut mir leid«, entschuldigte er sich noch einmal. »Ich versuche, das alles zu verstehen, und habe dabei offensichtlich das Falsche gesagt. Sie sind meine leibliche Tante. Wenn ich *noch eine* Tante hätte, was nicht der Fall ist, hätte ich ihr die gleiche Frage gestellt. Sie hatte nichts damit zu tun, dass Thomas Afroamerikaner war.«

Saundra entspannte sich. »Nun, vielleicht habe ich überreagiert«, kam sie ihm entgegen. »In einem Leben wie meinem *hat* diese Frage für gewöhnlich etwas mit Rasse zu tun. Ich denke, ich versuche ebenfalls noch, das alles zu verstehen.«

26

Hugh war nicht erfreut, als es am Samstagmorgen um acht klingelte. Man sollte doch meinen, dass jeder halbwegs intelligente Mensch sich denken konnte, dass Schlaf etwas Kostbares war, wenn man ein neugeborenes Baby im Haus hatte. Außerdem schlief Dana zum ersten Mal seit Wochen neben ihm. Natürlich war es möglich, dass sie im Schlaf dorthin gerollt war, ohne Absicht, aber wie auch immer – sie war ihm seit der Nacht vor Lizzies Geburt nicht mehr so nahe gekommen.

Zu seinem Kummer ließ sich nicht verhindern, dass sie senkrecht im Bett hochfuhr. »Es hat geklingelt! Wenn etwas mit Gram wäre, würden sie doch *anrufen,* oder?«

»Anzunehmen«, grummelte Hugh und befreite sich aus den Laken. Er zog Jeans an, sprang die Treppe hinunter und öffnete die Tür, darauf eingestellt, wen auch immer er vorfinden würde, anzubrüllen.

Aber Robert kam ihm zuvor. Er sah aus, als sei er seinerseits gerade aus dem Schlaf gerissen worden, und brüllte: »Was zum *Teufel* hast du getan?«.

»Ich?«

»Weißt du, was Dad jetzt sagt? Er sagt, wir seien *schwarz* –

er sei schwarz, du seist schwarz, ich sei schwarz. Was hast du ihm *erzählt?*«

»Ich?«

»Es ist dein Baby, mit dem das alles anfing, weil deine Frau mit irgendwem geschlafen hat. Ich traue diesen DNA-Tests nicht, denn die Fehlerquote ist riesig. Dad tauchte vor einer Stunde bei mir zu Hause auf und eröffnete mir, er habe die halbe Nacht überlegt, wann der beste Zeitpunkt wäre, mich zu informieren, und sei am Ende zu dem Schluss gekommen, dass er *jetzt* wäre. Was ist mit dir *los*, Hugh? Brad ist außer sich, weil du drohst, Hutch zu verklagen, wenn er sich nicht zu der Vaterschaft irgendeines Kindes bekennt! Ich bitte dich! Affären sind keine Seltenheit. Uneheliche Kinder sind keine Seltenheit. Probleme gibt es nur, wenn man einen Bruder hat, wie ich ihn habe, der will, dass sich alle anderen genauso elend fühlen wie er.«

Dana stand in der Tür, legte den Arm um Hughs Mitte. »Robert«, sagte sie als Begrüßung.

»Können wir ein paar Minuten ungestört sein, Dana?«, herrschte er sie an. »Das ist eine Sache zwischen Hugh und mir.«

Dana rührte sich nicht von der Stelle.

»Ich fühle mich nicht elend«, erklärte Hugh. »Und was Dad dir gesagt hat, entspricht der Wahrheit.«

»Blödsinn!«, brüllte Robert. »Das ist das Absurdeste, was ich je gehört habe! Du kennst unsere Familiengeschichte doch.«

»Du hast gerade selbst gesagt, dass Affären keine Seltenheit sind.«

»Du glaubst allen Ernstes, dass Dads Mutter eine Affäre hatte? Diese eiskalte Lady? Wenn sie mit einem anderen als ihrem Mann Sex hatte, dann wurde sie vergewaltigt.«

»Es war eine längere Beziehung. Wir haben Beweise dafür.«

»O ja. Die Schwester. Dad erwähnte sie. Und du denkst nicht, dass sie Hintergedanken hat? Du denkst nicht, dass sie sich etwas davon verspricht – zum Beispiel Ansehen –, dass sie sagt, sie sei mit Eaton Clarke verwandt? Also, ich glaube kein Wort. Ich werde meinen Kindern nicht sagen, dass sie schwarz sind. Ich werde es den Leuten nicht sagen, mit denen ich zusammenarbeite, und ich werde es ganz sicher auch Brad nicht sagen.«

»Aber Dad wird es tun.«

»Brad ist so wütend auf Dad, schlimmer kann es dadurch auch nicht werden. Brad weiß, was los ist. Er ist kein Idiot, und ich bin auch keiner.«

»Bist du engstirnig, Robert?«

»Nicht mehr als du.«

»Ich bin es tatsächlich«, gestand Hugh und schämte sich augenblicklich dafür. Doch er konnte seine Worte nicht zurücknehmen. »Ja, ich bin es«, wiederholte er leise. »Ich war nicht glücklich, als ich Lizzie das erste Mal sah.«

»Aber jetzt bist du es«, höhnte Robert, »weil du der große Progressive bist, der sich an die Brust schlagen und verkünden wird: ›Hey, Mann, ich bin einer von euch, und ich bin stolz darauf.‹ Sie werden dich auslachen, Hugh. Also, *ich* werde nicht das Ziel ihrer Belustigung sein.« Er zeigte mit dem Finger auf Hugh. »Du willst es sein? Nur zu. Ich nicht.« Er machte auf dem Absatz kehrt und stürmte den Plattenweg hinunter.

»Die DNA lügt nicht«, rief Hugh ihm nach. »Wie willst du dagegen vorgehen?«

Robert drehte sich um. »Ich werde jedem, der mich darauf

anspricht, erklären, dass Dad senil ist und du deine Frau zu decken versuchst.« Feindselig starrte er Dana an. »Dein Vater ist Priester? Von mir aus kann er der *Papst* sein. Macht euch alle miteinander auf Ärger gefasst.« Er hob die Hände und wandte sich wieder zum Gehen.

Hugh sah dem schnittigen, schwarzen BMW nach, bis er um die Biegung verschwand. »Er verleugnet das Ergebnis des DNA-Tests einfach«, murmelte er. Als Dana nicht reagierte, schaute er auf sie hinunter. Sie hatte ihren Arm weggenommen und die Hände in die Taschen ihres Morgenmantels gesteckt.

»War dir ernst, was du da gesagt hast?«, fragte sie.

»Du meinst, was meine Engstirnigkeit angeht? Ja.«

»Ein engstirniger Mensch ist intolerant. So bist du nicht.«

»Ein engstirniger Mensch betrachtet andere Menschen als minderwertig.«

»Das *tust* du doch nicht.«

»Glaubst du? Ich weiß nicht, Dee. Ich denke ständig darüber nach, und das müsste ich doch nicht tun, wenn ich nicht überheblich wäre.«

»Aber du hast dich immer richtig verhalten, wenn es um Rassen und Hautfarben ging.«

»Bis es mich selbst betraf.«

»Was soll jetzt werden?«

Er blickte nachdenklich die Straße entlang. »Robert ist der Meinung, dass wir Thomas' Verbindung zu unserer Familie totschweigen sollten, weil er fürchtet, dass sie sein Leben auf den Kopf stellen wird. Und er sagt, wir sollen uns auf Ärger gefasst machen.« Er schaute seine Frau an. »Müssen wir das?«

Auf der Fahrt zum Krankenhaus dachte Dana über den Tribut nach, den Geheimnisse von denjenigen forderten, die sie bewahrten. Sie war überzeugt, dass Ellie Jos Schlaganfall letztendlich auf die ständige Anspannung zurückzuführen war, die es mit sich gebracht hatte, Earls erste Ehe geheim zu halten.

Als sie das Zimmer ihrer Großmutter betrat, flüsterte sie ihren Namen. Ellie Jo reagierte nicht. Sie lag jetzt in einem Einzelzimmer, und es piepte nur noch ein Überwachungsgerät.

Dana zog sich einen Stuhl ans Bett, setzte sich und stützte die Arme auf das Gitter. Sie hatte ihren Besuch lange vor sich hergeschoben, um sich bis zu ihrem Eintreffen zu beruhigen, aber sie war noch immer wütend.

»Du hättest es mir erzählen sollen«, flüsterte sie. »Du hättest mich ins Vertrauen ziehen sollen, was Grampa Earl anging. Ich hätte ihn trotzdem geliebt. Dachtest du wirklich, ich würde es *nicht* tun?«

Ellie Jo seufzte, aber Dana konnte nicht sagen, ob es nicht nur ein Zufall war.

»War dir nicht klar, dass es dich irgendwann krank machen würde, das Ganze für dich zu behalten?«, fragte Dana. »Du verheimlichtest es, und der Druck wurde stärker und stärker, und dann bekamst du den Schlaganfall. Diese ›getrennt lebende Ehefrau‹ war nur eine amtliche Panne. Grampa Earl ging davon aus, dass die Ehe geschieden war. Als er dich heiratete, handelte er im guten Glauben.«

Ellie Jos Lippen öffneten sich. »Ist das wahr?«, hauchte sie.

Dana richtete sich auf. »Du bist wach. Wie fühlst du dich?«

Ihre Großmutter hielt die Augen geschlossen, doch ein

winziges Lächeln erschien in ihrem linken Mundwinkel. »Schwindlig.«
»Das geschieht dir ganz recht«, sagte Dana verstimmt. »Du *hast* schließlich geschwindelt. Genau gesagt, hast du mir die Wahrheit verschwiegen. Und dabei hast du aus einer Mücke einen Elefanten gemacht.«
»Wirklich?«
»Grampa Earl hatte nicht die Absicht, mit zwei Frauen gleichzeitig verheiratet zu sein. Es war ein echter Fehler.«
»Bist du sicher?«
»Du nicht?«
»Nein, aber wenn du es bist, dann fühle ich mich besser.«
»Oh, Gram.« Dana war bestürzt. »Hast du all die Jahre versucht, dich selbst zu überzeugen?« Sie hatte noch heute Ellie Jos Lobeshymnen im Ohr. Earl war wundervoll, Earl war liebevoll, Earl war der Beste. Und die ganze Stadt glaubte es.
Ellie Jo schlug die Augen auf. »Die schicken mich vielleicht auf Reha.« Sie sprach langsam und mit sichtlicher Mühe. »Kümmerst du dich um Veronica?«
Danas Wut schwand. »Natürlich. Und auch um das Geschäft.«
»Lass Veronica im Haus.« Ihre Aussprache wurde undeutlich. »Sie ist am liebsten zu Hause.«
»Ich werde jeden Tag vorbeischauen.«
»Du musst mir ihr reden.« Ellie Jo fielen die Augen zu. »Aber ... erzähl ihr ... nichts von ... Earl.«
Danas Wut kehrte zurück. Auch wenn es hier nur um eine Katze ging, sie hatte die Lügen satt. »Veronica weiß wahrscheinlich sowieso Bescheid. Sie war doch bei dir auf dem Dachboden, als du die Papiere aus dem Versteck holtest.«

»Sie kann … nicht … lesen. Kümmer dich um sie, Dana. Und hör auf … deine Mutter.«
Die Erwähnung Elizabeths brachte das Fass zum Überlaufen.
»Meine Mutter?«, wiederholte Dana aufgebracht. »Meine Mutter, die mich nach Strich und Faden belogen hat? Meine Mutter, die mir meinen wirklichen Vater vorenthielt? Meine Mutter ist weiß Gott kein Unschuldsengel!«
»Das ist wohl keiner von uns«, sagte Ellie Jo und atmete langsam aus.
»Du brauchst Ruhe, Gram«, sagte Dana frostig und stand auf. »Ich komme morgen wieder.«
»Sei nicht böse …«

Aber Dana *war* böse. Sie war sogar auf Elizabeth böse. Und das beunruhigte sie. Sie war böse auf *alle,* und das machte sie sehr einsam. Diese Erkenntnis belastete sie dermaßen, dass sie auf der Heimfahrt bei Father Jack anrief. Er war Priester. Priester hörten zu. Sie spendeten Trost und Rat.
»Hallo?«, meldete er sich.
»Ist die Messe zu Ende?«
Es folgte eine längere Pause und dann zögernd: »Dana?«
»Ja. Ich weiß nicht, wann ein Priester frei hat.«
»Sie haben einen günstigen Moment erwischt.«
»Das ist ja ein Glück«, sagte sie. »Nehme ich zumindest an.«
»Danke, dass Sie zurückrufen.«
»Ich wurde gut erzogen.«
Wieder dauerte es eine Weile, bis er sagte: »Sie klingen wütend. Bin ich der Grund?«
»Sie und meine Mutter und meine Großmutter und mein Mann und mein Schwiegervater …« Sie musste Atem schöpfen. »Soll ich weitermachen?«

»Das kommt darauf an. Ist die Liste denn noch länger?«
Dana musste lächeln. »Ich könnte auch wütend auf meine Schwiegermutter sein, weil sie ihrem Mann gegenüber manchmal so unterwürfig ist, aber in dieser Sache hat sie sich tatsächlich durchgesetzt und auf meine Seite gestellt.«
»Geht es um die Hautfarbe Ihres Babys?«
»In erster Linie.« Sie sah sich außerstande, auf das Übrige einzugehen. »Und um meinen Mann. Er findet sich allmählich zurecht.«
»Er wirkte schon, als er hier war, ganz souverän.«
»Ja – äußerlich. Aber inzwischen ist er auch innerlich auf dem Weg dahin. Ich fange langsam an zu denken, dass *ich* das Problem bin. Nicht nur für ihn, sondern für *alle.*«
»Ist Ihre Wut gerechtfertigt?«
Sie dachte einen Moment darüber nach. »Ich denke schon. Es geschehen Dinge, die man nicht erwartet hat und die man nicht versteht. Also verleugnet man sie oder lügt oder versucht, jemand anderen dafür verantwortlich zu machen.« Sie wurde weinerlich. »Warum tun Menschen das?«
»Weil sie fehlbar sind.«
»Aber wissen sie denn nicht, dass es verletzt?«
»Wenn sie klar denken, tun sie es.«
»All die Leute, die ich da aufzählte, haben etwas getan, was ich für wirklich selbstsüchtig halte.«
»Etwas, bei dem sie keine Rücksicht auf Ihre Gefühle nahmen?«
»Ja. Das ... ist richtig. Nur fange ich jetzt an zu glauben, dass *ich* die Selbstsüchtige bin. Bin ich das? Ist es zu viel verlangt, von den Menschen, die mir am nächsten stehen, zu erwarten, dass sie mich berücksichtigen, wenn sie wichtige Entscheidungen treffen?«

»Nein. Sie haben das Recht, das zu erwarten.«
»Aber was mache ich, wenn sie es nicht tun?«
»Sie darauf ansprechen. Ihnen erklären, was Sie empfinden. Dann ist zu hoffen, dass sie in der Zukunft anders handeln, zumindest, was *Sie* angeht.«
Seine Stimme wirkte beruhigend. »Hat man Ihnen das im Seminar beigebracht?« Sie glaubte, ihn leise lachen zu hören.
»Nein. Das hat mich das Leben gelehrt.« In wieder ernstem Ton fuhr er fort: »Ich bin alles andere als unfehlbar, Dana. Der liebe Gott kennt die Fehler, die ich begangen habe. Sie sind der größte davon. O nein, ich meine damit nicht, Sie gezeugt zu haben, sondern mein Verhalten danach. Ich hätte Ihre Mutter nicht einfach *abhaken* dürfen. Ich hätte ihr nachreisen müssen, versuchen, sie umzustimmen. Aber ich war zu verletzt. Ich entschuldige mich dafür.«
Dana schwieg. Was sollte sie mit der Entschuldigung anfangen? Sie fühlte sich ebenso verloren wie nach dem Tod ihrer Mutter.
»Das Leben ist voll von Dingen, die wir hätten tun sollen«, sprach Father Jack weiter. »Aber sie betreffen die Vergangenheit. Wir haben die Wahl, uns darauf zu konzentrieren, in der Vergangenheit zu verharren, oder nach vorne zu schauen. Ich möchte nach vorne schauen.«
»Sie haben gelernt, wie man das macht. Hat Ihr Glaube Sie dahin gebracht?«
»In erster Linie mein gesunder Menschenverstand. Aber ich schaffe es durchaus nicht immer. Zum Beispiel weiß ich nicht, wie ich damit umgehen soll, noch eine Tochter zu haben.«
Tränen trübten Danas Sicht. Sie blinzelte sie weg.

»Ich möchte Sie gern kennenlernen«, sagte er.
»Darüber kann ich im Moment nicht nachdenken.«
»Aber Sie haben mich angerufen.«
Ja, das hatte sie. Eine interessante Tatsache. »Sie sind Priester«, argumentierte sie, »und ich brauche Hilfe. Ich benehme mich schlecht, und ich bin nicht stolz darauf.«
»Das Problem zu erkennen ist der erste Schritt. Den haben Sie getan.«
»Was ist der nächste?«
»Sich zu vergeben. Es ist, wie ich schon sagte, Dana: Niemand von uns ist unfehlbar.«
»Und was dann?«
»Versuchen, darüber hinwegzukommen. Wenn Sie mit jemandem zusammen sind, der Sie erzürnt, zwingen Sie sich, drei gute Dinge an diesem Menschen zu finden.«
Ein riesiger Sattelschlepper zog an ihr vorbei. Auf der hinteren Stoßstange stand in großen, handgemalten Lettern »Jesus lenkt mich«. »Ist das aus dem Evangelium?«, fragte sie Father Jack.
Nach einer neuerlichen Pause kam die leise Antwort: »Nein, von mir. Ich habe das immer meinen Kindern gesagt. Es schien zu helfen.«

27

Am Montag arbeitete Hugh gerade in der Kanzlei an einem Schriftsatz für eine Berufung und fühlte sich wieder angenehm geerdet, als er einen hektischen Anruf von Crystal bekam. Ihre Stimme klang genauso hysterisch wie bei ihrer ersten Begegnung im Garten des Krankenhauses.

»Es war ein Typ hier, der mir Fragen über mich und Jay stellte! Als ich wissen wollte, wer er sei, sagte er, er stelle nur routinemäßig Nachforschungen an, und als ich ihn noch mal fragte, wer er sei, weigerte er sich, es zu sagen. Als ich ihm erklärte, dass ich nicht mit ihm reden würde, sagte er, es würde mir leidtun, wenn ich es nicht täte. Ich forderte ihn auf, sich auszuweisen, aber er zeigte nur mit dem Finger auf mich, als wolle er mich warnen, und ging. Den hat der Senator mir auf den Hals geschickt, ich weiß es!«

Hugh lehnte sich in seinem Sessel zurück. »Er versucht, Sie einzuschüchtern.«

»Das hat er geschafft! Sie hätten den Kerl sehen sollen: Ein Baum von einem Mann, der ohne Mühe meine Haustür hätte eintreten können. Was soll ich jetzt machen? Umziehen? Eine Alarmanlage kann ich mir nicht leisten, aber die würde sowieso nichts helfen, wenn er sich entschließt, uns das

Haus über dem Kopf anzuzünden. *Dann* hätte der Senator Ruhe vor mir.«
»Er wird Ihnen nicht das Haus über dem Kopf anzünden, Crystal.«
»Woher wollen Sie das wissen?«
»Das wäre keine Einschüchterung, das wäre im schlimmsten Fall *Mord.*«
»Und Sie meinen, davor schreckt Hutchinson zurück? Wie können Sie da so sicher sein? Vielleicht sollte ich die Sache fallenlassen.«
»Und wie kriegen Sie Jay dann nach St. Louis?« Als sie nicht antwortete, sagte er: »Ich muss Sie das fragen, Crystal – fürs Protokoll. Gibt es außer dem Senator noch jemanden, der ein Interesse daran haben könnte, Ihnen Angst zu machen?«
»Nein.«
»Was ist mit Ihrer Mutter?«
»Meiner Mutter?«
»Sie stehen nicht gerade gut mit ihr.«
»Das heißt nicht, dass wir verfeindet sind. Sie war am Samstag *und* am Sonntag hier im Krankenhaus und hat Lebensmittel mitgebracht. Sie hat kein Geld, das sie mir geben könnte, und sie kann nicht auf Jay aufpassen, weil sie in Zwölf-Stunden-Schicht arbeitet. Sie ist okay. Außerdem kenne ich die Leute, mit denen sie rumhängt, und der Typ war keiner von denen.«
»Er hat Ihnen seinen Namen nicht genannt?«
»Das hab ich Ihnen doch *gesagt*. Was ist, wenn er wiederkommt? Was soll ich dann machen?«
»Ruhig bleiben und die Tür abschließen, wenn Sie zu Hause sind. Wenn er wieder auftaucht, rufen Sie die Polizei. In

der Zwischenzeit werde ich mit dem Anwalt des Senators telefonieren.«
Es dauerte fünf Minuten, bis Hugh mit Dan Drummond verbunden wurde, fünf Minuten, in denen seine Sekretärin »ihn suchte«, wobei Hugh vermutete, dass der Mann an seinem Schreibtisch saß. Als er endlich an den Apparat kam, gab er sich jovial. »Hey, Hugh. Sie sind zu früh dran. Ich dachte, ich hätte Zeit bis Mittwoch.«
»Der *Senator* hat Zeit bis Mittwoch, Dan, aber im Moment geht es um etwas anderes. Meine Mandantin ist belästigt worden.«
»Was heißt das?«
»Sie bekam Besuch von einem Schlägertypen, der mehr wusste, als er sollte. Sagen Sie Hutch, er soll ihn zurückpfeifen.«
»Was hat Hutch damit zu tun?«
Hugh seufzte. »Ach, kommen Sie, Dan, lassen Sie die Spielchen.«
»Das sind keine Spielchen. Was hat Hutch damit zu tun, dass Ihre Mandantin Besuch von einem Mann bekommt?«
»Vielleicht ja wirklich nichts. Ich habe damit gerechnet, dass er einen Schnüffler dafür anheuern würde, die Leute auszuhorchen, die sie kennt, aber ein guter Privatdetektiv hätte sich niemals direkt an sie gewandt. Sie wird anwaltlich vertreten. Das macht es zu einem berufsethischen Verstoß. Wenn es sich wiederholt, gebe ich eine Pressekonferenz, in der ich den Fall schildere. Möglich, dass Hutch den Mann tatsächlich nicht zu meiner Mandantin geschickt hat, aber die Medien werden sich auf die Geschichte stürzen. Sie lieben solche Storys. Wenn er nicht will, dass wir an die Öffentlichkeit gehen, soll er seinen Mann zurückpfeifen.

Und wenn Sie schon dabei sind, erinnern Sie ihn daran, dass wir bis Mittwoch eine Zusage von ihm erwarten – entweder die Anerkenntnis der Vaterschaft oder die Zustimmung zu einem Gentest.«

»Mittwoch wird knapp«, murmelte Drummond, als konsultiere er seinen Terminkalender wegen einer Verabredung zum Mittagessen. »Der Senator hat diese Gesetzesvorlage eingereicht ...«

»Ich weiß von der Gesetzesvorlage«, unterbrach Hugh ihn. »Darin geht es um ein Vorschulerziehungsprogramm in sozial schwachen Gebieten. Als einer der Co-Sponsoren erntet er dicke Lorbeeren. Es wäre doch ein Jammer, wenn sein Image angekratzt würde, weil er sich weigert, für sein eigenes Kind zu sorgen.«

»Der Senator hat eine Gesetzesvorlage eingereicht«, wiederholte Drummond, als hätte Hugh überhaupt nichts gesagt, »und es wird schwierig werden, sie durchzukriegen, weil das Programm viel Geld kostet. Es gibt Leute im Kongress, die für die Armen nicht in die Staatskasse greifen wollen. Hutch gehört nicht dazu. Er tut verdammt noch mal sein Möglichstes, um die Stimmen zusammenzukriegen. Ich würde sagen, das hat Vorrang vor dem erfundenen Anspruch einer Frau, die er gar nicht kennt.«

»Mittwoch, oder ich gehe an die Öffentlichkeit.«

Nachdem er das Gespräch beendet hatte, ging Hugh den Flur hinunter zu seinem Partner. Julian Kohn war über den Fall Kostas im Bilde. Hugh hatte ihn auf dem Laufenden gehalten. Jetzt schilderte er ihm die neueste Wendung. »Meinst du, ich liege falsch?«, fragte er. »Sie schwört, dass es niemand anderen gibt, der sie bedrohen würde, und nach dem, was Lakey ausgegraben hat, glaube ich ihr. Die Frau spielt nicht, sie nimmt keine Drogen, sie zahlt pünktlich ihre Miete. Sie jongliert mit drei Kreditkarten, sorgt aber immer für die minimale Deckung, und ihre Zahlungsmoral ist einwandfrei. Und in der Arbeit mögen sie alle.«

Julian nahm die Brille ab, lehnte sich in seinem Sessel zurück und überkreuzte die Füße auf dem Schreibtisch. »Du liegst nicht falsch. Ich würde ihr auch vertrauen. Und ich denke ebenfalls, dass dieser Mann von Hutchinson auf sie angesetzt war. Hat er das nicht auch mal mit einem Wahlhelfer gemacht, der ins Lager eines seiner Gegner wechselte?«

»So was Ähnliches.« Hugh begann auf und ab zu gehen. Alles hier war neu und geschmackvoll von Dana eingerichtet, die fast jedes Büro der Kanzlei ausgestattet hatte. Wobei sich Julians deutlich von Hughs unterschied. Julians Vater war Fleischer gewesen, seine Mutter Hausfrau. Es war kein Geld für ledergebundene Bücher und bronzene Buchstützen da gewesen, geschweige denn für eine Ausbildung. Als Julian sein Jurastudium abschloss, waren Darlehen in Höhe von nahezu hunderttausend Dollar aufgelaufen. Er hatte seit damals viel verdient, doch er vergaß niemals seine Wurzeln. Die Schlichtheit seines Büros spiegelte das wider.

Auch Hugh vergaß niemals seine Wurzeln. Unglücklicherweise hatten sie sich als Täuschung erwiesen. »Möchtest du was Bizarres hören?«, fragte er und erzählte Julian von seinem Großvater.

Irgendwann im Lauf der Story nahm sein Partner die Füße vom Tisch und setzte sich aufrecht hin. »Das ist kaum zu glauben«, sagte er, als Hugh geendet hatte. »Dein Vater hat die ganze Zeit damit gelebt?«

»Er redete sich ein, dass es nicht stimme.«

»Immerhin ging es um seine Mutter. Seine *Mutter*. Angesichts der Stellung eurer Familie kann ich verstehen, dass er sich wünschte, das Gerücht wäre nicht wahr. Er schwieg vielleicht gar nicht aus Engstirnigkeit, sondern aus Loyalität seiner Familie gegenüber.«

»Du kannst wohl alles verzeihen.«

»Nicht alles. Ich hatte eine Großtante, die in Osteuropa aufwuchs. Sie und ihr Mann leugneten, Juden zu sein, um dem Holocaust zu entkommen. Sie leugneten es auch noch, als sie längst in New York waren. Ihre Kinder leugneten es ebenfalls. Meine Cousins leugnen es noch heute. Ich verstehe ihre Schuldgefühle. Die Juden in ihrer Stadt wurden zusammengetrieben und umgebracht.«

»Sie logen, um ihr Leben zu retten«, sagte Hugh. »Ich weiß nicht, ob ich sie deswegen verurteilen würde.«

»Ich verurteile sie nicht wegen ihrer Lüge. Ich verurteile sie, weil sie das Leben nicht zu schätzen wissen. Ständig beklagen sie sich. Wenn man sie hört, wird ihnen andauernd etwas vor der Nase weggeschnappt – ein Job, ein Haus, der Golf-Meisterschaftstitel –, und das nur, weil jemand anderer ein bisschen mehr Geld oder gesellschaftliche Geltung besitzt. Sie werden immer benachteiligt. Sie sind nie gut genug. Das liegt an den Schuldgefühlen. Schuldgefühle zerstören das Selbstvertrauen. Aber dein Dad hat mit seinem Zweifel gelebt und trotzdem etwas aus seinem Leben gemacht.« Er lächelte. »Afroamerikanisch? Das ist cool.«

Julians Augen leuchteten auf. Er drehte sich mit seinem Sessel herum, öffnete eine Tür des Bücherschranks hinter seinem Schreibtisch und holte eine Kamera heraus. »Ich muss dir was zeigen.« Er begann, Schnappschüsse durchlaufen zu lassen. »Warte. Ich hab's gleich.« Nach ein paar weiteren

Sekunden rief er: »Da!«, drehte sich wieder zu Hugh und hielt die Kamera so, dass er den Monitor vor sich hatte. Hugh, der sich zwischenzeitlich hingesetzt hatte, stand auf, um besser sehen zu können. Das Foto war eines von denen, die Julian zwei Wochenenden zuvor gemacht hatte. Hugh erinnerte sich genau daran, denn er war sich wie ein Heuchler vorgekommen, als er, angeblich der glückliche Vater, gelächelt hatte, obwohl Dana und er so gut wie nicht miteinander sprachen.

Aber auf diesem Foto lächelten sie nicht. Hugh scrollte zu dem Lächel-Foto zurück.

»Das da hat mir nicht gefallen«, sagte Julian. »Das, das ich dir gerade gezeigt habe, ist echter.«

Hugh schaute es sich noch einmal an. Die Pose war dieselbe – Dana mit Lizzie auf dem Arm und Hugh neben ihr und mit dem Arm um beide –, doch sie waren ernst und schauten anstatt in die Kamera auf Lizzie hinunter.

Ja, es war in der Tat echter. Und ausgesprochen schön.

»Mailst du mir das?«, bat Hugh.

Am nächsten Tag machte Hutchinsons Gesetzesvorlage Schlagzeilen. »Hutchinson-Loy geht mit Überraschungsunterstützung in die Abstimmung«. In dem Artikel wurde detailliert über den Sinneswandel eines wichtigen Mitgliedes der Opposition berichtet, die avisiert hatte, geschlossen gegen die Gesetzesvorlage zu stimmen. Der Sinneswandel deutete auf eine Annahme der Gesetzesvorlage hin.

Dana und Hugh lasen den Artikel gemeinsam. Hugh stand hinter ihr, sie saß, mit der Zeitung in der Hand, und blätterte jetzt zur Fortsetzung auf einer Innenseite der Zeitung um.

»Hör dir diese Lobhudelei an«, sagte er über ihre Schulter.

»›Der Höhepunkt des lebenslangen Einsatzes des Senators für die Armen.‹ – ›Kein Senator hat jemals härter für die sozial Schwachen gekämpft als Stan Hutchinson.‹ – ›Er führt das Werk der Menschlichkeit des früheren Senators von Connecticut fort.‹« Hugh lachte leise. »Wenn dieses Gesetz durchkommt, dann nur, weil wir ein Wahljahr haben und die Senatoren, die sich zur Wiederwahl stellen, es mit der Angst kriegen.«

»Aber das Gesetz ist doch gut, oder?«, fragte Dana.

»Absolut. Da kann ich Hutchinson keinen Vorwurf machen. Ich kann ihm so gut wie keinen Vorwurf wegen irgendetwas machen, was er in seinen zwanzig Jahren im Senat gemacht hat. Aber ich werfe ihm vor, dass er die Anwendung seiner moralischen Prinzipien auf das Kapitol beschränkt. Was er als Senator tut, unterscheidet sich wesentlich von dem, was er als Privatmann tut. Hat er jemals einen Penny mehr für wohltätige Zwecke gespendet, als die Wählerschaft seiner Meinung nach von ihm erwartet? Hat er jemals die Avancen einer attraktiven Frau zurückgewiesen? Hat er jemals darauf verzichtet, seine Ellbogen einzusetzen, wenn er das Gefühl hatte, dass ihm jemand in die Parade fahren könnte?«

Dana antwortete nicht. Sie las gerade einen kurzen Bericht, der weiter unten stand. »Hiesiger Kunsthändler des Betrugs beschuldigt.« Es war nur ein Absatz, und er enthielt kaum Informationen, doch der Name des Kunsthändlers schockte sie.

Entgeistert deutete sie darauf. »Weißt du, wer das ist?«

Hugh überflog den Artikel. »Oliver James?«

»Seine Frau ist eine Kundin von Ellie Jo. In letzter Zeit kam sie aber seltener.« Dana dachte nach. »Was, glaubst du, hat er getan?«

»In diesem Metier bedeutet Betrug meistens, dass Fälschungen als Originale angeboten werden.« Hugh schaute auf Dana hinunter. »Habe ich seine Frau mal kennengelernt?«

»Wenn es so wäre, würdest du dich daran erinnern. Ihr Name ist Corinne. Ich kann es einfach nicht fassen.« Dana fiel ein, wie sie Corinne plötzlich als zerbrechlich gesehen hatte, und es gelang ihr nicht recht, Schadenfreude zu empfinden. »Es wird sie *umbringen,* dass man ihren Mann verhaftet hat.«

»Wirst du sie anrufen?«

»Ich habe ihre Nummer gar nicht. Sie wohnen drüben in Greendale.«

»Reiches Viertel«, bemerkte Hugh.

»Mmm.« Große Häuser, große Grundstücke, große Autos, was wieder einmal bewies, dass Geld nicht den Seelenfrieden garantierte. Dana versuchte, sich gerade vorzustellen, wie Corinne zumute war, als es klopfte. Susan Johnson stand draußen, Davids Exfrau.

Susan sah tougher aus, als sie war. Sie trug ihr glattes, langes Haar offen, war in Schwarz gekleidet, von den Espadrilles über die Gymnastikhose und das Tanktop bis zu der abgeschnittenen Kapuzenjacke. Im Gegensatz zu ihrem finsteren Outfit war ihr Lächeln unbeschwert und strahlend. Sie war unverkennbar Alis Mom.

»Susan.« Dana öffnete die Fliegengittertür. »Ich wusste nicht, dass du in der Stadt bist.«

»Na ja, David sagte immer wieder, dass Ali nicht mehr nach New York wolle, und da dachten John und ich, wir sollten herfahren, um die Sache zu klären. Immerhin soll sie diese Woche nach Hause.«

»Sperrt sie sich noch immer?«

»Seit wir wissen, was ihr Problem ist, nicht mehr.«
Hugh kam jetzt dazu. »Die Schule?«
»Absolut. Es ist eine tolle Schule, die *beste.* Ich war völlig aus dem Häuschen, als John durch seine Beziehungen Alis Aufnahme erreichen konnte. Aber als David dann anrief, beschlossen wir, uns ein paar Zahlen zu besorgen. Wie sich herausstellte, sind Minderheiten dort nicht so stark vertreten, wie ich es gern hätte. Ali muss sich bei unserem Besichtigungsbesuch im Frühjahr dort völlig fehl am Platz gefühlt haben. Irgendjemand muss die Hautfarbenbarriere durchbrechen, aber meine Tochter wäre damit offenbar überfordert. Die Schule, auf der sie bisher war, ist auch gut, und sie liebt sie.« Susan lächelte. »Also haben wir ihr gesagt, sie darf wieder hingehen, und sie kann es gar nicht erwarten, ihre Freundinnen wiederzusehen.«
»Ich bin froh«, sagte Dana.
»Ich auch. Es hätte mir klar sein müssen, dass die neue Schule Alis Problem war, aber ich kam gar nicht auf die Idee. Jedenfalls wollte ich euch beiden danken. Ihr habt Ali gutgetan.«
»Sie hat uns ebenfalls gutgetan«, sagte Hugh.
Susan begann, sich rückwärtsgehend zu entfernen, und schaute Dana dabei an. »Ich brauche den Namen eines Strickgarngeschäfts in New York, das hat sie mir bereits erklärt.«
»Ich werde dir einen beschaffen.« Dana winkte ihr nach. Als Susan sich umdrehte und zu Davids Haus hinüberjoggte, wandte Dana sich Hugh zu. »*Das* ist ein wenig beängstigend.«
»Dass Susan das Problem nicht erkannte? Ausgesprochen beängstigend. Sie ist intelligent und wach, was wir auch von

uns behaupten, aber wer sagt, dass wir nicht den gleichen Fehler begehen würden?«
»Ich denke, es gibt Möglichkeiten, das zu vermeiden – wenn wir unsere Hausaufgaben machen, alle Tatsachen zusammentragen, bevor wir ein Urteil fällen.«
»Du klingst wie eine Anwältin«, bemerkte Hugh, doch er lächelte nicht. »Es bringt mich um, mir Lizzie als Außenseiterin vorzustellen, aber sie wird es mit Sicherheit irgendwann sein. Manche Kreise sind noch immer fest geschlossen.«
»Das erleben *alle* Kinder, Hugh. Es gehört zum Erwachsenwerden.«
»Aber die Rasse ist etwas anderes, und es betrifft *mein Kind.*«
»Wir können sie nicht vor allem bewahren. Sie wird lernen müssen, dass es Menschen gibt, die Vorurteile haben.«
»Vielleicht hat sich ja etwas geändert, bis sie erwachsen ist.«
Es klang wie eine Frage, doch Dana wusste keine Antwort darauf. Sie wusste nur, dass sie Hughs Furcht teilte. Und so schlang sie die Arme um seine Mitte und schmiegte sich an seine Brust.
Hugh liebte Lizzie eindeutig. Das war *ein* »gutes Ding«.

Eaton saß vor einem leeren Bildschirm, als Dorothy in der Tür zur Bibliothek erschien.
»Ich fahre weg«, verkündete sie.
»Wohin denn?« Er versuchte, seine Neugier nicht durchklingen zu lassen. In letzter Zeit war seine Frau unberechenbar.
»Das weiß ich noch nicht. Ich werde es wissen, wenn ich angekommen bin.«

Lass es gut sein, sagte er sich. Aber er schaffte es nicht. »Das ergibt keinen Sinn.«
Sie hob angriffslustig das Kinn. »*Muss* es das denn?«
»Bisher war es so. Du bist eine bedachtsame Frau.«
»Das war so, als ich den lieben langen Tag um meinen Mann rotierte. Wenn ich etwas für *mich* tue, brauche ich nicht bedachtsam zu sein.«
»Und jetzt *tust* du etwas für dich, weil du erfahren hast, dass dein Mann auf tönernen Füßen steht.«
»Wenn du damit auf deine afrikanische Abstammung anspielst, weise ich das entschieden zurück. Ich tue etwas für mich, weil ich es müde bin, dich an die erste Stelle zu setzen. Du verdienst es nicht – und wenn du glaubst, dass *das* eine Anspielung auf deine rassische Herkunft ist, dann irrst du dich gewaltig.«
»Dorothy«, sagte er pikiert. Sie hatte ausgerechnet zu einer Zeit ihre Unabhängigkeit erklärt, als er dringend die Ehefrau brauchte, die sie immer für ihn gewesen war.
»Was?«
Er wusste nicht, wo er anfangen sollte. »Mein Buch erscheint in einer Woche. Und wusstest du, dass mein Bruder vorhin angerufen hat?«
Das erschreckte sie sichtlich. »Nein.«
»Er sagte, ich dürfe niemandem erzählen, was ich erfahren habe.«
»Warum überrascht mich das nicht?«
»Denkst du das auch?«
Dorothy lag eine scharfe Erwiderung auf der Zunge, doch sie schluckte sie hinunter und fragte stattdessen: »Willst du meine Meinung hören?«
»Ja.«

Sie dachte eine Weile nach. »Würdest du die Frage bitte wiederholen?«

Er hütete sich zu lächeln, aber es fiel ihm schwer. Seine Frau war so in ihrer Rebellion gefangen, dass ihre Konzentration auf der Strecke blieb. Es war liebenswert. »Ich habe dich gefragt, wie ich mit den Informationen über meinen biologischen Vater umgehen soll.«

Dorothy überlegte. »Du musst tun, was dir dein Gewissen diktiert«, antwortete sie schließlich.

»Damit kann ich nichts anfangen.«

Ihre Augen schossen Blitze. »Nun, ich bin eben nicht besonders klug. Wenn ich es wäre, hättest du mich in den letzten vierzig Jahren bestimmt öfter nach meiner Meinung gefragt – angefangen damit, ob mich der Gedanke beunruhigte, dass das Gerücht, das du als Junge gehört hattest, vielleicht der Wahrheit entsprach. Wirklich, Eaton, du bist unerträglich. Weißt du, was dein Problem ist?«

Eaton hätte ihr mehr als eines nennen können, doch er sagte: »Nein.«

»Du kennst den Unterschied zwischen Fügsamkeit und Dummheit nicht. Ich mag all die Jahre fügsam gewesen sein, weil mir das so anerzogen worden war und Fügsamkeit von einer verheirateten Frau erwartet wurde – nun, nicht von *allen* Frauen, nur von denen in unseren Kreisen, eine Tatsache, die mich zunehmend stört –, aber dass ich fügsam war, bedeutet nicht, dass ich keine Meinung habe, und es bedeutet nicht, dass ich dumm bin.«

»Ich habe dich gerade um deine Meinung gebeten, und du konntest sie mir nicht sagen«, konstatierte er.

»Ich konnte es nicht?« Sie hob die Brauen. »Ich könnte es durchaus, wenn ich wollte.«

Er seufzte ungeduldig. »Dann sag mir bitte, wie ich mit meiner unrühmlichen Vergangenheit umgehen soll?«
Ihre Augen weiteten sich. »Hör auf, sie als unrühmlich zu betrachten.«
»Dot.«
»Ich meine es ernst, Eaton. Warum ist es so ein Drama für dich? Sieh es doch als Chance, etwas über dich selbst zu erfahren. Du tust ja, als hättest du Angst, dass jemand dich als Betrüger hinstellt und dir dein ganzes Geld wegnimmt.«
»Ich habe keine Angst um mein Geld.«
Sie lächelte. »Gut. Das ist doch schon ein Fortschritt.«
Er wollte – *musste* – auf das andere Thema zu sprechen kommen. »Glaubst du nicht, dass es ein Schock für mich ist, dass mein Vater nicht der ist, den ich mein Leben lang dafür hielt?«
»Natürlich. Aber ist dies das ganze Grübeln wert? Ich glaube nicht. Willst du die Wahrheit hören, Eaton? Du bist interessant, weil du über interessante Menschen schreibst. Akzeptiere, wer du bist, erfahre ein wenig über deine Vergangenheit, verändere vielleicht deine Zukunft ein bisschen, dann kannst *du selbst* ein interessanter Mensch werden.«
Damit drehte sie sich um und ging.

28

Hutchinson-Loy gewann mit einer knappen Drei-Stimmen-Mehrheit. Das freute Hugh. Wenn Hutch sich als Sieger fühlte, wäre er Crystal und ihrem Sohn gegenüber vielleicht entgegenkommender.

Jedenfalls dachte er sich das so.

Drummond stach am Mittwochmorgen ein Loch in diesen Ballon, als er kurz nach Hughs Eintreffen in der Kanzlei anrief und ihm mitteilte: »Der Senator wird sich gegen die Behauptung zur Wehr setzen. Er erinnert sich nicht an diese Frau und glaubt nicht, dass ihr Sohn von ihm ist.«

Hugh war enttäuscht. Er hatte auf eine Regelung in aller Stille gehofft. »Leugnet er, an dem fraglichen Abend in Mac's Bar and Grill gewesen zu sein?«

»Nein.«

»Wird er die Beziehungen zu den Frauen leugnen, von denen wir eidesstattliche Versicherungen in Händen haben?«

»Nein. Aber er wird die Namen anderer Frauen präsentieren, die Ansprüche an ihn stellten, die als nicht ernst zu nehmen bewiesen wurden – wie es in diesem Fall auch sein wird.«

Hugh ignorierte das. »Er wird sie ›präsentieren‹? Sie sprechen von einer Verhandlung. Verhandlungen sind öffentlich.«

»Ich denke, in Anbetracht der exponierten Stellung des Senators werden wir eine Ausnahmeregelung erreichen können«, erwiderte Drummond.

»Wenn Sie das tun«, Hugh drehte sich mit seinem Sessel zu einem Aktenschrank hinter ihm um und öffnete ihn, »gebe ich eine Pressekonferenz.«

»Dann beantragen wir eine Verfügung auf Unterlassung.«

»Dann gebe ich eine Pressekonferenz, um den Maulkorberlass anzuprangern«, konterte Hugh. Er hatte nicht gewollt, dass es so lief, aber um des Jungen willen war er bereit, mit harten Bandagen zu kämpfen.

Er zog den Ordner mit der Klage aus dem Schrank. »Ich bin bereit, Dan. Um vierzehn Uhr werde ich beim Kreisgericht Lowell auf der Grundlage der medizinischen Bedürfnisse eines vierjährigen Kindes einen Eilantrag auf Vaterschaftsnachweisung und sofortigen Unterhalt stellen. Da ich ein netter Kerl bin, werde ich um eine schnelle Entscheidung bitten, damit die Probe am Freitag, während der Senator hier in der Stadt ist, abgenommen werden kann.«

»Sie werden die Entscheidung nicht bekommen.«

»Warum nicht?«

»Weil Sie es mit einem Senator der Vereinigten Staaten zu tun haben.«

Nach dem Gespräch fühlte Hugh sich unbehaglich. Dan Drummond war als überheblich bekannt, doch heute hatte seine Stimme einen triumphierenden Unterton gehabt, der Hugh beunruhigte, denn er deutete darauf hin, dass Drummond mehr wusste als er. Jemand am Kreisgericht musste für den Senator Strippen ziehen.

Er überlegte gerade, ob er seinen Kontaktmann dort anrufen sollte, als der *ihn* anrief.
»Sean Manley möchte Sie sprechen«, sagte seine Sekretärin.
Sean Manley war Schriftführer bei Gericht. Hugh hatte ihn vor Jahren kennengelernt, als er Seans Vater in einem Verkehrsdelikt mit Todesfolge vertrat. »Das war Gedankenübertragung, Sean«, sagte er, als er den Mann am Apparat hatte. »Ich wollte Sie gerade anrufen.«
»Ich stehe in Ihrer Schuld, Hugh. Sie haben meinen Vater rausgehauen. Ich habe läuten hören, dass Sie gegen einen gewissen Senator klagen wollen, und da dachte ich mir, Sie sollten wissen, dass Quidlark sich den Fall schnappen wird.«
Der ehrenwerte Richter Quidlark war ein Vertreter der alten Schule und ein Frauenhasser. Außerdem verband ihn eine langjährige Freundschaft mit J. Stan Hutchinson, der, wenn es auch schon viele Jahre zurücklag, dafür gesorgt hatte, dass Quidlark zum Richter ernannt wurde.
Hugh witterte Unrat. »Danke, Sean. Ich weiß das zu schätzen.« Er verabschiedete sich und rief den Gerichtspräsidenten an. Der Mann hatte in der Hauptsache administrative Aufgaben. Unter anderem oblag ihm die Geschäftsverteilung. Hugh hatte mit seinem Sohn zusammen Jura studiert.
»Hugh Clarke!«, sagte der Richter begeistert. »Es ist lange her, dass wir uns unterhalten haben.«
»Meine Schuld«, erwiderte Hugh. »Wie geht es Mary?«
»Gut. Und Ihrer Frau?«
»Großartig. Wir haben gerade ein Kind bekommen.«
»Na, das ist doch mal eine gute Nachricht. Aber sie ist sicher nicht der Grund für Ihren Anruf.«
»Nein. Es widerstrebt mir, Sie damit zu behelligen, aber

ich habe von einer möglichen Manipulation erfahren.« Er schilderte in knappen Worten seinen Fall und unterstrich die Dringlichkeit der Situation. Seine Quelle gab er nicht preis, und der Richter fragte nicht danach. Er stellte einige Fragen bezüglich der Beweislage und sagte Hugh dann eine sofortige Prüfung zu.
»Ich reiche um vierzehn Uhr einen Eilantrag ein«, informierte Hugh ihn. »Alles, worum ich bitte, ist eine faire Verhandlung.«
»Betrachten Sie es als erledigt.«

Als Dana ins Krankenhaus kam, war Ellie Jo regelrecht aufgekratzt. Ihr dichtes, graues Haar war straff nach hinten gekämmt, so dass man kaum sah, wo sie rasiert worden war. Ihre Augen strahlten. »Keine Reha!«, verkündete sie. Ihre Aussprache war noch etwas undeutlich, ihre Stimme jedoch schon wieder wandlungsfähig genug, um zu vermitteln, was sie empfand – und das war im Moment eine Erleichterung. »Ich gewinne meine Fähigkeiten allmählich zurück. Häkeln kann ich schon«, sie deutete auf etwas Violettes auf dem Nachttisch. »Als Nächstes kommt das Stricken. Und dann das Laufen. In ein paar Tagen darf ich nach Hause.«
»Das sind ja wundervolle Nachrichten, Gram«, freute sich Dana. Sie konnte ihrer Großmutter nicht mehr böse sein.
»Ich werde eine Nachbehandlung brauchen und vielleicht im Erdgeschoss schlafen müssen«, fuhr Ellie Jo fort, »aber ich werde es mir nicht nehmen lassen, die kleine Lizzie im Arm zu halten.«
Dana lächelte. »Das *will* dir gar keiner nehmen.«
»Und im Geschäft zu sein. Es fehlt mir.« Sie ergriff Danas Hand. »Ich danke dir.«

»Das brauchst du nicht. Du weißt, wie viel mir das Geschäft bedeutet. Es hat mich glücklich gemacht, dich zu vertreten.«
»Glücklich genug, um es für immer zu tun?«
Dana schaute ihre Großmutter scharf an. Sie kannte diesen Ausdruck. Irgendetwas ging vor in dem wachen, alten Gehirn.
»Ich habe mit meinem Anwalt gesprochen«, sagte Ellie Jo. »Er wird einen Vertrag aufsetzen. Wenn du willst, gehört das Geschäft dir.«
»Aber es ist *deines.*«
Ellie Jos Lächeln war ein wenig schief. »Wenn deine Mutter am Leben geblieben wäre, hätte *sie* es bekommen. Willst du es?«
»Natürlich will ich es!«, rief Dana aufgeregt. Sie war zwar gelernte Designerin, aber das Stricken lag ihr im Blut.
Ellie Jo wurde ernst. »Ich werde nicht ewig leben. Dieser Schlaganfall war vielleicht der Anfang vom Ende.«
»Gram ...«
»Es ist die Wahrheit. Wir müssen ehrlich zueinander sein, meinst du nicht?« Es war eine rhetorische Frage. »Ich fühle mich besser, seit wir über Earl gesprochen haben.«
Dana nickte.
»Hasst du ihn?«
Dana schüttelte den Kopf.
»Oder mich?«
»Weil du getan hast, was du für das Richtige hieltest?« Das hatte Dana inzwischen eingesehen.
»Er war ein guter Mann, und er liebte dich.«
»Und dich, Gram. Und dich.«

Hugh verließ Boston am Mittag nach einem langen Gespräch mit Crystal. Die Idee, an die Öffentlichkeit zu gehen, schmeckte ihr nicht. Sie wandte – korrekterweise – ein, dass er ihr eine Einigung in aller Stille versprochen hatte. Die Vorstellung, dass die Medien sich auf sie stürzen würden, erfüllte sie mit Angst.

Er drängte sie, den Nutzen gegen den Schaden abzuwägen. Der Nutzen war offensichtlich: die beste medizinische Behandlung für Jay. Und der Schaden? Keine finanzielle Unterstützung für Jay zu erhalten wäre schon schlimm genug, aber Hutchinson auf dem Kriegspfad wäre noch schlimmer. Er könnte Crystal in der Presse attackieren, sie als unmoralisch, opportunistisch und geldgierig verunglimpfen. Er könnte sie als Betrügerin hinstellen und sich selbst als Opfer, und er könnte es mit Leidenschaft und Eloquenz tun.

Aber letztendlich lag die Entscheidung bei Crystal. »Ich kann Sie nicht zwingen«, sagte Hugh, »ich kann Ihnen nur raten. Und ich bin davon überzeugt, dass es das Richtige ist, die Sache durchzuziehen.«

Schließlich stimmte sie zu – aber sie war nicht glücklich damit. Das veranlasste Hugh, die Latte für sich höher zu legen.

Er wollte den Sieg für Crystal und ihren Sohn, aber er wollte ihn auch für sich. Er hatte sein Können immer als selbstverständlich betrachtet – die Clarkes hatten ein goldenes Händchen. Doch zu wissen, dass er nur zu einem Teil ein Clarke war, nagte an seinem Selbstvertrauen.

Er *brauchte* diesen Sieg. Das bedeutete, dass er nicht als Erster blinzeln dürfte, wenn es darauf ankam.

Dana hatte nach ihrem Besuch bei Ellie Jo eigentlich in den Wollladen fahren wollen, doch als sie den Highway verließ, überlegte sie es sich anders, bog in die entgegengesetzte Richtung ab und durchquerte die Stadt, um bei Corinne vorbeizuschauen. Sie erklärte es sich damit, dass sie es ihrer Großmutter zuliebe tat, denn schließlich war es Ellie Jo, die Corinne mochte, und nicht *sie*.

Das Anwesen war mit einem hübschen Holzzaun umfriedet, der zu beiden Seiten einer gepflasterten Zufahrt in einem flachen Bogen auslief. Dana verglich sicherheitshalber die Hausnummer auf dem Briefkasten mit der, die sie aus der Kundenkartei hatte. Zweineunundzwanzig. Es war definitiv die richtige Adresse.

Dana fuhr langsam die Zufahrt hinauf. Das Grundstück war riesig und gepflegt, der Rasen sorgfältig gemäht, und in den Rabatten leuchtete eine bunte Mischung von Herbstastern.

Das Haus war riesig, ein verputzter Bau im Tudor-Stil mit Satteldach, hohen Sprossenfenstern und zahlreichen Giebeln. Dana hielt vor der Rundbogentür, stieg aus und klingelte. Ein melodiöses Glockenspiel erklang.

Als sich nichts rührte, spähte sie durchs Seitenfenster. Dielen glänzten; ein kunstvoll geschnitzter, halbrunder Tisch stand unter einer Skulptur in der Nische über dem Treppenabsatz einer Podesttreppe; Sonnenlicht fiel durch das Geländer im ersten Stock.

Kein Lebenszeichen. Sie klingelte noch einmal.

»Versuchen Sie's im Cottage«, rief der Gärtner und deutete hinter das Haus.

Dana befolgte seinen Rat und entdeckte jenseits der Garage die Miniaturausgabe des Hauptgebäudes. Nur waren hier die Rollos heruntergelassen.

Sie suchte nach einer Klingel, fand jedoch keine. Also klopfte sie.

Niemand kam.

Sie klopfte noch einmal und wollte gerade gehen, als sie Schritte hörte. Das Rollo eines der Seitenfenster wurde hochgezogen, und Corinne schaute heraus. Zumindest nahm Dana an, dass es Corinne war, denn sehen konnte sie nur einen Schatten.

Wer immer es war, verharrte eine Weile regungslos, doch schließlich öffnete sich die Tür.

Es war tatsächlich Corinne, die vor ihr stand, aber nicht die elegant gekleidete Frau, die Dana kannte. Diese trug kein Make-up und keine Diamanten. Ihre geröteten Augen lagen tief in den Höhlen, und die kastanienbraunen Haare waren zu einem unordentlichen Pferdeschwanz gebunden. Sie war in Jeans und T-Shirt – das Letztere völlig zerknittert – und sah aus, als habe sie seit Tagen nicht geschlafen. Den Knauf in der Hand, lehnte sie sich schwer gegen die Tür.

»Sie hätten nicht kommen sollen«, sagte sie leise.

»Ich habe mir Sorgen gemacht«, erwiderte Dana.

»Das behauptete Lydia Forsythe auch, als sie gestern auftauchte, aber sie machte sich keine Sorgen. Sie wollte schnüffeln. Sie wollte herausfinden, ob ich wirklich unter dieser Adresse wohne, weil ich die Damen nie hierher eingeladen habe – aber in erster Linie wollte sie mir mitteilen, dass es das Beste wäre, wenn ich von meinem Posten im Kuratorium zurückträte, bevor es mir jemand nahelegte. Sie versicherte mir, dass sie die Gala auch ohne mich bewältigen könnten.« Mit tonloser Stimme setzte sie hinzu: »Aber das wusste ich sowieso. Sie hatten mich nur aufgenommen, damit ich die niederen Arbeiten für sie erledigte. Ich war nie eine von ihnen.«

»Ich auch nicht«, versuchte Dana Corinne ein wenig aufzubauen. »Ich hatte den Artikel in der Zeitung entdeckt und wollte nachsehen, ob Sie okay sind.«

»Das bin ich *nicht.*«

»Ich erkenne Sie nicht wieder«, gestand Dana ihr. »Wenn Sie in den Laden kamen, wirkten Sie immer so *selbstbewusst.*«

Corinne rieb sich die Augen. Als sie die Hände wegnahm, wurde offensichtlich, dass sie wieder geweint hatte. »Was Sie gesehen haben, war, was ich sein wollte.«

»Es war nicht wahr?« Dana war enttäuscht. Corinne hatte The Stitchery Glanz verliehen. »*Nichts* davon?«

»Oh, einiges schon«, sagte Corinne. »Ich wohne unter dieser Adresse, aber im Gästehaus, und wir haben es nur gemietet, nicht gekauft. Ich fuhr einen Mercedes, der mir auch nicht gehörte, sondern geleast war. Er wurde gerade abgeholt. Ich bin mit Oliver James verheiratet, aber er ist so oft weg, dass ich es manchmal bezweifle. Und das wird jetzt noch schlimmer werden.« Sie meinte zweifellos, wenn Oliver im Gefängnis wäre.

»Ist das, was ihm zur Last gelegt wird, ein schweres Verbrechen?«

»Ich weiß es nicht. Aber ich fürchte, da ist noch mehr.«

»Wie meinen Sie das?«

»Ich fürchte, er ist noch in andere Dinge verwickelt. Da wir nie wirklich in Geld schwammen, denke ich nicht, dass es Drogen sind. Aber er wurde sehr oft angerufen und verschwand häufig Hals über Kopf. Die Polizei hat mich vernommen. Offenbar glauben sie, dass ich etwas weiß. Dass er mich ins Vertrauen gezogen hat. Aber das hat er nicht. Als ich ihn im Untersuchungsgefängnis besuchte und fragte, was eigentlich los sei, antwortete er, das würde ich nicht wissen

wollen. Heißt das, dass er mich beschützen wollte? Dass er mich im Ungewissen ließ, damit mir nichts geschieht?«
Dana überlegte, was Hugh jetzt sagen würde. »Nach dem Gesetz darf eine Ehefrau nicht gegen ihren Mann aussagen.«
»Sie könnte als Komplizin angeklagt werden.«
»Sie *sind* doch keine Komplizin.«
»Aber ich bin nicht unschuldig«, warf sie sich vor. »Ich liebte das Leben, das er mir bot. Liebte es so sehr, dass ich keine Fragen stellte, weder, woher die Juwelen oder die Autos kamen. Noch fragte ich, warum wir zur Miete im Gästehaus wohnten und das Haupthaus nicht kauften, wie er es versprochen hatte. Ich fragte auch nicht, wie wir unsere Rechnungen bezahlten, und als meine Kreditkarte gesperrt wurde, schimpfte er auf die Bank, vernichtete die Karte und gab mir eine andere. Und ich benutzte sie.« Dana war irritiert.
»Wie haben Sie es geschafft, in das Kuratorium des Museums aufgenommen zu werden?«
»Oliver hatte ein Kunstwerk für das Museum beschafft, das man dort unbedingt haben wollte. Vielleicht war es heiß, ich weiß es nicht. Er überließ dem Museum seine Provision als Spende, worüber man natürlich hocherfreut war. Zur Belohnung nahmen sie mich ins Kuratorium auf. So läuft das – es geht immer ums Geld. Für uns – für mich – gehörte es zum Image.«
»Sie haben es überzeugend verkörpert.«
»Die Leute sehen, was sie sehen wollen. Ich war früher Schauspielerin, darum konnte ich die Rolle spielen. Unser Leben war ein Kartenhaus, und Sie wissen ja, wenn eine Karte fällt, fallen alle.«

»Es tut mir leid, Corinne.«
»Mir auch. Ich muss bis morgen Mittag hier raus, und ich weiß nicht, wohin. Und ich weiß nicht, was ich machen soll, wenn sie mich als Komplizin anklagen.«
»Dann rufen Sie Hugh an«, entschied Dana für sie, »und was das Wohin angeht, schlage ich Ihnen das Haus meiner Großmutter vor. Sie würde sich freuen, Sie bei sich zu haben, bis Sie wieder klarsehen.«
Corinne war sichtlich überrascht. »Warum bieten Sie mir das an? Sie mögen mich doch gar nicht.«
Dana fühlte sich ertappt. »Habe ich das je gesagt?«
»Nein. Aber ich spürte es.«
»Ich war neidisch: Ich war unsicher, und Sie wirkten so souverän. Und was das Haus meiner Großmutter angeht …«
Sie wollte gerade sagen, dass Corinne Ellie Jo eine Hilfe sein könnte, als Corinne ihr ins Wort fiel.
»Ich kann das nicht, Dana. Es ist lieb von Ihnen, es mir anzubieten, aber ich kann unmöglich dort wohnen.«
»Warum?«
Sie lächelte traurig. »Ich kann den Leuten dort nicht gegenübertreten. Es wäre zu demütigend.«
»Es sind *nette* Menschen. Sie werden es verstehen.«
Corinne schüttelte energisch den Kopf. »Ich danke Ihnen sehr, aber ich kann das Angebot nicht annehmen.«
Dana schämte sich plötzlich. Nichts, was sie im letzten Monat erlebt hatte – nicht einmal der DNA-Test –, war auch nur annähernd so traumatisch wie Corinnes Probleme. Das Selbstmitleid, das sie empfunden hatte, erschien ihr jetzt albern, ihre Wut als kindischer Trotz. Im Vergleich zu Corinne hatte sie unsagbar viel.
Auf der Fahrt zum Laden fiel ihr ein beliebter Satz ihrer

Großmutter ein: *Nichts geschieht ohne Grund.* Ellie Jo untermauerte ihre Theorie mit den verschiedensten Argumenten. *Der Junge hat dir einen Gefallen damit getan, nicht mit dir ausgehen zu wollen – sonst hätte dich der andere nicht darum bitten können.* Oder: *Das College hat dich abgelehnt, weil dieses deinen Fähigkeiten viel mehr entspricht.* Und sogar: *Du wärest nicht so selbständig und stark, wenn deine Mutter nicht gestorben wäre.*

Dana hatte den Cunningham-Auftrag und kurz darauf den im Designer's Showhouse verloren, was bedeutete, dass sie, abgesehen davon, laufende Aufträge zum Abschluss zu bringen, keine Verpflichtungen hatte. Unter diesen Umständen konnte sie sich nichts Schöneres vorstellen, als The Stitchery zu leiten.

Sie würde nicht viel verändern, vielleicht das Sortiment an dekorativen Knöpfen für Strickjacken und speziellen Bändern für Schals erweitern. Zweimal im Jahr würde sie Verkaufsausstellungen besuchen und von ihren Einkaufstouren mit Tara neue Designs mitbringen. Vielleicht würde sie sogar eine Musterkollektion einführen, die auf Dingen wie dem Färöer-Schultertuch basierte, die ihre Mutter gemacht hatte.

Es war eine aufregende Aussicht, ein Joseph-Erbe, das sie eines Tages an ihr Kind weitergeben könnte.

Einige Zeit später setzte sie sich mit Lizzie vor das Geschäft in die Sonne. »Das tut gut, meine Süße.«

Das tat es wirklich. Dana war dabei, sich selbst zu finden. Sie war dabei, Antworten auf Fragen zu finden, die sie seit vielen Jahren gequält hatten. Und sie hatte das Gefühl, ihr Leben dadurch besser in den Griff zu bekommen. Sie würde mit Father Jack in Verbindung bleiben. Zwar wusste sie

noch nicht, ob sie ihn in ihr Leben aufnehmen wollte, aber sie wusste zumindest, dass er ihr Vater war – und seine Ratschläge waren nicht schlecht.
Lizzie gurgelte vergnügt. Sie genoss es offensichtlich, an der frischen Luft zu sein. Dana lächelte auf ihre Tochter hinunter und dachte an Hugh, der auf dem Weg nach Lowell war. Widerwillig, wenn sie seine Botschaft richtig gedeutet hatte – aber er tat, was er für das Richtige hielt.
Auch das war ein »gutes Ding« an Hugh: Wenn er sich einmal zu etwas entschlossen hatte, stand er dazu. Jetzt, da er Lizzie akzeptiert hatte, würde er sich immer um sie kümmern.
Wind fuhr in die Bäume und brachte einen herrlichen Duft von der Obstplantage mit, wo schon fast jede Apfelsorte reif zum Ernten war.
Dana lächelte, als Tara mit ihrem silbernen Kombi von der Straße einbog. Sie stand auf, um sie zu begrüßen.
Tara kurbelte ihr Fenster herunter. »Du hast angerufen.«
Dana nickte. Es war ja noch nicht offiziell, aber wenn sie The Stitchery übernahm, wollte sie Tara auf ihrer Lohnliste haben. Das würde bedeuten, dass Tara ihren ungeliebten Buchhalterinnen-Job an den Nagel hängen könnte. Dana hätte ihr die Neuigkeit gern sofort mitgeteilt, aber es war noch zu früh.
Also sagte sie nur: »Ich wollte dich einfach hier haben«, und trat zurück, um Tara aussteigen zu lassen.

Als Hugh um die Ecke bog und das Gerichtsgebäude vor ihm lag, sah er die ersten Reporter sich versammeln. Es überraschte ihn nicht, er hatte damit gerechnet, dass nicht nur Sean Manley etwas von dem möglichen Prozess hatte läuten hören, sondern auch die Presse.

Hugh parkte ein gutes Stück entfernt und blieb im Wagen sitzen. Es war erst 13.50 Uhr. Er hatte Drummond gesagt, er würde den Antrag um vierzehn Uhr einreichen.

13.51 Uhr. Hugh trommelte mit einem Finger aufs Lenkrad. 13.54 Uhr. Weitere Reporter trafen ein. 13.57 Uhr. Der Hotdog-Verkäufer fuhr seinen Karren näher ans Geschehen.

Um 13.58 Uhr griff Hugh sich seine Aktentasche und strebte Richtung Gericht.

»Hugh!«, rief jemand.

Ted Heath war ein ortsansässiger Anwalt, mit dem Hugh einmal zusammengearbeitet hatte. Hugh streckte ihm im Gehen die Hand hin. »Wie läuft's?«

Ted ging mit Hugh im Gleichschritt und schüttelte ihm die Hand. »Kann nicht klagen. Was hat Sie denn hierher verschlagen?«

»Dies und das.«

»Aha. Vertraulich. Muss was Großes sein, wenn ich mir die Bluthunde da vorn ansehe.« Er entdeckte seinen Mandanten, schlug Hugh auf die Schulter und eilte davon.

Hugh behielt sein Tempo bei. Es gelang ihm, dem Großteil der Reporter zu entgehen, aber zwei flankierten ihn, als er die steinernen Stufen erreichte.

»Worum geht es, Hugh?«

»Können Sie bestätigen, dass ein US-Senator beteiligt ist?«

»Wen vertreten Sie?«

Hugh hob die Hand und ging unbeirrt weiter. Er spürte das Handy in seiner Tasche, doch es blieb still. Die Zeit lief ab. Sobald er das Gerichtsgebäude betreten hatte, gäbe es kein Zurück mehr.

Er näherte sich der obersten Stufe, als er hinter sich hastige

Schritte kommen hörte. Seine Hand lag bereits am Türknauf, als ihn jemand am Arm packte. Er schaute sich um. Der schwitzende junge Mann war ihm unbekannt, aber aus dem panischen Gesichtsausdruck schloss er, dass er einen Junganwalt aus Drummonds Kanzlei vor sich hatte.

»Ich soll Ihnen sagen, dass wir es außergerichtlich regeln werden«, keuchte der junge Mann.

»Wer ist wir?«, fragte Hugh, trat jedoch von der Tür zurück.

»Der Senator«, sagte der junge Mann und folgte Hugh, als dieser zur Seite ging, um den Durchgangsverkehr nicht zu behindern. »Ich arbeite für Dan Drummond«, bestätigte er Hughs Eindruck. »Er hat mich eben angerufen.«

Hugh brauchte ihn nicht zu fragen, warum er in Lowell war: Drummond hatte ihn hergeschickt, um bis zur letzten Minute abzuwarten, ob Hugh schließlich vielleicht doch als Erster blinzeln würde.

Hugh, der jetzt die Oberhand hatte, sagte: »Das hat am Freitag zu sein.«

»Der Senator schlägt sechzehn Uhr vor – in seinem Büro. Wenn etwas nach draußen dringt, ist der Deal geplatzt.«

»Wenn *er* den Deal platzen lässt, berufe ich auf der Stelle eine Pressekonferenz ein«, konterte Hugh. »Und ich will den Termin schriftlich bestätigt haben.«

»Mr Drummond schickt Ihnen die Bestätigung per Kurier in Ihre Kanzlei.«

»Sehen Sie das Starbucks da drüben?«, fragte Hugh mit einer Kopfbewegung in die entsprechende Richtung. »Ich werde dort warten, bis meine Kanzlei mir Bescheid gibt, dass sie eingetroffen ist. Entweder ist sie bis drei Uhr da, oder ich reiche den Antrag ein.«

»Ich werde es Mr Drummond ausrichten«, sagte der Junganwalt und hastete die Treppe hinunter. Als Hugh den gleichen Weg nahm, wurde er sofort von der Presse umringt.
»Ist der Prozess vertagt?«
»Stimmt es, dass ein Senator beteiligt ist?«
Hugh hob die Hand. »Es gibt keine Verhandlung. Tut mir leid, Leute.« Er kämpfte sich durch den Pulk, überquerte die Straße und machte bei seinem Auto halt. Mit dem Blick auf die sich widerwillig zerstreuende Reporterschar rief er in seiner Kanzlei an und bat um Rückruf, sobald Drummonds Schreiben eingetroffen sei. Dann ging er ins Starbucks, bestellte sich einen Mocca frappuccino – *Venti* – und gestattete sich einen Seufzer der Erleichterung.
Er würde den Anruf abwarten, obwohl es reine Formsache wäre. Das Schreiben würde mit Sicherheit kommen. Dan Drummond war ein mit allen Wassern gewaschener Mistkerl, aber auf sein Wort war Verlass.

29

Eaton hatte beschlossen, eine Reise in seine Vergangenheit zu unternehmen. Am Mittwoch fuhr er nach Vermont, um die Orte wiederzusehen, wo er als Junge gewesen war. Am Donnerstag fuhr er nach New Jersey und wanderte über den Campus seiner Prep School. Aber er wusste, dass er eigentlich nur Zeit schinden wollte, weil ihm davor graute, sich mit den in *One Man's Line* enthaltenen Unkorrektheiten zu beschäftigen.

Am Freitag, vier Tage vor dem Erscheinungstermin, verbrachte er den Vormittag damit, noch einmal die Passagen des Buches zu lesen, in denen es um seine Eltern und ihn selbst ging, denn die Irrtümer befanden sich auf diesen Seiten. Wenn er sich dazu entschlösse, den Text für die Taschenbuchausgabe abzuändern, wären Recherchen nötig. Das würde Zeit kosten. Aber machbar wäre es.

Doch im Moment belastete ihn die Frage, wie er die jetzige Version promoten sollte.

Er bezweifelte nicht, dass Thomas Belisle sein Vater gewesen war. Lizzies Hautfarbe und das Ergebnis von Hughs Sichelzellen-Test waren ihm Beweis genug. Seinerseits den Test zu machen betrachtete er als überflüssig.

Die Frage war, wie viel er preisgeben sollte und wem gegenüber. Sobald er sich zur Wahrheit bekannt hätte, gäbe es kein Zurück mehr.

Als seine Verlegerin ihn während seiner Textanalyse anrief, um mit ihm mögliche letzte Erweiterungen der Promotiontour zu besprechen, wurde er noch nervöser, und als Dorothy ihm am späten Vormittag einen Kaffee und ein Croissant brachte, bekam er nichts hinunter. Um zwölf stieg er wieder ins Auto. Er fuhr am Country Club vorbei, an den Hafenrestaurants, die er und Dorothy häufig besuchten, an den Yachthäfen, mit denen die Küste gesprenkelt war.

Ohne sich bewusst zu sein, wo er hinfuhr, wandte er sich nach Norden. Kurz darauf befand er sich in Hughs Büro.

Hugh war etwas ruhiger als sein Vater, aber nur, weil er bis über beide Ohren in Arbeit steckte. Er wollte gerade eine verspätete Mittagspause machen, als er aus dem Augenwinkel eine Bewegung an der Tür wahrnahm.

»Ich bin einfach an der Sekretärin vorbeimarschiert.« Eaton deutete mit dem Daumen in Richtung Empfangsbüro. »Sie muss geglaubt haben, dass du mich erwartest.« Zögernd trat er ein. »Ich möchte dich nicht stören. Mach in aller Ruhe fertig, was du da tust.« Er zog sich einen Stuhl heran.

Hugh setzte einen Schlusssatz unter das Memo, an dem er geschrieben hatte, und hob den Blick zu seinem Vater. Als er die unbehagliche Stille nicht mehr ertrug, fragte er: »Wie geht es Mom?«

»Freigeistig«, knurrte Eaton.

Hugh lachte. »Ist sie noch immer wütend?«

»Nein. Aber ich habe den Eindruck, dass sie ihr Urteil zurückhält, weil sie erst sehen will, wie ich mit der Situation umgehe.«

»Hast du was von Robert gehört?«

Eaton schüttelte den Kopf. »Du?«

»Nein. Er hat sich für Verleugnung entschieden. Und du hast abgenommen, Dad.«

Eaton zuckte mit den Schultern. »Die Sache liegt mir im Magen – da hat nicht mehr viel anderes Platz.«

»Es ist nicht einfach, eine lebenslange Denkweise zu ändern.« Hugh schaute auf seine Uhr. Halb zwei. »Ich wollte gerade was essen. Hast *du* schon gegessen?« Natürlich hatte Eaton das *nicht* getan. Hugh stand auf. »Dann lass uns gehen. Ich bin am Verhungern.«

Sie entschieden sich für den University Club, der sich um diese Zeit leeren würde. Dann könnten sie sich ungestört unterhalten. Er lag nur ein paar Schritte von der Kanzlei entfernt, und im Elm Room gab es den Krabbensalat, den Eaton so gern aß.

Als sie Platz genommen hatten, blieben ein paar Bekannte auf dem Weg nach draußen bei ihnen stehen, um sie zu begrüßen, doch als ihr Essen serviert wurde, hatten sie den holzgetäfelten Raum für sich allein.

Sie aßen schweigend. Hugh biss in sein Clubsandwich und erinnerte sich dabei an die vielen Male, die er hier das Gleiche mit Eaton gegessen hatte. Der University Club war ebenso wie der Country Club ein Teil seiner Vergangenheit. Er hatte sein Recht auf die Mitgliedschaften als selbstverständlich betrachtet und nicht zu schätzen gewusst. Das bedauerte er jetzt.

Nach ein paar Gabeln Salat legte Eaton das Besteck weg.

»Säßen wir heute hier, wenn ich als Junge die Wahrheit gekannt hätte?«
Hugh legte sein Sandwich zurück auf den Teller. »Du hättest die Wahrheit kennen und trotzdem im selben Haus aufwachsen können.«
»Vielleicht auch nicht«, erwiderte Eaton. »Was, wenn mein Vater – Bradley – sich von meiner Mutter hätte scheiden lassen?«
»Ihre Familie hatte ebenfalls einen Namen.«
»Aber kein Geld. Ich wäre nicht in einem solchen Luxus und mit diesen Privilegien aufgewachsen. Ständig geht mir durch den Kopf, dass das, was ich jetzt habe, mir vielleicht verwehrt gewesen wäre, wenn ich, sagen wir …« Er ließ den Satz unbeendet.
»Wenn du keine weiße Haut gehabt hättest?«
»Ja.«
»Du warst ein guter Schüler. Du kamst aufgrund deiner Leistungen aufs College. Ebenso auf die Universität. Du hast dir deinen Platz dort selbst verdient.«
»Habe ich das?«, fragte Eaton leise. »Es gab andere, die genauso qualifiziert waren wie ich, die aber nicht angenommen wurden. Beruhte meine Zulassung auf Leistung? Oder auf Geld? Oder auf dem Namen? Dasselbe gilt für meine Bücher. Verkaufte sich das erste, weil ich einer illustren Familie entstamme? Es war alles andere als brillant, aber ich hatte damit einen Fuß in der Tür.«
»Es war gut«, sagte Hugh.
»Aber nicht brillant. Es gibt viele gute Autoren, die nie gedruckt werden. Vielleicht hätte meine Verlegerin mich nach dem ersten Buch aufgegeben.«
»Aber du warst *gut*«, hielt Hugh dagegen.

Eaton schüttelte den Kopf. »Es war mein *Image*, das dem Buch zum Erfolg verhalf. Aber lass uns *hierher* zurückkehren«, fuhr er fort. »Würden wir heute im Elm Room sitzen? Wie viele Afroamerikaner kommen in den Elm Room? Nicht so viele wie ihren Universitätsabschluss gemacht haben, wette ich.«

»Sie fühlen sich in dieser Umgebung nicht wohl. Der Club ist eine Bastion der Weißen.«

»Er ist eine Bastion des Privilegs«, korrigierte Eaton bekümmert. »Und ich fühle mich schuldig deswegen. Ich habe das Gefühl, ich hätte mich gegen die Exklusivität hier aussprechen müssen. Immerhin habe ich mich stets als progressiv bezeichnet.«

»Ich mich auch, aber ich bin ebenfalls hier«, sagte Hugh. Wenn es ein Verbrechen war, in der Theorie die Fahne der Liberalität zu schwenken und sie in der Praxis einzurollen, dann war er ebenso schuldig wie sein Vater. »Tagsüber vertrete ich Angehörige von Minderheiten, und abends fahre ich nach Hause in ein Viertel, wo nur ein einziger Angehöriger einer Minderheit wohnt: David Johnson.«

»Bedeutet das, dass ihr umziehen solltet?«

»Bedeutet es, dass wir unsere Mitgliedschaft hier kündigen sollten?«

»Was *bedeutet* es?«, fragte Eaton.

»Ich habe keine Ahnung.«

Am anderen Ende des Speisezimmers öffnete sich eine Tür, und eine geschlossene Gesellschaft ergoss sich in den Raum. Hugh kannte viele der Männer. Es waren prominente Persönlichkeiten aus der Geschäftswelt.

Einige machten beim Durchqueren kurz an ihrem Tisch halt, ein Grüppchen, noch im Gespräch, blieb an der Tür

stehen. Einer der letzten, die herauskamen und mittendrin, war J. Stan Hutchinson.
Eaton erstarrte, als er ihn sah. »Wird das problematisch?«
Hugh zuckte mit den Schultern und aß weiter.
Hutchinson hatte den Raum zur Hälfte durchquert, als er sie entdeckte. Er schickte den Rest des Grüppchens voraus und steuerte auf ihren Tisch zu.
Hugh und Eaton erhoben sich. Hutchinson schüttelte ihnen die Hand und rief zur Bar hinüber: »Chivas pur!«
»Es war eine interessante Woche«, sagte er, als sie sich hinsetzten. »Ihr Junge hat mir Zunder gegeben, Eaton. Hat er Ihnen davon erzählt?«
»Allerdings«, antwortete Eaton äußerlich völlig gelassen. »Er versteht sein Handwerk.«
Der Senator lachte in sich hinein und sagte in demselben jovialen Ton: »Ich werde daran denken, wenn mir das nächste Mal eine Frau mit einer potenziell schädlichen Klage kommt. Sie kennen mich«, er zwinkerte Eaton zu, »ich bin ein anständiger Kerl. Seit dreißig Jahren kämpfe ich für die Armen. Ich habe mich dafür eingesetzt, den Mindestlohn anzuheben, ich habe Bildungsmaßnahmen vorgeschlagen und Weiterbildungsprogramme gesponsert. Hey, wissen Sie, was wir da im Nebenzimmer gerade diskutiert haben?« Er schaute hoch, als der Barmann seinen Whiskey brachte, nahm einen kräftigen Schluck, stellte das Glas hin und lächelte. »Bei dem Treffen ging es darum, die führenden Köpfe dieser Gemeinde dazu zu bringen, Teenager einzustellen und College-Stipendien einzurichten.« Er deutete mit dem Daumen auf seine Brust. »Das ist es, wofür ich mich einsetze.«
»Das bestreitet niemand, Hutch«, sagte Eaton.

»Ihr Junge schon«, widersprach Hutch, aber noch immer in dem jovialen Ton. »Ich setze mich für Anstand und Ehrlichkeit und Respekt ein.«

»Und für Familienwerte«, warf Hugh ein. »War das nicht Ihre Botschaft bei ›Meet the Press‹ vor ein paar Sonntagen?«

»Wir wissen doch alle, was in diesem Fall Sache ist«, ignorierte der Senator den Einwurf. »Dieses Mädchen hat große Probleme. Also beschließt sie, mich aufs Korn zu nehmen, weil sie nichts zu verlieren hat. Und Sie machen Ihre Sache wirklich gut, Hugh, das muss ich Ihnen lassen. Sie wissen, dass ich nicht einmal die Publicity einer *Verdächtigung* haben möchte.« Er trank noch einen Schluck. »Habe ich mich bei Ihnen unbeliebt gemacht, Eaton, weil ich Ihnen das verdammte Interview verweigerte? Oder bei Ihnen, Hugh, weil ich Ihnen nicht den Job des Rechtsberaters für mein Komitee anbot?«

»*Welchen* Job?«

»Den, den ich Ihrem Studienkollegen gab.« Er wirkte aufrichtig ratlos. »Womit habe ich Sie gegen mich aufgebracht? Sie kennen mich, Sie kennen meine Familie – warum gehen Sie auf mich los?«

Hugh fiel nicht auf sein Theater herein. Stan Hutchinson war ein gewiefter Politiker. Er mochte die Rolle des verständnislosen Opfers spielen, aber Hugh war überzeugt, dass er innerlich vor Wut kochte.

»Als ich den Fall übernahm, wusste ich gar nicht, dass Sie darin verwickelt sind«, sagte Hugh.

»Okay«, übte der Senator Nachsicht, »aber als Sie es dann wussten, hätten Sie das Mandat niederlegen können – aufgrund eines Interessenkonflikts.«

»Aber es besteht kein Interessenkonflikt! Meine Kanzlei vertritt niemanden sonst, der mit Ihnen in irgendeiner Verbindung steht. Ich habe diesen Fall übernommen, weil ich der Frau glaube und sie Hilfe braucht. Sie haben recht – wir wissen, wofür Sie sich einsetzen. Und deshalb dachte ich mir, dass Sie bestimmt dafür sorgen wollen, dass ein Kind, dessen Vater Sie sind, die beste medizinische Behandlung bekommt.«

Der Senator schnaubte missbilligend. »Haben Sie eine Ahnung, wie viele Frauen versuchen, mich zur Kasse zu bitten?«

»Er ist ein lieber kleiner Kerl, Hutch«, sagte Hugh. »Er ist hübsch und intelligent. Und wenn er die nötige medizinische Behandlung erhält, kann ein guter Sportler aus ihm werden. Die Anlage dazu ist vorhanden.«

»Er ist nicht mein Kind.«

»Das soll der Test beweisen.«

»Großer Gott, Hugh – wissen Sie, was für katastrophale Folgen es hätte, wenn das bekannt würde ...«

»Es wird nur bekannt, wenn Sie es jemandem erzählen. Wir sind nur an einer Einigung interessiert – nicht an einem Skandal. Ihre Familie wird nie etwas davon erfahren. Sie müssen doch über Geldanlagen verfügen, von denen Ihre Familie nichts weiß.«

Der Senator starrte ihn feindselig an. »Sie sind ein zynischer Mistkerl. Was, wenn das jemand mit *Ihnen* machte? Was, wenn es umgekehrt wäre? Was würden Sie tun? Würden *Sie* riskieren, Ihre Familie zu verlieren, Ihren Job, Ihr Image?«

Hugh brauchte nicht zu überlegen, wenn er etwas glaubte, dann *das*. »Wenn es darum ginge, das Richtige zu tun, würde ich keinen Moment zögern. Sie haben Ihr Leben lang für das gekämpft, was dieses Kind repräsentiert. Ihm den Rücken zu kehren, wenn es eine wirklich einfache Lösung gibt, wäre der Gipfel der Heuchelei. Also, *glauben* Sie, was Sie im Kongress oder zu Larry King sagen, oder ist das alles nur heiße Luft? Sagt die öffentliche Stimme etwas anderes als die private? Wenn Sie ein Ehrenmann sind, dann müssen Sie das jetzt beweisen.«

Hutchinson durchbohrte ihn förmlich mit seinem Blick. Nach einer Weile – Hugh wappnete sich gerade gegen eine neuerliche Attacke – stieß der Senator einen verächtlichen Laut aus, schob seinen Stuhl zurück, stand auf und verließ mit großen Schritten den Raum.

Hugh schaute ihm nach.

»Alle Achtung!«, sagte Eaton. »Das hast du gut gemacht.«

Ja, erkannte Hugh. Das hatte er wirklich. Und sie sprachen dabei beide nicht über Hutchinson.

30

Dana musste immer wieder an Corinne denken. So fremd die Frau ihr auch war, verband sie doch in gewisser Weise etwas mit ihr: Sie hatten beide aus heiterem Himmel etwas erfahren, was ihr Leben auf den Kopf stellte. Doch damit endete ihre Gemeinsamkeit. Dana konnte in ihrem gewohnten Umfeld bleiben, Corinne musste es verlassen.

Wenn tatsächlich nichts ohne Grund geschah, wie Ellie Jo behauptete, dann hatte Corinne in Danas Leben einem Zweck gedient: Dana war jetzt noch bewusster, welchen Preis Täuschung und Betrug forderten.

Das machte sie sogar Ellie Jo gegenüber toleranter, die sie kurz nach ihrer Heimkehr am Samstagvormittag nach den Papieren auf dem Dachboden fragte.

»Die habe ich wieder versteckt«, sagte Dana mit einer neugewonnenen Nachsicht.

»Den Zeitungsausschnitt und Emmas Zeilen – verbrennst du die Sachen für mich?«

»Ich soll sie verbrennen? Bist du sicher?«

»Absolut. Du weißt, was drinsteht, ich weiß, was drinsteht – also können wir sie verbrennen.«

Dana zündete sie auf dem Gartengrill an und schloss damit eine Tür zur Vergangenheit.
Kurz darauf öffnete sich dafür eine andere. Sie war gerade nach Hause gekommen und dabei, Lizzie zu wickeln, als es klingelte. Hugh ging zur Tür. Dana spitzte zwar die Ohren, konnte jedoch nur Gemurmel hören. Dann kamen zweierlei Schritte die Treppe herauf. Hughs kannte sie, die anderen waren ihr fremd. Sie schloss den letzten Druckknopf des Strampelanzugs, drehte sich zu Tür um und – schnappte unwillkürlich nach Luft.
Die Frau hätte ihre Zwillingsschwester sein können, trotz des Altersunterschieds. Sie hatte die gleichen blonden Haare, die gleiche Stupsnase, die gleiche zierliche Figur und die gleichen Sommersprossen. Und in ihren Augen stand die gleiche Überraschung wie in Danas.
Ein paar Sekunden lang starrten die beiden einander schweigend an. Dann sagte die ihr so vertraute Fremde: »Ich bin Jennifer Kettyle. Mein Dad war nicht sicher, dass Sie sich über meinen Besuch freuen würden, aber ich muss ab Montag wieder unterrichten, und so stieg ich kurzerhand ins Flugzeug und ließ es darauf ankommen.«
»Er sagte, Sie leben in San Francisco.«
»Dort werde ich morgen wieder sein.« Sie lächelte. »Heute bin ich hier.« Ihr Lächeln wurde zum Strahlen. »Ist das Ihr Baby? Sie ist wunderhübsch!«
Noch vor ein paar Tagen hätte Dana sich nicht über diesen Besuch gefreut. Da war sie so wütend darüber gewesen, wie viel sie versäumt hatte, dass sie noch mehr versäumt hätte. Jetzt hieß sie ihre Halbschwester, die Tochter des Mannes, dessen Identität Elizabeth geheim gehalten hatte, in ihrem Leben willkommen.

Nichts geschah ohne Grund. Dana hatte vieles, wofür sie dankbar sein konnte.
Und sie wollte noch mehr.

Es war geplant, dass Dorothy und Eaton am späten Montagnachmittag nach New York fliegen würden, um dort mit Eatons Verlegerin zu Abend zu essen. Für Dienstagmorgen war Eaton in eine Talkshow eingeladen. Sie würden rechtzeitig zurückfliegen, so dass sie pünktlich zur Buchpräsentation am Dienstagabend im Club wären, und anschließend zu seiner Promotiontour aufbrechen.
Dorothy packte ihre Reisetasche und half Eaton dann bei seiner. Eigenständigkeit war schön und gut, aber sie war seit vierzig Jahren mit ihm verheiratet und würde sich auch in Zukunft um ihn kümmern. Es war nie anders gewesen. Vor einer Präsentation eines Buches war Eaton immer nervös, grundlos, doch diesmal gab es einen Grund. Sie versuchte, ihren Mann dazu zu bewegen, über seine Besorgnis zu reden, aber er weigerte sich.
Erst als sie im Flugzeug saßen, nahm er ihre Hand, verflocht seine Finger mit ihren und fragte leise, als die Maschine langsam über das Rollfeld fuhr: »Was würdest du empfinden, wenn ich einfach so weitermachte und totschwiege, was ich erfahren habe?«
Wenn er es *totschwiege*? Das war nicht das, was sie erwartet hatte. »Du musst tun, was du für richtig hältst.«
»Aber was würdest du empfinden?«
Dorothy musste überlegen – nein, nicht, was sie antworten sollte, sondern, ob es klug wäre, es auszusprechen. Wenn Eaton den Entschluss gefasst hatte, würde die Wahrheit vielleicht nichts nützen. Andererseits – wenn es ein Test war

und er tatsächlich ihre Meinung wissen wollte ... »Ich wäre enttäuscht. Du hast eine Gelegenheit bekommen.«

»Eine Gelegenheit?«

»Die überraschende Entdeckung für etwas Positives zu nutzen.«

»Die ›überraschende Entdeckung‹ könnte meine sämtlichen Bücher unglaubwürdig machen.«

»Unsinn. Du kanntest die Wahrheit doch bisher nicht«, schalt sie, aber in sanftem Ton. »Sag einfach, was du erfahren hast.«

»In einer bundesweit ausgestrahlten Talkshow?«

»Warum nicht? Die Menschen respektieren dich. Du könntest zu einem Vorbild werden.«

Das Flugzeug nahm Fahrt auf. »Ich könnte mir aber auch meinen zweitgeborenen Sohn auf Dauer entfremden, ganz zu schweigen von meinem Bruder, den Familien der beiden und dem Schwarm von Leuten, die wir seit vielen Jahren unsere Freunde nennen.«

»Ja, das könntest du«, gab Dorothy zu.

»Würde dich das denn nicht stören?«

»Nur, was Robert angeht. Aber er ist mein Sohn, und ich hätte die Hoffnung, dass er irgendwann einlenken würde.«

Das Flugzeug beschleunigte.

»Vielleicht braucht er Zeit«, sagte Eaton. »Vielleicht sollte ich ihm die zugestehen.«

Dorothy war nicht sicher. Robert stand schon zu lange unter dem Einfluss seines Onkels – es könnte nicht schaden, ihm die Augen für ein weniger engstirniges Weltbild zu öffnen. »Vielleicht braucht er aber auch einen Tritt in den Du-weißt-schon-Was«, sagte sie und wiederholte: »Du hast eine Gelegenheit bekommen, Eaton.«

Er schaute sie voller Zuneigung an, doch Dorothy sah mehr in seinem Blick als Nachsicht. Sie entschied sich, es als Respekt zu deuten.
Er lächelte, küsste ihre Hand und drückte sie an seine Brust, als das Flugzeug die Nase in die Luft hob und die Räder sich vom Boden lösten.

Der Montag bescherte The Stitchery einen erstaunlichen Kundenansturm. Nach dem kühlen Wochenende war den Strickerinnen, die die spätsommerliche Wärme eingelullt hatte, das Herannahen des Herbstes bewusst geworden, und so gaben sie sich die Klinke in die Hand auf der Suche nach Garnen für Schals, Pullover und Umhänge. Und mitten in dem Trubel verlangte Ellie Jo per Telefon, vom Haus in den Laden gebracht zu werden, um Dana als neue Besitzerin auszurufen.
Mittags, als Dana gerade Lizzie stillte und erkannte, dass sie Hilfe brauchen würde, erschien Saundra mit ihrer Großnichte. Toni Belisle war die Tochter eines Sohnes von Thomas Belisle, eine junge Frau mit einem frischen Gesicht, die sich ein Semester Auszeit vom College genehmigte, um das Geld für ein Studienjahr in Europa zu verdienen. Sie liebte Kinder und konnte beinahe ebenso gut mit Lizzie umgehen wie Saundra, und Dana engagierte sie vom Fleck weg.
Nun, da Lizzie einen Babysitter hatte, konnte Dana aufatmen. Außerdem hatte die Kleine Sonntagnacht sechs Stunden am Stück geschlafen, und Danas Batterien waren aufgeladen.
Auf der Heimfahrt wurde Dana bewusst, dass ihr Leben schön war. Sie wusste, dass Hugh sie liebte. Er hatte einen Fehler gemacht, doch den konnte sie ihm nicht bis in alle

Ewigkeit vorwerfen. Wenn sie Father Jacks Rat befolgte, könnte sie weit mehr als nur drei gute Dinge über ihren Mann sagen.

Na ja, vielleicht war ihre Beziehung nicht mehr ganz so aufregend wie am Anfang, aber büßte nicht jede Ehe etwas durch die endlosen Pflichten ein, die die Elternschaft mit sich brachte?

Hugh war schon zu Hause. Sie parkte ihren Wagen hinter seinem und hatte gerade die Fondtür geöffnet, um Lizzie aus dem Auto zu holen, als ihr Mann in Jeans und barfuß aus dem Haus und auf sie zugelaufen kam. Und er trug sein altes, marineblaues T-Shirt, das sie seit dem Morgen von Lizzies Geburt nicht mehr an ihm gesehen hatte.

»Ich dachte schon, du kämst gar nicht mehr.« Er klang aufgeregt.

»Hast du gekocht?«, fragte sie. Das war immer ein Genuss. Hugh war ein Rezept-Freak, je mehr Zutaten, desto besser, solange die genauen Mengen und die Reihenfolge exakt angegeben waren.

Er löste Lizzies Sicherheitsgurte. »Ja – aber darum geht es nicht.« Er schnalzte mit der Zunge. »Hi, Süße«, sagte er zu seiner Tochter. »Wie war *dein* Tag?« Er zog den Pullover des Babys, eine Tara-Kreation, straff und hob die Kleine heraus.

»Ihr Tag war wundervoll«, antwortete Dana an Lizzies Stelle und ging, die Wickeltasche in der Hand, mit Hugh im Gleichschritt ins Haus. »Gram hat öffentlich verkündet, dass ich The Stitchery übernehme, ich habe eine Sitterin für Lizzie gefunden und konnte Tara überzeugen, ganztags für mich zu arbeiten – und ich habe bei einer neuen Spinnerei ein *sensationelles* Mohairgarn geordert.« Mit weicherer

Stimme setzte sie hinzu: »Und ich habe Father Jack angerufen und ihm erzählt, dass seine Tochter uns besucht hat.«
Lizzie in einem Arm, hielt Hugh Dana mit der freien Hand die Tür auf. Als sie über die Schwelle trat, traute sie ihren Augen nicht. Die Diele war voll mit Luftballons, einer unübersehbaren Menge von gelben, rosafarbenen, blauen, weißen, pfirsich- und fliederfarbenen. Manche waren am Boden verankert, andere stiegen zu beiden Seiten der Diele am Treppengeländer empor, wieder andere klebten hoch oben an der Kuppeldecke.
Dana war wie verzaubert. »Wie hast du die denn alle hierherbekommen?« Rosen waren einfach zu transportieren und ihre Blütenblätter einfach zu verteilen. Ballons waren eine ganz andere Sache.
»Mit drei Lieferwagen«, berichtete Hugh mit stolzgeschwellter Brust. »Es machte ganz schön Mühe, die größten durch die Tür zu bekommen, aber sie sehen ziemlich gut aus, findest du nicht?«
»Und ob ich das finde! Aber was ist der Anlass?«
»Wir fangen von vorne an – als wäre Lizzie gerade erst geboren. Das Beste kommt erst noch.« Er legte die Hand auf Danas Rücken und dirigierte sie durch das Ballon-Labyrinth zur Treppe. Auf der zweiten Stufe stand eine Schachtel, etwa fünfundzwanzig Zentimeter lang, zwanzig Zentimeter breit und fünfzehn hoch. Sie war in zyklamrotes Zellophan eingeschlagen und mit einer weißen Satinschleife geschmückt.
Dana blickte fragend zu Hugh auf. »Was ist da drin?«
»Schau nach.«
Sie hob die Schachtel hoch. Einmal ziehen, und die Schleife war gelöst. Ein Fingernagel unter den einzigen Klebestreifen

geschoben, und das Zellophan ließ sich entfernen. Wieder blickte Dana fragend zu Hugh auf. »Briefpapier?«

»Schau *nach.*«

Sie klappte den Deckel hoch. Vor ihr lagen, elegant in Weiß, zwei Stapel Geburtsanzeigen. In ihrer Mitte prangte ein Foto. Darunter stand in erhabenen Lettern »Hugh und Dana Clarke geben stolz die Geburt ihrer Tochter Elizabeth Ames Clarke bekannt« und am unteren Rand Lizzies Geburtsdatum.

»Wie findest du sie?«, fragte Hugh.

Dana konnte nicht gleich antworten, ihre Kehle war wie zugeschnürt. Das Foto zeigte sie zu dritt, und es war in jeder Hinsicht exquisit – die liebevollen Mienen der Eltern, das wunderhübsche Gesicht des Babys –, und Lizzies rosa Strampelanzug passte farblich sogar genau zu der rosa Schrift.

»Wer hat das Foto gemacht?«, flüsterte sie erstickt.

»Julian. Wie findest du die Anzeige?«

Als sie diesmal zu Hugh hochblickte, hatte sie Tränen in den Augen. *»Überwältigend.«*

»Besser als die Ballons?«

»O mein Gott.«

»Es war ein Schnellschuss. Ich musste den doppelten Preis bezahlen, aber sie sind jeden Cent wert. Es ist noch mal so eine Schachtel da – mit noch mal hundert Anzeigen. Meinst du, wir können sie brauchen?«

»O mein Gott.«

»Heißt das ja oder nein?«

Dana hatte das Gefühl, dass ihr Herz jeden Moment vor Glück zerspringen würde.

»Dana?«

»Ja!«
Genau das hatte sie sich gewünscht – ein Zeichen, eine Geste, ein Bekenntnis. Sie schlang die Arme um Hughs Hals und drückte ihn an sich, ließ ihn auch nicht los, als Lizzie zwischen ihnen protestierte. Sie hörte den empörten Aufschrei, hörte ihr Herz klopfen, hörte, die Wellen unten gegen die Küste branden. »Er ist so stolz, dass er es der ganzen Welt mitteilen möchte«, glaubte sie ihre Mutter sagen hören. Aber natürlich war es ihr eigener Gedanke.

Barbara Delinsky

Jennys Geheimnis

Roman

Als die Psychologin Casey von ihrem verstorbenen Vater ein prachtvolles Haus in Boston erbt, will sie dies zunächst gar nicht annehmen. Schließlich hatte ihr Vater sie zu Lebzeiten nie als Tochter anerkannt. Doch dann beginnt sie, im Haus des unbekannten Vaters zu stöbern, und entdeckt rätselhafte Aufzeichnungen über das Leben einer Frau namens Jenny. Casey packt die Neugier – und als sie sich daranmacht, Jenny aufzuspüren, wird sie immer tiefer in die Geheimnisse der Vergangenheit hineingezogen …

Knaur Taschenbuch Verlag

Barbara Delinsky

Julias Entscheidung

Roman

Immer war sie eine vorbildliche Ehefrau und Mutter und hat sich stets um ihre Lieben gesorgt: Niemals hatte Julia das Gefühl, dass ihr etwas in ihrem Leben fehlte. Doch als sie auf einer Insel in Maine um Haaresbreite dem Tod entgeht, beginnt Julia plötzlich ihr Schicksal in Frage zu stellen: Genügt es wirklich, versorgt und begütert zu sein? Muss eine Ehe im Lauf der Jahre schal werden?
Und dann lernt sie den wortkargen und geheimnisvollen Fischer Noah näher kennen ...

Knaur Taschenbuch Verlag

Barbara Delinsky

Der Platz einer Frau

Roman

Jahrelang war Claire die perfekte Hausfrau und Mutter, während ihr Mann Dennis seine Karriere aufbaute. Doch als sie plötzlich zur Geschäftsfrau und Versorgerin der Familie wird, verkraftet Dennis ihren Erfolg nicht. Er reicht die Scheidung ein, fordert Alimente von ihr sowie das Sorgerecht für beide Kinder. Und er hat gute Chancen zu gewinnen. Als Claire alles zu verlieren droht, findet sie Unterstützung bei ihrem besten Freund – und eine neue Liebe.

Knaur Taschenbuch Verlag